"荒野丛林"三部曲

I

荒野丛林

Wildwood

〔美〕科林·梅洛伊 著　　〔美〕卡森·埃利斯 绘

蔡一鸣 译

人民文学出版社

PEOPLE'S LITERATURE PUBLISHING HOUSE

著作权合同登记号　图字 01-2020-1562 号

图书在版编目(CIP)数据

荒野丛林/(美)科林·梅洛伊著;(美)卡森·埃
利斯绘;蔡一鸣译. —北京:人民文学出版社,2022
("荒野丛林"三部曲)
ISBN 978-7-02-017150-7

Ⅰ.①荒… Ⅱ.①科… ②卡… ③蔡… Ⅲ.①儿童小
说-幻想小说-美国-现代 Ⅳ.①I712.84

中国版本图书馆 CIP 数据核字(2022)第 082943 号

责任编辑　朱卫净　汤　森
装帧设计　汪佳诗

出版发行　人民文学出版社
社　　址　北京市朝内大街 166 号
邮政编码　100705

印　　刷　山东新华印务有限公司
经　　销　全国新华书店等

字　　数　298 千字
开　　本　890 毫米×1240 毫米　1/32
印　　张　13.125
插　　页　6
版　　次　2022 年 8 月北京第 1 版
印　　次　2022 年 8 月第 1 次印刷

书　　号　978-7-02-017150-7
定　　价　79.00 元

如有印装质量问题,请与本社图书销售中心调换。电话:010-65233595

当然是献给汉克

目　录

第一部分

荒野禁地

威拉米特河

圣约翰

工业废墟地

工业废墟地

铁路桥

断崖

公园
图书馆

普鲁家

俄勒冈州波特兰市，
圣约翰地图

第一部分

第 一 章

一群乌鸦

五只乌鸦是如何将一个二十磅①重的小男孩提到天空中的，普鲁无法想象，这当然也是她最不关心的。事实上，如果要她在此时此地给她的烦恼排个序——她正茫然地坐在公园的长椅上，看着弟弟麦克被五只黑色的乌鸦抓到了空中——思索出这一幕究竟是怎么发生的可能要排在最后一位。她现在最大的烦恼是她负责照看的弟弟被几只鸟劫走了，其次她烦恼的是这些鸟要对弟弟做什么？

这原本是十分美好的一天。

是的，那天早上普鲁醒来的时候，天还有点灰蒙蒙，但是在波特兰，九月的哪一天不是这样的呢？她拉起卧室的百叶窗，休息了一会

---

① 1磅约合 0.45 公斤。

儿，看着窗外的树枝映衬着灰白色的天空。这天是周六，咖啡和早餐的香味从楼下飘来。爸爸妈妈一定是和平时的周六一样：爸爸埋头看报纸，不时将温热的咖啡杯举到嘴边；妈妈戴着玳瑁眼镜，专注地从事着编织羊毛线团的工程，也不知是哪里来的决心；她满一岁的弟弟，坐在他的高椅子上，尽最大努力地牙牙学语：啊！啊！① 果然，当她下楼走到厨房外的角落时，她看到的场景和预想的一样。爸爸咕哝着向她问了个好，妈妈从眼镜上方看着她笑，弟弟尖叫着："噗！"普鲁给自己泡了碗格兰诺拉麦片。"我还做了培根，亲爱的。"妈妈说完，又将注意力回到了手中的毛线"变形虫"上。（这织的是运动衫？茶壶套？还是绳套？）

"妈妈，"普鲁说，开始往麦片里倒米浆，"我说过，我是素食主义者，故而，不吃培根。"她在一本小说里读到了"故而"② 这个词。这是她第一次使用这个词。她不知道自己用得对不对，不过感觉不错。她坐在厨房的桌边，朝麦克眨眨眼。爸爸从报纸上方快速地看了她一眼，朝她笑了笑。

"今天有哪些安排呢？"爸爸说道，"记住，你得照看麦克。"

"呃，我不知道，"普鲁回答道，"大概会去哪儿逛逛，捉弄几个老太太，或者抢劫一家五金店，典当掉战利品，再去工艺品市场。"

爸爸不以为然地哼了一声。

"别忘了把书还给图书馆，书就在前门旁的篮子里。"妈妈说道，编织针噼啪作响，"我们应该会回来吃晚饭，不过你也知道做这些事情

---

① 原文为"Doose ! Doose !"译者猜测是"goose（鹅）"，幼儿发音不准才说成"doose"，故也翻译成与"鹅"相近的中文"啊"。

② 原文为拉丁语"ergo"，此处也相应翻译成带点文言色彩的"故而"。

得花多久。"

"知道啦。"普鲁说。

麦克尖叫着:"噗!"一边挥舞着汤匙,打了个喷嚏。

"你弟弟可能着凉了,"爸爸说道,"一定要把他裹好,不管用什么方法。"

(乌鸦提着弟弟飞到了灰蒙蒙的更遥远的天际,普鲁突然又想到了另一件烦心事:他可能着凉了!)

这就是他们的上午。是的,很平常的一个上午。普鲁吃完了格兰诺拉麦片,翻了翻漫画书,帮爸爸在填字游戏格里画了几笔,然后把电台传单牌的红色儿童车连接到她的单速自行车后面。天边笼罩着一层灰色,但不像是会下雨,于是普鲁把麦克塞进有衬里的灯芯绒外衣,裹在一块夹棉的印花包巾中,将咿咿呀呀的弟弟放进了红色儿童车里。她把弟弟的一只手从裹得像蚕茧一样的衣服中抽出来,递给弟弟他最心爱的玩具:一条木头蛇。他开心地将蛇甩来甩去。

普鲁将她的黑色平底鞋伸进脚踏上的鞋头夹套里,蹬起了自行车。儿童车在她后面吱吱呀呀地颠簸着,每颠一下麦克就兴奋地尖叫一声。他们在附近整洁的小区里疾驰着,那里都是些有护墙板的房子。一路上,几乎在每个凸起的路沿上和没注意到的雨水坑里,普鲁都险些将麦克的儿童车翻倒。在轧过潮湿的路面时,车胎发出惬意的沙沙声。

上午很快就过去了,转眼到了暖和的下午。在忙活了几趟闲差事之后(退了一条颜色不太合适的李维斯牛仔裤,翻了翻音像店里新到的唱片,在墨西哥快餐馆随便吃了一盘素食的炸玉米粉圆饼),普鲁现在在大街上的一家咖啡店外打发时间,麦克则在红色儿童车里安静地打着小盹。普鲁小口喝着热牛奶,一边透过窗子看去,咖啡店的服务员正笨

5

拙地将一个旧的麋鹿头装饰品安装到墙上。朗伯德街上嘈杂起来，这一带的第一个交通高峰时段到来了。一些行人看到儿童车里熟睡的婴儿，咕哝着逗弄起来，普鲁朝他们嘲讽地笑了笑，她不喜欢在别人眼中构成一幅姐弟情深的画面。她在画本上漫不经心地涂鸦着咖啡店前堵塞着落叶的排水沟，简单几笔勾勒出麦克安静的脸庞，尤其对他左鼻孔里流出的鼻涕做了特写。下午渐渐过去了。麦克醒了，普鲁也从恍惚中清醒过来。"好啦，"她说道，把揉着惺忪睡眼的弟弟放到自己的膝盖上，"我们继续前进。去图书馆吧？"麦克噘着嘴，听不懂她的话。

"那就去图书馆。"普鲁说。

她在圣约翰图书馆分馆前一个急刹车，从车座上跳了下来。"哪儿都别去。"她对麦克说道，一边将一小摞书从童车上取了出来。她慢跑进门厅，站在还书处，手里摆弄着这几本书。她停下来看了看手中的《西伯雷鸟类指南》，叹了口气。这本书她已经借了快三个月了，不顾过期通知和图书管理员的警告，现在才勉强愿意归还。普鲁恋恋不舍地翻着这本书。她花了好多时间在画本上临摹书里美丽的鸟类插图，轻轻念读它们美妙而奇异的名字，像安静的咒语一般：黄腹比蓝雀。三声夜鹰。沃克氏刺尾雨燕。这些名字让人联想起高远的气候和遥远的地方，联想起宁静的草原黎明与雾蒙蒙的树顶巢穴。她将目光从书上移开，看着黑漆漆的还书槽。她皱皱眉，喃喃自语："唉，好吧。"然后把书塞进她的厚呢短大衣里。她准备顶着图书管理员的愤怒再续借一个礼拜。

外面，一位老太太在小车前停下了脚步，眉头紧锁着急地四处寻找它的主人。麦克正心满意足地啃着木头玩具蛇的头。普鲁翻个白眼，深吸一口气，猛地打开了图书馆的门。老太太一看见普鲁，便朝她挥舞着瘦骨嶙峋的手指，不利索地说道："对——不起，小姐！这很危险！扔下小孩！一个人！他爸妈知道他受到了怎样的照顾吗？"

"什么？他？"普鲁说着，跨上了自行车，"可怜的孩子，他没爸妈。我在免费书堆里发现的他。"她大笑着，将自行车从路边推回到街道上。

他们到运动场的时候，运动场上空无一人，普鲁将麦克从裹着的襁褓中解放出来，把他放在打开了锁的儿童车旁。麦克正是刚刚学步的时候，很开心有了现在的机会来练习平衡。他咯咯笑着，慢慢地在运动场的柏油路上推着小车，小心翼翼、摇摇晃晃地走着。"尽情玩吧。"普鲁对他说道，一边从短外套里掏出了《西伯雷鸟类指南》，翻到折了角的讲解"草地鹨"的一页。柏油路上的影子拉得越来越长，傍晚过去了，夜幕正在降临。

这时她第一次注意到了那些乌鸦。

一开始只有几只，在阴暗的空中围成圈盘旋着。它们在她周围疾飞，引起了她的注意，普鲁抬起头注视着它们。短嘴鸦，她前一晚刚在书上读到。虽然还隔着些距离，它们的体型之大和每次振翅的力量之强还是让普鲁震惊了。接着又飞来了几只，现在空中乌鸦的数量已经不少，在安静的运动场上空盘旋、俯冲着。一群？普鲁思索着。一窝？她快速翻到《西伯雷鸟类指南》的最后，查看各种描述鸟群的术语指南：一群苍鹭，一窝丘鹬，以及（谋杀犯般的）一群乌鸦①。她打了个冷战。回过神仰望天空，普鲁十分惊恐地发现这群乌鸦又增加了

---

① 英文原文用不同的量词来描述鸟群：a sedge of herons, a fall of woodcock, a murder of crows。但中文相应的量词有限，只有"一群、一窝"等译法。需要特别指出的是此处的"a murder of crows"，不仅是表示"一群乌鸦"，同时也包含了"乌鸦凶巴巴的好像谋杀犯"的寓意。因此，颇有些一语双关的意味。后面讲到"普鲁打了个冷战"原因也正在此。本章的章名《一群乌鸦》(a murder of crows) 属于直译。

许多。现在已经有几十只了，每一只都如同柏油那么漆黑，就像在高空中打出了一个个冰冷的黑洞。普鲁朝麦克看去。他正在几十米外，开心地沿着柏油路摇摇晃晃地走着。普鲁觉得不安起来。"嘿，麦克！"她叫道，"你要去哪里？"

突然刮起一阵疾风，普鲁朝天空望去，惊恐地发现那群乌鸦已经增加了二十倍。从这群鸟中，已经无法辨识出来单只乌鸦，它们形成了一团骚动的整体，遮蔽了下午的太阳。这团整体一起摇摆、弯曲，它们的振翅声和尖叫声震耳欲聋。普鲁往四周眺望，想看看周围有没有其他人也目睹了这一奇怪的现象，但她惊恐地发现，四周空无一人。

这时，乌鸦俯冲下来。

它们的叫声变成了整齐划一的尖叫，这群乌鸦先是向上佯攻，接着突然凶猛地俯冲，直冲她的弟弟扑来。第一只乌鸦靠近麦克，挥舞利爪快速地钩住了麦克连衫裤的兜帽，麦克发出了一声惊恐的尖叫。第二只抓住了他的袖口，第三只抓住了他的肩膀。接着，第四只，第五只，乌鸦纷纷降落，直到这一群闪动的、羽毛状的黑色海洋包围并遮蔽了他的身影。随后，似乎毫不费力地，这群乌鸦将麦克从地面提到了天空中。

普鲁被这一幕吓得目瞪口呆，不敢相信：它们是怎么做到的？她觉得自己的双腿像灌满了铅，嘴巴说不出一句话，也发不出任何声响。她整个平静的、规

律的生活现在似乎都取决于这一事件，她过去的一切感受和认知此刻都派不上用场。父母的所有教导、学校教的所有知识，都不能告诉她如何去应对这一突发事件。或者说，下一步到底该怎么做。

"放开我的弟弟！"

回过神的时候，普鲁发现自己正站在长椅上，朝乌鸦挥舞着拳头，就像是漫画书中无能为力的旁观者，诅咒着某个偷钱包的恶贼。乌鸦迅速升高，现在已经飞到了白杨树丛的顶端。在这片羽毛状的黑海中，麦克几乎看不见了。普鲁从长椅上跳下，从人行道上捡起一块石头。快速瞄准后，她使尽全力将石头砸过去，却失望地发现离目标差得很远。乌鸦十分镇定从容。它们已经飞到了这一带最高的树丛之上，并且还在继续攀升，最高处的乌鸦已经在低空的云朵中让人看不清了。黑漆漆的乌鸦群几乎是在懒洋洋地前进着，每次突然改变方向前看上去都像静止不动一样。突然，乌鸦群分散开来，普鲁看到了远方麦克隐约的身影，他的灯芯绒连衫裤被乌鸦的利爪撕扯成奇怪的形状，像一个碎布娃娃。她看到一只乌鸦的爪子抓住了他细少的头发。现在乌鸦群似乎分成了两队：一队围绕着抓着麦克的几只乌鸦飞行，另一队俯冲下去，沿着树梢前进。突然，两只乌鸦松开了麦克的连衫裤，其他的乌鸦抢着去接。普鲁看到弟弟从乌鸦的爪中坠落时大叫起

来。不过就在麦克接近地面之前，第二队乌鸦敏捷地飞来，抓住了麦克，麦克再一次消失在哇哇叫的鸟群之中。两队鸟儿会合一起，再次在空中盘旋，突然，猛地向远离运动场的西方迅速飞去。

普鲁决定立刻行动起来，她冲向自行车，跳上去，开始猛追。没有了麦克红色小车的牵绊，自行车速度很快，普鲁很快就冲到了街道上。在她穿越图书馆前的十字路口时，两辆小轿车紧急刹车，人行道上有人喊道："看着点！"普鲁一刻也不敢将视线从远方盘旋飞行的乌鸦群上移开。

她蹬得飞快，双腿几乎变成了两道模糊的蓝光。在里士满街和艾芬豪街，普鲁闯了红灯，惹得一个路人生气地对她大吼。接着她在威拉米特街转弯向南疾行。乌鸦群没有小区房屋、草坪的阻碍，不受街道和红灯的影响，快速飞过高空，普鲁只能强迫自己加快蹬车，努力跟上。在这场追踪中，普鲁肯定乌鸦是在戏弄她，时而转变方向对着她飞来，时而俯冲下去低空飞行，掠过屋顶，最后画了一个大大的弧线，猛一加速，又返向西方飞去。普鲁不时地可以远远瞥见被抓走的弟弟，在乌鸦的利爪下摇来晃去，一会儿又在这羽毛状的旋风中消失不见了。

"麦克，我来找你了！"她喊道。泪水沿着普鲁的面颊流下，但她分辨不出这是她哭出来的，还是骑车时鞭打在脸上的秋季的冷空气造成的。她的心在胸腔里剧烈地跳动着，但她的心情十分沉静；她仍然不太相信眼前发生的这一切。她唯一的想法就是救出弟弟。她发誓再也不会让弟弟离开她的视线。

普鲁在圣约翰川流不息的马路上曲折前进，周围汽车的喇叭声此起彼伏。一辆垃圾车在威拉米特街中间缓慢掉头，挡住了前进的路，普鲁不得不跳上马路边沿，冲下人行道。一群行人尖叫着，纷纷避让。

"对不起！"普鲁喊道。这时乌鸦群转弯往回飞，普鲁赶紧刹车，乌鸦群又几乎排成一列低空飞行，直接冲她飞来。普鲁尖叫着，在乌鸦飞过她头顶时缩头避让，乌鸦的羽毛割伤了她的头皮。在乌鸦飞过时，她听到远处麦克发出的咯咯声和叫喊声，"噗！"然后麦克就又不见了，乌鸦向西继续飞行。普鲁蹬起自行车，车子跃回到街道黑色的路面上，她用手臂压着车把减轻这一跳带来的颠簸感，但脸部仍然被震得抽搐了一下。看到前方一个空当，她便猛地右拐，骑进一条小街，小街两边是新建的统一的白色复式楼。地面开始微微倾斜，车子逐渐加速，自行车在她的身下晃动着咔嗒作响，突然，小街一下子到了尽头。

她到了一个悬崖边。

这里，威拉米特河的东侧，是横在人口稠密的圣约翰居住区与河岸之间的一条天然边界——一个三英里①长的悬崖，就叫作断崖。普鲁大叫一声，猛踩刹车，差点跃过车把翻落崖下。乌鸦群已经越过断崖，向上汇集，就像是一团晃动的黑色漏斗云，它们身后是工业废墟地的熔炉和烟囱里升起的烟雾，那是河对岸一片真正的无人区，很久之前被当地的工业巨头占据，变成了可怕的浓烟和钢铁之地。在废墟地的更远方，是一片布满浓密森林的山脉，笼罩在灰蒙蒙的雾气之中，一望无际。普鲁大惊失色。

"不！"她低声说道。

转眼间，毫无声息的、漏斗云状的乌鸦群飞过河流的最远端，形成一长列，消失在这片黑漆漆的丛林里。她的弟弟被抓进了"荒野禁地"中。

---

① 1英里约合1.6公里。

第 二 章

一座城的"荒野禁地"

从普鲁记事时起,她所见到的每一幅有关波特兰和周边郊区的地图,中央都有一块大大的、深绿色的斑点,像一片青苔,从西北角延伸到西南角,上面标注着神秘的缩略字母"I.W."①。普鲁之前从来没有问过,直到有一天晚上——那时候麦克还没出生——她正和爸妈一起坐在客厅里,爸爸带回家一本新的地图集,他们一起躺在睡椅上翻阅,一边用手指探寻着边界,一边读着遥远国度的奇怪地名。当他们翻到俄勒冈州地图时,普鲁指着小小的波特兰插图,提出了那个一直困扰她的问题:"I.W. 是什么意思呀?"

---

① 英文"Impassable Wilderness"的首字母缩写,即"无法穿越的荒野""荒野禁地"。

"没什么，亲爱的。"爸爸回答道。他翻回到他们之前看的俄罗斯地图，指着辽阔的东北部上的一个圆圈，上面写有"西伯利亚"几个字。这里没有标注任何城市名，也没有区别高速公路和普通道路的蜿蜒的黄色标记线，只有一块块蓝色和白色，以及少许弯弯曲曲的蓝色线条，连接起密布在陆地上的无数偏远湖泊。"世界上有些地方是人们无法生存的。也许是因为太寒冷，或者有太多树，或者山太陡没法爬上去。总之不管是什么原因，没人想在那里修建公路，没有公路就没有房屋，没有房屋就没有城市。"他又翻回到波特兰地图，用手指着标有"I.W."的地方说道，"这是'荒野禁地'的缩写，就是这个意思。"

"为什么没有人住在那里呢？"普鲁问道。

"原因和没有人居住在俄罗斯的那些地方一样。当第一批开拓者来到这片土地开始建造波特兰时，没有人想在那里造房子，因为森林太茂密，山坡太陡峭。那里没房子，也就没人想在那里修路了。没有房屋和公路，那块地方就一直没有人了。过了很久，那里就变得越来越荒凉，越来越不适合居住。因此，"他说，"人们称那里为'荒野禁地'，大家都会避开那里。"爸爸故作轻松地用手抹了下地图，举起地图集，用大拇指和食指轻轻捏了下普鲁的下巴。然后，爸爸将普鲁的脸凑近自己，说道，"我永远、永远不许你去那里。"他逗趣似的将她的头拨来拨去，微笑着，"孩子，听到没？"

普鲁做了个鬼脸，抽回下巴，"好的，我听到啦。"他们又继续看地图集，普鲁的头倚靠着爸爸的胸膛。

"我是说真的。"爸爸说道，她可以感觉到脸颊后爸爸的胸膛收紧了。

于是普鲁知道了不要走近这片荒野禁地，之后也只问过爸妈一次相关的问题。但是她无法忽视它。市区里高高的公寓楼如雨后春笋，郊区的高速公路旁兴建了好多购物中心，普鲁感到奇怪，为什么这样一大片土地就在城市边上，却无人认领、无人走近、无人开发，而且似乎没有大人会谈论它或者提起它，好像它在大多数人脑海中根本不存在一样。

只有在普鲁所在学校的孩子们之间，荒野禁地才会被提起。普鲁已经念七年级了。高年级学生曾流传这样一个故事：好像是某个人的叔叔，有次误闯进了荒野禁地，然后消失了好多年；他的家人继续生活着，经年日久都快忘记他了，直到有一天他突然出现在门前；他似乎记不起消失的这些年里发生的任何事情，只是说他在丛林里迷路了一阵子，现在饿坏了。普鲁从第一次听到这个故事时就不太相信，故事主人翁的身份也在不同版本的讲述中一直变换。在一个版本中，他是某人的爸爸，到了另一个版本里，又成了某人任性的表弟。而且每一次讲述的细节都有所不同。一个来参观访问的中学生告诉普鲁那群听得入迷的同学，这个人（在这里又成了他的哥哥）从荒野禁地的奇怪之旅归来后，变得不可思议地衰老，白花花的长胡子一直拖到了他的破鞋子上。

不管这些故事的真假，普鲁明白了，就像她跟爸爸那次的对话一样，同学们也都问过父母类似的问题。荒野禁地的主题常常不经意地出现在他们的游戏当中：方形的球场周围曾被当作是有毒岩浆的湖泊，现在则成了荒野禁地，谁要是漏拍了一下球，就不得不倒霉地追着红色橡皮球，跑进丛林；玩捉迷藏时，也不再是躲和找，而是指定一个人扮演荒野禁地的野狼，追赶逃跑的同学们，一边学狼号叫。

正是这些狼的可怕影像，使得普鲁第二次向父母询问荒野禁地的事情。她曾在一个晚上被清晰的狗叫声惊醒。从床上坐起来后，她听到隔壁房间那时才四个月大的麦克也醒了，哭啼着，呜咽着，爸妈正哄着他，用嘘声使他安静下来。虽然狗叫声很远，但令人不寒而栗。这是一片没有音调的混乱叫声，随着声音越来越大，附近有越来越多的狗加入号叫。普鲁那时注意到，这种远方传来的号叫和平时邻里的狗吠不同：它更加尖锐刺耳，更加混乱和充满怒气。她将毯子扔到一边，走进爸妈的房间。她看到的场景让人很不安：麦克这时已经安静了下来，被妈妈抱在怀里轻轻摇动着，而爸妈都站在窗前，眼睛一眨不眨地注视着城外远处西方的地平线，面色苍白，神情惊恐。

"那是什么声音？"普鲁问道，走到爸妈身边。圣约翰的灯光在他们面前散落着，像闪烁的繁星，在河那里停止，消失在黑暗中。

爸妈被她的问话吓了一跳，然后爸爸说道："只是一些老狗在号叫。"

"但是在更远处？"普鲁问，"那听起来不像是狗叫。"

普鲁看到爸妈交换了下眼色，然后妈妈说道："亲爱的，丛林里有一些很凶猛的野兽。很可能是一群野狼，想到哪里找些人们剩下的食物大吃一顿。最好别担心。"她笑了笑。

狗叫声终于停了，附近的狗都安静下来，普鲁的爸妈把她送回房间，塞到被子里。那是他们最后一次提到荒野禁地，但普鲁的好奇心并没有消失。她禁不住有点困惑：她的爸妈，平时是那么自信和强大，却似乎被那些号叫声奇怪地吓到了。他们看起来和普鲁一样对这个地方充满戒心。

因此，我们可以想象，当普鲁看着这群黑色羽毛的乌鸦，带着她的弟弟，一起消失在荒野禁地那片黑色中时，她的内心有多么恐惧。

下午就快过去了，夕阳沉在荒野禁地的群山后。普鲁半张着嘴，呆呆地站在悬崖边上。一列火车从下方驶来，穿过铁路大桥，从工业废墟地的钢筋水泥建筑上方开过。一阵微风吹起，普鲁裹着短外套打了个冷战。她注视着树际间的小缝隙，乌鸦群刚刚从那里消失。

开始下雨了。

普鲁感觉就像有人在她肚子里钻了篮球那么大的一个洞。她的弟弟不见了，确切地说，是被鸟儿捉走了，带到了一个遥远的、不可触及的荒野里，天知道这些鸟儿会在那里对他做什么。而这都是她的错。天色从深蓝变成了深灰，街灯慢慢地、一个接一个地亮起来。夜幕降临了。普鲁知道她守在这里是没用的。麦克不可能回来。普鲁将自行车掉了个头，推着走回到街上。她该怎么跟爸妈说？他们会感到难以置信、伤心欲绝的。普鲁也会受到惩罚。她曾经因为在学校有课的晚上，在附近骑车兜风，最后回家晚了被罚禁足，但是这一次的惩罚必将会是她从未经历过的。她弄丢了麦克，爸妈唯一的儿子，她的弟弟。如果超过一会儿宵禁的惩罚标准是一个礼拜不许看电视的话，她无法想象这次丢了弟弟的结果会是怎样。她恍恍惚惚地走了几个街区。当脑海里又浮现出乌鸦群飞进丛林不见的场景时，她强忍住眼泪。

"冷静点，普鲁！"她大声喊道，摸去脸颊的泪水，"好好想想！"

她深深吸了口气，开始在脑中思索有哪些办法，权衡每一种选择的利与弊。去警察局不现实，人们一定会认为她疯了。她不知道如果一个疯子来到警察局大谈特谈一群乌鸦和被绑架的一岁小男孩，警察们会怎么做，但她估计会是这样的结果：她会被带进装甲车，扔到远方某个收容所的地下室，在那里她将在室友的哀怨声中度过余生，一边无助地试着让路过的守卫相信她没有疯，她不应该被囚禁在这里。赶紧跑回家告诉爸妈的想法又让她感到恐惧，他们会彻底心碎的。他们等待麦克的到来等了好久。她不知道整个故事，但是知道爸妈早就想生第二个孩子，但是一直没实现。当他们知道有了麦克时是那么开心。他们喜气洋洋，笑逐颜开，整个屋子充满了生气和欢乐。不，她不能告诉他们这个可怕的消息。她可以跑掉——这是个不错的选择。她可以跳上穿过铁路大桥的火车，离开这座城市，到别的城市流浪，靠打些零工、给人算命来维持生计——或许她还能在路上遇见一只小金毛猎犬，它会成为她最亲密的伙伴，他们一起四海为家，就像流浪的吉卜赛人，她再也不用面对爸妈，再也不用想起她亲爱的、天各一方的弟弟。

普鲁在人行道中央停了下来，伤心地摇了摇头。

你在想些什么？她责备起自己，你疯了吧！她深吸了一口气，继续推着自行车前行。当她想到唯一的办法时，一阵寒意袭来。

她必须去找他。

她必须走进荒野禁地，找到弟弟。这似乎是一件无法完成的任务，但她别无选择。雨已经下得很大了，倾倒在人行道上、大街上，形成巨大的水坑，水坑里积聚着成堆的落叶。普鲁设计着她的计划，仔细权衡着这样一次冒险之旅的危险性。夜晚的寒冷弥漫在大雨滂沱的街道上，选择深夜开始这样的旅途会很危险。我明天再去，她想，一点没意识到她有些话说得很大声。明天一早就出发，爸妈甚至都不必知道。但是怎样才能让他们不发现呢？她的心猛地一沉，她走到了麦克被抓走的地方：运动场。大雨中的运动场空无一人，麦克的红色小车安静地停在柏油路上，车里面是一团浸湿的毛毯，蓄满了积水。"有办法了!"普鲁说着,跑向小车。她跪在湿漉漉的路面上,开始把湿毛毯弄成一个包裹着婴儿的形状,然后退后一步仔细端详。"挺像的。"她说道,开始将小车连接到自行车的后车轴上,这时听到有人叫她:

"嘿,普鲁!"

普鲁呆住了,回头张望。运动场边的人行道上站着一个男孩,穿着一套雨衣雨裤,看不出是谁。男孩褪下雨帽,笑了起来。"是我呀,柯蒂斯!"他喊道,一边向她招手。

柯蒂斯是普鲁的同学。他跟爸妈还有两个姐姐住在一起,和普鲁家在同一条街上。在学校他们俩的座位隔着两排。柯蒂斯在学校经常惹老师生气,因为他喜欢在上课时画超级英雄在各种险境中和敌人对抗。他对画画的迷恋也使得他不是很合群,因为大部分孩子早就不喜欢画超级英雄了,甚至早就不喜欢画画了。大多数孩子都爱在课本的书皮上涂抹各种乐队标志;普鲁是唯一一个不再画超级英雄和童话人物,而画鸟类和植物的孩子。同学们对她投来怀疑的目光,但至少也没有打搅她。柯蒂斯则因为迷恋这么一种过时的艺术形式,被大家疏远。

"嘿，柯蒂斯，"普鲁说道，努力保持平静，"你在这里干什么？"

他戴上雨帽。"我就是出来走走。我喜欢在雨中散步。周围人少些。"他拿下眼镜，用雨衣下的衬衫一角擦拭镜片。柯蒂斯圆圆的脸蛋上方是一堆黑色鬈发，从雨帽下方戳出来，就像一圈圈钢丝棉。"你怎么在自言自语啊？"

普鲁呆住了："什么？"

"你刚才在自言自语，就在那边的时候。"他眯着眼，戴上眼镜，指着悬崖的方向，"我有点像一直在跟着你，我觉得。我本来想早点跟你打招呼，但是你看起来那么……心不在焉。"

"我没有。"这是普鲁唯一想到的回答。

"你那时一直在自言自语，一直在走，然后又停下来开始摇头，做了好多奇怪的举动，"他说道，"你为什么要在悬崖上站那么久？只盯着天空看？"

普鲁严肃起来。她推着自行车走到柯蒂斯跟前，指着他的脸。"柯蒂斯，你听好，"她用她最具威胁性的口气说道，"我脑子里想的东西很多。我现在不想你来烦我，懂吗？"

令她松了口气的是，柯蒂斯看起来很容易就被吓住了。他两手一摊，说道："好！好！我只是好奇而已。"

"那么，别好奇，"她说，"就把你看到的所有事都忘记，行吗？"她开始推着车回家。就在她跨上车，将脚放进踏脚套时，她又转向柯蒂斯说道，"我没有疯。"然后就骑走了。

第 三 章

穿越大桥

　　普鲁到家时已经是晚上快七点钟了，她看到客厅里的灯还亮着，还有妈妈低头编织的身影。她没看到爸爸。她小心翼翼地走到房子跟前，慢慢地向前走，不在碎石子路上发出声响。小车里的湿毛毯看起来很像包裹着一个熟睡的一岁孩童，但显然经不起仔细查看，所以普鲁屏住呼吸，希望不要撞见好奇的父母。但当她拐过房子后面的角落，看到爸爸在忙着处理垃圾和回收废物箱时，她的希望破灭了。第二天是垃圾清理日，一直是爸爸负责处理路边的垃圾箱。看到普鲁，他擦了擦双手，喊道："嘿，孩子！"门廊的灯光洒下一片模糊的白光，穿过漆黑的草坪。

　　"嘿，爸爸。"普鲁回应着。她慢慢将自行车推到房子边上，将车靠在墙上，心跳得飞快。

爸爸笑着说："你们两个回来晚了，我们正担心你们呢。还有，你们错过晚饭时间了。"

"我们经过便利小吃店时进去吃了份炒菜。"普鲁说道，一边笨拙地侧身跨了一步，挡在爸爸和小车之间。她痛苦地注意着自己的每一个动作，还要装作若无其事的样子。"爸爸，今天过得怎么样？"

"哦，还行啊，"爸爸回答道，"非常忙。"他停顿了下，"去了吗？工艺品市场？非常忙？"普鲁高声大笑起来，然后立马回想了下自己的反应；通常她对爸爸糟糕的双关语总是嘟囔着表示不屑。爸爸似乎也注意到了她不平常的举动。他挑了下眉毛，问道："麦克怎么样？"

"他很好！"普鲁急忙回答，可能语速有点太快，"他在睡觉呢！"

"真的？今天睡的有点早啊。"

"嗯，我们今天真的……很奔波。他四处跑，看起来真的累坏了，吃过东西后我就把他包在毛毯里，他就睡着了。"她笑着指了指身后的小车，"就像这样。"

"嗯，"爸爸说道，"好吧，把他带到屋里，给他穿上睡衣。他可能已经撑不住了。"他叹了口气，回头看了看垃圾回收箱，把它们沿着房子一侧往街上拖去。

普鲁如释重负地松了口气。她转过身，小心地把湿毛毯从小车里抱出来，向屋子里走去，一边轻轻来回颠着这团毛毯，一边发出哄孩子的"嘘"声。

屋子的后门通往厨房，普鲁尽可能轻手轻脚地从软木地板上走过。就在她快走到楼梯口时，妈妈从客厅喊住了她："普鲁？是你吗？"

普鲁停了下来，将湿毛毯紧紧贴在胸口。"是的，妈妈，什么事？"

"你们两个错过了晚饭时间。麦克怎么样？"

"很好，他睡着了。我们在回来路上吃过了。"

"睡着了？"妈妈问道，普鲁可以想象妈妈戴着眼镜转过头看壁炉架上的钟的样子，"哦，我估计得给他……"

"穿上睡衣，"普鲁替她说完，"交给我吧。"

她飞奔上楼，每两级楼梯一跨，冲进自己的房间，将湿毛毯扔进装脏衣服的篮子里，然后走出房间，穿过走廊，走进麦克的房间。她拿起他的一个毛绒玩具——一只猫头鹰——放进婴儿床里，小心地用毛毯裹起来。乍一看，这一团还真像一个熟睡中的婴儿。普鲁满意地点了点头，关上灯，走回自己的房间。她关上门，跳上床，将头埋到枕头下面。她的心还是跳得飞快，过了好一会儿才呼吸平稳。雨水打在窗户的玻璃上，发出静静的沙沙声。普鲁将头从床上抬起来，环视了下自己的房间。楼下，她听到爸爸关上外面的门，走进了客厅。爸妈小声地说着话。普鲁从床上爬了起来，开始准备明天的探险。

普鲁把她的斜挎包从书桌下拖了出来，打开包，把包内的所有东西倒在了地上：她的科普书，一本螺旋订装的活页笔记本，一支圆珠笔。她又从床下拿出手电筒，从书桌抽屉里拿出十二岁生日时爸爸送给她的瑞士军刀，把它们放进包里。她在房间中央站了一会儿，咬着手指甲。要去一片无法穿越的荒野救弟弟，需要带些什么东西呢？早上她可以从食品柜里拿到食物。现在，她所要做的就是等待。她重重地睡倒在床上，从短外套里拿出《西伯雷鸟类指南》，快速翻阅着，努力将脑海里一直萦绕的疯狂念头抹去。

过了大概一个小时，她听到爸妈上楼的脚步声，心又开始怦怦直跳。她的房门被敲响了。

"嗯？"她说道，装作很镇定。她不知道她还能这样伪装多久，装

第 四 章

越过大桥

普鲁只匆匆一瞥，知道火车不是很长，但正以稳定的速度噗噗地开上他们刚刚爬上的山坡。她转过头冲向自行车，将靠在大桥边的自行车提起来扔在铁轨中间。她跳上车，猛踩脚踏，车后轮顶住铁路枕木间的碎石自由旋转起来。

"等等我！"柯蒂斯在她身后大叫。桥面的金属部分在驶来的火车的重压下吱嘎作响。普鲁已经行动起来，她快速转头瞥了一眼，估测了自行车和火车间的距离。可怕的火车头正冲破云雾开来，同时柯蒂斯在后面追赶着，拼命挥舞着胳膊。普鲁每骑过一根枕木，自行车身就颠簸一次，她还得仔细留心前方的路，尽量在这不平的路面上保持平衡。拖着的电台传单牌小车每经过一根枕木都跳一下，好像每一次蹬车都有可能翻倒。"跳进车后面来！"普鲁努力透过震耳欲聋的火车

"你为什么要这么做?"他叫道,用手捂着头。

"因为你在犯傻,你跟着我,而且我已经警告过你。这就是原因。"她弯下腰又挑了块石头,比之前的那块更尖更大。她两手来回掂量着石头,好像在估量它的重量。

"好了,普鲁,"柯蒂斯说道,"让我帮助你!我是个好帮手。我爸爸曾经是我堂哥所在的威备乐士童子军的小队负责人。"他把手从头上放下来,"我还带了我堂哥的猎刀呢。"他拍了拍外套的口袋,腼腆地笑了笑。

普鲁将第二块石头扔了过去,石头嗖地掠过柯蒂斯前方的地面,落在他脚跟前几英寸①处,普鲁嘀咕了声。柯蒂斯大叫一声,跳着走开了。

"回家吧,柯蒂斯!"普鲁喊道。她蹲下身打算再挑块石头,但她停住了,因为她感到脚下的地面突然颤动起来。随着大桥震颤得越来越厉害,碎石子开始发出咔塔咔塔的响声。她抬头看向柯蒂斯,柯蒂斯正呆立在铁轨中央。他们俩睁大了双眼,互相对视着,震感越来越强烈,桥桁架上的钢梁发出抱怨般的哞哞声。

"火车!"普鲁叫道。

---

① 1英寸等于2.54厘米。

普鲁停下脚步，靠着一棵杉树，仔细看着周围郁郁葱葱的一片。

普鲁冲到趴在地上的跟踪者旁，猛地拉开他的绒线帽。她惊讶地叫了起来。

"柯蒂斯！"她喊道。

"你好，普鲁，"柯蒂斯气喘吁吁地说，他挣脱着扭了扭身子，"你能从我身上起来吗？你的膝盖真的压到我的肚子了。"

"别想，"普鲁说道，恢复了镇定，"除非你告诉我你为什么跟踪我。"

柯蒂斯叹了口气："我没、没有！真的！"

普鲁用力将膝盖顶住他的肋骨，柯蒂斯大叫一声："好了！好了！"他叫道，声音颤抖着，几乎带着哭腔。"早上我起来很早，出门倒垃圾，正巧看到你骑车经过，我只是想知道你要去哪里！昨天晚上我听到你自言自语，说了些关于你弟弟还有如何去救他的事情，然后今天早上我看到你这么早就出门，我想肯定出了什么事，我真不是故意要跟踪你的！"

"关于我弟弟你都知道些什么？"普鲁问道。

"什么都不知道！"柯蒂斯抽着鼻子说道，"我只知道他……他丢了。"他的面颊有点发红，"还有，我不知道你准备用小车里的湿毛毯骗谁。"

普鲁移开了抵着他肋骨的腿，柯蒂斯这才松了口气。

"你吓死我了。"普鲁说道，从他身上下来，柯蒂斯坐了起来，掸掸裤子上的灰尘。

"对不起，普鲁，"柯蒂斯说，"我真的不是有意的，我只是好奇。"

"嗯，没事，"普鲁说着站起来，开始走开，"这事跟你无关。我的事我自己处理。"

柯蒂斯急忙爬起身来。"让、让我跟你一起去!"他跟在她身后叫道。

普鲁走回到铁轨旁,从碎石路上扶起自行车,推着向大桥走去。"不行,柯蒂斯,"她说道,"你回家吧!"河岸朝第一个桥墩倾斜下去,形成一种半岛,铁轨沿着桥架微微倾斜。普鲁将自行车往上推到铁轨中间,自己努力保持平衡走在铁轨上。就在她努力行进时,雾气开始消散,露出了大桥的第一座桥塔。桥塔里装着滑轮装置,高一些的船经过时,就会将桥的中段提起,而且桥塔顶端还装有闪烁的红色信号灯。普鲁看到升降式桥孔的部分放下来了,她可以通过,松了口气。

"你不担心会开来一列火车吗?"柯蒂斯在她身后问道。

"不担心。"普鲁回答,虽然事实上她并没有真正考虑过这个问题。在铁轨和桥桁架之间只有大概三英尺①的距离,松散的碎石子路也不是很好走。当她走到桥的中段时,她从桥边上往外看,深吸了口气。河床里浓雾缭绕,形成的云层遮住了下方的河水,给人一种错觉,仿佛大桥惊人地高耸入云,就像普鲁曾在《国家地理》杂志上看到的那跨越了云雾弥漫的秘鲁大峡谷的精致索桥一般。

"我有点担心会开来一列火车。"柯蒂斯承认。他正站在一座桥塔下方的铁轨中央。

普鲁停下了脚步,将自行车靠在桥桁架上,捡起一块碎石。"柯蒂斯,别逼我这样。"她说道。

"怎样?"

普鲁将石头朝他扔去,柯蒂斯跳着躲闪,差点绊倒在铁轨上。

---

① 1 英尺等于 30.48 厘米。

轰隆声大声喊道。

"不行！你骑得太快了！"柯蒂斯叫道。

普鲁低声骂了一句，按下刹车，车后轮在碎石子中摇摆。火车此时已经开到了大桥的中段，发出阵阵汽笛声，铁轨在火车的重压下呻吟着。柯蒂斯扑向电台传单牌小车，身子撞到小车的金属底板上，骨头都麻了，"哎呀！"叫了一声。他抓住小车的边框，喊道："走！"普鲁立刻骑了起来，朝大桥的远侧飞驰而下，铁轨上顿时剥落一层页岩。

在大桥的另一侧，铁路在一片葱葱郁郁的树林前分成了两个方向。越来越接近大桥末端时，普鲁的车在斜下坡的速度越来越快，自行车跳颠着，车胎重重落在枕木上。小车因为压上了柯蒂斯扭动的身子，更稳稳地贴着地面，普鲁则大口喘气保持前进的速度。他们身后的火车声越来越清晰了，她连往后瞥一眼火车进度的时间都没有，双眼只盯着河远处的对岸。

"抓好了，柯蒂斯！"普鲁大声喊道，这时他们已经到达了铁轨离开大桥的分岔处。她右脚猛地一蹬脚踏板，前轮越过了铁轨，落在大桥末端深深的、松松的碎石沟里。自行车后轮和小车也随之很快离开了轨道，整辆车猛地向前一冲，车上两个人越过车把，飞了出去，落在碎石沟另一侧干燥的灌木丛中。火车从旁边向南飞驰而去，驶入云层中，压得铁轨在身下哀号。

普鲁平躺在冰冷的大地上，急速喘息着，感觉浑身上下像触电了一样。她坐起身，吐了口唾沫，擦去脸上的一块泥巴，然后看了看四周，发现自己正坐在一个浅洞中，周边是死气沉沉的枯草地。不远处就是工业废墟地，一片古怪的没有窗子的高楼和筒仓；再往前就是一座陡峭高山的第一个山坡，厚厚地覆盖着令人眩晕的参天大树。他们正处在荒野禁地的边界。普鲁打了个冷战。旁边的草地上传来一声呻吟，她循声看去，柯蒂斯正努力站起身，红色的电台传单牌小车牢牢地扣在他的背上，就像龟壳一样。柯蒂斯甩开小车，揉搓着脖子。

"哎哟，"他呻吟着，哀怨地看着普鲁，重复着，"哎哟。"

"也许你之前就不应该跟在我后面。"普鲁说着，站起身来。自行车和小车的残骸在他们旁边乱成一团。普鲁嘟囔着，把破烂的自行车从灌木丛中拖出来，仔细打量着：车子大部分零件还能用，但是前轮不可恢复地变形了，里面扭曲的辐条乱七八糟地戳了出来。

普鲁大声诅咒着，扔下自行车，用力踢向一块荆棘地，扬起一阵尘土。

柯蒂斯盘腿坐在地上，不可思议地望着身后的大桥，喘息着说："真不敢相信我们做到了，我们超过了火车！"

普鲁没有听他讲话。她双手叉腰站着，注视着扭曲的前轮，眉头紧锁。她整个暑假都在整修这辆车。现在扭曲得没法修理的前轮圈，曾经是焕然一新的。她这一次的冒险旅途显然没能有个很好的开头。

"我们刚刚棒极了，"柯蒂斯说着，"我是说，我们刚才合作得非常

好。你在骑车，我在……小车里。"他一边用手指按摩着太阳穴，一边笑道，"我们就像是一对拍档，嗯？"

普鲁的斜挎包在刚才的冲击中被甩到了地上，她弯下腰捡起包，调整好肩上的背带。"柯蒂斯，拜拜。"她说着，扔下自行车和小车，开始走进废墟地，朝草木丛生的陡峭山坡前进。

这片干枯的黄褐色草地前方就是密排的神秘建筑物。有一些看上去像是仓库，镶嵌着波纹金属，另一些像是巨大的四四方方的筒仓，门开在极高的地方，看不出通向何处，几十码①长的金属管道在表面弯曲延伸，连接到邻近的建筑上。有少数大楼上有窗子，闪耀着红色光芒，仿佛里面燃烧着熊熊大火。整座"城市"都持续回荡着金属的咣当声，大烟囱里喷着烟雾，给人一种奇怪的感觉，仿佛这是一座被完全遗弃的荒城，却又十分活跃。再远方，金属墙那边传来搬运工的嘟囔声和喊声，他们的身影消失在低空的雾气中。普鲁一边走，一边打量着四周；她认识的人中从未有谁冒险来过这里。因此，刚刚踏上征程不久，她就觉得自己像是到了外星球的第一位探险家。雾气继续消散。竖立在小石子路后方的是一座灰色石头堆砌的大楼，覆盖着苔

---

① 1 码约等于 0.9 米。

藓的屋顶上方有一座钟塔。钟敲响了；普鲁数了数，六下。

又走了一阵子，废墟地四方形的建筑物渐渐远去，出现了一个布满深绿色灌木丛的斜坡。普鲁跨过火车朝北分岔的轨道，走入一片齐膝深的葱葱郁郁的蕨类植物丛中。地面继续向上方斜升，前面就是标志着将外界和荒野禁地隔开的第一排树丛了。普鲁深吸一口气，整了整肩上的背包，迈向树丛。

"等一下！"柯蒂斯喊道。他早已爬起身来，跌跌撞撞地跟在普鲁后面。他停驻在这排树丛前，"你要去那里？但是那里……那里是荒野禁地。"

普鲁没有理会，径直向前走。她脚下的土地十分松软，沙龙白珠树和蕨类的叶子鞭打着她的小腿。"嗯哼，"她说，"我知道。"

柯蒂斯不知说什么好。看到普鲁继续沿着斜坡前进，走进森林，他抱着双臂，朝普鲁喊道："这是无法穿越的禁地，普鲁！"

普鲁停顿了一下，向四周看了看。"我看起来穿越得很顺利。"她说道，继续前进。

柯蒂斯向前跑着，和普鲁保持在可听的范围内。"嗯，是的，现在，或许是，但是谁知道一旦你继续向前，走进那里，会发生什么。而且这些树……"他说到这里顿了顿，从上到下打量着山坡上一棵大树，"嗯，我必须告诉你，这些树让我有种不好的预感。"

柯蒂斯的警告对普鲁没有丝毫作用。她沿着长满树丛的斜坡继续前进，努力在突出的树根上保持平衡。

"还有土狼，普鲁！"柯蒂斯继续说着，迅速爬上斜坡，但是在分隔荒野禁地的第一棵树前停下了脚步，"它们会把你撕得粉碎！一定还有别的路可以走的！"

"没有其他的路可走，柯蒂斯，"普鲁说，"我弟弟在里面，我必须找到他。"

柯蒂斯大吃一惊："你认为他在这里面？"此时普鲁已经走进丛林很远处了，在树木和荆棘的遮蔽下，柯蒂斯已经几乎看不到她的红围巾。就在普鲁完全消失在视野中时，柯蒂斯深吸一口气，也踏进了丛林，他喊道："好吧，普鲁！我要帮你找到你的弟弟！"

普鲁停下脚步，靠着一棵杉树，仔细看着周围郁郁葱葱的一片。在她所能看到的范围内，都是绿色。绿荫遍布四野，超出了普鲁的想象：翠绿的蕨类植物，低垂的淡黄地衣，还有壮观的灰绿色冷杉枝。太阳升起来了，光芒透过树隙洒落在茂密的丛林中。普鲁转身看了看正在后面气喘吁吁地爬山的柯蒂斯，然后继续向前走。

"哇噢，"柯蒂斯说道，边喘着气，"同学们一定会感到难以置信的。我是说，还没有人走进荒野禁地过。至少我从没听说过。这里是真的荒野！看看这些树，它们真……真……高！"

"安静点，柯蒂斯，"普鲁终于开口道，"我们可不要让整片荒野都知道我们在这里。谁知道里面会有些什么？"

柯蒂斯停住了，张大嘴巴，"你说了'我们'，普鲁！"他喊道，然后又顿了一下，用沙哑的声音反复小声说着，"你说了'我们'！"

普鲁翻了翻白眼，转过身，用手指戳了戳柯蒂斯。"说得好像我有选择一样。不过如果你要一起去的话，你必须紧跟着我。我弟弟是我看着丢的，我不能再弄丢一个笨蛋同学。清楚了吗？"

"清楚得像……"柯蒂斯开口道，他做了个鬼脸，想起普鲁的指令，小声接着说，"像水晶！"他将手举到额头旁，显然在模仿某种特殊的行礼仪式，但他看起来像在护理眼伤一样。

35

他们安静地走了一会儿，直到林中一条深深的沟渠出现在他们的左侧。他们爬下堤岸，到达底部，一步一滑地走在森林覆盖着苔藓的沃土上。小溪流在峡谷中冲出一条道来，没有树，只有矮矮的蕨类植物和灌木丛。这里走路稍微轻松点，虽然他们时不时还得在一些低矮的、横七竖八倒落的树下钻来钻去。阳光在地面投射下模糊而斑驳的光影，空气如此纯净新鲜，普鲁的面颊丝毫感觉不到。她一边走，一边惊叹这不可思议的景色。随着她在这片不可思议的荒野中越走越远，她也越来越不觉得害怕了。鸟儿在峡谷上方隐约露出的树上欢唱，矮树丛里不时有小松鼠或小花栗鼠蹦来跳去。普鲁不敢相信之前没有人在荒野禁地中走这么远；她觉得这里宁静友好，充满生机和美。

过了一会儿，柯蒂斯的低语声打断了普鲁的思绪："你有什么计划？"

她怔住了："什么？"

柯蒂斯抬高了点音量："我问，有什么计划？"

"你没必要这么小声。"

柯蒂斯看起来很困惑。"哦，"他用正常的音量说道，"我记得你说过不能大声。"

"我是说过不要大声，但你也没必要声音这么小。"她朝四周看了看，"我也不太清楚我们到底在躲什么。"

"也许是土狼？"柯蒂斯说。

"我觉得土狼只有在晚上才会出来。"普鲁说道。

"哦，对，我在哪里也读到过，"柯蒂斯说，"你觉得我们能在夜晚到来前搞定吗？"

"希望吧。"

"你觉得你的弟弟会在哪里？"

这样一个简单的问题让普鲁脸色一下煞白。她开始意识到，找到麦克可能比一开始想象的要难得多。转念又想，自己有没有想过一旦走进荒野禁地，接下来要做些什么？开始这段冒险之旅是很勇敢——但是现在怎么办？普鲁应付柯蒂斯道："我真的不知道。那些鸟儿消失在这一带……"

柯蒂斯打断了她的话："鸟儿？什么鸟儿？"

"那些绑架了我弟弟的鸟儿。确切地说，是乌鸦。一大群。杀手般一大群。你知道吗？一群乌鸦在英语里可以称作杀手般一群？"

柯蒂斯的脸顿时变了色。"你说什么，鸟儿绑架了你弟弟？"他结结巴巴，"是……鸟儿？"

普鲁的眼睛闪着怒火："柯蒂斯，快点跟上思路。我也不知道发生了什么，但是我没有疯，我必须相信我看到的一切。如果你打算一起去，你就必须相信这些。"

"哇噢，"柯蒂斯一边说，一边摇头，"好，我去，我和你一起。那么，我们怎样才能知道这些鸟儿去哪里了呢？"

"我看到它们冲进了铁路大桥上面山上的这片丛林里，没见到它们再飞出来，所以我不得不认为它们就在这附近什么地方。"她又仔细看了看周围的环境：森林看起来无边无际，一成不变，峡谷随着山向上延伸，直到看不见。"绝望"这个词突然闪现在脑海中，普鲁甩掉这个念头。"我们只需要继续寻找，满怀希望。"

"他听得懂英语吗？"柯蒂斯问道。

"什么？"

"你弟弟。如果我们叫他名字，他能回应吗？"

普鲁想了一会儿，说道："不能。他只会说他自己奇怪的语言。他能咿咿呀呀叫得很大声，但要是我们叫他名字，我不确定他能不能回应。"

"难办。"柯蒂斯挠了挠头皮，"不是为了换话题或者别的，"他不好意思地抬头看了看普鲁，"你有没有带点吃的在身边啊？我有点饿了。"

普鲁笑了："我带了。"她坐在一根大的断树枝上，将斜挎包从肩上扔下。"你要来点什锦点心吗？"

柯蒂斯的整个脸都在放光："啊哈！我现在就要狠狠吃上一点。"

他们并排坐在原木上，将满手的什锦杂果往嘴里塞，一边俯瞰着荆棘丛生的峡谷。他们开始聊天，聊学校的事情，聊他们那可悲的、醉醺醺的英语老师墨菲先生，聊墨菲先生在读到《牛奶树下》里猫船长的开场独白时泪流满面的样子。

"我那天不在，"柯蒂斯说，"不过我听说过这事。"

"大家在他背后说得可过分了。"普鲁说道，"我不太明白。我是说，这事是有点夸张，嗯？"

"嗯，"柯蒂斯说，"我还没看到那里。"

"柯蒂斯，这一段大概就在前十页。"普鲁讥讽地哼了一声，又抓了一把花生塞到嘴里。

他们又开始聊最爱看的书。柯蒂斯简单描述了他最爱的X战警，普鲁先是开玩笑地表示不屑，然后又承认有点羡慕里面简·格雷的心灵感应特异功能。

"那你为什么停下来了？"柯蒂斯停顿了一会儿问道。

"你指什么？"

"嗯，还记得五年级的时候，我们把画好的画给彼此看吗？画的超级英雄？你画二头肌画得真棒，我完全拷贝了你的画法。"柯蒂斯不好意思地低下头，看着袋子里的什锦，在葡萄干和花生堆里找 M&M 巧克力豆。

普鲁觉得像受到了严厉指责一样。"我不知道，柯蒂斯，"她最后说道，"我估计我是对那玩意儿没兴趣了。我还是喜欢画画，很喜欢。只是画不同的东西了。我想，我是长大了吧。"

"嗯，"柯蒂斯说，"也许你是对的。"

"植物绘画，我现在主要画这个。你可以试试看。"

"植物？你是说画一些花草树木什么的？"柯蒂斯不敢相信。

"是啊。"

"我不知道，也许以后我会试试看吧。找一片叶子画画。"柯蒂斯安静地说道，几乎是垂头丧气。

普鲁看了看他们正坐着的原木，上面爬满了一大片常春藤，树皮几乎都被绿色的叶子遮住了，看上去就好像是常春藤弄倒了大树。"看这些常春藤叶子，"普鲁学着美术老师的口吻说道，"看看这些细小的白色叶脉在绿叶上的图案。你观察得越仔细，就越会觉得有趣。"

柯蒂斯耸了耸肩。他用力扯过来一根藤蔓。藤蔓像某种倔强的动物一样，紧紧地抓着树皮。放手后，柯蒂斯静静地将手伸进什锦点心的袋子里，又抓了一把。

普鲁试着让气氛轻松些。"嘿，"她直截了当地说，"别在里面挑来挑去找巧克力。这不合规矩。"

柯蒂斯尴尬地笑着，把袋子递回给她。

吃了半袋什锦后，普鲁拿出水杯，喝了一口。她又递给柯蒂斯喝了一口。一大片灰色的云层飘到了树林上方，遮住了太阳，早晨的阳光变得暗淡起来。

"我们接着走吧。"普鲁说。

他们沿着峡谷继续前进，地面变得越来越倾斜，他们得两手抓住常春藤来保持平衡。河床看上去在春冬季节能蓄很多水，但现在很浅，几乎干涸。他们很快发现将河床当作小路走会容易得多。河床到了小山顶变得平坦，他们又一次来到了一片高地上雾蒙蒙的树丛中。

"我要解个手。"普鲁说。

"好。"柯蒂斯有点困惑，回头俯视峡谷。

"到那边去，"普鲁说道，指着一片蕨类的灌木丛，"不许看。"

"哦！"柯蒂斯说，"对，好，给你点隐私。"

普鲁等到柯蒂斯进入树丛，从视线中消失，才在一棵树后找了块地方，蹲了下来。刚刚解好手，她听到灌木丛中传来一阵听不清的沙沙声。她迅速按好牛仔裤纽扣，小心翼翼地绕着树走出来；周围没人。

"普鲁！"沙沙声传来，原来是柯蒂斯。

"柯蒂斯，我说过你没必要这么小声。"她看到是柯蒂斯，松了口气。

"来，来这边！"柯蒂斯结结巴巴，仍然小声说道，"别出声！"

普鲁顺着他的声音走过去，推开杂乱缠绕的常春藤。在灌木丛的另一侧，柯蒂斯正弯着腰，注视着远处。

"看那边！"他低声说道，用手指了指。

普鲁眨了眨眼，看过去。"什么——"她刚开口就被柯蒂斯打断了。

"土狼，"柯蒂斯说，"而且他们在说话。"

第 五 章

丛林居民

地面从灌木丛边缘开始陡斜，在树林中的这一小片草地上形成了海角般的一块突起。空地的中间聚集了差不多十二个身影，似乎围绕着一堆篝火的余烬。从远处虽然不太看得清，但那些身影绝对是土狼：他们披着浓密的灰色皮毛，腰部很细。一些绕着闷烧的篝火徘徊着，四脚着地，一些则靠后腿支撑站着，伸着灰色的长鼻子嗅着空气中的气味。然而，这一场景中有两点着实让人目瞪口呆：一，他们似乎都穿着统一的成套红色制服，头戴羽毛头盔；二，他们确实在互相交谈，用英语。

虽然土狼哇啦哇啦的说话声听上去尖锐刺耳，而且他们用吠叫断句，普鲁和柯蒂斯还是可以不时听到他们的交谈内容。

"你真可悲！"一只大一点的土狼向另一只个头小一点的同伴咆哮

道，露出黄色的狼牙，"我要的只是一堆火，你这个蠢蛋都不能想办法点燃一把余火。"一些土狼的腰间似乎系着刀鞘，另一些则倚靠长长的、顶端是刺刀的步枪站着。这只身形大一点的土狼将爪子搭在一把长弯刀华丽的刀柄上。

被责骂的土狼畏畏缩缩地躲在草丛中，低声吠着回应，呜咽一般。

"连一次简单的常规侦查演习都做不好，"大土狼接着说，"这个排都不合格。"他看了看四周其余的土狼。

柯蒂斯小声问普鲁："他们是……士兵？"

她缓缓点了点头，仍然十分惊讶。

"看看你们脏兮兮的制服！"大土狼号叫道。普鲁猜测他大概是个指挥官之类。他的衣服比士兵们的干净不了多少，肩部佩有肩章。他头上戴着一顶大大的羽毛帽，普鲁记得历史老师给他们看的拿破仑的纪录片里也有这样的帽子。指挥官继续说道，"我真应该现在就把你们带到贵妇总督面前，看看她怎么收拾你们。"他猛地咬住蜷缩在他身后的一只土狼，"她会把你们赶出丛林，她会这么做的，我们要看看离开大家你们怎么过。"他僵住不动，又整了整挎在一边的刀柄，说道，"我自己也有点想这么做，不过我不想因为把你们踢进灌木丛而弄脏我的后脚。"

刚才一直被指挥官斥骂的土狼最终边吠边说道："是的，长官。谢谢，长官。"

"你们该死的警卫队在哪里？"指挥官一边踱步，一边吠道，"我走上来，没有一个人朝我眨过一下眼。你们是整个部队的耻辱，玷污了先辈土狼兵们的传统。"

"是的，长官。"畏畏缩缩的土狼回答道。

指挥官嗅了嗅空气，说道："天马上黑了。我们结束操练就回营地去。你，还有你！"他指着立正姿势站在营火旁的两个士兵，"去灌木丛找些柴火来。不然我就把你们中的一个扔进坑里当木柴点火！"

随着一声令下，整个部队忙活起来。柯蒂斯和普鲁慢慢平趴下去，躲在一棵特别大的蕨类植物的叶子下一动不动。一些土狼在四周寻找木柴，另一些则在草地中央列成方队，继续接受指挥官的训斥。

"如果他们看到我们怎么办？"柯蒂斯小声问道，几只土狼正朝着他们的方向走来。

"别出声。"普鲁低声说，她的心怦怦直跳。

两只土狼走到柯蒂斯和普鲁正下方的一堆矮树丛里，开始用细长的胳膊捡拾枯树枝。他们一边做事一边数落对方，普鲁屏住呼吸听着他们狗吠一样的争吵。

"我们弄成这副狼狈样都是你的错，德米特里，"一只土狼对另一只说道，"我平时的队伍从来没这么差劲。真让人难堪。"

另一只在树枝间弯着腰，说道："哦，闭嘴，弗拉德，是你坚持让大家到处标记地盘的。从来没在一块地见过这么多尿，难怪该死的火堆怎么都点不着。"

弗拉德拿起一根桦树枝在德米特里的眼前挥舞着，瞪大双眼，怒气冲冲。"那个——那个是该死的条约上的！查查你的丛林手册。话说你认字吗？"

德米特里扔下柴火，露出獠牙。两只土狼现在离普鲁他们很近，普鲁可以看到他们咧嘴怒吼，露出长短不齐的可怕黄牙，从鲜红的牙床上伸出。"我要让你见识下条约！"德米特里吼道。随后他们一言不发地僵持着，过了片刻，弗拉德开口说道：

"你这话是什么意思？"

德米特里大声吠叫，猛地跳向对方，咬住咽喉，獠牙闪光。

柯蒂斯的手从布满苔藓的地面摸索着伸过来，直到碰到普鲁的手指，紧紧握住。普鲁也紧紧攥住柯蒂斯的手，不敢将视线从争斗的两只土狼身上移开。两个士兵已经跌倒在地，疯狂地翻来滚去，紧紧咬住对方的咽喉。他们痛苦而愤怒的吠叫立刻引来了其他士兵。指挥官也赶来了，看到打成一团的两个士兵，他咆哮起来，拔出军刀，来到打斗的两只土狼面前，一把抓住靠近的那只——弗拉德——把他猛地拉出来，刀锋抵住他的喉咙。

"我要把你们的头挂在树枝上！"指挥官咒骂道，"上帝保佑，我要看到你们碎尸万段挂在上面。"他把他的俘虏扔到地上，转过身，刀

尖一转，几乎触及德米特里的鼻子。他慢慢说道，"还有你，邋遢的鼻涕虫，土狼中的败类，我要在这里终结这一切，就现在。"德米特里在刀尖下呜咽着，指挥官高高举起了军刀。躲在上方的柯蒂斯张大了嘴巴，普鲁把头埋在手心里，不想看到这可怕的场景。

突然一阵微风袭来，掠过树丛，从脚下头掠过普鲁和柯蒂斯的身体，掠过这块突起的高地，吹向下方的草地。下面这群混乱的土狼突然定住了，每一只都蜷起耳朵，嗅着空气。愤怒的指挥官高举过头的军刀悬在空中。暂时逃过一劫的德米特里大松一口气，朝四周张望。普鲁抬起埋下的头。慢慢地，指挥官仰起鼻子，深深吸了口气。

"**有人类！**"指挥官的吼叫声打破了沉寂，他挥舞着军刀，指向上方的蕨草丛，"**在树丛里！**"

土狼们立刻行动起来，指挥官两侧的几个士兵一跃而上，沿着柯蒂斯和普鲁所在的高地向上爬。

"**快跑！**"柯蒂斯边喊边从地上爬起来。普鲁也从灌木丛中站起身，跑着离开高地。她身后的土狼疯狂地吠叫，同时紧贴地面嗅着，撕裂经过的蕨草。普鲁全力跑回树丛，直到来到他们之前走过的峡谷。她猛地跨了一大步，被一株荆棘绊了一跤，倒栽葱地摔进了水沟里。

柯蒂斯则选择了另一个方向，沿着他们走过的路往山坡上逃去。这里草木茂密，山坡陡峭，白桦枝和黑莓藤鞭打着他的脸和手臂，阻碍着他的前进。熟悉这里地形的土狼们在矮树丛中追赶着，柯蒂斯还没有逃离高地边十米远，一只土狼就一个箭步扑向他的后背，将他按倒在地。

"你是我的！"土狼嘶嘶地说道，把柯蒂斯的四肢紧紧按在地上，越来越多的士兵围了过来。

"柯、柯蒂斯？"普鲁咕哝着，慢慢清醒过来。她刚才很显然受到惊吓，暂时失去了意识；她发现自己脸朝下躺在峡谷的蕨丛里，头痛欲裂，嘴里有流血的金属味。她听到远方有号叫声，立马警觉起自己的处境。她贴着地面挣扎着在灌木丛中走着，一边瞄着峡谷边缘。显然，士兵们没有看到她头朝前栽进水沟，只带走了柯蒂斯。她从这里可以看到士兵们在地上拖着柯蒂斯，指挥官慢慢靠近，一把抓住他外套的后领，猛地用鼻子嗅他咽喉两侧。她可以看到柯蒂斯眼中的恐惧。柯蒂斯的四周围着一群土狼兵，绕着他的脚慢慢走着，厉声号叫。这时指挥官吠叫着发出一系列指令，柯蒂斯被绳子捆绑起来，扔到一只壮硕的土狼背上，整个狼群随后消失在了丛林中。

普鲁努力不哭出来；她能感觉到从胸口涌上的啜泣声，眼里充满泪水。她紧紧攥住身旁一撮野草，努力让自己平静下来。普鲁舔了舔嘴唇，上面有个小血泡，她用舌头把它舔干净。四周无风，午后的阳光开始变得暗淡。她想起了早上留给爸妈的留言条，上面写着"过会儿回来"，尽管现在情况很糟糕，她还是忍不住想笑。她爬起身来，坐在峡谷边上，掸去牛仔裤膝盖上的泥土。一只松鼠从后面一棵枯朽的树桩上探出头来，疑惑地看着她。

"你想要什么，松鼠？"她揶揄地问道，然后又笑着自言自语，"我估计我说话得小心点。说不定你也能说话呢，是不是？"

松鼠没有回应。

"很好，这真让人放松了点，"她说道，两手托腮，"不过也许你是那种不爱讲话的。"

普鲁环顾四周，又回过头看松鼠，松鼠正歪着脑袋打量她。"我现在该怎么办？"普鲁问道，"我的弟弟被鸟儿绑架了，我的朋友被土狼抓走了。"她打了个响指，"我差点忘了，还有，我的自行车坏了。听起来真像一首乡村歌曲的歌词，如果乡村歌曲有这么古怪的话。"

松鼠突然直起身子，一动不动，耳朵快速抽动着。树丛间沙沙的微风中传来一种意想不到的声音：车子发动机的轰隆声。随着声音越来越大，松鼠跳下树桩，消失不见了。普鲁跳了起来，向声音传来的方向奔去，奋力拨开沿途的树枝和灌木丛。"停下！"她听到声音好像更大了，急忙喊道。丛林这一带特别茂密，山坡也很陡峭，普鲁朝声音跑去，一路跌跌撞撞。一大株黑莓丛挡住了去路，她俯身冲进去，黑莓刺戳着她的衣服和头发。她闭着双眼，摸索着穿过去，使劲推开带刺的枝蔓。突然，普鲁感到周围没了牵绊，她向前一冲，摔倒在自踏进丛林以来第一块水平的空地上。她抬起头，发现自己很像是跌倒在了马路上，而马路上正以很快速度靠近的似乎是一辆货车。普鲁跳了起来，疯狂地挥手，司机猛地一踩刹车，车轮在路面上滑行，掀起一片尘土。

这是一辆亮红色的货车，看上去当年也曾风光过。车龄已经看不出来了，不过两侧的锈斑和刮漆表明它一定挨过不少罪。车身上印有一种奇怪的饰章，普鲁看不懂。

正当普鲁不可置信地瞪着这辆神秘的货车时，她听到一声清晰的扣上猎枪扳机的咔嗒声。她看到司机的侧窗玻璃迅速摇下，出现了一颗灰白的斑秃脑袋，正眯着眼瞄准一支大型的双管步枪，看着像是内战时用的那种老式枪。

"宝贝儿，只要动一下，我就要把你打个满身窟窿。"司机说道。
普鲁举起双手。

司机小心地放下步枪，惊讶地看着普鲁，目瞪口呆。

"你是……"司机结结巴巴地问道，"你是外面的人？"

普鲁不知道该如何回答，这个问题很奇怪。她没有冒险随便给个答案，而是愣了一会儿说道："我住在波特兰的圣约翰。"

猎枪被慢慢放低，没之前那么吓人了。普鲁提到嗓子眼的心也慢慢放下来。"你们就是这么称呼那里的吗？"货车里的人问道。

"我想是的。"普鲁回答道。

那人继续惊讶地盯着普鲁。"不可思议，"他说道，"太不可思议了。我活这么大岁数，从来没有遇到你们中的任何人。从外面来的人。"

那人把猎枪从眼前移开后，普鲁更清楚地看清了他的长相。他已经上年纪了——皮肤苍白，皱巴巴的，有两大撮硬硬的眉毛——但是普鲁说不上来为什么，这人散发出一种特质，和她从前遇到的任何人都不一样。这种特质是一种光环或者说是光晕，就像一片熟悉的景色在一轮满月的光芒笼罩下发生了某种变化。

普鲁鼓足勇气说道："先生，我能放下双手吗？"那人点头示意后，她把手放在身侧，继续说道，"我遇到了一点麻烦。我的弟弟，麦克，昨天被一群鸟儿——确切地说，是乌鸦——绑架走了，带进了这片丛林里。另外，我的同学柯蒂斯愚蠢地跟着我进入了丛林，然后我们遭到了我想应该称作土狼士兵的一群动物的袭击。我逃脱了，但是他被逮住了。我现在很累，今天发生的所有这一切都让我很困惑，如果你不介意帮帮我的话，我真的、真的万分感激。"

普鲁的这番话似乎让那人不知道该说什么好。他把猎枪放回货车的驾驶室里，又往身后的路上看了看，然后转头对普鲁说："好吧，

48

上车。"

普鲁绕到货车旁，司机从里面打开了车门。普鲁爬进驾驶室，向那人伸出手说："我叫普鲁。"

"我叫理查德，"那人说道，握了握她的手，"很高兴认识你。"他将钥匙插入点火装置，货车怒吼着发动起来。驾驶室后是一扇金属门，通往货物区。透过金属门，普鲁看到一堆白纸盒和板条箱，装满了扎得整整齐齐的信封。

"等等，"普鲁问道，"你是……邮递员？"

"邮政局长，小姐，很高兴为你服务。"理查德说道。他穿着一件破旧的制服：宝蓝色的上衣饰有脏兮兮的土黄色镶边。他的胸前也有一块饰章，和普鲁看到的印在车身上的一样。他的下巴长满白色的胡楂，看上去有一个礼拜没刮过了；他的脸上布满皱纹。

"好的，"普鲁说道，一边掂量着目前的形势，"那么，只能这样了。现在的情况是，我的朋友柯蒂斯刚在那里被抓走了。他们一定

还没走远。你，我，再加上你的猎枪，我想我们应该可以想出一个办法……你在往哪儿开啊？"

理查德踩足油门，货车跌跌撞撞地往前行驶着，在崎岖的路上一路颠簸。他得吼着回答，才能压过引擎的轰鸣声。"我们绝不能回到那里，"他大声喊道，"那样实在太危险了。"

普鲁睁大了眼睛："但是……先生！我必须去救他！他现在一个人在那里！"

"我从来没有见过你说的那些土狼士兵，但是我听说过。相信我，你的朋友现在没法救了。我们也没必要去送死。不能。我们最好回南方丛林去，把这事向总督汇报。"

"向谁？"普鲁结结巴巴地问道，在理查德回答前，她又接着说道，"听着，那些土狼可能看起来很吓人，但是他们只有刀和老式的步枪。而你有一把真正的大猎枪。只要你挥舞猎枪，我相信我们一定能毫发无损地进去救人然后离开。"

"我有工作要做，"理查德说道，指了指货仓里的邮件堆，"我不会为了一个被土狼逮住的小子影响工作的。孩子，这是荒野丛林，我不能因为任何事停下来，我担不起。遇到我是你的幸运。不然的话，你就被丢在路上了。"

"好吧，"普鲁说道，开始在一侧找车门把手，"请让我出去吧。我要一个人去救他。"

普鲁还没来得及打开车门，理查德就猛地伸出手，越过她的腿，关上了车门。货车差点拐进路边的水沟里。一只车轮蹿上了一根偏离树干的树枝。理查德吼道："如果你还想保住小命的话就别去那里——我不是在开玩笑！"普鲁愤愤地缩回了手，双手抱胸。

"听我说，"理查德冷静地说道，"这不是一个小女孩能单独待的地方。更不是一个外面来的人待的地方。那些野兽能从一英里外捕捉到你的气味。我不知道你怎么能一个人逃到这里，但我可以告诉你，你不会一直这么好运气的。就算土狼没有捉到你，在这一带扎营的强盗也会捉住你。现在这辆货车的驾驶室是你最安全的地方。我得将你直接遣送到总督那里。这是条约上规定的。"

"总督是谁?"普鲁问道，"为什么每个人都称这里为荒野丛林?我听到那些土狼也是这么称呼的。"

理查德从烟灰缸里拿出一支吸了半截的雪茄，放在牙间，又从窗户探出身去，往路上吐了一点烟屑。"总督，"他说道，嘴巴里含着细长的雪茄烟，"他是南方丛林的头领。他叫拉尔斯·山特维克。"理查德突然压低嗓门，"不过，我告诉你你别说出去，他的身边围着好多毒蛇，聚在他的内阁，在他耳边嘶嘶地出谋划策。"他朝普鲁看了一眼，"蛇是打个比方，说的是那些官员。"

"荒野丛林，"理查德继续说道，"是一个还未开化的国度。"他将汽车的仪表板当作地图，在塑料面上用手指比画着，"它从禽鸟公国的最北端一直延伸到北方丛林的边界。我在半路上发现了你，正好在荒野丛林的中心地带，那里什么都没有，除了野狼、土狼和盗贼，他们靠就地捕食或者抢劫偶尔经过的供给车为生。或者是邮车——这就是为什么我要随身带着这个铁家伙。"他指了指猎枪，"身为一个邮政局长，我的职责是将邮件和物资之类的东西，在南方丛林和北方丛林之间运输。因此我得行驶在两地之间的这条鬼路上——这条路叫'长路'，非常好记——每周都面临着巨大的生命危险。我要告诉你，波特兰的普鲁，做一个政府职员可不是条能发财致富的路。"

"你可以叫我普鲁。"普鲁只能想到这么一句回答。她被理查德的长篇独白吓蒙了。她脑子里回旋着好多疑问，想去发问，却理不清头绪。"所以说，这里还有其他人，也住在这里。在这片丛林里。但在我来的地方，大家称这里为无法穿越的荒野禁地。"

　　理查德听了哈哈大笑，雪茄都从嘴里飞了出去，他不得不在脚边摸索着找到雪茄。"无法穿越的荒野禁地？哦，孩子，要真是这样倒好，我就可以多在家歇歇了。算啦，不管是谁告诉你这个的，你们这些外面的人都搞错了。你是我在这里见到的第一个从外面进来的人，当然这也就说明，你们从来没有谁试着来探索过这片丛林——不管是荒野丛林，还是北方丛林、南方丛林。"他看着普鲁笑道，"你可能算是我们的第一位勇士了，波特兰的普鲁。"

第 六 章

贵妇的领地；
鸟类的王国

柯蒂斯的手腕被绳子磨得很疼，因为上下颠簸，他的胸口不时撞击在土狼的脊椎骨上，也痛得厉害。狼群在森林里快速前进，丝毫不畏惧锋利的剑蕨和低垂的树枝，而它们都鞭打在柯蒂斯的脸上。森林的地面在俘虏他的土狼脚下越来越模糊，但是柯蒂斯始终睁着双眼，试图记住环境里的任何变化，以便能找到回去的路。这一切努力似乎都是白费劲，直到狼群冲破一片特别茂密的灌木丛，来到一条宽敞的泥路上。狼群在这片平地上加速奔跑，柯蒂斯斜眼瞄了瞄前面的路。狼群似乎在往一座大木桥跑去。他们飞一般地跑到桥上，柯蒂斯朝桥下看了看，不觉惊叫出声：透过桥栏杆他看到，下方是一个深不见底的巨大峡谷。狼群飞速跑到了桥尾，争先恐后地跑进树丛。柯蒂斯努力向身后看去，又看了一眼刚刚穿越的可怕的大峡谷，但是高耸的冷杉渐渐遮挡住了视线，他又回过头看着森林的地面。

他不确定他们到底走了多远，当狼群最终来到丛林中的一块大空地时，天已经快黑了。空地中间有座小山，覆盖着常春藤和枯死的树木，一个人形大的洞穴直通地下。狼群一言不发，急急忙忙跑进了洞里，沿着一条又长又黑的地道往地下奔去。在地道的下降处，常春藤和树根支撑着洞穴的顶部，泥墙上安置的燃烧着的火把不时发出微弱的光芒。到处无疑都是湿狗的气味，不过柯蒂斯觉得他还闻到了煮熟的食物以及火药的味道。终于，地道通往一个吵闹的大房间里。他来到了土狼的老巢。

房间中央的一队士兵排着密集的队形，一个凶猛的士官正在对他们进行操练。一群穿着围裙的土狼正在一架大黑铁锅旁准备晚餐，锅下的炉火烧得正旺，旁边一排士兵眼巴巴地看着，爪里捧着锡盘耐心等待。一根粗糙的石头堆砌的烟囱将炉火的烟向上引，一直引到一棵大树的树干中，大树的树根就是房间的支架。大树弯弯曲曲的根须形成了无数个出口，通往主房间外的各个洞穴和地道。墙上的木头架子上摆放了大量的武器军火：有步枪、长戟和军刀。横七竖八的板条箱散放在房间的角落里，填充的干草撒落在地上，一小队士兵正忙着检查箱子的内部。他们在检查看起来很旧的步枪，卸下火药袋并安全地放进旁边的洞穴中。

一排挂在长矛上的破破烂烂的旗帜通往房间那头的一扇圆形大门。这扇大门是由一棵大雪松树的一整块截面做成的。门前站着两只挎着步枪的土狼。柯蒂斯被拖到了这扇门前，指挥官用军刀一下子砍断了捆绑着他手腕的绳子。

"抓好他。"指挥官上前一步，对着门前的守卫命令道。两只土狼用湿冷的爪子抓住他的胳膊，吼着要柯蒂斯站起来。其中一个门卫向指挥官点头示意，然后用力推开门，走了进去。过了一会儿，门卫出来了，示意指挥官和他的囚犯进去。柯蒂斯被猛地往前一推，栽倒在房间的门槛上。

房间里面很暗，唯一的光源是一些闪烁着的火盆，以及从通往地表的房顶凿出的一些粗糙天窗中透来的微光。深色的树根盘旋在房顶和墙壁上；植物白色的藤蔓悬挂在他们的头顶上，房间里充斥着浓浓的洋葱味。房间的最里面是一个精心制作的高台，饰有长长的常春藤和苔藓团形成的毛茸茸的垫子。台子中央放着一张柯蒂斯从没见过的椅子，可能是从一棵大树的树干上手工雕刻出来的，但看起来就像是从地里生长出来的一样。椅子的扶手盘绕在软坐垫的四周，上面刻着兽爪；椅子腿的底部看起来像是土狼爪的造型。椅背高高地立在房间里，两旁的柱子高耸着，在房顶交汇，房顶的木头雕刻成了一只尖尖的王冠的形状，看起来阴森森的。柯蒂斯望着这一切，惊得目瞪口呆，这时一个声音在他身后响起：

"你觉得怎么样？"这是一个女人的声音，听着像响亮的音乐，柯蒂斯觉得稍微放松了些。"一件伟大的艺术品，是不是？我特地为这个房间打造的，花了很长很长的时间。"

柯蒂斯转过身，看到了一个他这辈子见过的最美丽的女人。她鹅蛋形的面颊有些苍白，但嘴唇鲜红，红得像夏末最新鲜的苹果。她的头发呈铜红色，编成发辫垂落下来，发间点缀着斑杂的鹰羽。她穿着一件简单的垂到地面的皮革长袍，披着厚厚的披肩。最让柯蒂斯震惊的是，她看着显然是个人类，却是一副不食人间烟火的模样，仿佛是从某个大教堂褪色的古老壁画上剥下来的一样。她高高凌驾在她的土狼臣子之上，随着她向柯蒂斯走近，土狼们急匆匆地追随在她身后。

"非常好。"柯蒂斯说道。

"我们为这里尽了最大努力，"她继续说道，一边指着四周，"起初，搜集这些基本的舒适品——这些物质享受——是非常困难的，但是我们做到了。这是个奇迹，真的，我们是从零开始的。"她笑着，一边在想着什么，伸出细长的手指抚摸柯蒂斯的面颊。"一个外面的人，"她若有所思地说道，"一个外面的小孩。你真漂亮啊。孩子，你叫什么名字？"

"柯……柯蒂斯，女士。"他结结巴巴地回答。他从来没称呼过谁为女士，而现在看起来时机正合适。

"柯蒂斯，"这个女人说道，缩回了手，"欢迎来到我们的领地。我叫亚历山德拉，不过大多数人都叫我贵妇总督。"她走上高台，随意地坐在王座上。"你饿吗？渴吗？你今天一定走了很远的路。我们的存粮不多，但只要我们有，你想吃什么都可以。"

"好的，"柯蒂斯说道，"我渴死了。"

"伯牙！卡普斯！"她喊道，向两只闲着的土狼打了个响指，"给我们的客人来瓶黑莓酒，再来点绿叶蔬菜！蒲公英和蕨菜。再来碗炖鹿肉，招待我们从外面世界来的孩子柯蒂斯！快点！"她向柯蒂斯热情地笑着，指了指王座周围新采集的苔藓堆，说道，"请入座。"

柯蒂斯被这样的盛情款待吓住了，一屁股坐进厚厚的苔藓坐垫里。

"我们是单纯的民族，柯蒂斯，"女总督开始滔滔不绝，"我们保护自己的权益，而向森林索取甚少。你可以称我们为丛林的守护者。我们把这片荒野丛林变成了自己的领地，并施加了秩序，而这正是这里所急需的。我们想在这片荒凉而贫瘠的地方种植出美丽的花朵。举个例子，当初我来到这片原始丛林的时候，你看到的这些土狼还只是穷困潦倒的乌合之众，无组织无纪律，一直在内战，沦落为森林居民的最底层：食腐动物。而我给他们带来了秩序。"

一个土狼侍从出现在门口，走向柯蒂斯。他端着一个很大的锡盘，上面堆着新鲜的绿叶蔬菜，一碗炖肉，还有一木杯深紫色的酒。他把锡盘放在柯蒂斯面前，又从胳膊下拿出一个塞着木塞的酒瓶，放在托盘旁。女总督点头示意后，土狼深深鞠了一躬，走出了房间。

"请用餐。"贵妇总督说道。柯蒂斯立刻埋头大吃起来，狼吞虎咽地吃着鹿肉炖菜，又从木杯里大喝了一口，暖暖的酒液流下他的喉咙，他的脸唰地红了。

女总督专注地看着他。"你让我想起一个我认识的男孩，"她若有所思地说道，"他一定也不比你大多少。你几岁了，柯蒂斯？"

"到十一月我就十二岁了。"柯蒂斯一边吃一边回答。

"十二岁，"她重复了句，"这个男孩只比你大几岁。他本应该在七月过生日。他出生在正入夏的季节。"她的眼神逐渐迷离，注视着柯蒂斯身后的某个地方。柯蒂斯停止了咀嚼，向身后看了看；什么都没有。

女总督笑了笑，回过神来，看着柯蒂斯问道："饭菜怎么样？"

柯蒂斯嘴里塞满了蔬菜，不得不赶紧咽下好回答问话。他从牙间扯出一根蕨菜叶，放在盘子里，最后说道："哦，棒极了，虽然这些蕨菜有点奇怪，我不知道你们能吃这种菜。"他又把勺子放进美味的炖菜里，往嘴里塞了满满一大口。

女总督笑了起来，然后又恢复严肃，说道："不过柯蒂斯，我很好奇是什么促使你来到了这片丛林里。你们这些外面的人，已经有好久好久没有来观光过了。"

正在吧嗒吧嗒吃着的柯蒂斯听到这里停住了，放下勺子，咽下了食物。在他被抓的这一片混乱中，他还没想好如何解释他来到丛林的原因。不过他觉得在摸清贵妇总督的意图前，最好不要泄露普鲁的任务。"事实上，我只是在外面走走，走着走着，就进了树林。我迷路了，然后您的……土狼们发现了我。"他只希望那些士兵没有看到普鲁。

"只是在外面走走？"女总督眉毛一挑，问道。

"是啊，"柯蒂斯说道，"跟您说实话吧：我逃学了。我不想去上学，想找点刺激冒点险。您不会向校长举报我吧？"

亚历山德拉向后一仰头，一边大笑一边说道："哦，不会的，亲爱的柯蒂斯，我绝对不会举报你。因为那样的话我就没有你的愉快陪伴啦！"她俯身下去，拿起酒瓶，拔去瓶塞，又往柯蒂斯的杯子里倒了些黑色的液体。"再多喝些，别客气。你一定渴极了。"

"谢谢您，贵妇……"他结结巴巴地说着她的头衔，然后自己纠正道，"亚历山德拉女士。我再喝一点儿。真的很好喝。"酒味很香醇，喝的时候，柯蒂斯感到他的胃里生出一股暖意，扩散至全身。他又喝了一大口。"我以前从来没有真正喝过酒——我是说，我在逾越节喝过一点典礼葡萄酒，但和这个根本不能比。"他又喝了一口。

"那么说，你当时是在外面走走。在这片丛林。"女总督重复起刚才的话题。

柯蒂斯咽下酒，拿起一团蒲公英嫩叶，塞进嘴里，点了点头。

"但是亲爱的柯蒂斯，"亚历山德拉说道，"这根本不可能。"

柯蒂斯用力咀嚼着绿叶菜，一边望着女总督。

"这一定不可能，"她说道，神情严肃起来，"外面来的孩子柯蒂斯，你要知道，有一种叫丛林魔法的东西保护着这片丛林，不受外面人们好奇心的侵扰，正是它把我们和你们的世界隔开。这片森林里每一个生物的体内都流动着这种丛林魔法。如果你们当中的任何人，一个外面世界的人，想要找到进入丛林的路——我知道你们称这里为'荒野禁地'，很荣幸——他会立即被困在'边界困境'，永远脱不了身，那是一个没有出口的迷宫。森林会变得像一个镜厅，它的影像在地平线上重复出现幻象，在每一个转弯处，你都会发现你又来到了开始的地方。如果你够幸运，丛林会将你送回到外面的世界，不过也有可能你就一直迷路，在森林无穷尽反射的幻影中徘徊，直到死去或者变疯。"

柯蒂斯慢慢地嘎吱嘎吱地咀嚼完嘴里的蒲公英嫩叶，猛地一口吞咽下去。

"不，我亲爱的柯蒂斯，"女总督说道，一边若有所思地玩弄着发间的一根鹰羽，"你能穿越边界来到这片丛林的唯一可能就是，你自己生来就有魔法。"

柯蒂斯注视着女总督，脊背上爬上一阵寒意。

"或者，"她继续说道，"你有拥有丛林魔法之人相随。"

贵妇总督直视着柯蒂斯的双眼，钢青色的虹膜在跳跃的火光下闪耀着光芒，她笑了。

🌿

夕阳西下，邮车在长路上一路颠簸，不时突然转个弯，避开断树枝和地面的泥坑，普鲁渐渐发困了。对话停止了，理查德把雪茄按灭在烟灰缸里，吹起口哨来。普鲁把头靠在车门上，注视着窗外，看着丛林从浓密的灌木丛和荒凉的树丛变成连绵不绝的古老雪松和冷杉林，在路上方探出一簇簇干瘦的枝条。

在经过一大片参天大树的树荫下时，理查德说："我们就要到'古老丛林'了。"

普鲁笑着向理查德点了点头，一阵强烈的困倦感袭来，她渐渐有了睡意，货车的咣当咣当声伴随着她进入了熟睡的梦乡。突然，她感到货车剧烈震动一阵后停了下来，立刻惊醒了。天已经黑了，她不知道自己睡了多久。在货车前灯弯曲的光照下，普鲁觉得自己看到了很多鸟，不过由于刚睡醒，看得还不清楚。理查德用双手拉下了急刹车闸，让货车自由滑行，他转过头对普鲁说道："检查站到了。你可能得离开货车一下。"他推开车门，走到路上。

普鲁揉了揉眼睛，眯着双眼透过脏兮兮的挡风玻璃看去。车头灯的前面有一种奇怪的光在闪耀，她正努力想看清楚点，突然一对鳞状利爪落在了她前方的引擎盖上。她惊叫一声，坐回到位子上。一只巨大的金雕（她回忆起《西伯雷鸟类指南》，立刻辨认出来）探下脖子，好奇地往车内看着。突然，他身后的车头灯光下聚集了各种各样的鸟儿：画眉、苍鹭、老鹰、猫头鹰，一些在车灯下飞来飞去，一些立在地面，一些争着用爪子抓住货车的引擎盖。金雕继续探查车内，普鲁将身子往后挪了挪，紧贴着车座。在这场骚乱中，理查德出现了，走向车头灯。他伸直胳膊，挥舞着一本打开的小册子。引擎盖上的金雕从防风玻璃上转过身，跳上理查德前方的一根树枝，有力的翅膀快速而强劲地扇动着。

"将军，我们都是按规章办事的。"理查德对金雕说道，金雕正认真审查理查德手里的小册子。觉得没问题后，他又飞回到原先蹲着的引擎盖，惊扰了一群五子雀。飞落后，他又用冷酷的眼神打量起普鲁。

"邮政局长，你的这位同伴是什么人？"金雕问道。

理查德笑着说道："先生，我正想向您说这事。"他一边说一边走向驾驶舱的窗前。他敲了敲窗玻璃，示意普鲁出来。"先生，这是一个从外面世界来的孩子。一个女孩。我在路上发现了她。"

普鲁打开车门，走到碎石路上。她立马被一群体型稍小的鸟儿包围了，有雀类和松鸦，绕着她的头和肩膀疯狂盘旋着，掠过她的头发，抓扯她的外套。

"从外面世界来的？"金雕不敢相信地问道，飞到货车的另一侧，落下，发出响亮粗犷的叫声，示意小型鸟类飞回丛林去。然后他仔细打量着普鲁，说道："真不可置信。小姑娘，你是怎么进来的？"

"我……走进来的。"普鲁惊慌地答道。她从没这么靠近一只雕过，太令人震惊了。

"你走进来的？"雕继续说道，"太荒唐了。你到丛林里来做什么？"

普鲁说不出话来。雕探出脖子，直到他的喙距离她的脸只有几英寸远。

"她在找她的弟弟，"理查德插话道，"哦，还有她的朋友。"

"这个外面来的小姑娘可以自己回答！"雕抗议道，眼睛一刻不离普鲁。

"这是真……真的，"普鲁最后结结巴巴地说道，"我的弟弟，麦克。他被一群乌鸦抓走了，我只知道，他被抓进了这片丛林里。所以我来这里找他。在来的路上，我的朋友柯蒂斯偷偷跟踪了我，后来他被一群土狼捉走了。"

雕注视着普鲁，沉默了一会儿。"你是说，乌鸦，"他说道，"还

62

有土狼。"他意味深长地看了周围的鸟儿一眼，在货车的引擎盖上踱着步。

"是的，"普鲁说道，鼓起勇气，"先生，如果能帮我找到麦克和柯蒂斯，我将十分感激。"

雕显然对答案很满意，他竖起羽毛，转向身后看着理查德问道："你本来打算带她去哪里呢，邮政局长？"

"去见总督大人，"理查德回答道，"这是我能想到的最好的选择。"

雕哼了一声，回过头看普鲁。"总督大人，"雕重复道，声音里带着丝尖讽的语气，"我相信他一定能帮上忙。外面来的人，希望你不是特别急着要找到你的弟弟和朋友。我没记错的话，'请求帮助寻找被乌鸦绑架的人类'是 H1 下 6/45E 标准文件，需要所有大都市的现任长官签字，一式三份。"

雕周围的鸟群开始嗤嗤窃笑。普鲁不明白他们为什么要笑。理查德紧张地笑了笑，说道："我相信总督一定会很同情的，将军。除非你有更好的办法。"

"不，不，"雕答道，"我觉得那就是最好的办法，另外，她的故事，如果是真的话，在国王大驾光临南方丛林时，会让我们的申述显得更加可信。"

"国王，"理查德惊讶地说道，"到南方丛林？"

"他亲自来，"雕回答道，"公国的安全危在旦夕，鸟类不再愿意等待你们的长官发号施令。我们的使者被忽略了，如果说还不算完全被回避的话；我们希望得到帮助和建立联盟的请求也被置之不理。如果国王不能达成目的，那么以鄙雕之见，丛林条约可以视为无效了。丛林即将掀起一阵风暴。我已经预见了。我们不能坐视不理，等着这些野蛮人来践踏我们。"

"懂了，将军，"理查德说道，"现在，如果我可以走的话……"他指了指货车，"我还有很多邮件要送。"

将军打开双翼，离开引擎盖。只用力拍打了几下翅膀，他就飞到了空中，落在上方的一根树枝上。"是的，邮政局长，"雕说道，"你可以走了。不过，要让在长路上行驶的其他邮差们知道：我们会一直在路上扣留来往过客，直到确保公国的安全。"其他的鸟儿在货车上空盘旋着，最后消失在黑暗的树际。"还有你，外面来的小姑娘，"雕继续说道，"我祝你好运。希望你能找到丢失的一切。"说完，雕展开双翼，消失在林间，留下一阵疾风，树枝乱颤，叶子沙沙作响。

鸟儿们飞走后，理查德从货车那侧向普鲁笑了笑，夸张地擦了擦额头，做出一副如释重负的样子。"好啦！"他说着，打开驾驶室的门，爬上车，"这个检查站一天天变得难缠。进来吧。在他们改变主意前，我们赶紧离开。"

普鲁有点吃惊地回到了乘客座位上。理查德发动引擎，费力地挂上挡，开始驾驶。

"这到底是怎么一回事？"普鲁问道。

"哦，事情很复杂，波特兰的普鲁，"理查德说道，"我们正经过禽鸟公国，就是一个鸟儿的王国。它是南方丛林和荒野丛林之间的一个主权国家；他们一直在给总督大人施加压力，想要迁入荒野丛林里，以抵御他们边界遭受的袭击。"

"是什么阻止了他们呢？为什么他们需要得到总督大人的许可？"普鲁问道。

"就是他说的，一个叫作丛林条约的东西。条约上大致说，任何签约国都不得扩张领地进入荒野丛林——包括军事行动。"理查德解释道，"这很可笑，如果你仔细想一想的话。我不明白会有谁想要迁入荒野丛林。那地方很荒凉，杂草丛生，充满危险，不守规矩。给钱人们都不愿意到那里定居。"

"但是是谁在袭击鸟类呢？显然，荒野丛林里有人居住。"

"他们说，有土狼军队，可能就是你遇到的那些土狼士兵，一直在边界袭击鸟类哨兵。他们相信，这些土狼——简直是一群捣乱分子——听从被免职的贵妇总督的指示，她是南方丛林的前任首领。"他轻声地笑起来，似乎这是一个圈内的笑话。"疯狂的鸟类。"

普鲁转向他问道："等等，谁？"

"贵妇总督。她是过世的总督格里高·山特维克的妻子。总督逝世后，她掌握了政权。很可怕的统治者。十五年前她被免职，和普通罪犯一样流放到荒野丛林。好了，别去想了。"

"理查德！"普鲁激动地说道，"那些土狼！他们提到过她的名字！"

"谁的名字？贵妇总督？"理查德看着她问道。

"是的！"普鲁说道，"我和柯蒂斯遇到土狼的时候，他们正在争吵。当中一个恐吓另一个要把他送到贵妇总督那里。我很确定。"

"不可能，"理查德说道，"那个女人不可能活下来。她被扔在荒野丛林中，什么都没有，除了衣服。"

普鲁对理查德的不相信感到很难过。"我发誓，理查德，"她说道，"其中一只土狼说他要把另一只告发到贵妇总督那里。我听得很清楚，我甚至都不知道那个头衔是什么意思。"

理查德艰难地咽了咽口水。"嗯，女总督——她是总督职位的女继承人。贵妇——说明她是个寡妇，也就是说她丈夫过世了。"他轻轻吹了一声口哨，"哦，天哪。如果她还活着——并且还召集了一支军队——这对总督山特维克和南方丛林的百姓可不是件好事。我相信总督大人会想要听你的故事的。迄今为止，还没有谁前来证实过鸟类的申述。他可不信鸟类的一面之词。"理查德从夹克衫口袋里又掏出一支雪茄，若有所思地抽起烟来。

"也许这位总督大人真的可以帮我忙，"普鲁说道，"我是说，如果这位女总督对他的国家真的造成威胁的话，他应该会帮我救回柯蒂斯的！然后，谁知道呢，或许她可以带我们找到麦克。"她用手托着额头，"我真不敢相信我在说这些。我真不敢相信我在这里，在这个诡异的世界。在这辆邮车里。在思考会说话的鸟类和一位什么贵人总督。"

"贵妇总督。"理查德纠正道。

"是的。还有她的土狼军队。"普鲁恳求地看着理查德，看着她进入这片奇怪的土地后见到的唯一一张友善的脸。一阵情绪涌来，她虚弱地问道，"我在这里做什么呢？"

"我觉得，"理查德回答道，"事情发生总是有原因的。我怀疑你来到这里也不是个意外。我相信你在这里是有原因的，波特兰的普鲁。"他向窗外吐了一团烟草，"只不过我们现在还不知道是什么原因。"

第 七 章

一夜狂欢；
漫漫旅途的终结；
寻找一个士兵

尽管现在夜幕降临，自己从没离父母这么远过，而且身陷土狼的地下巢穴里，成了一群会说话的动物和他们古怪神秘的头领的俘虏，但是柯蒂斯此刻感觉却好得很。他又吃了一碗炖鹿肉，觉得特别美味，也记不得自己喝了多少杯黑莓酒，那酒同样棒极了。他设想过，如果是在白天清凉的阳光下再看四周，他的处境会显得异常古怪而吓人，但此刻，在温暖的泥土洞穴里，火盆在燃烧，身下的苔藓柔软舒适，一切看起来却是如此美好。他被主人——一个他所见过的最美丽的女人——俘虏了，而且幻想着每喝完一杯酒，他就变得更英俊迷人一分。他向她津津有味地讲述着和一个同学一起在五金店的铁砧上锤扁五分

67

镍币时，毁坏了一整排荧光灯的真实故事。当时他锤一枚五分镍币的角度歪了，镍币像子弹一样射出，"爆裂了所有的灯！砰！然后，所有人都在问'怎么回事？'"他故意顿了顿，亚历山德拉开怀大笑。她示意一个侍从为柯蒂斯斟满酒。"我直接走到……哦，好的，我再多喝一点……走到破碎的玻璃前，捡起那枚镍币，说，'我要把它保存起来，非常感谢。'"他一边笑着，一边假装把镍币扔进牛仔裤口袋里。他又咕嘟咕嘟喝了很多酒，还不小心洒了一些在外套上。"哦天哪，这会留下色斑的！"他笑得如此厉害，不得不放下酒杯，让自己平静点。

女总督也一起笑着，慢慢缓过来后，她开口道："哦，柯蒂斯，你真迷人，真出色。你的确是独一无二的。难怪你能一个人在这片丛林中探险。你特别独立，是不是？"

"哦，嗯，是啊，"柯蒂斯说道，努力让自己保持清醒，"我……嗯，我觉得我一直是个独行侠。总是一个人，你知道。但我就是，嗯，那样的人。你知道，自己照顾自己，等等，等等。"他抿了一口酒，"但是我在团队中也表现很好。真的。我是说如果你需要一个合作伙伴，我就是你要找的。普鲁一开始不相信，然后我们很快组成了一个很棒的队伍——我们，就像，真的拍档。"

"谁？"

"谁？我提到谁的名字了吗？普鲁？我觉得我好像说的是谁①，就像：'谁不愿相信我？'"柯蒂斯脸色发白，"哇，这酒味真浓烈。"他用手给自己扇了扇，放下酒杯。

"普鲁，你提到了一个名字普鲁。"女总督说道，神情变得严肃，

---

① 英文中"普鲁"（Prue）和"谁"（who）发音近似。

"所以说，你或许并不是一个人进入到这片丛林里。"

柯蒂斯双手紧夹在膝盖中间，深深地呼吸，大声地喘气。酒在他身上产生了一种未料到的效果：他完全忘记了自己在说些什么。他努力恢复神志。"好吧，"他最后说道，"在这方面我可能并没有完全说实话。"

女总督眉毛一挑。

"是普鲁提议到丛林里来的——她是我的，嗯，一个朋友，可以这么说。她是我的同学。在大教室里，她坐在我后面两排。我们一起上英语课和社会学课。虽然课外我们真的很少待在一起过。"

亚历山德拉不耐烦地挥了挥手，示意他讲下去："那么是什么原因让你进入到了这片丛林？"

"嗯，今天早上我跟踪了她。她到丛林里来找她的……她的弟弟，他被……"说到这里时他声音小了下去，扫视了下四周，"这事听起来很不可思议，但想想我今天看到的一切，这事确实又很平常。她的弟弟，我估计，是被乌鸦绑架了。一大群乌鸦。聚集在一起。他们直接抓起那个孩子，把他带进了这片丛林，所以普鲁在追踪他们。"

女总督专注地注视着柯蒂斯。

"而我就跟踪着她，我想我可以帮得上忙。然后，我们就在这里了。"柯蒂斯说完了，恳求地看着亚历山德拉，"请不要生气。我知道我一开始撒谎说是一个人来到这里，但我那时不知道发生了什么，不知道你们是否，你知道，信得过。"他摸了摸肚子，鼓起腮帮，噘起嘴，吐了一口气，"我感觉不太舒服。"

接着是一段很长时间的沉默。一阵阴冷的夹杂着霉味的微风吹过房间，吹熄了火盆里的火苗。站在角落里的一个土狼侍从咳嗽了一声，清了清嗓子，请求准予离开。

"哦，柯蒂斯，你可以完全信任我们。"女总督说道，打破了沉寂，"你不用担心告诉我们实情。你在外面的凡人世界长大，你的日常经历，你们那里缺乏智力、不能讲话的家畜，一定让你对于眼前的这一切感到很震惊。我能理解你对我还不够信任，特别是先前受到了我的司令官和他粗鲁的部下的不礼待遇。他们可能是不太友好。我向你表示我最诚挚的歉意。我们只是不太习惯有到访者。"女总督的手指来回摩挲着木扶手旋涡状的纹理，"我可以坦白告诉你，我们已经不是第一次听到有关这些烦人的乌鸦的投诉了。他们这个群体喜欢这种恶作剧。我想象不出他们能对你朋友的弟弟做出什么不利的事情。估计他们会把他带在身边玩一阵子，就像小玩具一样，一旦和他玩腻烦了，就会把他送回被偷走的地方。"

"玩——和他玩？真的？"柯蒂斯问道。

"哦，是的，"女总督回答道，"不过我认为他们不会对他造成任何实质性的伤害。"她想了一会儿，继续说道，"只要他没有从他们的哪个巢里摔下去。"

"摔下去？从他们的巢里？"

"是的，我估计他们会把他放在巢里。大家都知道，他们把巢筑在树上非常高的地方。不过他应该没事，乌鸦对于自己的所有物都十分小心。只要他没有被附近的秃鹰或别的什么偷走。"

"秃鹰会偷他？"

她点了点头："哦，是的，亲爱的柯蒂斯，那样的话，我就不敢保证会发生什么事了。秃鹰喜欢人肉。"

柯蒂斯的身体抽搐了一下，攥紧双手放在嘴边。过去的几分钟内，他的脸色变得愈发苍白。

"不过别担心，柯蒂斯！"女总督说道，身子向前倾，"我会亲自安排一支部队，负责搜寻和解救你朋友的弟弟。我们和这些乌鸦打过交道；不出几天工夫，我们一定可以找到那个小男孩，相信我。"

房间里微弱的光线在柯蒂斯的眼中闪烁着，泥土墙开始慢慢旋转，他觉得一阵反胃。他闭上眼，感觉好了些，然后用沙哑的嗓门说道："如果可以的话，我想让眼睛休息一下。"他合上眼帘，向后躺在了一片苔藓上。

"我亲爱的孩子，你一定是累坏了，"女总督说道，黑暗中她的声音显得更加亲近，"你应该休息一下。我们早上再聊。现在就躺下吧。睡吧。睡吧，做个好梦。"

柯蒂斯就这样照做了。

睡着的时候，他不知道女总督正慈爱地看着他，没发觉她给他盖了一床毛皮毯子，细心地掖在他的下巴下，也没有听到她看着他入睡后发出的深深的叹息声。

❧

第一缕破晓的晨光洒落在林间。邮车停在了一道巨大的石墙前。墙内有两扇高大的木门，拱顶石上刻着的标牌写着"北门"。普鲁揉了揉惺忪的睡眼，车行驶了一夜，她觉得很疲惫。她向窗外看去，壮观的石墙沿着马路的两侧延伸，直到被远方的树木遮蔽不见。微风吹拂着森林地表的草木，清晨的露珠在一片绿色中闪烁着水晶般的光芒。几只鸟儿在欢唱。理查德把一晚抽的第三支雪茄按灭在满溢的烟灰缸里，又向大门两侧全副武装的守卫挥了挥手。他们走到邮车前，朝窗内看去。看到普鲁时，他们睁大了双眼。理查德摇下了车窗。

"一个从外面世界来的人，"他疲倦地解释，"我要把她带去见总督大人。"

"我们已经听说了。"年长一点的一个守卫说道。他戴着一顶锡头盔，就像是反扣的餐盘，花白的胡须从头盔的系带间戳出来。"我们从鸟类那里得到了消息。你们可以走了。"另一个年轻点的守卫看到货车里的普鲁，表现得更为吃惊。当橡木门被缓缓推开，理查德开车从宽大的石拱下经过时，普鲁从侧视镜中瞥了一眼年轻点的守卫，他一动不动地站在马路中间，看着货车远去。这一看让她很不舒服；她觉得自己被过分地监视了，就像一只奇怪的昆虫被放在放大镜下。普鲁把注意力重新放回货车前方的路上，大门外的马路更加宽敞。

"南方丛林，"理查德说道，"终于到家了。"

和荒野丛林里灌木丛生、弯弯曲曲的树木若隐若现的景色完全不同，这里的森林是另一派不同的景观：普鲁开始看到路边丛林中出现了奇怪的建筑物，看上去很像是普通的房屋。有的远离树木，很引人注目，由粗糙的砖石砌成；有的看起来则像是从树里长出来一样，枝条和苔藓覆盖着屋顶；还有的从土里突出来，就像是洞穴，有彩色的木门和舷窗般的小窗，伸出弯弯曲曲的烟囱，向树荫里喷着缕缕轻烟。纵横交错的走道和吊桥将高处的大树枝连接在一起，普鲁伸长脖子抬头看去，发现它们通向更多的位于树顶的房子、棚屋和外屋。人们在这些建筑里进进出出，聚集在走道和门廊里，不只是人，也有动物。在这片奇妙的天地里，鹿和獾、兔子和鼹鼠在人群中穿梭着。其他的路和长路交叉着：主干道，边道，小路，有的用石板和砖头铺成，有的被碎石和泥土覆盖着，前一晚的大雨留下了坑坑洼洼的小水潭。

过了一会儿，长路变成了平整的林间大道，路面的石板上可以看见常年的车辙印。奢华的住宅楼开始出现在路边，多层的联排别墅由浅白色的花岗岩和深红的砖头砌成，有漂亮的门廊和竖框窗。一些住宅似乎是围绕着树木建成的，巨大的雪松树干会从房顶中央或墙的外侧伸出来。燃烧煤炭和木馏油的辛辣气味微微污染了空气，与荒野丛林中清新的空气相比，这是一个巨大的不同点。长路在这里甚至发生了交通堵塞：噼噼啪啪的汽车和破旧的小摩托车在石板路上争夺着空间，路上还有自行车、行人以及怨声载道的牛、马和骡子拉着的大车，咔嗒作响。

"真是太不可思议了，"普鲁终于从看到充满生机的森林的震惊中缓了过来，喃喃自语道，"真不敢相信，这里存在的一切，我竟然从来都不知道。"

理查德把肩膀搁在开着的货车窗户上，训斥了一个骑自行车的人，那人刚刚摇摇晃晃地抢了他的道。他看了眼普鲁，笑道："是啊，我们到了。荣耀的南方丛林。对我来说，还是稍微杂乱了点。安静的北方丛林更适合我。还有乡村的人们。简单的事物。"

他们越过一个山坡，又经过一座多节石桥，桥下是一条湍流的小溪，接着他们开到了另一个山坡上，呈"之"字形行驶，山坡边缘有很多木屋和石屋，都打着鲜艳夺目的招牌，宣传着自家的咖啡店、酒馆、鞋店和冷饮店。这里的交通最堵，货车沿着崎岖拥挤的街道颠簸前进。每次因为一辆停下的车或穿行的行人紧急刹车时，理查德都会暗暗地咒骂几句。终于，他们到达了山顶，这里交通通畅，先前的建筑物都落在了身后，森林也在这里隐去，眼前的景观令人惊叹：一座原始公园的中央坐落着一座辉煌的花岗岩大楼，窗户在早晨明亮的阳光下熠熠生辉。普鲁深深吸了一口气：这真是太美了。

"皮托克大厦,几百年前由威廉·J.皮托克所建,作为南方丛林的权力之位——这些年来它多次更换了主人,大多数是和平交接的,不过也有时候是武力夺取,"理查德解释道,一派导游的风范,"你可以从枪弹在花岗岩上留下的这些凹痕看出来。这个国家是在四分五裂的冲突中形成的,波特兰的普鲁,遗憾的是,那些分歧和争议有很多依然存在着。"普鲁可以清晰地看到庄严的石头上有一些草皮断片,但这并没有削弱大厦的威严,它两个朝北的角上覆盖着红顶塔楼,连接着二楼的一个漂亮阳台。

　　大厦的庭院是一个整洁美丽的英式花园,篱笆和花卉类树木(随着季节变化会凋谢)以大厦为中心对称排开——这和下方丛林中熙攘嘈杂的街道形成了鲜明对比。一些情侣正沿着碎石路散步;立有一座

雕像的华丽喷泉里，一家海狸正向嬉水的鹅群喂面包屑。货车在这里出了长路，沿着一条曲折的石路开进了大厦的内部。石路的最末端是一扇敞开的大门，车道上马车和各种公共交通工具川流不息，理查德驾驶着货车在里面穿梭着。最后他慢慢减速，在两扇法式玻璃门前停了下来。

"我们到啦。"理查德说道，货车停在了大厦前，发动机嗡嗡空转着。

"我们走吧。"普鲁低声说道，然后打开车门，走到铺着鹅卵石的车道上。

🌿

另一方面，柯蒂斯这边，早上的运气却没这么好。

就在他醒来前，他清醒地感觉到自己是在家里，在他自己的床上，枕着他的羽绒被，被套上是蜘蛛侠。他醒来的时候，眼睛还没睁开，就想起自己做的那个古怪又生动的梦，那个他和普鲁·麦基尔一起去荒野禁地探险的梦，觉得真是不可思议；虽然梦里有的时候很害怕，但现在他模模糊糊地不愿醒来，不愿回到平凡的生活中去。当他终于默默地妥协、睁开双眼时，他尖叫了起来。

他的上方站着一个没有头的人像，穿着军官的制服，胳膊和腿都是绿叶树的树枝做成的。它居高临下，打量着他，一副准备攻击的架势。柯蒂斯想抓住羽绒被，但是找不到；他的双手陷进了高台上的苔藓丛里。他的四周逐渐清晰起来：华丽的宝座，布满树根的天花板，裂缝的泥墙。他立即明白了自己现在的位置：贵妇总督的王座室里。他向后爬去，紧靠着粗糙的墙面，做好抵御攻击者的准备。那个人像却一动不动。

75

一个声音从房间中央响起。"早上好，柯蒂斯主人。"声音说道，这是一种尖利刺耳的咆哮声。柯蒂斯循声望去，看到一个土狼士兵，和他梦中的一样，走到火盆的亮光中来。

一阵恶心的感觉袭来，柯蒂斯觉得很不舒服，嘴里特别干。他迅速回头看了一眼苔藓床边穿着制服的人像，这才放下心来，原来那只是一个人偶。

"贵妇总督希望您收下这套制服。她命令我帮您穿上，确保制服合身。"土狼说着，指了指人偶，声音里带着一丝怨恨。

比起前一天看到的土狼士兵穿得破破烂烂的衣服，披在人偶肩上的这件制服看起来要新得多：衣服是深蓝色的，系着明亮的铜纽扣。肩部有饰章，袖口边是亮红色的，绣着精致的金色绳边。短上衣的胸部位置饰有看起来很重要的奖章和勋章。一条宽大的黑色皮带挂在木偶的一条手臂上，上面连着一副刀鞘，饰有小小的河石；一只金光闪闪的刀柄从一端伸出，柄头是一块鹅卵石。人偶的腿上还套着一条锥形裤管的、镶着银边的长裤。

柯蒂斯盯着制服问道："给我的？"他十分惊讶，身子发颤，肚里也在翻腾。土狼点了点头，把制服从人偶身上脱下，抖了抖衣服的肩部，奖章叮当作响。土狼耐心地等待柯蒂斯站起身。

柯蒂斯站起来的时候，脚底不稳，得倚靠宝座的扶手支撑；头两侧的太阳穴一阵阵轻微的裂痛。他想起来了，这大概是前一晚贵妇总督赏给他的酒引起的。舌头也像被锉刀磨过那样钝痛。不过，这种感觉很快就消退了，他要开始面对眼前发生的这一切。

"她为什么要我穿这个？"柯蒂斯看着制服问道。他家里的床头上就贴了一张精美的克里米亚战争时英国轻骑兵的制服图。想到要穿制服，柯蒂斯无比激动。

"那你得问她，"土狼不耐烦地答道，"我只是在做我被吩咐的事情。"

柯蒂斯心里有些怀疑。"我不用和谁去打架吧？是不是？"他问道，脑海里浮现出和丛林中的野兽混战的血腥场面。对他来说，这类事情常常在电影和漫画里才出现。"我不能那么做，我是个和平主义者。"他说道。他想起了蒂莫西·爱默生，他的一个年纪更小、性格更懦弱的朋友，曾经在休息时被几个大一点的孩子从猴杠上推了下去，当时他就是这么解释自己为什么没有反抗的。那时这个理由让人印象深刻。

土狼一言不发。他又抖了抖衣服，清了清嗓子。

"这把刀真不错。"柯蒂斯赞叹道，打量着插在腰带的鞘里的刀，"我能看看吗？"

土狼把衣服放在高台上，从鞘中拔出刀，冷静熟练地将刀柄朝前呈给柯蒂斯。柯蒂斯拿过刀，在空中挥舞了下——刀比他想象中要重。刀锋差不多和他的前臂一样长，由雪亮的银钢制成。他举着刀在空中快速画了个"8"字形，房间里火把昏暗的光亮映射在刀锋上。虽然感觉还很陌生，手中刀实实在在的重量仍然激发了他的想象——那一刻，他不再是柯蒂斯·梅尔堡，莉迪亚和大卫的儿子，不再是俄勒冈波特兰那个热爱漫画、不合群的怪男孩；他是流浪者塔安，是闪光人哈里。他用手掌摩挲着刀柄，眯着眼看了看土狼，说道："好，帮我穿上那套制服。"

第 八 章

逮住专员

车道上相对的寂静很快就被打破，身穿制服的门卫猛地打开法式大门，将普鲁和理查德引进大厅。他们立刻傻眼了。整个大厅热闹非凡，熙熙攘攘。无数动物和人占据了大部分空间，有的在漫无目的地乱转，有的正聊得火热，还有的在花岗岩地面上到处跑。无数嘈杂的声音回荡在大厅里，普鲁觉得头晕，努力区分各种声音。这些人和动物基本都穿西服打领带，个个都怀揣着几扎文件，旁边也都是穿着相似衣服的人或动物，拼命跟上整体节奏。唯一阻碍这川流不息的就是一座雪白耀眼的中心旋梯，从黑白格的光洁地板向上延伸。一头疣猪穿着绿色的三件套灯芯绒西服，正在楼梯的中间平台上开审；几个旁观者挤在他的周围，听他讲话，他分趾的猪蹄塞进马甲的袖孔里。一对黑尾巴鹿，牛津衬衫上打的领带和尾巴很配，他们站在一个看上去十分重要的大理石半身像旁，正在激烈地争执；一只松鼠站在半身像的基座边上，边听边点头。

有时房间里所有人和动物的注意力会一起转向一个人——那人头发花白，戴着眼镜，他在屋子里快步走过时，捧在手里的一大摞纸和文件夹紧贴胸口，摇摇欲坠。当他露面，从一个房间的一扇门进入，又从对面的一扇门走出时，房间里的许多人都会停下手中的事情，急切地渴望获得他的注意，他却总是不屑一顾；当他走出另一扇门后，房间里又重归先前的繁忙喧闹。理查德终于开口说道："我觉得那个人就是你要见的——总督的专员。"普鲁抬头看了看他，理查德的神色和她一样疲惫。她深吸了一口气，向他伸出手。

"我觉得我现在没问题了，"她说道，"你还有邮件要送。"

理查德看起来如释重负。他握了握她的手："遇见你很高兴，波特兰的普鲁。希望我们还能碰面。祝你好运。"

转身离去时，理查德在门前顿了顿，又转过头："如果你需要帮什么忙，到邮局来找我——就在大厦的西南方。当然，如果我没有在送邮件的路上的话。"他亲切地微笑道。

"谢谢你，理查德，"普鲁说道，"谢谢你所做的一切。"

理查德离开后，普鲁呆呆地站了一会儿，看着房间里如潮涨潮落般的忙乱场景。一头上了年纪的黑熊步履蹒跚地向出口的大门走去，经过她身旁时，她向他点了点头；一位戴着猫眼眼镜的女士一路小跑，只顾着手里的一堆文件，差点撞到她，普鲁礼貌地朝她笑了笑。最后，普鲁察觉到房间里所有人和动物的注意力又一次投向远处的双开门，只见大门敞开，戴着眼镜的专员再次冲进混乱的大厅。

普鲁向前踏出一步，举起手，想说些什么，但声音立刻就被可以想象到的各种动物的叫声淹没了：有人类的呼声，有震耳欲聋的熊吼，有尖锐的鸟鸣，松鸡、燕子和五子雀在房间内疾飞。专员毫不畏惧，一头冲进他们当中，努力往房间的那一头走去。普鲁站在一旁，眼睁睁地看着他很快消失不见，而人们和动物仍在徒劳地想吸引他的注意。当他们拥过来，离她只有几英尺远时，她又一次微微抬起手，叫道："先生！"但声音如此微弱，一下子淹没在周围的喧嚣中。

"你得更用力些。"她身旁一个声音说道。

她看了看周围，没看到任何人。

"往下看，在这里。"这个声音说道。

普鲁低下头，看到一只田鼠正在淡定地啃一个裂开的榛子。看起来他正在享受午休时光。只见他倚在房间里一根柱子的底座上，一块手帕摊在前方，上面摆着很多食物：一段胡萝卜、一小块奶酪、一小杯啤酒。他喝了一大口啤酒，咽下了满嘴的榛子，清了清嗓子问道："你在名单上吗？"

"名单？"普鲁疑惑地问道，"什么名单？"

田鼠滴溜溜转了转他的黑眼珠。"我猜你到这里是为了见总督大人。任何人想要约见山特维克总督都得向总督办公室登记。一旦你在总督办公室登记了，你的名字就在等待的名单上了。当你的名字在名单第一个时，专员就会联系你，安排你见总督。"田鼠一边说，一边打量着自己细长爪子里的奶酪，然后心满意足地将它一股脑儿地塞进嘴里。

"但是……"普鲁沮丧地说道，"那得等多久呢？"

"嗯，"田鼠嘴巴里塞满了奶酪，含糊地答道，"登记办公室在南边的大楼里，就在这条路上。你到那里预约会面。他们的办公时间应该是周三和周五，中午到下午三点。"

"周、周三和周五？"普鲁结结巴巴地问道。她没记错的话，今天是周日。

"嗯嗯，"田鼠漫不经心地回答，"早点去，那边一直要排队。一旦你上了名单，一般要等待五到十个工作日，才会有人联系你会面的事情——通常最快也要三到四个礼拜了，要看是什么季节。"

普鲁一下子泄气了，泪水在眼眶里打转。"但是我的弟弟！我弟弟被绑架了，我必须找到他！他就在丛林的某个地方——他绝对等不了那么久！"

田鼠耸了耸肩，一点不为她的故事所动。"女士，我们大家都有麻烦。"他把玩着吃剩的胡萝卜，塞进嘴巴，就着剩下的啤酒一道咽进肚里，开始扫光吃剩的野餐。

普鲁艰难地咽了口唾沫。她看了看房间里穿梭来往的人和动物。专员又一次走了出去，人们和动物又继续忙之前的事情，一边等他回来。

"他们是怎么回事？"她问田鼠。田鼠正用手帕擦拭嘴角。

"他们？"他问道。

"是呀——如果真的有一个等待名单，而且总督办公室会联系你商定会面时间，那他们怎么都还要争着吸引专员的注意呢？"

田鼠把手帕塞进马甲的口袋，又擦了擦双手。"嗯，这个制度还不是很完善。有时候只要你叫得足够大声，就能被注意到。谁知道呢？"他耸耸肩，微微行了个礼，走进了大厅。

普鲁等了一会儿，一边思索一边打量房间里的人和动物。她想找出最佳的位置，最容易吸引到被烦扰的专员的注意。虽然她不介意置身在人群和动物群中——匿名的感觉给了她一种奇怪的自信——但这时候她觉得十分恐惧。最终她鼓起勇气，走到楼梯起始处，站在那里，一手搭在乳白色的扶手上。旁边的一个中年男子和一只獾正在严肃地争论，看到她走来时，扫了一眼，点了点头，然后似乎猛地回过神来般吃了一惊。普鲁笑了笑，微微挥了挥手。

和獾说话的这名男子转向普鲁说道："不好意思，小姐，我的朋友和我刚刚在交谈——我们想知道你是不是从外面的世界来的。"他蓄了很长的灰白胡子，从穿着打扮上看，像是一名海军军官。

"是的，"普鲁答道，"我是从外面世界来的。"

"不可思议，"军官说道，"你来见总督大人？"

"不完全是，"普鲁说道，"我没有提前约见，但我真的需要见他。我本来在想他们或许可以让我悄悄溜进去。"

军官皱了皱眉，摇了摇头。"那就要祝你好运了。好几个礼拜前我就约见了，直到现在还没能见到总督。我的船停在码头边，船员们都等得不耐烦了。我只需要在这些烦人的纸上盖好章就能出发了。"他愤怒地摇了摇手中的一沓纸，"我告诉你……"军官这时谨慎地扫视了下

房间四周，"这个国家还没有从政变中恢复，尽管是多年前的事了。这些笨蛋不知道如何去治理一个国家，丝毫没有远见。"他用手整了整夹克衫，看着普鲁问道，"外面的世界也是这样的吗？你们也必须要应付这些蠢事吗？"

普鲁想了一会儿。她和官僚机构的唯一一次交锋，就是排队等待借阅图书馆一本特别抢手的书。"我猜也是这样的，"普鲁说道，"不过我真的不知道，我才十二岁。"

军官还没来得及回答一声不满意的"嗯"，大厅另一端的双门就被打开了，专员走进了房间，一长串助手和随从紧随其后。房间又陷入一片混乱和嘈杂中，等候的各路人马立刻行动起来，争着在专员消失前获取他的注意。普鲁身旁的那名军官和那只獾也从楼梯上跳了下来，开始向疲倦的专员大声呼吁。普鲁猝不及防，赶紧打起精神，冲进这片吵闹中，推开了一只正在人群中蹿跳张望的红尾巴狐狸。"对不起！"她喊着，一边努力在大理石地面上奔跑。"专员先生！"她叫道，一只手在头顶上挥舞。房间里大多数动物和人的块头都比普鲁大得多，她

只能努力将视线集中在这场风暴的中心，只见已有防备的专员正捧着一摞文件，尽力无视身边混乱的诉求声。一圈羽翼鲜艳的鸟儿围绕在他的头顶上方，大声叫着渴求关注。"专员先生！"普鲁更大声地叫道。她感到肋骨不停地被身边推挤着的人们的臂肘戳来戳去。

"专员先生！"她用尽力气大声喊叫，"我要见总督大人！我的弟弟被绑架了！专员——哦！"她还没说完，一只蹦跳着的矮胖海狸，被前面的人群往后一推，一头顶在了普鲁的肚子上，撞瘪了她的肺。普鲁和海狸一起被挤出了人群，狼狈地摔倒在地。普鲁咒骂着站起身。她凝视着专员和尾随他的一队人马，他们已经走到了大门口。她突然想起来包里放了一只供紧急情况使用的喇叭。她迅速地将包从肩上取下，打开背包，掏出装喇叭的小筒。

"**专员先生！！！**"她最后一次大声喊叫，然后按下了喇叭的把手。

整个房间顿时充满一种震耳欲聋、让人头皮发麻的声音。这个声音持续了数秒。

每个人都怔住了。

有人的笔咔嗒一声掉在了地上。

一头穿着斜纹呢马甲的黑熊惊慌失措地从前门跑了出去。

大家都被喇叭的巨大声音惊住了，一片寂静，纷纷循声望去。普鲁独自站在大厅中央，也被喇叭的威力震惊了。她清了清嗓子，"嗯"，她静静地说道，"专员先生，我……要见总督大人。"专员身边的人都呆住了，普鲁因为自己成了整个房间瞩目的中心而感到不安。最后，整个人群开始移动，一个身影穿过人墙走来——正是专员。他眉头深锁，拨开重重人群，透过架在鼻梁上的眼镜俯视普鲁。他顿了一会儿，仔细打量着她，举起眼镜又放下。

"你是……"他迟疑地说道，"你是……外面世界的人？"

"是的，先生。"普鲁回答道，她悄悄将喇叭塞进了包里。

"我是说——我是说——"专员结结巴巴地说，"从外面世界来的？"

"是的，先生，"普鲁说道，"我来这里是因为……"

专员打断了她的话："你是怎么来到这里的？"

普鲁不安地笑了笑，对方的全神贯注让她有点害羞。"我走过来的，先生。"她答道。

"你走来的？"专员不可置信地问道，"但是——但是——你不可能做到的！"

普鲁不知道该说什么，只能一言不发地站在那里。

专员显然非常慌乱，他摇着头，用手揉揉眉头。"我是说……我是说……这绝对不可能！或者说，这应该是绝对不可能的，除非……除非……"他停住了，注视着普鲁，然后又改变了主意，摇了摇头，继续说道，"一定是条约的什么地方有遗漏或者被违反了。咒语被破坏了。那些糊涂的北方人。荒野森林的白痴！"他打了个响指，一名助手急忙跑到他身边。专员动了动嘴角，开始发号施令："给我拿一份45/C的表格——他们应该是有的——告诉对外部的部长我需要立刻签署这份表格。还有最好联系下北方丛林关系办公室，告诉他们……"

普鲁重新站稳脚，打断道："先生，我有个大麻烦。"

专员将视线从助手身上移开，紧张地对普鲁笑了笑："女士，你就是一个很大的麻烦。"

普鲁毫不畏惧地继续说道："先生，我的弟弟麦克，昨天被一大群乌鸦带走了。我看到他们将他带进了丛林。这片荒野丛林。"大厅里的人和动物都专心致志地听着。"我真的只想把他救回来。"她能感觉到绝望的泪水充盈了眼眶，"我保证，我发誓，只要能救他回家，我绝对不会再来这里。"她用手指在胸口微微比画了一个 X，"我发誓。"

整个房间陷入一片寂静，专员不可置信地盯着她。最后，他身边的助手倾身对他耳语了几句。专员默默地点了点头，视线一刻也没有离开普鲁。"很好，"过了一会儿他说道——在普鲁眼里仿佛等了好久好久，"既然你的情况十分特殊，我们看看能不能帮你安排个时间。跟我来。"

专员旁边的人群分散开来，他领着普鲁走上光洁雪白的楼梯。

🌿

尽管在贵妇总督洞穴般的大厅里没有钟，柯蒂斯还是知道，在他穿着新装，模仿电影和书中的那些侠客，在屋子里气势恢宏地挥舞了一圈军刀后，时间已近中午。他每摆一个动作，胸前的装饰物都叮当作响；每舞一次军刀，刀都发出响亮的"倏"一声。土狼侍从显然早已习惯听命于古怪的主人，他耐心地站在王座旁等候着，只有在躲避柯蒂斯疯狂的刀法时才退缩到一边。

在柯蒂斯最终精疲力竭时，土狼侍从说道："棒极了，长官。您是一个有天赋的刀客。对于一个和平主义者而言。"

柯蒂斯站在屋子中央，踢

了踢脚底的泥。"嗯，你知道，我绝不会和任何人打斗。"刚才的一番用力使他气喘吁吁，"不过……"他继续说道，"你真的这么认为？"

"哦，当然。"土狼说道。

"这挺费力的，是不是？"柯蒂斯问道。他在将刀垂下身旁前，又刺出最后一刀，然后开始用另一只手按摩手臂。

"长官，您会慢慢习惯的。"土狼说道。

柯蒂斯怀疑地看了看土狼，问道："你叫什么名字？"

"马克西姆，长官。"土狼答道。

"马克西姆，嗯？"柯蒂斯说道，一边握住刀柄旋转刀身，"你们这些家伙的名字都很有趣。"

马克西姆只是扬了扬眉毛。

"那么马克西姆，你在这里做什么？"柯蒂斯问道。

"我是贵妇总督的随从副官，我被指派来关注您的状况。"

"我的状况？"

"是的，"土狼答道，"贵妇总督似乎为您安排了宏伟的规划。"

柯蒂斯努力理解"宏伟"这个词的意思，（是不是像"怀疑"①？）关于这个问题他仔细想了一会儿，然后问道："贵妇总督现在哪里？"

"在野外，长官。"马克西姆说道，"正等待您的加入。"

"野外？"柯蒂斯问道，"什么野外？"

马克西姆没有正面回答。"我的职责是叫醒您，给您穿衣，等您准备好了就送您去她那里。"他顿了顿，"您准备好了吗？"

柯蒂斯清了清嗓子，点点头。"我觉得可以了，"他说道，然后努

---

① 原文分别是"auspicious"（幸运的，吉兆的）和"suspicious"（怀疑的），发音较类似。

力装着成人的嗓音说道，"带路吧，马克西姆。"他将刀插入了腰带上的刀鞘里。

走出房间后，柯蒂斯注意到，外面的土狼营地很奇怪地没有了昨日的喧闹：那些围着中央大锅和在泥地上操练的土狼们都不见了踪影。有几个士兵在忙活着修补破墙和拖柴火，但和前一天比起来，营地这会儿简直像是无人居住的地方。柯蒂斯感到马克西姆用爪子理了理他的制服，原来制服的肩部已经滑向了一侧。

"这衣服以后会合身的。"马克西姆最后说道，显然他对这套装束的效果不是太满意。然后他开始领着柯蒂斯走进从主厅延伸出的众多地道中的一条，"这边走。"

回到地面后，柯蒂斯一下子不太适应明亮的天空。清晨的低云已经退去，小树林里的光线十分清新，阳光沿着他的脊梁再一次冲去了他浑身的不适。马克西姆在前面带路，穿过沼泽地，走进一片中间是空地的茂密树林。一小队士兵正站在树旁，奋力将树桩打进地里。见到马克西姆和柯蒂斯走近，他们立刻停下了手头的活，立正敬礼。走到他们身边时，柯蒂斯意识到，这些士兵是在向他而不是马克西姆敬礼。柯蒂斯尴尬地边走边回敬，土狼们也继续干活了。

"刚才那是怎么回事？"远离士兵们后，柯蒂斯小声问道。

"向上级表示应有的敬意。毕竟，您现在是一名军官了。"马克西姆说道，停下脚步，指了指柯蒂斯胸前的一枚胸针。这是个很简单的饰物：由一块深色的铜片铸成，底部是串得很紧的黑莓，上方是延龄花的大花瓣。柯蒂斯好奇地用手指推了推，调了调胸针在上衣的位置。"一名军官。"他小声地重复着。马克西姆继续往前走进丛林中。

"哦，等一等，"柯蒂斯说道，"一名军、军官？我做了什么配得上这个职位？"

"这您得去问贵妇总督。"

"我不知道你是否……嗯，是否了解人类这个种族。"柯蒂斯说道，"但我还不是完全意义上的成年人。到今年十一月我就十二岁了。我不知道这个在土狼的年龄里算多大，但对于人类来说这个年纪还是小孩。一个男孩。一个孩子！"他快步跟随着马克西姆。柯蒂斯在等待回答，见马克西姆没有反应，又继续说道，"这到底是怎么回事？我必须做什么吗？我可告诉你们，我是一名和平主义者。我还不会真正使用这把刀。我之前秀的那些刀法，全部……全部都是偶然发挥的。我是从黑泽明电影里学的。"

"我想等我们见到贵妇总督时，一切都会弄明白的。"马克西姆回答道，一边甩开路上的树枝，声音里明显带着一丝怒气。

柯蒂斯回过头去看了一眼，想透过丛林茂密的蕨类植物找到通往土狼营地的路，但很惊讶地发现，他们已经走了这么远，所有的踪迹已经全部消失不见。

"你说我会不会必须发号施令之类的？"柯蒂斯问道。

"我不知道，"马克西姆说道，"我自己也有点吃惊。"

他们沉默地走了一会儿。丛林越来越深，抬头不见天。

"你是怎么当上……助官的？"柯蒂斯问道。

"您是说副官？我是被任命的。"

"你做出了什么功绩才当上的啊？"

"我估计我被提拔是因为，"马克西姆答道，"战场上的表现。"

"哦，天哪。"柯蒂斯说道，越发担忧起来。

"不过我不是生来就会作战的。我的生命、我的人生都是贵妇总督赐予的。我生在灌木丛一个穷苦的狼窝；我父亲死于一次泥石流灾难，我母亲靠做苦活养大我和我的五个兄弟姐妹。当贵妇总督发现我们时，我们都快饿死了。她把我们带进了营地；她给我们吃的，教我们建房子和作战。"马克西姆讲述着他的故事，不带一丝情感流露，"因此，我愿意为贵妇总督出生入死。是她提升了我们整个种族，使我们不再只是食腐动物和乞丐，是她让我们土狼在丛林兽群中拥有了荣耀的地位。而当荒野丛林属于我们的时候，我们土狼也将分得一席之地。"

"哦，"柯蒂斯说道，"听着，马克西姆。我还不能完全明白你说的那些，但我欣赏你的忠诚，不过，你看，我不清楚我是不是……你知道，当军官的料。我才来到这里一天，我还在试着弄明白发生的这一切。"

一个声音，一个女人的声音，从他们上方传来："这就是为什么我们在这里的原因，亲爱的柯蒂斯。"

柯蒂斯抬起头，看见了亚历山德拉，这位贵妇总督骑在一匹墨黑的马上，出现在两棵巨大的雪松之间的山丘上。她伸出修长的手。"来吧，"她对柯蒂斯说道，"我带你看看这里的世界。"

"真不敢相信，这里存在的一切，我竟然从来都不知道。"

第 九 章

不起眼的山特维克；
到前线去！

"这边走，小姐……贵姓？"专员提示地问道。这时他们已经走到了楼梯平台的另一端，站在一扇巨大的橡木门前。专员透过污迹斑斑的眼镜镜片，看向手中的笔记板；他在上面的一页文件上写下了她的所有情况。

"麦基尔。"普鲁心不在焉地回答。她正站在门边往里看时，专员的一名助手打开了门。出现在眼前的是一个宽阔的走廊，两边的墙壁上有深色的木质护壁，外层是暗绿色的锦缎面料。大门敞开后，普鲁看到走廊远远的另一端还有一扇大门，开开合合就像一只巨大的蛤，每呼气一次，就吐出一批身着黑色西服手捧一堆文件的人，每吸气一次，又吸入更多同样的人。

"不要介意这些人来人往，麦基尔小姐，"专员说道，"虽然看起来这里很乱，但我可以保证，我们的政府一如既往地运转顺利而有效。"他笑得很灿烂，露出两排歪歪扭扭的长长的黄牙。他深吸了一口气，皱着眉头，将她引入走廊。

"抱歉。请原谅。先生，麻烦让一下我们……"专员每迈一步都大声叫嚷着，一边和普鲁一起不停避让来来往往的政府工作人员。普鲁一边向远处的另一扇门走去，一边感到走廊在视线中弯曲，人群在她的身边嗖地出现又消失，就像一群害虫。"再走没几步……请让一下，先生！……我们到了。"专员说道，这时他们来到了那扇门前，"我很快就好。"当门又一次打开时，专员闪了进去，消失不见。大门安静地紧闭了一会儿，然后又被打开，专员示意普鲁进来。

房间里宏伟堂皇。墙壁的最顶端是田园风格的装饰绒带，上面是猎人追捕牡鹿的图案。天花板上悬挂着一只巨大的水晶吊灯，将墙壁照亮。不过这个房间看起来好像很久没被使用过。大型的框画，显然以前是被挂在墙上的，现在斜抵着墙摇摇欲坠，而木地板上的装饰地毯已经破损不堪。地毯中央，一张巨大的木桌压在地板上，上面堆放的文件如此之多，以致坐在桌前的人完全被遮住。事实上，你甚至不会知道有人坐在那里，要不是有很多西装革履的人站在旁边，竞相引起文件堆后的人的注意的话。当专员走到桌前时，所有穿黑色西服的人都急忙立正站好。

"先生，"专员说道，"请接见普鲁·麦基尔。圣约翰市人，外面世界来的。"

从堆积如山的文件堆后探出一只苍白的秃顶脑袋。脑袋的主人紧接着现身，戴着一副巨大的厚眼镜，肥肥的脸上一道长长的胡须。他的汗水浸湿了身子，开口说话的时候嘴唇都在颤抖。

"你好？"

普鲁被这人的不修边幅吓了一跳。这就是总督大人？他的衣服已经起皱了，汗滴不停从上衣内的腋窝下流出。他的领结，普通的深紫红色，松松垮垮地系在敞开的衬衫上，歪在喉结的正下方。总督显然注意到了普鲁的诧异，努力整了整领结，理了理秃顶上那几缕油光发亮的发丝。"我叫拉尔斯，拉尔斯·山特维克。南方丛林的总督。"拉尔斯在两大摞文件中找到一个缺口，伸出一只手，普鲁走上前握了握手。

"你好，先生，"她回答道，"我叫普鲁。"

"是的，是的，"总督大人说道，一边低下头看桌上专员之前给他的那页文件。他将眼镜从鼻尖向上推了推，开始研读文件。"普鲁·麦基尔，人类女孩，"他用一成不变的语调大声读着，"来自波特兰，外面的世界。家庭出身未知。被一名邮政局长在荒野丛林 12A 区的长路上发现。显然遭遇了不幸。诉说自己的弟弟麦克丢了，朋友柯蒂斯被绑架了。嫌疑犯：尊敬的①乌鸦群、土狼群。尊敬的？"他困惑地抬头看普鲁。

"先生，是'分别是'，"他身边的一名随从纠正道，这名随从很瘦削，留着短短的胡须，戴着一副老式的夹鼻眼镜，"她弟弟丢失的嫌疑犯是乌鸦群，朋友遭绑架的嫌疑犯是土狼群。"

"嗯，对，"拉尔斯说道，又低头看文件，"当然是这样。谢谢你的

---

① 原文为 respectably（尊敬地），实际上应是 respectively（分别地）。这里总督读错了。

93

说明，罗杰。"

"请别放在心上，先生。"罗杰笑了笑。

拉尔斯继续读着档案："嫌疑犯分别是乌鸦群、土狼群。寻求南方丛林政府的帮助，找回被绑架者。起初听有人提起过贵妇总督……"拉尔斯突然停住了，凝视着文件。他把眼镜往上推了推，重新默默读了一遍这个句子。读完后，他抬头呆呆地看着普鲁。

"贵妇总督？"他问道，"你确定你听到了？"

普鲁还没来得及回答，罗杰，那个瘦削的随从插话道："完全是谣言，先生。在您听这个从外面世界来的小姑娘信口开河前，我谨提醒您，尚没有任何充足的证据让我们相信那个女总督还活着。"

普鲁瞪他一眼，"我只能告诉你我所听到的，先生，"她说道，"我真切地听到那些土狼这么说的。"

罗杰反问道："你怎么确定他们就是土狼呢，麦基尔小姐？他们有可能是狗或……其他任何东西！在雾蒙蒙的森林里，一只温驯的鼹鼠都有可能被错当成一只……"

"他们是土狼，先生，我很确定。而且他们都穿着制服，扛着刀、步枪和其他一些东西。"普鲁坚定地说道。

罗杰顿了顿，打量起普鲁："我知道你在跨越边界时吃了不少苦头。你还……我该怎么说，和鸟哨兵做了些交谈。"

普鲁顿了顿，试着猜测这个助手的意图。"是的，"她回答，"我猜是的。"

"你们谈了些什么？"

"他们，嗯，想知道我在做什么。他们说他们在提防土狼。"

罗杰转头对拉尔斯说道："您看到了吗，先生？很可能是鸟族唆使她来的。她是他们阴谋雇来的骗子。"他回过头看普鲁,"而且相当聪明,我必须承认。正赶上他们鸟族王室大驾光临。"

普鲁说不出话来。这个随从有着极强的操控局势的能力。"不是这样的。"她喃喃自语着。

"亲爱的,"罗杰用冷淡的语气安抚道,"你一定很气愤。你在这里可能感受到了某种文化冲击。我建议你去洗个热水澡,热敷一下额头。我们的世界和你们的大不同。这让我想到……"这时他转向总督大人,"外面世界的女孩进来,这是史无前例的。《边界法则》132C条款中清楚地说明,外面世界的人禁止闯入,除非获得准许,边界困境这一魔法可以放行,这样一来我只能猜测……"

普鲁愤怒地打断了他:"我知道我不应该在这里。我会很高兴离开,再不打扰,但是我必须把我的弟弟和我的朋友柯蒂斯一起带走。"

总督大人仍然目瞪口呆。几滴汗珠涌现在他巨大的额头上,眼看要滴下来了。他紧张地摩挲着胡萝卜般的手指。"你确定你听到他们提到了贵妇总督?听到他们这么说了?"他问道。

普鲁回答道:"是的,先生。确定。"

拉尔斯咬牙切齿地握拳在办公桌上敲了一下。"我就知道!"他说道,"我就知道流放太过仁慈。我们早该预料到这事!"

罗杰用低沉而坚定的语气说道:"先生,这些只是一个有妄想症的小女孩口中说出的未经证实的流言。"

拉尔斯没有理睬他。"想来她已经把土狼拉拢到了自己这一边。真令人难以想象!"他瞪大了双眼,"这是不是意味着那些鸟类所说的是真的?是这样吗?"他的声音渐渐低沉,陷入沉思,双眼一眨不眨地注视着远方。

罗杰的脸涨得通红。"胡扯!"他吼道,然后又镇静下来,"请原谅我这么形容。"他用干瘦的手指摸了摸胡须,将手放到总督的肩上安抚地按了按。"先生,冷静点。完全没理由为这事沮丧。如果女总督还活着,我们应该早就听说了。一个女人是绝对不可能在荒郊野岭存活那么久的。这个女孩看到的那些土狼士兵是幻影,是幻象——一个头脑受过创伤后的产物。"没等普鲁抗议,他伸出一只手。"不过,"他接着说道,"如果要让总督安心的话,我提议我们派一支小分队,几十个人,进入荒野丛林区域,看看从当地人那里可以搜集到什么信息。这个办法比较非正统,我很犹豫把它提出来。但如果它能满足这个小女孩的恳求,同时消除您可能拥有的恐惧感,山特维克先生,我想这兴许是最好的做法。先生,想想您的处境。"

　　拉尔斯嘟哝了声表示同意,开始冷静地、谨慎地沉思,呼吸急促,眼神迷离。

　　"柯蒂斯呢?"普鲁问道,"你们会找柯蒂斯吗?"

　　罗杰笑道:"当然。"

　　"还有我的弟弟?我的弟弟麦克呢?"

　　"对,你的探险故事中丢失的另一个来自外面世界的人,"罗杰答道,"被乌鸦绑架了,你是说?"

　　"是的,在圣约翰的一个公园里被绑架的。在波特兰——外面的世界,我想是这样。"她的注意力被总督大人均匀而沉重的呼吸声吸引了过去,他正用一只手指按着手腕测试脉搏。

　　"哦,那可能就不在我们的管辖范围内了。你朋友的案子是鸟类公国的事了,我得说。不过鸟类会卷入一起绑架外面人类儿童的案件,这太让人怀疑、太令人难以置信了。"罗杰顿了顿,用手指轻击下巴,

96

陷入思考，"这可能是非常有价值的情报，麦基尔小姐。"他弯下身，对着总督耳语了几句，总督暂时停止了他的呼吸练习。罗杰说完后，总督严肃地点了点头，看着普鲁。

"如果你所说的是真的，"总督说道，罗杰的手仍然搭在他的肩上，"这对于南方丛林和鸟类公国的关系影响重大。"

罗杰插嘴道："总督的意思是，麦基尔小姐，任何鸟类在外面世界逗留后，都不允许带人回来，这显然是违反《边界法则》的很多条款的，我们也谢谢你提供了这一信息。"

"那我的弟弟怎么办？"普鲁心急地问道，她的脑子里已经听不进政治性谈话了。

"南方丛林将尽力协助找到你的弟弟，以便更快将行凶者绳之以法。"罗杰回答道。

普鲁松了口气。"哦，谢谢！"她叫道，"太谢谢你们了。我知道他就在那里；我知道他还活着。"

罗杰绕过书桌，走到普鲁旁边，用手臂揽住她的肩膀。他礼貌地将普鲁引向大门。"当然！当然！"他宽慰道，"我们将尽一切力量找到你的弟弟，我保证。"

"你们找到他的时候会告诉我吗？"普鲁问道。

"一定，"罗杰说道，这时他们已快走到门口，"你会第一个知道消息。"

"他穿着一件棕色的灯芯绒套头衫，"她结结巴巴地说道，"而⋯⋯而且他没什么头发。"

"棕色套头衫，"罗杰安慰地重复着，"没头发。了解了。"

他们走到房间的门口，罗杰对等候着的专员点头示意。专员为他们打开了门。

"你能做客大厦，我们感到很荣幸，"他们站在门外时，罗杰说道，"我们在北塔楼给你安排了舒适的住宿。你就在房间等着，一旦我们得知有关你弟弟或你朋友康斯坦斯的消息，就会立即通知你。"

"是柯蒂斯。"普鲁纠正道。

"柯蒂斯。"罗杰重复道，然后接着说，"希望你在南方丛林生活愉快，如果有什么需要我们做的，请立即联系我们的专员。"他搭在她背后的手轻轻地将她推入走廊。"再见，普鲁。很高兴见到你。"

门在她身后关上了。

专员又露出黄牙笑着，沿着走廊走去。

🌿

随着马儿跃过斜坡和树干，马蹄踏在柔软的土地上连续作响。柯蒂斯紧搂住女总督的细腰。女总督来回扯着马儿粗壮脖子下的皮革缰绳，敏捷地操控着她在森林中的前进方向。

"握紧了！"每当他们即将跃过一棵倒下的参天大树，或者冲进一条深谷时，亚历山德拉都会这样提醒柯蒂斯。

"我们要去哪里？"柯蒂斯大声喊道，一边避让着晃在眼前和肩前的树枝。

"去前线！"女总督叫道，一边鞭策马儿快跑，"我想让你看看我们的战斗，我们的正义之战！"树木以极快的速度后退着，轻轻的马蹄声回荡在森林中。柯蒂斯目瞪口呆地看着参天大树在飞快退后，树顶笼罩着一层雾霭。

"好的！"柯蒂斯喊着回答道，"只要我不用战斗就行！"

"你说什么？"亚历山德拉吼道。

冷冽的空气鞭打着他的脸庞，柯蒂斯的眼泪流了出来。"我说，**只要我不用战斗就行！**"

女总督勒住缰绳，马儿扬起前腿，他们登上一座山脊，一个布满蕨类植物的山谷出现在眼前。马儿的鼻孔喷着气，一边嘶叫一边感受着女总督对它脖子的抚摸。"好孩子。"亚历山德拉安抚道。柯蒂斯向下凝视着山谷谷底的深绿色植被，一个布满苔藓和乱石的峡谷从一条流动的小溪两侧延伸出来。深谷里交叉密布着倒下的古老枯树，成片的杉木和雪松从两边的山坡上高耸入云。

"真美。"柯蒂斯说道。

亚历山德拉笑了，回头看着他："我第一次到这片荒野丛林时也是这么觉得的。我当时就知道，这是我的家了；这片荒野之国是我归属的地方。"

"您来到这里多久了？"柯蒂斯问道，不自在地调整着他坐在马背上的位置。马儿踏到森林的土地上时迈着某种方形步，在两位骑手的身下变换着步伐。"您是从别的什么地方迁移到这里来的吗？"

"这么说吧，亲爱的柯蒂斯，我并不是自愿来这里的，"女总督回答道，"一开始我非常难过——但很快我意识到，我是注定要被流放到这片荒野丛林的，天必将降大任于我，于是我开始将迫害我的人视为我的解救者。"

远处某个地方，一根大树枝断了，落在地上的响声在丛林中回荡。近处的一处灌木丛中，一只鸟儿正放开嗓子欢唱。

"我在荒野丛林，这片被遗弃的国土中，看到了一个新世界诞生的希望。这是一个机会，去寻回植根于我们内心深处但长久被遗忘的价值观，一种野性的吸引力。我想如果我能掌握并致力于这一强大的自然法则，我就能在荒野丛林这片无序之中建立起秩序，管理这片土地，它早就该有人管理了。"

"我不是完全确定我听得懂您说的话。"柯蒂斯说道。

女总督笑了。"到时候，"她说，"到时候，一切都会明白的。"她转过身又看着柯蒂斯，钢铁般冷酷的眼神明亮而有穿透力。"柯蒂斯，我需要像你这样的人在我身边。我能信任你吗？"

柯蒂斯倒吸了口气："我想是的。"

亚历山德拉的笑容变得有些惆怅。她的目光停留在柯蒂斯的脸上。"这样的一个男孩，"她静静地说着，似乎在自言自语，"这是一个巧合吗，这种相似性？"

"对不起，您在说什么？"柯蒂斯问道，更加困惑。

女总督快速地眨了眨眼，皱起眉头。"不过我们不能在这里浪费时间！去前线吧！"她用脚跟戳了戳马的侧部，马儿立刻奔跑起来，冲下峡谷，奔向远方。随着马儿快速地在树林间穿梭，柯蒂斯紧紧搂着亚历山德拉的腰部，咬紧牙关。

他们行进了大半个小时，来到一座山头的一小块空地上。那里已经聚集了一小队土狼士兵，搭起了一小圈帐篷。一名士兵看到亚历山德拉和柯蒂斯来了，赶紧跑向马儿，抓住缰绳，让女总督跳下马来。柯蒂斯没有要人帮忙，将一条腿从马屁股后面绕过来，笨拙地滑下马背，差点摔倒。

"营队准备就绪，夫人，"一名士兵报告道，向二人行了礼，"正等待进一步指示。"

"有强盗的动静吗？"贵妇总督问道，一边系好另一名士兵呈给她的腰带。腰带上穿着一把长刀，插在刀鞘中。士兵还给她呈上了一支陈旧的步枪，她将枪举在肩上，向下凝视着枪管，做瞄准状。

"是的，夫人，"士兵答道，"他们正在远处的山脊上聚集。"

女总督放下步枪，笑了笑："让我们给这些无赖们瞧瞧什么是荒野丛林真正的法则。"

柯蒂斯此时正站在马儿旁边，还没从刚刚的骑马旅程中恢复过来。等他回过神时，发现一名土狼士兵仍然站在他面前，行着军礼。"复原。"柯蒂斯说道，学着看过的无数战争电影里的一句台词。士兵满意地走开了。柯蒂斯突然兴奋起来，笑开了花。"复原。"他自言自语地重复着。

"柯蒂斯！"站在一堆士兵中的女总督喊道，"和我待一起！"

柯蒂斯握住刀柄的圆头，朝着亚历山德拉慢跑过去。

房间很简单，很普通，是坐落在大厦北塔楼顶层唯一

的房间，呈半圆形。淡褐色的墙纸上装饰着一些带画框的蚀刻画。一幅画上是一艘挂着横帆的帆船，龙骨暴

露，在狂风中绕着一座巨大的岩石行驶。另一幅蚀刻画中是一派田园风光，树林中的一片空地中央，一棵多节的巨树拔地而起，相形之下，周围的一切都显得很渺小。树下围着一些人，他们几乎还不及大树裸露的根部高。普鲁仔细端详了一会这些图，赞叹了一番其高超的技艺。后来一阵倦意袭来，她走到床前，倒头就睡。弹簧床垫发出不满的吱吱声。

她抓起床上唯一的一只枕头，紧贴着脸，闻着发霉的味道。直到这时，她才意识到自己是多么疲惫不堪。还没等多沉思一会儿，她便进入了熟睡。

不知何时，她被一阵如同夏日雷雨般的响声惊醒了，起初听上去就像一阵猛烈而持续的飓风，然而她很快意识到，这声音是数百只鸟类一齐振翅的沙沙声。"是乌鸦！"她在半睡半醒中叫道。她从床上跳起来，跑向窗边，看到了她从未见到过的最大的、品种最多的鸟群，在空中盘旋飞舞。令人眼花缭乱的壮观鸟群，从五子雀到松鸦，从褐雨燕到老鹰，都在这突然而至的密集群中占有一席之地。在他们的喊叫和嗤笑中，普鲁听到了"让开！"和"他来了！"这样的话语，她伸长脖子去一看究竟。在塔的下方，她看到大厦通明，人来人往，大厦的所有工作人员在双门内进进出出，乱成一团。向上望去，她看到一行列队正沿着环绕庄园葱郁草坪的车道前进。不过，这支列队整个都在飞行中，众多灰色的小雀鸟围着一个中心人物：一只普鲁从未见过的最硕大、最有气势的大角猫头鹰。

当列队飞近大厦入口时，双门被打开了，普鲁看到总督和他的助手罗杰站在那里，准备上前迎接。那只猫头鹰几乎和肥胖的总督差不多大小，他来到入口处时，盘旋着的小雀鸟们都各自散开，有的飞入树林，有的落在大厦外部的屋檐下。总督大人深深地鞠了一躬。猫头鹰全身羽毛斑驳，有黄色、白色和灰色，他落在路面上，点了点头，羽毛下两只大大的黄色眼睛闪闪发亮。罗杰微微低下头，做了个欢迎的手势，示意这只大猫头鹰进门。于是他们一起走上前，踏入大厦，消失在了视野中。

"哇，"普鲁终于吸了口气，"他真美。"

"猫头鹰雷克斯，"她身后响起了一个女孩的声音，"确实很美，不是吗？"

普鲁惊跳起来。她转过身，看到一个女仆已经在她站在窗前的时候走了进来，正忙着将毛巾和睡袍叠放在床脚。她看上去差不多有十九岁，穿着十分老式的围裙和衣服。

"啊！"普鲁说道，"我没听到你进来。"

"没关系，"女孩说道，"我一会儿就出去。"

普鲁望着窗外，下面大门入口处逐渐平静下来。"这出场挺气派，"她最后说道，"我是说，这些鸟儿。"

"哦，是啊，"女仆回答道，"我从来没见到那只猫头鹰光临大厦。

往常都是级别低一些的鸟儿前来洽谈公国的事宜。不知道猫头鹰雷克斯有没有踏足过南方丛林，或者该应该说'踏爪'？"她笑着耸了耸肩，"嘿，我不是想打探什么，不过……你就是那个从外面世界来的女孩，是吗？大家都在议论的那个女孩。"

"是的，"普鲁答道，"我想就是我吧。"

"我叫潘妮，"女孩说道，"我住在工人区。我从家里房间里可以看到你们那里的建筑物的顶部。我一直想知道外面的世界是什么样的。"

"和这里很不同。"普鲁说道，"没有人去过——去过外面的世界吗？从这里？"

"据我所知没有，"潘妮回答道，"太危险了。"她走到床边，开始压平被角。"你是怎么来到这里的？"

"我就是走进来的，"普鲁答道，"不过好像人们觉得我不应该能做到。有什么说法吗？"

"是的，"潘妮说道，"有一样东西叫'边界'，它将我们与外面的世界安全隔离开来。要想进来的话，你知道，除非你就是来自这里。"她顿了顿，想了一会儿，"但你并不是来自这里。"

"绝对不是。"普鲁说道。

两个女孩静静地站在房间里，都在思考着这个悖论。

"还有，我听说你的弟弟丢了？"潘妮最后问道。

普鲁点了点头。

"我很难过，"潘妮说道，"我家里也有两个兄弟，有时候我特别讨厌他们，但我无法想象他们如果离开了我会怎样。"突然，潘妮害怕自己越矩，忙退到房门口，拿起她那装清洁用品的小提包。"还有什么我可以为你做的吗，小姐？"她问道。

"没有了，我很好，"普鲁笑道，"我想你也不知道他们过多久会来找我吧？我是说，得到任何消息。"

潘妮同情地笑了笑。"抱歉，亲爱的，"她说道，"我对下面发生的事情一无所知。我只负责清扫。"

普鲁点了点头，看着这个女孩走出房间，走到走廊，然后关上了房门。普鲁走到看着很古旧的化妆台上的镜子前，弄乱了头发，注视着自己的面容。她看上去很疲惫，眼睛下面有眼袋，头发凌乱打结。她站在那里，任时间慢慢流逝，想起了爸爸妈妈，他们一定急疯了，她和麦克已经离开两天了。她相信，他们一定报了警，警方一定派出了一支搜寻队，寻遍圣约翰和波特兰闹市区的公园和街道。不知道警方多久会放弃搜寻，宣告他们失踪，而他们的照片会开始出现在牛奶盒上或邮局的大厅里。也许，最后，警方会选些他们的老照片，用电脑软件处理，模拟出年龄和时间在一个年轻女孩和一个咧着没牙的嘴微笑的男婴脸上留下的痕迹；她在电视上见过人们那样做。她深深地叹了口气，从镜旁走开，拿起一块毛巾和浴袍，走进淋浴间。也许洗个热水澡可以使她忘却一切烦恼。

第 十 章

打入强盗内部；
一张不祥的纸条

"维持局面！保持队形！"贵妇总督一边吼着，一边昂首阔步地在一队土狼士兵身后走来走去。这队士兵正驻扎在一条又深又宽的激流边。柯蒂斯努力跟上。激流逐渐沿着山脊线退去，几排士兵在那里布下战场。第一排是燧发枪手，配有毛瑟枪，蹲伏在布满山坡的铁线蕨丛里。他们身后是一排弓箭手，蓄势待发，脚下的地面上满是箭羽。第三大排站在前两排后，由步兵组成，他们对前方的战场跃跃欲试，互相狂吠着，一边用后爪紧张地蹬地。

"给大炮让道！"一名士兵喊道，柯蒂斯向他身后看去，只见一排大炮——至少有十架——正被推上后山坡，就在士兵营地的空地上方。每架大炮上有四名士兵操作，森林的地表崎岖不平，大炮重重的木轮艰难地行驶在上面。当他们最终抵达步兵后方时，土狼纷纷闪开让道，给大炮让出地方，每隔约十五英尺放置一架，放在山脊的最高处。推着大炮的士兵到达目的地时都累垮了，直到长官们冲着他们吠叫，才被推搡着站好队形。

当亚历山德拉站在远处，训斥一名所带队伍混乱的中士时，柯蒂斯慢慢穿过列队（一边朝每个转身向他敬礼的士兵大声喊着"复原"）来到了前线。走到弓箭手那一排时，他在他们身后凝视前方，想看看是什么样的敌人，让他们如此大张旗鼓地展示军事力量。

溪谷的另一侧空无一人。

柯蒂斯瞅了瞅两边，向下望了望布满山坡的无数土狼士兵，他们正冷酷地注视着激流另一侧的山脊，他不禁想是不是他们看到了什么自己看不见的东西。他回过头眯着眼看远处的溪谷。还是什么都没有；只看见铁杉树和橡树的树干从长满蕨类植物和沙巴叶的苔藓地上探出来。他对最近的弓箭手轻声问道："我们要跟谁战斗？"

"和强盗，"士兵回答道，"长官。"

柯蒂斯故意点了点头。"好吧。"他小声说道。其实他还是什么都没有看到。

又过了一会儿。

"他们在哪儿？"柯蒂斯问道。

"什么，强盗吗？"士兵问道，显然对一名长官用这样的方式和他说话不太适应。

"是啊。"柯蒂斯说。

"他们在树林里，就在那边，长官。"弓箭手说着，指了指远处的山坡。

"哦，好的，"柯蒂斯说道，还是没弄明白，"知道了。谢谢。复原。"他一边咕哝着抱歉，一边穿过列队，回到队伍后方，看到女总督正对着一小队士官讲话。看到柯蒂斯，她转过身，对他笑了笑。

"柯蒂斯，来得很及时，"她说道，"我们正准备前进。我正想将你安置在这里的一棵大树上，这样你能更清楚地看到战场。你觉得如何？"

柯蒂斯抬头看了看茂密的树枝，点了点头。"好，"他说道，"可能再好不过了。"

一小队士兵帮助柯蒂斯爬上一棵雪松稍低的树干，从那里他又爬上这棵老树多节的树干伸出的更粗的树枝。他选了一根特别结实的树枝，迅速地骑在上面，沿着树枝移动，直到树枝的分叉处，然后蹲伏在那里，向远处的溪谷望去。从这个角度，他可以看到整个土狼军团布满了山脉。不过，他还是看不到溪谷另一侧有什么动静。他听到下面一声令下，看到燧发枪手紧张地将毛瑟枪扛在了肩上。毛瑟枪队后整齐有序的士兵们都停止了行动，警惕地立正站好。喊着口令的吠叫声戛然而止，除了飒飒的风声和树枝的沙沙声，溪谷一片寂静。柯蒂斯用目光搜寻着对面山坡，屏住呼吸。

突然，树林里闹腾起来。

🌿

普鲁似乎听到有人在敲门，忙从淋浴间跳了出来，套上浴袍冲向房门，向外面的走廊张望。她多希望是总督的某个助理来告诉她好消息，可走廊空无一人。她的心又沉了下去。

"有人吗？"她叫道。

她的视线落在了走廊尽头的一只大獒犬身上，他身穿蓝色制服，靠墙站着。大獒犬很快地看了她一眼，又低下头看自己的爪子。他举起一支雪茄放在嘴里。当他把点燃的火柴凑近雪茄时，火柴的光照亮了他脸上平滑的皮毛。他缓慢地吸了口烟，回头看了看普鲁，点了点头。

"哦，你好。"普鲁说道。

大獒犬一言不发。普鲁眯着眼，看到他上衣的肩上有一块徽章，上面大写着"剑"的字样。

"请问，"普鲁叫道，"你在这里工作吗？"

大狗没有回答。

"我想你大概不知道我弟弟的事情吧？你是总督派来的吗？"

还是沉默。大狗耸了耸肩，看向走廊远处。

哼，真是粗鲁，普鲁想着。她正打算问那条狗在那里做什么，这时一个身穿制服的人从拐角处走了过来，和大狗问好。他们握了握手，开始低声交谈。

他只是在那里等人，普鲁沮丧地想着，就是这样。

她关上门，回到淋浴间，开始用毛巾擦干湿漉漉的头发。收音机里的一首歌传来，于是她开始哼唱起来，唱着差不多的和声。她心不在焉地用毛巾擦拭脖子，在清晨的微光中在房间里走来走去。

过了大半个小时，她听到下面突然一阵声响，赶紧走到窗前。她看到无数雀鸟从大楼的角落里飞下来，在大厦入口的双门前盘旋。过了一会儿，大门打开，气派的猫头鹰雷克斯走了出来，总督助理罗杰伴在一旁。普鲁呆呆地看着那只巨大的猫头鹰转过身，向他的同伴们点头示意。罗杰又微微鞠了一躬，走回大厦，大门在他身后关上。猫头鹰独自走在庭院里，犹豫了一会儿，然后展翅飞翔。他眺望着天际，品味着空气，突然他惊住了，探过头直视普鲁的窗户。

普鲁吓得赶紧从窗口跳回屋里。当她回看他时，他那明亮的黄色眼睛还一动不动地瞪着她。最终，过了好长时间，他转过头，低伏着身子，伸展开巨大的斑驳翅膀，猛地一冲，飞向了天空。他在车道上方转向了两次，这几乎是史无前例的，然后又飞进了森林。雀鸟们都紧随其后，在灰色的天际滑翔。

普鲁摇了摇头，被这一幕弄得紧张兮兮。他刚刚是一直在看她吗？他不会的，她肯定；一位猫头鹰国王为什么要对一个人类小女孩有兴趣呢？一定是某种纯粹的偶然，他抬头看她的窗子就是一种幻象，就是这样。

窗台上，就在窗玻璃外，一个东西引起了她的注意。那是一个小小的白色信封。上面手写着秀气精致的几个字：普鲁·麦基尔小姐收。她赶紧打开窗户，从窗台上拿起信。她看了看窗外，鸟儿们都飞走了。普鲁撕开信封口，抽出一张白色信纸，没有折叠，上面印有大厦名字的凸字信头，信纸上写着短短几行字：

亲爱的麦基尔小姐：

今晚我们的会面至关重要。请前往我在瑟蒙德街86号白石宫的住处。务必注意不要被人跟踪。

你的处境可能极其危险。

你的，猫头鹰雷克斯

普鲁惊讶地又默默读了一遍信件。她在房间里踱来踱去，手里反复掂量这页信纸，心底涌起一股恐惧。她又读了一遍信，这次是小声地读，反复将最后一句话读了几遍，然后将信纸叠成小方块。

她走到门前，慢慢将门打开一条缝，往走廊偷偷瞄去。穿蓝色套装的大獒犬还在走廊的尽头。他正用一把锉刀磨着爪子，注意力都在自己的前爪上。普鲁看到他开始转动那巨大的、有双下巴的脑袋看向她，于是悄悄地关上门，退回到房间里。

她恍恍惚惚地走到床边，她的牛仔裤在床上。她将信纸塞进前面的口袋。房间里的光线渐渐暗去，她打开床边的小灯，坐在床上，感到心跳得厉害，胸口仿佛快要爆炸了。

柯蒂斯曾一度公开宣称自己是《动物星球》的专业粉丝，怎么都看不够。据说，从他两岁起，每天晚饭后爸妈就把他放在电视机前，他就一动不动地坐在那里看，不管播放的内容是有关什么物种、栖息地或季节。这种狂热最终减弱了（被一系列代替品取代：罗宾汉、古埃及、闪电侠，等等），但他总记得那些最初让他着迷的影像。其中一个情景是——任何一档有关动物的伪装这一进化优势的节目里都有——摄像机对准一片安静而空旷的草原，你作为观众会觉得困惑，为什么这些专业的野生动物纪录片会把宝贵的胶卷浪费在什么动物都没有的草地上——突然，一头狮子或一条蛇或一只豹从草丛或灌木丛中钻出来，你会大吃一惊，自己竟没能发现它。

当柯蒂斯看到溪谷的远处突然闹腾起来时，他脑海就浮现出他以前在电视上看到的内容。

一开始动静极小，难以察觉；渐渐地，摇摆的蕨叶和低处的树枝显得越来越具威胁性，动静越来越大，柯蒂斯觉得自己看到在一堆矮树丛里有一道刀光闪过。然后，树下仿佛长出了四肢，开始移动，从森林的土地上拔根而起。人类的身形开始从隐蔽处变得明显，柯蒂斯吃惊地看到几个人影出现在树林间，深色的脸上野蛮地涂抹着灰色和绿色的颜料。然后，越来越多的人影加入，直到整座山脉布满了人，他们裹着破烂的衣服，握着各种奇怪的武器：步枪、刀、棒、弓箭。人越来越多，柯蒂斯估计超过二百人——至少有他在学校体育馆的集会上看到的那么多。他们的行动悄无声息，除了步枪的咔嗒上膛声和拔出箭的咯吱声。

在他下方，女总督骑着她的马出现了。她毫不畏惧地驱马慢跑到前线，拔出刀，指向峡谷另一侧出现的敌军。

"强盗们！"她叫道，"我给你们最后一次机会缴械投降。投降者将受到公平仁慈的礼遇，否则就只能等死！"

马儿向旁边踱了几步，在郁郁葱葱的山坡上嘶鸣了几声。另一侧毫无回应。一阵微风打破了树丛的宁静。下午的阳光从林间透进来，

在地面上投下长长的、隐约的阴影。

"很好!"亚历山德拉继续说道,"你们已经选择了自己的命运。司令官,准备好……"

她的话还没说完,一支箭嗖的一声掠过她的面颊,砰地插进附近的一棵树上。马儿吓得扬起前腿,她费了很大劲让它平静下来,一边愤怒地注视着峡谷另一侧。

一名男子从对面山脉的人群中走了出来。他留着浓密的红色胡须,饱经风霜的脸上涂抹着一道道手指宽的颜料。他身上的衣服似乎是破旧的军官制服,制服的红色布料和装饰镶边被灰土弄得脏兮兮的;他戴着手套,握着一把粗糙的紫杉木弓,强劲的弓弦因为刚刚的射击还在颤动。常春藤和沙巴叶编织成的王冠缠绕在他凌乱而卷曲的红发上,他的额头上刻有某种原住民图腾标记的文身。

"这个国家不是你们能抢走的!"男人喊道,"除非我们死了埋在土里,否则你别想成为荒野丛林的女王!"他的挑衅引发出身旁强盗们一阵喧嚣的欢呼。

女总督笑了。"非常同意!"她叫道,终于稳住了马儿,"虽然我不知道你有什么资格来称王,布兰登!"

这个叫布兰登的男人嘟囔了几句,然后喊道:"我们不遵循任何法律,不受任何管制。他们叫我强盗大王,我和这里的任何人或任何飞禽走兽一样有权利获得这个称号,只要他遵循强盗守则。"

"盗贼!"亚历山德拉愤怒地喊道,"卑贱的盗贼和土匪!你应该叫乞丐之王!"

"闭嘴,巫婆。"布兰登冷静地回答。

女总督笑了,对着马儿咂了咂舌,催马快跑离开峡谷。经过司令官旁边时，她转向他冷冷地说道："把他们全部干掉。"

"遵命，夫人。"司令官答道，脸上露出一抹微笑。他站到队列最前方，举起军刀，大声喊道："燧发枪手！瞄准！"

列队士兵听从他的指令，一起将毛瑟枪举到肩上。

"射击！"

断断续续的噼啪声响起，燧发枪手们开始向对面的强盗兵团射击，峡谷的空气中弥漫着浓浓的刺激性烟雾。

透过散开的雾霾，柯蒂斯看到一些强盗跌进了溪谷，他们的尸体从蕨草间滚了下去，另一些强盗则拥进失守的阵地。大概有半秒钟的寂静，在柯蒂斯眼里却仿佛过了好久，然后，整个山坡上响起了激昂的群吼声，强盗兵团冲下峡谷，疯狂地挥舞着剑、棒和刀。他们身后松散的弓箭手队伍齐射出箭，直奔土狼军队。柯蒂斯惊讶地张大了嘴，他看到许多土狼枪手胸口中箭，滚进了溪谷。

在强盗们成功到达峡谷另一侧时，土狼弓箭手们按命令跨步上前，顶替了燧发枪手的位置，蓄势待发。"弓箭手！"站在当中的司令官喊道，"**放箭！**"

溪流上方再一次织起了密密麻麻的飞箭之桥，这一次是反方向的。于是溪谷遍布了那些不幸中箭的强盗的尸体。强盗弓箭手去取更多的箭矢，让所剩无几的枪手上前朝土狼军队开火。许多子弹击中要害，更多的土狼尸体和强盗尸体一起，倒在了烟雾缭绕的峡谷中。柯蒂斯注视着越来越多的死者和伤者，而战争才刚刚开始。

"步兵团！"司令官叫喊道，"**前进！**"

位于军团后部的步兵列队超过弓箭手和燧发枪手，正好与向峡谷上方攀爬的强盗相遇。两军激战，战声冲天：军刀的撞击声、号叫声、怒吼声和骨头的碎裂声交杂在一起。柯蒂斯神情扭曲,胃里翻腾。他从最近迷上的历史小说中读到的那种战争的浪漫感开始烟消云散。现实要丑陋得多。

两支军队扭打成了一团,皮毛、鲜肉、金属、木头交织在一起,箭和子弹一波波飞向对方的山脉。虽然许多强盗横尸溪谷,却有更多的从森林中拥出接着战斗,土狼士兵一度险些在数量上被超越。

这时大炮按指令出现了。

每台大炮由四只土狼操作,他们穿过剩下的弓箭手和燧发枪手,把大炮推到了山脊的顶端。一只土狼站在大炮旁,向其他土狼发号施令,于是土狼们井然有序地依次将火药和炮弹推进大炮筒中。炮弹上膛后,指挥官们举起军刀,在司令官的指令下,喊道:"开炮!"于是森林里回荡起此起彼伏的爆炸巨响。

炮弹摧毁了强盗的防线,被炸飞的尸体飞向四方。大炮击中之处,一片尘土飞扬,即使是最粗大的树干也被炸成碎片,仿佛它们是一根根牙签。看似自地球诞生之日便开始生长的古老的参天大树轰然倒地,将周边的树撞碎,碎裂的树枝和枝干飞得到处都是。很多正在峡谷中激战的士兵,不幸被这些倒落的庞然大物压死。

柯蒂斯的耳中还回响着炮火声,这时他看到强盗们正在山坡上重新部署。他们虽然被猛烈的炮火暂时压住了势头,却又一次汇集兵力,峡谷后的树林里源源不断地拥出士兵。他们的弓箭手正在后撤,准备再次发起致命射击。为了利用大炮的威力乘胜追击,司令官很快下令进行另一场轰炸。柯蒂斯专注地注视着土狼的行动,下方的炮兵队动作之快令他十分惊叹。

正当司令官吠叫着下令开炮时,一支箭飞过峡谷,精准地射中了本应点燃大炮引线的土狼的咽喉。那只土狼向后倒下，阵亡了，他手中闷燃的火柴跌进了一堆枯藤中，正好在柯蒂斯藏身的大树下。剩下的炮兵突然被强盗们包围了，一群强盗拥上了山坡，土狼不得不放弃阵地，陷入混战。

枯藤中未燃尽的火柴很快燃烧了起来，小火苗开始蹿上了柯蒂斯所在的大树的树根。柯蒂斯蜷缩着身体，注视着树下越来越大的火势。

"该死，"他咕哝着，"真该死，该死，该死。"

他急忙回到树枝上坐好，沿着树干往下滑，粗糙的树皮割破了他的膝盖和肘部的制服。落地后，他拿起待燃的火柴，开始踩灭树根部的火苗。

"该死，该死，该死。"他不停地骂着。

枯叶很快在他的脚下被踩得粉碎，火熄灭了。他手中火柴的顶部还在燃烧。他站了一会儿，周围的一切让他感到麻木，随后他看了看被废弃在一旁的大炮，炮手们还在和强盗刀枪相接。

"不妨……"他内心的声音做了决定。

他跑到大炮旁，拿起燃烧的火柴凑近引线。瞬间，导火线点燃了，大炮开炮了，柯蒂斯被大炮的反冲力震倒在地，一阵烟雾和火花充斥空中，周围的世界一下子安静了，除了远方一阵轻微而尖锐的回响。

"哇。"他感到自己低声说道，尽管他什么都听不到。

普鲁从来没有像现在这样焦急地等待太阳落山。她坐在大厦里的卧室窗边，看着巨大的火球西下，落在远方瀑布山的山后，直到整个森林变得漆黑。随着夜幕降临，大厦里似乎安静了下来，她一下午所看到的前门里络绎不绝的人进进出出，终于告一段落。门外走廊里足球的喧闹声也停止了，整座大厦仿佛陷入了寂静的沉睡中。普鲁觉得她的时机到了。

她轻手轻脚走进淋浴间，将水池的龙头开到最大。水流击在地面的白色瓷砖上。然后她转身走向客厅，抓住门把手，深吸一口气，扭开了球形把手。管不了那么多了，她心想。

门嘎吱打开，长长的走廊就在眼前。几盏吊灯照亮了从她房间延伸出的华丽的波斯地毯。正如她预料的，那只大獒犬还站在走廊的尽头盯梢。听到门打开，他立刻抬起头看了一眼。一缕轻烟从他爪间点燃的香烟上缓缓飘来。

"对不起！"普鲁叫道，"对不起，先生。"

那只大狗听到有人在叫他，显然十分惊讶，看了看四周。当他发现是普鲁在和他说话时，不情愿地嘟囔了几声，从他斜靠的墙上站起身来。"有事吗？小姐。"他问道。

"我在想——我只是需要一点帮助。"普鲁说道，努力摆出一副等待救援的柔弱女子形象，"淋浴间水池的龙头好像关不了了，估计是水龙头坏了。我担心水要漫出来了。"

大狗迟疑了一会儿，显然在掂量自己去帮忙是否合适。他整了整紧紧裹在他毛茸茸的庞大身体上的制服。

"请帮帮忙好吗？"普鲁问道。

大獒犬吐了口气，从墙边走开，将香烟踩灭在木地板上。当他走近普鲁时，他说道："听好了，我可不是水管工，"他的声音低沉而粗哑，"但我会尽量试试看。"普鲁更清楚地看到了他肩上的徽章："剑"的字样下是冷酷的刀锋图案，周围包围着似乎是铁丝网的造型。

普鲁让大狗进了屋，跟在他身后走向淋浴间。他打开淋浴间的门，走了进去，来到水池边。普鲁留在了外面的房间。大狗凑过身，迅速拧紧龙头，水龙头关上了。还没等他提出任何疑问，普鲁猛地关上了淋浴间的门。

"嘿！"大狗叫道，他的声音在门后含糊不清。

万能钥匙装饰性的环状柄从门里的钥匙孔中探了出来。普鲁赶紧一转手腕，锁上了门，门闩咔嗒一声重重地锁上了。

"嘿！"大狗再次叫道，更加愤怒。他开始疯狂扭动门把手："让我出去！"

"对不起！"普鲁喊道，为自己耍了这只大獒犬感到内疚，"我真的很抱歉，肯定会有人来帮你出去的。我在浴缸旁放了一些什锦点心，你饿了就吃一点。我得走了。对不起！"

她迅速走出了房间，大獒犬愤怒的吠叫声越来越远，消失在走廊里。她一边走，一边松了口气，迅速地祈求侦探守护神的庇佑。

"南茜·德鲁①，"她低声说，"请与我同在。"

走廊的尽头有扇门。她打开门，发现下面还有一条长长的走廊。走廊里空无一人。普鲁小心翼翼地踩在地毯上，地板吱吱响了一声，于是她开始踮起脚尖沿着走廊走。

两边的房间似乎特别空，普鲁每走一步便增添一份信心，相信自己不会被抓到。然而有一扇门突然打开了，一个年轻的戴着眼镜的男子走了出来，手拿一只公文包，上面搭着一件外套。

"晚安，菲尔。"他对着房间里的某个人说道。

---

① 由新青春偶像艾玛·罗伯茨主演的《神探南茜》(Nancy Drew) 的主角，属于不多见的美少女侦探片，讲述了聪慧的少女侦探南茜·德鲁在随父去洛杉矶时，如何在比弗利山侦破一起神秘的影星谋杀案。

"晚安。"房间里传来一声回应。

普鲁呆住了。显然无处可藏，普鲁只能一动不动地呆立在走廊中央，祈祷这个年轻人不会转身看到她。令她十分欣慰的是，他的确没有转身。他显然急着要离开，匆匆沿着走廊走远，消失在转角处。普鲁没有动身，用眼角余光看了看那间房间。房门对着走廊敞开，一个男人正坐在办公桌前，忙碌地工作。一台绿色的万向台灯照亮了他面前的文件堆。他不时将钢笔尖蘸进墨水瓶里。

普鲁迅速走过开着的房间投射在走廊地面的光圈，大气都不敢出一声，直到离开门口。听到周围没有人叫她停住，她开始加速向前走去。

走廊的地毯在一扇大木门前没有了，普鲁将门打开一条缝，往里瞄了瞄。门外是楼梯平台，下方是大厅，此刻出奇得空旷和安静，和她那天下午看到的疯狂忙碌的景象完全不同。东边房间的双门紧闭，门外有一只穿着卡其色制服的拉布拉多犬正坐在椅子上熟睡，打着呼噜。

普鲁推开门，溜到平台上。她走到楼梯边，开始小心翼翼地下楼，数着每一步，直到走到楼下。然后她半走半跑地穿过棋格图案的大理石地面，就在快到前门时，她突然听到一个男人的声音，声音很大，在训斥着谁：

"你这是在做什么？"

普鲁立马定住了，现在她距离走出前门获得自由只有几步之遥。

"我告诉你多少次了？总督喝的甘菊茶要加奶油！"这个声音继续说道。

普鲁朝训斥声的源头看过去，透过门厅的一扇门，她看到一个小房间里，隐约的灯光下，一个男人——大概是个总管之类——正在严厉责备一个女孩，而这女孩不是别人，正是她的女佣潘妮。那男人手里捧着一个托盘，上面放着一只茶杯和一个茶壶。

"对不起，先生，"潘妮难为情地回答道，"不会有下次了。"

潘妮抬头看了看，正好看到普鲁呆立在大厅里。她惊讶地瞪大了双眼。普鲁也是。她们互相凝视了一会儿，然后那个男总管又开口了。

"嗯，我希望你不会再犯这种错误。不然的话，你就回去做洗碗的活，那可不轻松！"

潘妮看回那个男人。"是的，先生，"她说道，"明白了，先生。给我茶吧，先生，我去送给总督大人。"

男总管气鼓鼓地同意了，将托盘递给潘妮，从小房间的后门走了出去，一直背对着普鲁。当他走后，潘妮看向普鲁，再次瞪大了双眼。

"你在做什么？"她低声问道。

普鲁意识到自己没有别的办法，只能告诉她实情。

"我得去见猫头鹰雷克斯，"普鲁低声答道，"他给我传了张小纸条。他说我应该去见他。就在今晚！"她在潘妮面前不好意思地踮了踮脚尖，"还有，哦，天哪，我把那只我觉得是在监视我的狗锁进了淋浴间里。我可能有麻烦了。"

"你做了什么？"潘妮惊恐地小声问道。

"我……把他锁在了我的淋浴间里。没事的，我在里面放了一袋什锦点心，他饿了的话可以吃。"

潘妮一时无话可说。最后，她嘘了一声，说道："嗯，不要走那边！前门外面每十五英尺就有一名哨兵！"

普鲁看了看眼前的大门，惊讶地发现自己没有想到这一点。"哦。"

潘妮翻了个白眼:"你本来打算怎么做呢?把他们也锁进你的淋浴间吗?来,这边走。"

普鲁走进了潘妮所在的小房间,那里看起来是用人们等候吩咐的地方。潘妮放下茶托,打开了刚刚男总管走出的那扇小门。她将头探出去看了看拐角处,欣慰地发现外面没有人,便示意普鲁跟着她走。

潘妮领着普鲁走下一段迷宫般的通道,几盏煤气灯的亮光忽隐忽现。有的地方,通道看起来就像是人体动脉,连接着其他走廊,还有的地方则像是食品储藏室,墙上满是架子,摆放着一袋袋面粉和一排排奇怪的蔬菜罐子。当她们穿过第五个交叉口时,普鲁完全没了方向感,只能默默听从潘妮每一次小声发出的指令:"这边走""跟着我"。她们最终走到了一扇看起来特别古老的门前,潘妮打开门,里面有一段破旧的石阶通向黑暗。潘妮从地上的一只盒子里取出两支蜡烛,在煤气灯里点燃,递给了普鲁一支。

"这是什么?"普鲁小声问道。

"隧道,"潘妮说道,"它们四通八达。我们可以从隧道进入城市。"

"你要送的茶怎么办?总督大人不是在等着你吗?"普鲁问道。

潘妮傻笑了一声:"那个老失眠的家伙?他会撑过去的。"

普鲁站在门前停了会儿。"谢谢,"她小声说道,"谢谢你帮我。我不知道该说什么好。"

"听着,"潘妮回答道,"我可能会因此惹上大麻烦,但我坚信你应该做你该做的事。如果国王要召见你,你就去。上帝知道你那样做也许要比在客房里等着发霉好。"她认真看着普鲁,"我一看到你,就十分同情。失去一个弟弟的痛苦难以想象。"她叹了口气,拿着蜡烛走进门道,照亮台阶。一阵极弱的微风,安静而清冷,从空旷处缓缓吹来,闻起来满是潮湿发霉的石头的气味。"走吧。"

普鲁走了下去，走到平滑的石阶上，那里像是被经年累月的无数足迹磨损。潮湿的楼梯井里刺骨的寒冷，她一边下去一边瑟瑟发抖。潘妮跟在她身后，关上了门。她们手中的蜡烛在砖墙上投射出摇晃的阴影，蜡烛火焰在静滞的空气中颤动。

楼梯的底部，走廊连着一条通道，通道的两边都是漆黑一片。隧道的墙上散发出潮湿的寒气，小股水流从拱形顶上滴落，四处寒意逼人。地上满是灰土，普鲁能感到寒气穿过鞋子侵入体内。

又走了一段路后，隧道的构造变了，墙上的红砖和灰泥变成了粗糙的石头和花岗岩。有时候，隧道看起来就像是从地表的岩石上直接刻出来的。隧道顶很高，就像一个洞穴；还有的时候，她们得蹲伏着，在很低的通道里慢慢前进。感觉走了好久好久，终于走到了一个交叉口，潘妮拿着蜡烛指了指这条新通道。"我只能走这么远了，"她说道，

"我还有茶要送。沿着这条通道走。过一会儿你将看到一把梯子——顺着梯子爬到地面上。然后，你就自由了。"

"实在太感谢了，"普鲁说道，"如果没有你的话，我真不知道怎么办。"

"别客气，"潘妮回答道，"我知道你会找到他的，你的弟弟。"她笑着转身离开了，烛光的光晕在黑暗的隧道中逐渐淡去。

普鲁开始沿着这条新的通道走。不久，她走到了潘妮提到的那把梯子前。梯子的横木已经磨损裂开，普鲁小心翼翼地爬着梯子，每踩一步，横木就在她的重量下变得弯曲。普鲁沿着梯子爬上隧道顶部长长的圆柱形通道，通道的尽头是一个看似井盖的东西。普鲁将身子支撑在梯子的横木上，抬起盖子，移到开口的一边。一股清新的空气钻进了她的鼻孔，她惊喜地深深吸了口气。她小心地将头伸出去，四处张望。

她回到了丛林里。

第十一章

一名出色的士兵；
会见一只猫头鹰

柯蒂斯用胳膊肘支撑着站了起来，看了看自己造成的毁坏情况。刚刚还在激战中的土狼士兵，这会都惊讶地呆立在那里，他们的对手已经奇迹般地消失了。炮弹所到之处，在矮灌木丛中劈出了一条光光的小路，穿过峡谷，一直延伸到另一边。几个强盗呆若木鸡地躺在远处。柯蒂斯快速地眨着眼。

士兵们刚举起军刀欢呼了一阵，看到又一拨强盗出现在了峡谷边，立刻又投入到战斗中。柯蒂斯听到身后响起了马蹄声。

"柯蒂斯！"女总督喊道，"跟我走！"

他转身看到亚历山德拉俯下身，向他伸出一只手。他的手紧紧拉住对方的小臂。柯蒂斯被拉上了马背，这时候他才恢复了听力。

"你刚才看到了吗?"他大声问道,战场上喧嚣一片。他能感到自己脸上笑容满面,有惊讶也有骄傲。

"看到了!"亚历山德拉回答道,"干得漂亮,柯蒂斯!我们会让你变成勇士的!"

马儿在林间熟练地穿梭前行。她一只手握着刀,另一只手抓着缰绳,催促马快跑。她的骑术一流,想要在她骑马时朝她举起枪或军刀的强盗可就惨了:他们一定会被砍倒。

"我们去哪里?"柯蒂斯问道,他的脸紧贴着她披肩的软毛。

"你会知道的!"亚历山德拉喊道。

他们来到了山脊的最远端,这里的溪水最深,溪谷的陡坡拔地而起,就像是一座峡谷的陡峭面。山脊上强盗和土狼混战一团,旗鼓相当,刺刀和剑在打斗中当当作响。亚历山德拉从马背上跳下,挥舞长刀击倒了一个冲来的强盗,又跑到山脊边上。柯蒂斯大口大口地喘着气,跟在她后面。当他跑到她身旁时,女总督指向溪谷的洼地,那里一伙强盗正在费力地向上推着一台巨大的榴弹炮。

"看那里,"她轻声说道,"如果那架大炮再前进一些,我们的军队就要落入这些野蛮人的手里了。"

与巨大的榴弹炮相比,土狼军队的大炮看起来就像是罗马焰火筒;炮口直径足有三英尺,炮膛如此之长,两个成年男子都能连着竖躺在里面。炮筒的铁铸外壳上装饰着恶龙的图案,炮口外围是恶龙尖刺的獠牙。柯蒂斯估计,这大炮要是打出一发,整座山都会被炸平。

"我们该怎么做?"柯蒂斯问道。

"开始射击。"亚历山德拉回答道。她往他的手里塞了一把步枪,然后将自己的枪举到肩上,瞄准下方推着榴弹炮的家伙。

柯蒂斯的脸唰地白了，心里越来越不安。是的，他是点燃过大炮，但那让人感觉不为人知，也很随意。他不确定自己是否真的可以向某个人开火。他茫然地站在原地，手里拿着步枪。

而同时，女总督已经向大炮四周的人群中射了好几枪，两个强盗倒下去后，很快又有人顶上，加速推炮。女总督猛地将枪托往地上一敲，一边骂，一边旋开推弹杆，忙着装子弹。

柯蒂斯急着想别的办法，他扫视了一圈山脊，目光落在了一个地方，激动得心都快要跳出来。"等我一下！"他向亚历山德拉喊道，将枪扔在了地上。他快跑到溪谷上方一块长满苔藓的岩石前，上面有一棵倒下的巨大雪松，粗糙的树皮上爬满了常春藤和蕨草。岩石躺在灌木丛中，悬在峡谷的边缘，中间部分架在另一棵倒下的大树上。柯蒂斯估算了一下悬石的距离和高度，又来回看了看强盗和倒下的大树。准备好后，他一跃越过树，摔倒在地，用脚顶住树干的树皮。他疼得哼了一声，开始用尽全力推树。树干开始倾斜，下面的泥土散落开来。在他使完力气后，大树又斜着回到了原来的地方。他深吸一口气，大声呼了一声，又开始推树。这一次树干抬高了些，但还是不能推动。

"亚历山德拉！"他喊道，"来帮帮我！"

女总督正对着下方众多强盗开枪，但收效甚微。听到柯蒂斯的呼喊，她转头看去，明白了柯蒂斯的计划，立刻跑了过去。她一跃扑倒在地，也开始用穿着鹿皮鞋的双脚推树。

"一……二……三！"柯蒂斯数着数，他们一起全力推树。大树吱嘎一声，倾斜着翻转下去，坠落在峡谷的边缘，发出震耳欲聋的爆裂声。亚历山德拉和柯蒂斯赶紧一跃而起，正好看到大树沿着溪谷的陡坡滚了下去，速度越来越快。少数几个反应灵敏的强盗在大树撞到榴弹炮之前避开了，碎片和树皮屑在空中飞扬。榴弹炮从炮架上倒塌下去，翻倒在地，巨大的雪松树干最终落在了炮口顶端。榴弹炮旁幸存的几个强盗，慌慌张张跑下溪谷，消失在了灌木丛中。

柯蒂斯开始欢呼雀跃。"天……天……"他结结巴巴，"天哪！刚刚发生的是真的吗？"亚历山德拉在一旁看着，笑了。

一阵独特的海螺号角声打断了他们的庆祝，突然，强盗军团开始往山腰回撤，急急忙忙爬上峡谷的另一侧，隐入树林中。剩下的土狼士兵继续追了一小会儿，干掉了零零落落的几个强盗，然后举起双臂齐声欢呼。峡谷现在是他们的了。

普鲁从洞口爬了出来，坐在旁边，环顾四周；树冠笼罩在她的上方，从树枝间可以看到，傍晚的天空中，几颗星星闪烁着微光。她发现自己位于一小片空地上，周围是茂密的树林。

她还没来得及思考，在这块荒远的空地上怎么会有这样一个洞口（盖子上铸有这样的字：**南方丛林所有，排水资源委员会**），突然听到身后有一阵奇怪的木头发出的咔嗒声。她转过身，看到一辆亮黄色的人力车正向她驶来。拉车的是一只獾。

"你好。"这只獾走到普鲁面前时对她说道。他缓缓地停了下来。

"你好。"

獾眨了眨眼，低头看了看。"你刚从那里面爬出来？"他疑惑地问道。

普鲁回头看看。"是的。"

"哦，"獾继续说道，然后好像突然想起了自己的生意，"要搭一程吗？"

"是的，确实需要，"普鲁说道，从口袋里掏出猫头鹰的信，"我要去瑟蒙德街，86 号。很远吗？"

"不，一点也不远。"他说道，"就顺着这条路走。"他一扭头，指了指人力车，"上车，我送你走。"

"我一分钱也没有。"普鲁说道。

人力车夫顿了一会儿，然后说道："没关系。今晚最后一趟了。我回家正好顺路。"

普鲁真挚地感谢了他，坐在了人力车带软垫的椅子上。车厢的艳黄色外壳上装点了鲜红色的图案，编织的小装饰球从车顶上悬挂下来。獾迅速提了个醒（"可能会有点颠"），然后拉起了人力车，他们开始快速地沿着森林地面颠簸前行。人力车很快转了几个弯，来到一条小路上，显然这里经常人来车往；几座破旧的小屋开始出现在丛林中。过了一会儿，泥路变成了铺有鹅卵石的街道，丛林渐渐退后，一排漂亮的城镇住房出现了，带竖框的飘窗里折射出大烛台的光芒，洒落在人行道上。

"这里真漂亮，"车夫挖苦地评价道，"你朋友混得不错。"

街道开始逐渐倾斜，人力车爬坡时，獾低着头全神贯注。到达顶处时，车子停在了这个街区最雄伟的一座房子前——这是一座三层的高楼，由雪白的石头建成，底楼窗户华丽的装饰线条上刻着两个浮雕小天使，手拿着喇叭。窗前拉开的窗帘沐浴在一道余晖中，前门上方的小牌子上写着数字86。

"到啦，"獾说道，喘了口气，"瑟蒙德街86号。"

普鲁从车里爬了下来。"太感谢你了。"她说。獾点点头，拉着车走了。

她爬上大理石楼梯，走到正门前，赞叹着看了一会儿挂在门上的门环：一只铜制的老鹰头，嘴里叼着一只重重的金属圆环。她有点不安地提起金属环，圆环敲击在橡木大门上，发出响亮的砰砰声。她等了一会儿，没有回应。她又试着提起门环，还是没有人来开门。她往后退了几步，又抬头看了看门牌，没错，确实是86号。她又敲了几次巨大的金属环，开始有点担心。

突然，门嘎吱一声开了一些，停住了。她正想走上前，门又砰地关上，然后又打开，只比先前多开了一点点。普鲁疑惑地从门缝间张望，喊道："有人吗?"

一阵忙乱的振翅声应答了她的问候，她看到两只麻雀正试着扭开门把手，但很不成功。

"抱歉! 抱歉!"一只麻雀说道，他的爪子抓着光亮的黄铜把手。

"哦!"普鲁说道，"我来帮你们!"她小心地推开门，走了进去。

"谢谢!"一只麻雀飞旋在普鲁上方说道，"我们还不习惯用这些两足动物们发明的玩意儿。"

"你一定就是那个从外面世界来的女孩，麦基尔。"另一只麻雀说道，"国王陛下正等着见你。"

麻雀很轻松地叼走普鲁的外套，挂在门口的挂钩上，然后领着她走过一条很短的走廊，进入一个无比宽敞的客厅。

房间的最远处，华丽的木制壁炉架下，一团火正在壁炉内号叫着，火光在高高的天花板上投射出颤动的阴影。家具基本上都用白色布料覆盖着，除了两张斜对着壁炉的高背安乐椅。墙边摆放着高高的书架，成千上万本书放在里面，五颜六色的书脊整体看上去，像是一条彩色的挂毯。壁炉上方的大相框上遮盖的帘布垂下了一角，露出一只身穿朴素制服的蓝色松鸦的头像。整个房间散发出一种舒适的忧郁感，这让普鲁有点吃惊。

"晚上好，"一个干枯的声音从一张椅子后面传来，"但愿你是一路平安抵达这里的。请坐。"

一只巨大的翅膀从椅子后面伸出，翅膀上无数灰白色的羽毛连着打开，指向对面的椅子。

普鲁轻声说了句谢谢，走向房间里侧的另一张椅子。她走近时，感到一阵炉火的暖意。她坐了下来，牛仔裤吸收着火苗的温暖，她凝视着猫头鹰雷克斯。

他近看时更加令人敬畏，角状的羽毛从头部的绒毛中突伸出来，灰褐色斑驳的身子占满了整个椅子的椅垫。他穿着一件柔软的天鹅绒背心，一顶缨帽加在王冠上，戴在头顶的两簇毛之间。他多节的爪子搁在软垫凳上，尖锐的黄色眼睛专注地看着普鲁。

"很抱歉房间是这副情形，"他接着说道，"我们还没来得及在这里安家，有更重要的事情等着我们处理。但我得给你一些提神的茶点。你长途跋涉一定很渴。想喝茶还是咖啡？"

"茶，当然，"普鲁说道，还在试着掩盖惊讶之情，"我是说，花草茶，如果你们有的话。薄荷茶之类的。"

"薄荷茶！"猫头鹰叫道，将头转向椅子一边。他们身后一阵突如其来的振翅声表示命令已被接受。他转回头看着来客，眼睛直盯着普鲁。"一个女孩。一个从外面世界来的女孩。真奇妙。我听说你……你是直接走进来的？"

"是的，先生。"普鲁回答道。

"我飞到你们外面世界的这个城市上空很多次，但我真没有任何兴趣停留。你喜欢窝在那里吗？在那里舒服吗？"猫头鹰雷克斯问道。

"我想是的，"普鲁说道，"我生在那里，我的父母住在那里，所以我想我其实没有选择。那是个不错的地方。"她顿了下，想了一会儿，继续说道，"我在这里见到的大多数人——还有动物——都很奇怪我怎么会在这里。你看上去没那么诧异。"

"哦，普鲁，如果你活到我这么大岁数，你将看到很多很多奇怪而有趣的事情。你见识了越多奇怪有趣的事情，你就越不会，像你所说的，觉得'诧异'了。"猫头鹰抬起一只斑驳的翅膀，轻轻地用嘴啄了几下里侧，然后又垂到一边。

普鲁借谈话的间歇，鼓起勇气问了那个她从踏进这座屋子起就迫切想问的问题："雷克斯先生，您知道乌鸦们拿我弟弟怎么样了吗？"

猫头鹰叹了口气："我十分十分抱歉地告诉你，我不知道。如果按你所说，是乌鸦绑架了你的弟弟，那么我无权寻找并起诉这帮绑匪，就像罪犯如果是蝾螈我也无权惩治那样。"

普鲁不太听得懂。

"要知道，"猫头鹰国王继续说道，"乌鸦——整个亚种群——他们几个月前就叛离公国了。他们一直是个麻烦，喜欢恶作剧和小偷小摸，而且似乎总是妄想自己比其他鸟类同胞高出一等。一股分裂势力于是形成了。自然地，我们就这个问题跟他们抗争了很多年，但最终还是没能阻止他们，在七月的一个下午，他们集体离开了我们的公国。我很抱歉地告诉你，自那以后，我们就基本没他们的消息了。"

椅子后面有节奏的振翅声提醒普鲁，她的茶到了。她礼貌地从两只随从麻雀的爪子里接过茶杯和茶托。一只茶盘被取来，小心地放在了她椅子旁边的小桌子上；一只麻雀举起茶壶，将深色的茶水倒进了普鲁的茶杯里。普鲁向麻雀道了谢，垂头丧气地将一块方糖放进半透明的褐色茶水中，她很沮丧，另一条线索又没了。

猫头鹰雷克斯觉察到了她的绝望，开口说道："但这不等于我们完全不关心他们的下落。相反，他们的愚蠢行为现在让我们有点头痛。要知道，过去的几个月里，北面孤立的居住地——在荒野丛林的边界——无数次遭到了流动部队的袭击，我们的鸟类公民称其为'土狼士兵'。土狼——森林中最臭名昭著的乌合之众——他们不知怎么组建起了一支有凝聚力的军事力量。如果我不是这么关注我的臣民的幸福安康，我一点也不会相信这类报告，我会认为那是无稽之谈。但我听说了这些故事，普鲁，我看到了那些痛苦的家庭，他们的巢被毁了，他们居住的树被砍了，他们觅食的土地被掠夺了。他们不能被忽视。"

　　"如今，我们的大使已经一次次地去南方丛林的大厦呼吁，我们应该保护我们的臣民，保卫我们的边界，打击这些土狼团伙——但他们总是故意回避和拖延。我已经亲自前来，恳请暂时取消阻止我们采取军事行动的《荒野丛林条约》修正法案，直到我们的边界再次安宁。现在加上有关乌鸦的报道，这些不知感恩、好管闲事的乌鸦，带走了一个外面世界的孩子，把他带进了荒野丛林的领域，这种显然违法的行为严重影响了整个鸟族的声誉。对于这种局势，我和你一样感到愤怒和失望，普鲁。鉴于南方丛林政府不承认乌鸦的叛离，他们的行为可能会完全延误我们的进展。"他顿了顿，想了想要说的话，"这些年来南方丛林政府一直想方设法抑制我们鸟族的自由。我担心这件事会给他们更多的理由去那么做。"

　　"为什么？"普鲁问道。

　　猫头鹰耸了耸肩。"不信任。不宽容。恐惧。他们不喜欢我们的行为方式。"

这让普鲁感到很困惑。迄今为止她在这片奇怪的土地上遇到的鸟儿看起来都很善良随和。

猫头鹰雷克斯突然举起翅膀，轻快地扇了几下，飞到壁炉旁的木头堆附近。炉火快熄灭了，他用爪子抓住一根新鲜的原木，扔到煤炭上，火又开始燃烧起来。他回到位置上，理了理帽子，继续说道：

"南方丛林政府曾经能够明智地决策和公平地治理，那些日子一去不复返了。现在的大厦里是一伙政治机会主义分子和潜在的专制者，每个人都急切地想谋取一份特权。自从政变后，情况一直没有好转。"

"政变？"普鲁问道。之前，她被猫头鹰的故事所吸引，一直在不自觉地搅动花草茶，此时她将茶匙放在茶托里，发出轻微的叮当声。

猫头鹰国王严肃地点了点头："说来话长。在这次政变中，贵妇总督、过世的总督大人格里高·山特维克的妻子，被废黜并流放到了荒野丛林。"

"格里高·山特维克——拉尔斯的爸爸？"普鲁问道。

"叔叔。"猫头鹰雷克斯回答道，"他是一个很好的领袖，和蔼、善良，十分理解其他种族。他和我是很好的朋友。当我们各自掌权时，我们就禽鸟公国和南方丛林的独立主权达成了一致意见，这两个国家都有上百年的历史，但都没有得到邻国的认可。我们允许这些国家的所有臣民安全地自由通行。最重要的是，我们拟定了《荒野丛林条约》——正是我现在想要撤销的那个条约——将广袤的荒野丛林领地划为自由的蛮荒之地，以免工业巨头们为了谋取私利而对其掠夺。在格里高逝世后，我感到……很孤寂。"猫头鹰国王低下了头。

普鲁有点坐立不安。"他是怎么死的？"她轻声问道。

猫头鹰雷克斯镇定下来，凝视着壁炉里的火苗。"伤心过度，我估计。他和他的妻子亚历山德拉有一个儿子，唯一的孩子。他的名字叫阿列克谢。他们很宠爱他。很早开始，他就接受继承王位的各种训练。因此当他刚过十五岁生日不久，从马背上摔下来后，对整个家庭和整个国家来说都是巨大的打击。他没能活下来。格里高和亚历山德拉自然都伤心欲绝。在一次非公开的葬礼后，格里高便在大厦里卧床不起。

"亚历山德拉妥善地处理了这两场极大的悲剧事件。她继承了王位，获得了称号'贵妇总督'——但是悲痛不断吞噬着她的内心，她越来越孤僻，越来越疏远那些熟悉的人。她独自待在大厦里，和一些古怪的人在一起：占卜者、吉卜赛人和魔法师。她的助手们没有能力阻止她。最后，她召唤了南方丛林最有名的两个玩具制作工匠，命令他们做了一个她死去的儿子阿列克谢的机械复制品。

"在大厦的一个隐蔽的阁楼里，两个玩具工匠忙活了几个月，最后给女总督呈上了一个成品，看上去非常像过世的未来君主。不过它仍然只是个玩具，每隔一段时间就要拧一次发条，而且只能呆板地四处走动，发出机械的咔嗒声和嗡嗡声。"

"真诡异！"普鲁插嘴道，"我是说，她怎么能认为那个玩具可以替代她的儿子呢？"

猫头鹰雷克斯严肃地点了点头，说道："她另有计划。她用从黑魔法师那里学来的法术，将从阿列克谢的尸体里取出的全副牙齿装入了机械人的嘴里。在对机械人施展了一次强大的魔法后，她将阿列克谢死去的灵魂召入了这个机械人小孩的体内。"

普鲁目瞪口呆。壁炉里的炉火噼啪作响。壁炉架上的钟轻轻地敲响。

柯蒂斯从来没有这么得意过。周围的树林散发出非凡的光芒，空气里弥漫着香气，他被一群欢呼的土狼士兵抬在肩上，他们一路上兴高采烈地叫着，不时齐声高喊："**柯蒂斯！柯蒂斯！柯蒂斯！**"这支吵闹的队伍穿过丛林，士兵们发出噼啪声的火把照亮了一路。

他们取得了压倒性的胜利，损失轻微。下午的这场战役是一个大胜仗，柯蒂斯成了最耀眼的英雄。亚历山德拉骑在马上，在队伍旁慢慢行进，骄傲地微笑着。

当他们抵达营地的时候，大厅被火盆照得通明，洞口飘出炖菜的香味。杂乱的铜管乐队演奏出走音的旋律。队伍抬着柯蒂斯绕着女总督的王座厅走了五圈，最后把他放在了王座高台的苔藓垫上。没等他提出异议，一只装满了黑莓酒的大杯子就被塞进他手里。

司令官响亮地吠叫一声，示意大家安静。

"听好了，土狼们！"他喊了一声，喧闹的房间立刻安静下来。"你们这些臭烘烘的杂种狗！"他用一只胳膊抓住身旁的一个士兵——这个士兵手里没拿着一大杯满溢的酒——野蛮地一把钩住他的头。"我这辈子从来没有见过这样腐烂的、恶臭的皮肤癣。"大家都顿住了，不知道司令官下面要说什么。司令官笑了笑，咆哮道，"我们今天让他们尝到了厉害！"

房间里爆发出欢呼声，司令官在他抓住的士兵额头上重重亲了一口，放开了他。然后，他跌跌撞撞地架在另一只土狼的肩上，挺直身子，严肃起来。

"整个丛林将传颂我们的胜利。到时候每个动物都将谈论我们的一举一动。我们的存在将不再被忽视。当我们向南方丛林行进时，那些柔弱的软骨头们将不得不放下武器投降，富丽堂皇的皮托克大厦里将回荡起我们庆祝的欢呼声。"

亚历山德拉打断了他的话，她穿过庆祝人群，坐到了华丽的王座上。"是大厦的废墟。"她冷冷地说道。

司令官意识到自己方才的言语逾矩，深深鞠了一躬，高高举起大酒杯。

"等我们扫除南方丛林，不会留下两面墙去荡起回声。"亚历山德拉咬牙切齿地说道。

"是的，夫人。"司令官说道。房间里的欢乐气氛一下子冷却了许多。

"但今晚，我们要庆祝胜利！"女总督站在王座前呼喊道，"让我们一起向柯蒂斯举杯，我们的炮弹杀手，强盗征服者，压倒大树的英雄。"她笑着转向柯蒂斯，举起木制的酒杯向他敬酒。柯蒂斯也红着脸举起酒杯。大家都严肃地加入敬酒行列，一大片做工粗糙的木酒杯高高举起。"音乐响起来！"她大声喊道，回头看向大厅里。慢悠悠的小号声响了起来，铜管乐队又开始醉醺醺地演奏另一首变了调的曲子。士兵们大声欢呼，又开始庆祝起来。柯蒂斯咧嘴大笑着，跟着音乐节奏，手轻轻拍打着深蓝色马裤的膝盖部位。

"等我回到学校，那些人一定不相信，"柯蒂斯用压过乐队的狂热演奏的声音大喊道，"绝对不会相信。"

"也许你不应该再回学校。"亚历山德拉回答道，一边扫视着房间里庆祝的土狼们。

"什么，辍学？我爸妈会……"柯蒂斯吃惊地说道，然后他觉得很不安。"哦，"他继续若有所思地说道，"你是说……"

"是的，柯蒂斯，"亚历山德拉说道，"和我们待在一起。一起战斗。远离你那平淡无奇的人类生活。加入荒野丛林部队，品尝我们必胜的果实。"

"嗯，"柯蒂斯说道，"我不知道。估计我爸妈会非常生气。他们已经帮我预定了暑假的住宿夏令营，我想可能定金都付了。"

亚历山德拉转了转眼珠子，大笑道："哦，我真喜欢你，柯蒂斯，真的喜欢。但这里有更重要的事情等着解决。拯救荒野丛林的事业悬而未决。你今天已经证明了自己；你让我们看到，小小的身躯里跳动着的是一颗真正的武士的心。"她指了指全屋子的士兵，"我非常尊敬这些土狼，他们冒了极大的风险站到了我这一边。但一个人总希望能有人做伴。我不想从这些犬类的乌合之众中组建内阁——他们太过鲁莽。"她抿了一口酒，注视着柯蒂斯，语气变得严肃。

"我想赋予你仅次于我的权力，柯蒂斯。我们向南方前进时，我想你在我身边。当大厦的废墟燃烧时，我想有你坐在我的王位旁。我们可以一起重建这片土地，这个美丽的荒野国度。"她顿了顿，慢慢转移视线，凝视远方。"我们可以共同统治，你和我。"

柯蒂斯瞠目结舌。最后，他放下手中的大酒杯，开口说道："哦，亚历山德拉。我不知道该说什么。我得好好想一想。就这么抛下我的父母、姐妹，还有我的学校，这不是件小事情。我是说，不要误会我的意思：这很令人惊讶。每个人都真的对我很好，而且我得说，今天十分振奋人心，我也没想到我能做到。"他不安地在座位上移了移，"再给我一点时间就好。"

"尽管慢慢考虑吧，柯蒂斯，"亚历山德拉说道，她的声音变得柔和，"我们的时间相当充裕。"

一个目睹了柯蒂斯及时点燃大炮的土狼，摇摇晃晃地走到高台前，向柯蒂斯做了个手势。"柯蒂师！先森（生）！"他草草向柯蒂斯和亚历山德拉行了个礼，含糊不清地说道，"我在讲您发射大炮的故……故……故寺（事）。那帮杂种不相信我！您要帮我去作证！"

亚历山德拉笑着向柯蒂斯点了点头，用嘴示意，去吧。柯蒂斯笑着握住土狼士兵的爪子，从苔藓垫上站起身来。土狼用胳膊勾住柯蒂斯的肩膀，一起走到围着酒桶的士兵堆里。亚历山德拉专注地看着他走开，她的手指心不在焉地挠着王座的木头扶手。

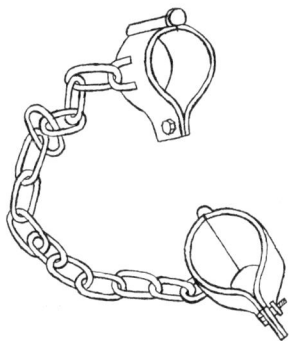

第十二章

被囚禁的猫头鹰；
柯蒂斯的难题

"真的吗？"普鲁不敢相信地问道，"他的牙齿？"一只麻雀从她的椅背上方飞过，爪间叼着拨火棍，开始拨弄燃烧的余火。

猫头鹰雷克斯点了点头。

"真恶心。"

"永远不要低估悲痛的力量，普鲁。"猫头鹰说道。

"那么阿列克谢突然就活过来了？就像那样？"

"是的，"猫头鹰回答道，"南方丛林的人们都不知道他死了，这是个秘密。对外宣称是这位年轻的王子在那次事故受伤后康复了一段时间。为了庆祝他重返公众视线，举办了很多活动。亚历山德拉这边竭尽全力掩盖他是个机械人的事实——她甚至将制造他的两名玩具工匠流放到了外面的世界，连阿列克谢自己也不知道他其实是个机械人。对于他死去的那段时间，他只认为自己是摔伤后昏迷了。他自然对他父亲无法解释的离世悲痛不已，但最终从伤心中恢复后，他满怀热情和信心地继承了王位。直到有一天，当他在大厦的花园里干活时（这是他的一个特别的爱好），他在无意中敲开了胸腔的一块挡板，露出了他内部的运行部件，嗯，一块底盘。这个发现让他极为震惊，他去质问他的母亲，得知了自己死亡的真相。他吓坏了，躲进大厦的房间里，打开胸腔的小门，从身体里的发条装置中移除了一块必不可少的零件——一个小铜齿轮，又摧毁了它。机器立刻停止了运转，这个男孩又没有了生命。

"女总督的计划暴露了。她被拖到高等法院里，在一次漫长的审判后，一切都真相大白。她因罪恶地使用了黑魔法，被判流放进荒野丛林。审判人员甚至提出她要为她丈夫格里高的死亡负责。本以为她会在流放中死去，会被土狼撕碎，或被流窜的强盗杀死。"猫头鹰盯着普鲁，挑起毛茸茸的眉毛。"显然，那些命运都没有降临到她身上。"

普鲁同意地点了点头。

猫头鹰转过头看着炉火，继续说道："女总督被罢免后，拉尔斯·山特维克，那时候还只是处理行政事务的一个年轻小职员，被军队推选为王位的合法继承人。许多人表示反对。然而，为了避免发生内战，进步人士最终放弃了，拉尔斯和他的亲信们取得了统治权，当上了总督大人。"

外面开始起风了，树枝抽打着房间的一扇窗玻璃。猫头鹰听到声音吃了一惊，然后转头对普鲁继续说道："从那时起，十五年来，南方丛林的政治局面逐渐改变。持不同政见者不再受到宽容，直言反对拉尔斯拙劣统治的人们被贬职、囚禁，还有的就直接消失了。他们公然蔑视丛林的其他独立国家，对外来人显得很不宽容。这就是为什么我召唤你来到这里的原因。我首先得说我年事已高，有点啰唆，但我恳请你认真听好我现在要说的话。"

普鲁向前倾身，专注地听着。猫头鹰开始以一种神秘的语气小声讲述：

"在南方丛林里有人可以帮助你。有值得信任的人，他们想从内部改变法律规则。但这些人是少数，得不到总督和他的亲信们的信任。为了总督他们的利益，普鲁，如果你是他们的一个麻烦，他们一定会清理掉麻烦。明白吗？"

猫头鹰提问的坚决让普鲁一阵恍惚，她茫然地看着他。

"我说：明白吗？"

"是的，"普鲁回过神来，迅速说道，"完全明白。"

"今天和他们谈话之后，"猫头鹰继续说道，"我担心你待在这里会成为麻烦。"

普鲁的脑海中闪过了那只被她锁进淋浴间的放哨的大獒犬。

猫头鹰雷克斯躺回到椅子上，凝视着闪耀的炉火，他的眼睛里反射出光芒。"我很难告诉你，目睹这一切对我来说有多么痛苦；看着格里高建立的一切被慢慢地摧毁，真让我心碎。"他把翅尖聚拢到胸前，发出一阵长叹。他回头瞥了眼普鲁，"我希望我说的这一切没有太吓到你——在我看来，你是个非常聪明的女孩。我相信你一定能凭勇气和智慧处理好这些事。我只是觉得你有必要知道你正在和什么样的人打交道。"

"我应该怎么做？"普鲁问道，感到很绝望，"我不知道该向谁求助。"

猫头鹰沉默了片刻。房间里只剩下壁炉架上钟的嘀嗒声。"我想,"猫头鹰开口道,"如果其他路都行不通的话,你可以去求见神秘人士。"

"神秘人士?"

"北方丛林里的神秘人士,"猫头鹰解释道,"他们深居简出,和南方没什么往来。但他们也许能帮到你。他们负责《边界法则》的实施——对丛林边缘的树林施加保护性魔法,将我们与外面的世界隔绝开来——就是对你没起作用的那东西,你就这么走进来了。"说到这里,猫头鹰对着普鲁笑了笑。

"抱歉。"普鲁不好意思地小声说道。

他继续说道:"北方丛林的神秘人士和丛林之间有着独特的亲密关系。那棵巨大的议会树的树根甚至一直延伸到我们南方,记录下丛林里的每一个足迹。神秘人士围着这棵树会面,他们从它身上汲取力量。这是一个希望渺茫的尝试,但你没有别的选择,他们有可能知道你弟弟的下落。或许还有你朋友的下落。"他微微摇了摇头,"但这是个漫长的旅途,危险重重。你也不一定能受到热情接待——神秘人士很注重他们的隐蔽性。不过,即使你能说服他们帮助你,他们也不具备军事力量——很难想象他们能有这份力量或人力强行夺回你的弟弟或朋友。"猫头鹰挺起胸脯,长长叹了一口气。"你真的陷入了困境,普鲁。我真希望我能多帮上点忙。"

突然,一阵狂乱的叫声打破了房间的宁静,空中满是振翅声。那两只侍从麻雀猛地飞来,绕着他们的椅边旋转,匆匆落在普鲁和猫头鹰雷克斯前方的壁炉架上,一小撮掉下的羽毛飘落在他们所经之地。

"陛下!"一只叫喊着,"陛下!您必须藏起来!您必须……"

"他要说的是，陛下，"另一只结结巴巴地说道，"他是说他们在……街上有……我们估计我们没法……"

另一只插嘴道："您必须藏起来，因为……"

最后这一句还没说完，就被一声巨响打断了，房子的前门被踢开了。

"剑!"一只麻雀叫道，"他们来了!"

普鲁慌张地看着猫头鹰雷克斯。"什么?"她问道。

"大厦的秘密警察，"猫头鹰说道，绝望地巡视着房间，"南方丛林拘留和改造办事处的。他们比我预想的要快。快! 我们必须把你藏起来。"

猫头鹰张开翅膀，飞出了椅子。普鲁跳起身来，紧随其后。他快速而疯狂地在房间盘旋，最后停在一个书架旁的一只大柳条篮子上，用爪子敲开盖子，催着普鲁爬进去。门口的喧闹声此刻已经传到了餐厅里——靴子踩在地板上发出的断断续续的声音、椅子被推翻的声音，不绝于耳，麻雀们大声抗议着，极力拦截入侵者。普鲁躲进篮子里，蜷缩在一堆发霉的旧报纸中，雷克斯盖上盖子后，她的周围变得漆黑一片，她把手放在胸前努力平复怦怦直跳的心。

正当猫头鹰雷克斯迅速盖上盖子，飞到离篮子较远的地方时，房间远处的双门被野蛮地踢开了，房间里充斥着长筒靴的敲击声。

"她在哪儿，猫头鹰?"一个声音喊道。普鲁屏住呼吸，心提到了嗓子眼。

"恐怕我不知道你说的是谁。"猫头鹰雷克斯有礼貌地回答道。

那个男人笑着说道："就跟你的鸟儿们一样，装傻。"

一只麻雀插嘴道："太让人气愤了! 没有人敢这样和国王说话!"

猫头鹰雷克斯挥挥翅膀，示意麻雀退后。"如果你说的是从外面世界来的那个女孩，普鲁，她之前是在这里，的确，但已经离开有一会儿了。我一点也不知道她要去哪里。"

沉默了一会儿，那个男人又说道："是这样吗？"普鲁能听到那些"剑"军官在房间里转来转去。有几声脚步声快到篮子前又停住了，普鲁听到一本书被打开，响起了翻页声。

猫头鹰没有回答，站在书架前的那人清了清嗓子，故作官腔地大声说道："猫头鹰雷克斯，禽鸟公国的国王，我们以违反《荒野丛林条约》第三条窝藏罪犯，以及密谋推翻南方丛林政府的名义，正式逮捕你。这些指控你听明白了吗？"

普鲁憋了口气，睁大双眼。外面一片沉默，她将篮子盖打开一条小缝，看了看房间里。猫头鹰雷克斯站在一小队穿着相同的黑色雨衣、

戴着警察帽子的人面前。正当普鲁一旁偷看时，他们当中的两人从外套里掏出了小手枪，对准猫头鹰。

"你们的法律都是假的，"猫头鹰轻蔑地说道，"是对南方丛林创立原则的严重扭曲。"

"我很遗憾你会这么觉得，猫头鹰。"站在书架篮子旁的男人说道。他将某个挺重的东西——普鲁估计是本书——扔到了篮子上面，迫使盖子关上。她忍住没有大声惊叫，小小的尖叫声所幸被盖子合上时的声音掩盖了。"不过请便：想骂就骂吧。宣称不公正

吧！对着屋顶喊！你这样做只会对你自己更不利。现在，你要么乖乖跟我们走，要么大战一场后跟我们走。"

房间里一片寂静。"很好，我从命。"猫头鹰开口说道。普鲁又将盖子打开了一点点，看到猫头鹰雷克斯对着想要捉拿他的那些人伸展开了双翅，仿佛是在虔诚地祈求。

"把他铐上，伙计们。"那个男人说道，然后一个军官走上前来，将一副巨大的铁手铐套在了猫头鹰的翅膀尖上。另一副脚镣铐住了他的爪子，脚镣之间有一条短链子。猫头鹰的头垂在胸前。

"那个女孩怎么办？"一个军官问道。

"搜这座房子，"那个男人说道，"她一定还没走远。"

普鲁大气也不敢出，缩回了篮子，听着猫头鹰雷克斯被从房间拖走，他的脚镣链子在木地板上拖出刺耳的声音。

柯蒂斯看着士兵们狂欢。之前畅饮了女总督给他的黑莓混合酒后的场景还历历在目，因此这次他没有真的喝酒，而是努力装出喝酒的样子。军队其他的士兵显然没有运用这一策略。一大桶酒滚进大厅，刚打开没多久，就又有一桶从连着营地主厅的地道里滚进来。几名士兵，制服大敌，露出肋骨明显的灰色胸脯，横七竖八地倚靠在酒桶的龙头下，贪婪地舔着滴落的每一滴酒。柯蒂斯尽力积极参与到狂欢中去。他在房间里走来走去，走到每一群请求他重述战争故事的士兵面前——讲他如何点燃大炮，推翻大树，砸向强盗的榴弹炮。他的脚都走酸了。他发现在他讲了第七遍或第八遍的时候，已经可以让其他的土狼替他讲完，为故事的高潮部分喝彩。最后，他的嗓子讲哑了，看到角落里有只竖放的小桶，就坐了过去，一边礼貌地向每个前来的士

兵微笑。这些士兵个个跌跌撞撞、结结巴巴，拿来一杯杯满溢的酒。最后他的脚边又摆满了一堆没喝过的酒。

一名中尉，他把制服腰带随意地系在额头上，爬到了一堆空酒箱的最上方，挥舞起军刀，仿佛那是指挥家的指挥棒。他清了清嗓子，开始唱起歌来，房间里的士兵们都扯着嘶哑的嗓子附和：

我生在一个刽子手的窝里
　　生来就断奶，靠吃蛆虫活着
　　　　从我死去老爹的胡子上扯下的蛆虫
　　　　所以听好了，我的兄弟姐妹们。

嘿！嘿！捉住那只老鼠！
把它绑住，熬出肥汤。
如果它太瘦弱，就松开一根手指
做成绳套或项链戴在身上。

在远处的荆棘沼泽地里

我看到我的姑娘和另一条狗在一起。

扯住耳朵把她带进老城镇里

那才是我的姑娘真正居住的地方。

嘿！嘿！捉住那只老鼠！

把它绑住，熬出肥汤！

柯蒂斯礼貌地用手指敲打大腿打起拍子，甚至不由自主地试着加入合唱，周围的士兵们都咯咯笑着，向他举杯。

"这小伙子会唱狗的号子！"一只号叫道。

"是一条好豺狼！"另一只喊道。

一只土狼扑通一声坐在柯蒂斯旁边，笨拙地架在一排没动过的大酒杯上，两人差点一起往后摔倒。

柯蒂斯不好意思地笑着，站起身。"抱歉，伙计们，"他说道，"我可能得出去透透气。"房间里的狂欢对他来说已经太过喧闹了。他踮起脚尖绕过几排大酒杯和勾肩搭背正扯着嗓子唱歌的土狼，走向连着房间的一条地道。墙上的几个火把照亮了脚下的路，高低不平的地面上闪动着狂欢者的身影。他沿着地道走着，土狼的歌声在身后越来越远：

骗子！骗子！

荆豆和荆棘！

缠住他的脚，把他绞死！

柯蒂斯脊背上一阵发凉，他很高兴随着他在地道里越走越深，那群土狼疯狂的叫嚣声越来越模糊。他也不知道自己会走到什么地方——他只是一时兴起，想找个地方一个人坐着，好好琢磨这两天发生的事情。

途中经过几条和主地道分离的岔道，柯蒂斯看到里面火把通明，是些接待室和储藏室。他特别用心记下了每次转弯，以便能回到女总督的王座厅里。此时，狂欢的喧嚣声只剩下遥远的回音，发霉的空气中只能隐约嗅到中央篝火的烟气。从地道顶上的泥土里垂下一些植物的根茎，像细长的毛茸茸的手指，抚摸着他的头。柯蒂斯被这里温暖的亲密感吸引了，在这个迷宫般的土狼巢里有了一种被包裹住的感觉，他在想是不是真的就可以在这里待下来。每天上学所面对的痛苦的紧张感，在操场上寂寞的孤立感，高高在上的老师们，失望的教练们，焦躁的父母——所有这些都像土狼的歌声一样在身后远去。他长这么大以来从没有被这样簇拥过；他总是觉得自己与周围格格不入，迫切想获得同伴的认可。亚历山德拉对他们关系的提议——她可以成为他的新妈妈！有多少孩子能有这样的机会？——柯蒂斯想想就觉得很兴奋，还有他们统治这个奇怪的新世界的提议，也十分诱人。

嗖嗖。

一阵振翅声从地道漆黑的深远处传来。

嗖嗖。

柯蒂斯脸上的笑容顿时消失，疑惑地皱起眉头。

噪声又一次响起：一阵清晰的翅膀振动声，一只鸟儿盘旋片刻后迅速降落。

他继续朝着声音的来源处走去。是一只蝙蝠吗？不是。他听到过蝙蝠黄昏时在他家房子的露台上盘旋，它们几乎不会拍翅膀。但是一只鸟儿会在地下通道里做什么呢？迄今为止，他还没看到女总督的部队里有其他动物。他沿着声音在引向地道的一条通道里走着——尽头处可以看到有一盏灯。这里的地道比先前的要低很多，柯蒂斯得低着头走。地道尽头的那点光亮闪烁着，就像电影放映机，微光前一群黑影不时迅速掠过。柯蒂斯眯起眼；振翅声现在越来越响。

"有人吗？"他喊道。

他的声音激起了一阵刺耳的振翅声，柯蒂斯猜测里面一定有成百上千只鸟，各种飞翔、盘旋、俯冲的噪声混杂在一起。

突然，他感到有什么东西掠过他的肩膀，擦过他的制服。他本能地跳到一边，刀鞘抵着地道的土墙，很不舒服。一根黑色羽毛悠悠地落在他刚刚站着的地方。

柯蒂斯站直身子，从刀鞘里拔出军刀。

"说真的！谁在那里？"他不安地喊道。

就在那时，他听到了一个婴儿的哭声。一声短促而尖锐的婴儿哭声，透过鸟儿振翅的噪声传了出来。他一听到声音，心立刻揪住了。

"哦，天哪。"柯蒂斯小声说道，加快步伐沿着通道走去。

地道通向了一个很高的房间——形状就像一个鸡蛋——里面满满的直到房顶都是乌鸦。墨黑的、焦黑的乌鸦。数十只，上百只，都在盘旋、争斗、呱呱喊叫。墙上几束火把照亮了它们漆黑的羽毛。房间顶部有一个小的开口，更多的乌鸦从那里飞进飞出。

在房间中央的泥地上，放着一个小而简陋的摇篮，是由山毛榉树苗毛茸茸的大树枝编成的。摇篮里躺着一个胖乎乎的咿咿呀呀的婴儿，眼神里闪着恐惧和惊讶，看着在头上方盘旋的成群的乌鸦。他穿着一件棕色的灯芯绒连衫裤，上面粘了很多泥土和似乎是鸟粪的东西。

柯蒂斯张大了嘴。"麦克?"他结结巴巴地叫道。

小孩看着柯蒂斯,嘟嚷起来。一只乌鸦从盘旋的乌鸦群中飞了出来,落在摇篮的边缘,一只又长又肥的虫子在它的嘴里扭动。令柯蒂斯恶心的是,乌鸦将虫子丢进了麦克张大的嘴巴里。麦克津津有味地咀嚼起来。

"真恶心。"柯蒂斯小声说道,胃里翻江倒海。

柯蒂斯脑子里飞速运转着:女总督知道这事吗?那些士兵知道营地里有这些入侵者吗?他相信亚历山德拉一旦得知此事,一定不会站在这些非法入侵者这边。

"麦克,我带你离开这里。"柯蒂斯说道,从思考中回到现实。他将军刀举过头顶,走近奇怪的摇篮。乌鸦被这个不速之客吓到了,开始疯狂地呱呱大叫。当他快走到摇篮旁时,几只乌鸦直冲下来,爪子用力扯他的制服。他在头顶挥舞着军刀,击退乌鸦的袭击,走到摇篮旁,用另一只手将麦克抱在怀里。麦克开心地咯咯笑着,半截被咬断的虫子还挂在他的舌尖上。乌鸦被激怒了,发起了更猛烈的攻击,柯蒂斯和麦克被笼罩在一片黑色羽毛、鸟嘴和爪子之下。它们的利爪抓破了他的脸,鸟嘴撕破了他的衣服,裸露的皮肤被啄出血来。柯蒂斯跌跌撞撞,拿着军刀在面前胡乱挥舞着。麦克开始哭泣。柯蒂斯能感觉到乌鸦们正用爪子抓他的头发,用翅膀扇他的脸,直到他真的什么都看不见了。他大叫起来,既因为挫败,也因为疼痛。突然,一个声音喝止了房里的喧嚣声。

"**住手!**"这个人叫道。柯蒂斯立刻听出这是亚历山德拉的声音。

"**退下!**"她命令道。

乌鸦渐渐散开,柯蒂斯抬起头,张开双眼。从那退去的羽毛海洋

中，他分辨出了亚历山德拉的轮廓，站在房间的入口处。

"亚历山德拉！"他喊道，"我找到了麦克！我找到了普鲁的弟弟！"

他顿住了。亚历山德拉站在那里，看着这一切，几只乌鸦飞落在她的肩上。一只落在她的手臂上，她用戴着戒指的手指心不在焉地抚摸着乌鸦的羽毛。

"他在……这里……"柯蒂斯继续说道，声音越来越低，开始明白了这一切。

亚历山德拉把视线从柯蒂斯身上移开，抬起手臂，将栖息在上面的乌鸦举到眼前。乌鸦粗声叫着，亚历山德拉沉静地笑着，温声细语地抚慰着。乌鸦心满意足，再次将钢铁般的眼神转到柯蒂斯身上。

"你在这里做什么，柯蒂斯？"亚历山德拉问道。

他结结巴巴地回答："我刚……刚才只是随便走走，我……哦，我听到了一个婴儿的哭声，然后我就……嗯，找过来了。"

麦克还在大哭。

亚历山德拉走上前来，自信满满，不苟言笑。她肩上的乌鸦飞开了。亚历山德拉把麦克从柯蒂斯的臂弯里抱过来，轻轻地发出嘘声，哄着他别哭。"乖，"她说道，"嘘——"

"您……"柯蒂斯开口说道，"您知道这事？"头皮上的一滴血从额头滚落，凝结在他的眉毛上。

亚历山德拉来回轻摇着麦克，目不转睛地看着臂弯里的孩子。麦克开始安静下来。

"您知道这事？"柯蒂斯大声地重复问道。

他提高的嗓门吓到了麦克，他又开始大哭起来。

亚历山德拉生气地瞪了柯蒂斯一眼。"柯蒂斯，声音小一点，"她说道，继续轻摇麦克，"这孩子已经被你烦够了。"亚历山德拉肩上的乌鸦对着柯蒂斯啪地咂了咂嘴。

"但是，"他无力地抗议道，"您为什么……您怎么能……"他含糊地说着，最后沮丧地说道，"我有点糊涂。"

亚历山德拉对着柯蒂斯微微一笑，走过他身边，走向空摇篮。她对着闹腾的婴儿轻轻说了几句安抚的话，把他放进了底部镶有毛茸茸的石楠花的摇篮里。她用一根手指轻轻碰了碰麦克的嘴唇，最后说了声"嘘"，然后回到柯蒂斯身边，挽起他的胳膊。

"我还没有准备好告诉你这件事，柯蒂斯，"她说道，和他从婴儿身边走开，"但你已经逼我到了这一步，我别无选择。"他们上方的乌鸦群在女总督面前都平静下来，许多已经从顶上的洞口飞了出去。

"现在是艰难时期，"亚历山德拉继续说道，"艰难的、混沌的时期。最终，你会明白这一切——但我能理解你此刻的困惑。"

"您为……为什么没有告诉我？"柯蒂斯申辩道，"我是说，您一开始就知道我来这里的原因。您为什么一直瞒着我？"

"我那时候不能告诉你，柯蒂斯。"女总督说道，"想想那样你会有多惊讶——在你融入荒野丛林之前。不，我在告诉你真相前需要给你点时间——相信我，我本来是想告诉你的。我本希望你能多享受一会儿今晚的欢庆时光，不过无所谓了：现在也一样美好。"

亚历山德拉在快到房间入口时停了下来，转向柯蒂斯，双手放在他的肩上，直视着他。"有时候，"她说道，语气从柔和变得坚毅，"你被逼到一个你也不想的境地，那时你不得不动用一切可以利用的武器去反击——即使这需要牺牲别人的利益。南方丛林的那些混蛋就是这么对我的。他们夺走了我的尊严、我的权力。我不仅要夺回这些，而且也要让他们尝尝同样的痛苦。我为了这个目的所做的任何事，任何可能被视为不道德或敌对性的事，都是他们的鲁莽决定造成的。你懂吗？"

柯蒂斯吸了吸鼻子："不，不是很懂。"

亚历山德拉笑道："那个孩子理所当然归我了。他就该是我的。我等这一刻已经等了漫长的十三年。痛苦的十三年。柯蒂斯，这个孩子是我——我们——成功的关键。你还记得傍晚时我们说的话吗？我们说的共同统治的事情，你和我。在南方丛林的废墟上重建政权，重建这个国度的自然秩序、自然法则。我成为女王，你辅佐我左右。你还记得吗？"

柯蒂斯闷闷不乐地点了点头。

"那么，没有那个孩子，那个咿咿呀呀的小东西，这一切就不可能实现。"她指了指远处的麦克，他正在粗糙的摇篮里玩着一根小树枝。她回过头看柯蒂斯，用拇指和食指抬起他的下巴。"那个孩子是我们成功的关键。"

柯蒂斯又点了点头，追问道："怎么做到呢？"

"常春藤，柯蒂斯。我们需要他去利用它。"

"常春藤？你是说，那种植物？"

亚历山德拉闭上眼睛，过了会儿，深吸了一口气。"柯蒂斯，"她说道，"这个你可能比较难以接受。"她将手指从他的下巴移开，开始抚摸他的面颊，擦去皮肤里渗出的一滴血。"这个孩子必须被当成祭品。供奉给常春藤。"

"这是什……什么意思？"柯蒂斯结结巴巴地问道。

她的声音变得冷静而不带任何感情，仿佛在背诵古老的经文："秋分时，也就是三天之后，在古人的柱基前，将放上第二个孩子的尸体。在我的咒语下，常春藤将前来吃他的肉、喝他的血。人类的血流动在茎里，这将赐予常春藤巨大的力量，也将使它听命于我。当我们进军南方丛林时，我们只需要沿着常春藤开辟的毁灭之路就能所向披靡。"亚历山德拉将手从柯蒂斯的面颊上移开，在这段简洁的解释说完后，打了个响指。

"就像这样。"她说道。

啪。

"轻而易举。"

土狼营地

峡 谷 桥

峡　　谷

强盗
营地

荒　　野　　丛　　林

土狼营火

荒 野

古人之林

摇椅溪

蛇头

猫头鹰雷
克斯之巢

禽　　鸟　　公　　国

南　方　丛　林

边界

商业区

SO

南　方　丛　林

皮托克大厦

邮局

长路

工人区

南方丛林监狱

瑟蒙德街86号

南方丛林、
荒野丛林
和禽鸟公
国地图

第二部分

第 十 三 章

抓住一只麻雀；
如同一只笼中鸟

　　疯狂的振翅声。尖锐的玻璃破碎声。对一只大声责备的麻雀的粗暴打发。当她一动不动地蹲在柳条篮子里，听着猫头鹰雷克斯的客厅里各种混乱的声音时，所有这一切在普鲁脑海中构成了一幅生动的拼贴画。搜寻者们，也就是"剑"军官们，似乎正有条不紊地工作着：推翻椅子，甩门，推倒房间另一侧的书架，慢慢地靠近普鲁藏身的地方。她快没时间了。

　　利用混乱声作为掩护，她将重心移到身下的一堆旧报纸上，开始抽出脚下最上方的几张报纸。在军官们停止忙活的片刻，她也会停下来，屏息凝视着透过篮子的缝隙照进来的光束，直到外面的搜寻声又开始响起。最后，当脚步声越来越近时，她设法从脚下抽出几沓折叠的报纸放在头上。很快，她听到一个声音喊道："这里怎么处理？"

"哪里？"另一个声音响起，离普鲁坐着的地方只有几英寸远。

"就在你眼皮底下，笨蛋！那个篮子！"

"哦，"这个声音回答道，"我正准备查看那里。"

光线涌进普鲁上方。她闭紧双眼，多么希望自己此刻消失。

"好吧，好吧，"这个声音说道，"看看我们在这里发现了什么？"

普鲁立刻睁开了眼睛。

一只手伸进了篮子里，在她头顶上的一堆报纸里乱摸。突然，篮盖又被啪地盖上了。普鲁注意到，头上的报纸变轻了一些。

"是琼斯和他的漂亮小花园！"这个军官大声宣布道，语气里满是讽刺，"登在头版著名的房屋和家园版块。"

"什么？"房间另一边的另一个声音响起。

"是啊，看看：琼斯上周被总督大人授予了一块亮闪闪的奖牌，因为他的，听好了，备受赞誉的牡丹花。"

房间里爆发出一阵大笑，靴底踏地的声音回荡着，聚向说话的这个男人身边。接着是一连串欢乐的叫喊声：

"干得不错，琼斯！"

"哦哦！你穿的那件漂亮的小围裙真不错！"

"你护着那些牡丹花的样子，琼斯，非常有母爱。"

最后，所有这些笑声的针对者琼斯，走到篮子旁边。从声音可以判断出，他从开玩笑的人手里抽走了罪魁祸首的那张报纸。"我老婆让我做的！"这个男人无力地解释道。

房间里爆发出更多的笑声，普鲁透过篮子能真切地感觉到可怜的琼斯那绯红的面颊。"我……我，"他结结巴巴地说，"嗯——你们知道……"最后，他放弃了争辩。"哦，**够了，别说了**！你们这些家伙！"更多的笑声响起。突然，篮盖被打开了，报纸被用力地扔回普鲁头上的那一堆里。盖子被猛地合上。"回去工作！"琼斯喊道，"胡闹够了。"

随着脚步声和说话声又在屋子里散开，笑声像河里的涟漪一样，越来越小。更多的门被甩开，更多的家具被打翻，更多关于琼斯的旁敲侧击被窃窃私语着。但普鲁几乎都没有注意这些；她在忙着对命运女神，对任何暂时解救了她的神灵道谢。

几分钟过去了。普鲁的左脚开始麻木，她试着通过调整呼吸来忽略那连续不断针刺般的痛感。这是一种控制呼吸的技巧，她在瑜伽的启蒙课上学的。然而，不管她如何努力控制呼吸，她的脚还是像快从身体上割裂一样。最后，远离篮子这边的一个声音响起。

"没有发现，长官，"这个军官说道，"我们已经搜寻了整座楼。"

普鲁欣慰地从鼻子里呼出一口气。

"每个地方都查过了？"

"是的，长官。"

"她一定已经逃走了。有人预先通风报信了。"指挥官说道，"好吧，没关系。彻底搜查时她一定会出现的。"

"是的，长官，"另一个军官回答道，"麻雀怎么办？我们怎么处置他们？"

"逮捕他们。"指挥官答道。

房间另一边的一个声音响起："只有一只，长官。"

"另一只哪里去了？"

"一定是飞走了，长官，在热闹的那会儿。"

房间里沉默了片刻。"飞走了？就……这么飞走了？"

"我猜是的。"另一个军官静静地回答道。

"笨蛋！不动脑子的笨蛋！"指挥官叫嚣道，"没脑子的……"

"笨蛋，长官？"一个军官接话道。

"**笨蛋**！"指挥官镇定下来，用平稳的语调说道，"总部不会容忍的。我们可以丢掉一个罪犯，但如果他们发现丢了两个，我们就没饭碗了。"他想了一会儿，下指令道，"报告里就写我们来的时候只有一只，我强调下，是一只麻雀陪同着犯人。"

"那个女孩呢？"一个下级军官颤抖地问道。

又顿了一会儿。"就写怀疑那个从外面世界来的女孩事先收到了'剑'队要来的通风报信，现场没有找到。"

"是的，长官。"另一个军官答道。

"至于你，小鸟，"指挥官说道，"你要跟我们走一趟。我们倒要看看在班房里待上几周后，你还能怎么展翅高飞。"

房间里沉默了一会儿。一个军官插话道："在哪里，长官？"

"班房。牢狱。监牢。"没有回应。"**牢房**，笨蛋！现在开始动手吧，趁那地方还没有关满犯人。天知道今晚牢房看守会不会忙得团团转。"这句话说完后响起了雷鸣般的靴子踏地声，过了一会儿，房间里变得空荡荡的，没有一点声音。远处前门被甩开，可以听到汽车引擎的咆哮声，沿着街道呼啸而去。数了三十次密西西比河之后，普鲁把头上的一堆报纸移开，小心地打开篮子的盖子。从篮子边往外瞄了一眼，看到四周无人，她用力站了起来，感到血流从脖子往下到脚趾猛地冲了下去。她摇了摇麻木的脚，慢慢地踏出篮子。

房间里就她一个人。几分钟前她刚和猫头鹰坐着的那两张高背椅，已经被踢翻；靠墙壁板放着的高高的书架，也被打翻在地，满地都是变形的书脊和散开的书页。几根斑驳的羽毛躺在房间的中央，普鲁看到这一幕心都碎了。她都做了些什么？这都是她的错；警察是冲着她来的，而他保护了她。负罪感涌上心头，她跪下来，捡起一根羽毛。"哦，猫头鹰，"她不停地说着，"对不起，真的对不起。"

她被壁炉里一阵慌乱的振翅声吓到了。循声看去，她看见一只侍从麻雀从壁炉的烟道里钻出来，浅灰色的肚子上沾满煤烟。

鸟儿笨拙地飞到普鲁站着的地方，落在打翻的书架边上。他抖了抖左翅膀上的灰，沮丧地看着普鲁。"他走了，"麻雀说道，声音和羽毛一样苍白，"国王陛下。走了。"

普鲁只能同情地点了点头，还在为刚才的事情难过。"你是怎么逃走的？"她问道，"我以为你肯定被抓走了。"

"一样。我以为他们肯定把你抓走了——当他们打开篮子的时候。"他说道，然后将头转向壁炉。"趁着混乱时我猛冲进了烟囱里。"他低下头注视着地面，"但有什么用？我们的国王，他被抓起来了！"他转过头看向普鲁，泪光闪闪，充满悲伤和哀求，"我是不是个懦夫？我难道不应该献出生命，或至少献出我的自由，去保护我的陛下吗？"

"不，不，不。"普鲁安慰道。她伸出一只手，除去麻雀头上的一块煤灰。"他不会希望你那么做。你已经做得最好了。"她坐在书架边上，双手托腮。刺耳的警笛声在远处响起。

麻雀瑟瑟发抖。"没想到我会看到这一天，"他轻轻地说道，"我们所有的工作，我们谨慎的外交，为的就是去营造这份脆弱的同盟关系。都破灭了。"又有一处警笛声响起，声音越来越大。普鲁站起来，走到窗边，闪烁的红色灯光映射在窗玻璃上。普鲁跪下来，小心地拉开窗帘，看到街上几户之外，一伙穿着长筒靴的"剑"军官们押送着一小群鸟儿走出一幢楼，进了一辆装甲车。"发生什么事了？"普鲁问道。

麻雀没有动身，猜测着她恐惧的原因。"我估计他们在撒网搜捕。所有的鸟儿，南方丛林的百姓，还有公国的居民。"他严肃地重复说道，"我没想到我会看到这一天。"

越来越多的警笛声响起，越来越隆隆的囚车沿着瑟蒙德街的鹅卵石路缓慢前行。大街远处，普鲁看到一小群白鹭被领进一辆等候的卡车里，他们洁白的羽毛在警笛的灯光下染成了深红色。然而在他们快走到装甲车门前时，其中一只冲出队伍，细长的腿奔跑在铺路石上，然后展开巨大的双翅，飞向了天空。一个"剑"军官立刻从肩后掏出一支步枪，瞄准，射击。普鲁用手捂住嘴巴，差点尖叫出来。白鹭直直坠落在鹅卵石地上，成了一团软弱无力的羽毛。军官之间简单交流了几句，然后卡车发动了，轰隆隆地沿着大街开远。白鹭的尸体躺在坠落的地方一动不动。过了一会儿，一个游荡的"剑"军官从另一座楼里走了出来，漫不经心地将白鹭的尸体从街道中央踢开，踢进了排水沟里。

普鲁咬紧牙齿，握紧拳头砸在窗台上。"凶手！"她嘶声说道。她回头看那只麻雀，以为他听到枪声会过来，却看到他坐在原来的地方，头耷拉得更加厉害。

"我们必须做点什么！"普鲁叫道，大步走回到麻雀坐着的地方，"这不公平！怎么能容忍这样的事？"

"恐惧，"麻雀静静地回答道，"恐惧统治着当下。当权的那些人害怕失去权力，已经被蒙蔽了双眼。每个人都是敌人。有人得首当其冲。"

普鲁愤怒地呻吟着，开始在房间里踱步。"好吧，有件事是肯定的，我不会只坐在这里，等到他们无计可施的时候，再回来抓住我们。那样太傻了。"

"我不知道可以告诉你什么。"他低声说。

普鲁停止了踱步。"北面。到北面去。"她向麻雀看了一眼，"猫头鹰是这么说的。就在警察来之前。他说如果没有别的办法，我可以去北方丛林，去见那些……魔法师。"

"神秘人士。"麻雀纠正道，抬起了头。

"是的，"普鲁说道，摇着食指陷入思考，"我在那里会安全。他们或许知道我的弟弟在哪里。"

"也许你在那里会安全，北方丛林的家伙确实喜欢与世隔绝。"

普鲁耸了耸肩："不过，这值得一试，对吗？"

麻雀的精神已经大为改观："也许。也许。不过你到底怎样才能到那里呢？"

普鲁皱着眉，茫然地挠了挠脸颊："问题就难在这里。我不知道。"

"你可以飞。"麻雀说道。

"是啊，那一点不成问题。"普鲁嘲笑道。

"我是说，"麻雀说道，用爪子站起来，打开翅膀，"你可以被飞。"

"被飞？"普鲁开始预见到答案。

"你一定不能太重，"麻雀说道，打量起她的身子，"不管怎样，起码对一只金雕来说。如果我们能送你到公国，那边有足够多的鸟儿可以载起你。"

虽然身处黑暗的可怕局势之中，普鲁听到这样的建议还是忍不住默默兴奋。"好的，"她说，"听起来非常棒。那么我怎么去那里呢？"

"我们得偷偷将你送到边界，"麻雀说道，他又充满了力量，"走的话太远了，街上满是秘密警察——不行，我们得找一辆运载工具，可以把你藏在里面——这是唯一的办法。"

普鲁打个响指，打断了鸟儿的思考。"懂了。"她说道。

在丛林的另一个地方，地下深处，另一个响指刚刚打好，在土狼营地的洞穴墙壁上回荡着回声。柯蒂斯茫然地凝视着亚历山德拉。麦克在房间中央的摇篮里咕咕叫着。远处铜管乐队的嘟嘟声为这个寂静而紧张的时刻配上滑稽的配音。

柯蒂斯深深地大声咽了口气。

亚历山德拉双手合抱，用一根戴着戒指的手指轻敲着手臂上的一只锡手镯，发出空闷的叮叮声，响彻了整个房间。

叮——

"好吧，我……"柯蒂斯开口道。

叮——

他不自在地晃了几下穿靴子的脚。坚硬的制服突然变得极其不舒服，粗呢绒摩擦着他的肩膀。右脚尖有点太顶着靴子的皮革。房间里的热量在膨胀，他的发际上开始渗出小颗汗珠。"我在想……"柯蒂斯又开口道。

叮——

"你站在支持我的这一边吗？柯蒂斯。"亚历山德拉最后问道，"还是站在反对我的那一边？两者只能择其一。"

柯蒂斯尴尬地嗤嗤笑着："我明白，亚历山德拉，我只是……"

他的话被打断了："很容易的决定，柯蒂斯。"

柯蒂斯默默地等着另一声"叮"去打破房间的寂静，但没有等到

（亚历山德拉的手指停在了手镯上方）。他给出了回答：

"不。"

"这是什么意思？"

柯蒂斯挺直腰板，直视亚历山德拉的双眼："我说不。"

"不什么？"女总督问道，她的眉毛一挑，在额头上刻下了阴险的弧度，"你不会回家？你会加入我这边？"

"不，我不会加入你。我不会。"之前被恐惧掠走的唾沫此刻都回来了，说话变得越来越流畅。"决不。"他指着身后摇篮里的婴儿，"这样做是错误的，亚历山德拉。我不管谁对你做了什么，但我不能就这么看着你带走这个婴儿，而且，把他献作祭品，好让你去报那小小的仇。不，不，不可以。你也许可以用其他的东西代替；一只松鼠或一头猪或别的什么——也许那常春藤并不知道差别——管它呢。我所知道的就是我不要待在这里了，非常感谢，我只想拿起东西离开，如果你不介意的话。"

在他说这大段话的时候，女总督异常沉默，于是柯蒂斯试着继续说几句以填补这尴尬的寂静。"你可以要回这件制服，还有这把军刀。我相信还有别的土狼或什么人会适合它，而且我知道你很需要武器装备，所以不用多想——这肯定要还给你。不过我不知道我来这里的时候穿的衣服在哪里；也许能有人帮我找找？"

女总督还是一言不发，打量着不安地摆弄着制服的柯蒂斯。

"要么算了。我不需要要回我的其他衣服了。不过，只有一件事，"柯蒂斯说道，"我要把这个婴儿带走。我必须把麦克带走。我答应过普鲁。"

这时亚历山德拉打破了沉默："我不能让你这么做，柯蒂斯。"

柯蒂斯叹了口气："求你了。"

"卫兵！"亚历山德拉微微转向身后的走廊喊道。很快传来了拖曳的步伐，一队身穿制服的土狼士兵出现了。他们看到柯蒂斯十分吃惊。"夫人？"一只困惑地问道。

"抓住他，"亚历山德拉下令道，"他是个叛徒。"

柯蒂斯立刻被土狼围住了，手臂被按在身后，手腕上啪地铐上了手铐。他一点也没有反抗。一只土狼从柯蒂斯的刀鞘中猛地拔出了刀，威胁地嘲笑着，将刀举到他的脸前。亚历山德拉镇静地看着这一切，眼神一刻没有离开她的俘虏。

"不要这样做，柯蒂斯，"亚历山德拉说道，冷峻的表情下掩饰着一丝哀伤，"我给了你一种新生活，一个新方向。大好前途等着你，而你要抛开这一切去救这个东西？这个哼哼唧唧的东西？你可以有一席之位，柯蒂斯。你可以一人之下万人之上。而且，也许将来有一天，你还可以继承王位。"她顿了一会儿，"成为我的儿子。"

柯蒂斯旁边的土狼身上散发出毛皮和馊酒的味道。他们在他耳边威胁地吐着怒气，咬着利齿。手铐嵌入了他手腕的肉里。

柯蒂斯坚定了自己的决心："亚历山德拉，我请你不要这样。放我和这孩子走。我……嗯……命令你。"

亚历山德拉忍住笑。"命令？"她冷冷地说道，"你命令我？哦，柯蒂斯，别操之过急。是黑莓酒让你产生了自大的幻觉？恐怕你现在还没有资格去命令任何人。"她脸上半笑不笑的表情消失了。她走近些，用面颊磨蹭了下柯蒂斯的面颊，嘴唇凑近他的耳朵。她吐气如兰，就像是甜蜜的毒药，稀有而致命。"问你最后一次。"她低语道。

"不。"柯蒂斯又一次坚定地说道。

还没等他说完，亚历山德拉就迅速退回身，拍了拍手。"把他带走，"她叫道，看都不看柯蒂斯，"带进笼子！"她用手指顺势摸了摸他制服的衣领，停在了他胸口由荆棘和延龄草制成的徽章上；手腕一挥，她将徽章从布料上扯了下来，扔在地上。

"遵命，夫人！"土狼吠叫道，粗暴地将柯蒂斯拖出房间。柯蒂斯迅速回头看了一眼：房间里火把的背光下，女总督高挑瘦削的身影遮暗了房间的入口，目击了他被强行带走的这一幕。一群乌鸦拍着翅膀，她身后的灯光幽灵般闪烁着。她严肃地转身走进房间，走到摇篮里的婴儿前——这时柯蒂斯被卫兵带进了一条弯弯曲曲的地道，那可怕的场景看不到了。

他努力跟上土狼的脚步。地道蜿蜒曲折，朝各个方向延伸着，以适应不时突出的树根和岩石。随着他们离大杂场的中心区域越来越远，空气变得越来越寒冷和稠密，地道开始慢慢地向下倾斜。

"听我说，"过了一会儿柯蒂斯说道，"你们不是非得听她的话。你们知道她在做什么吗？她绑架了一个婴儿——一个小男婴——而且她要杀了他。一个无辜的婴儿！你们觉得那样做对吗？"

没有回答。

"我的意思是，如果你们的一个，你们的……"他努力想到这个词，"幼崽被一个人或动物绑架了，而且他们打算把他当作祭品，你们能容忍吗？"见没有回答，他便自己给出了答案："不能！不，你们不能容忍。这是不对的！"

地道充满了土狼吃力的喘气声；在半暗的远处，某种蜘蛛类的动物匆匆爬过地道的顶部，消失在墙上的一个大洞中。

"刚才那是什么？"柯蒂斯尖叫道。

"谁知道这里都住了些什么。"一只土狼回答道。

另一只接过话:"从来没在巢里走过这么远,我自己。听说过一些故事,不过——他们说这里有一些东西,从来没到地面上来过。这些东西渴望吃上一片美味的肉,好好用牙齿咬。"

"美味的人肉。"另一只土狼拖长语调说道。

"给老鼠喂老鼠肉,"一只说道,"我们这里就是这么处理叛徒的。"

"听着,只要让我走,"柯蒂斯说道,"没有人会知道——我只要就这么走掉……"他的话没说完就咽了下去,因为这时土狼突然转了个弯,地道转进了一个大房间里,柯蒂斯看到了好多鸟笼。

"哦,"他脱口而出,"哦,天哪。"

这个房间看起来是浑然大成的:地面上满是碎石,墙壁从高耸的顶部不规则地倾斜下来——但这是房间里最平淡无奇的了。一下子吸引了柯蒂斯注意力的是从顶部垂下的巨大而盘曲的树根——在这样的树根上会是一棵怎样的大树啊!——还有挂在粗大根须上的一排排摇摇晃晃、阴森的木头笼子。枫树树枝编成的笼子顶端呈冠形,看起来就像是巨型鸟类饲养场里的大鸟笼。笼子被粗麻绳系在了上方的根系上,一转动就会发出嘎吱嘎吱声。在房间里,柯蒂斯能分辨出一些轮廓——笼子看起来足够大,每个都可以囚禁几个不幸的犯人,而很多都还空着。他没时间去数有多少个,但看起来有几十个之多。

"看守长!"押送他的一只土狼叫道,一只臃肿的灰色土狼从笼子下方一块锯齿状的岩石后面钻了出来。他脖子上系着的一根绳索上面,挂满了一大串各种尺寸和形状的钥匙。他慢吞吞地走过来,缓缓地低声吟唱一段诗歌:

"放弃希望吧,你这个囚犯,放弃希望。笼子的栅栏,穿不透;笼

172

子的锁，打不破；到地面的距离，跳不了。放弃希望吧。放弃希望。"他一边唱一边抽着鼻子，几乎没有抬起过头。柯蒂斯恐惧地发现，地面上遍布着原先囚犯死后的白骨碎片。

"好了，好了，我们知道，"按住柯蒂斯胳膊的一只土狼不耐烦地说道，"这些不吉利的演说听够了。这里有个叛徒，把他关进笼子里，挂高点。"

看守长走近时，上方的笼子里传来一个声音："什么？又来了一个两条腿的吗？我原先还以为牢房里只有土狼。"

柯蒂斯循着这怨声抬头看去，看到近处的一只笼子中，一只土狼的嘴伸出了笼子的栅栏。

"安静！"看守长突然吼了一声，停止了独唱。

远处一只笼子里传出一声清晰的人类的叫声："你们这些走狗要为此付出代价！我发誓！"盘根错节的根须中，柯蒂斯听不清说话者的声音。

"看到了吗？"土狼囚犯喊道，"听到了吗？我是一名土狼士兵，但我被扔到这里跟下贱的强盗在一起！我还以为这是专门的部队监狱！"

"**安静！**"看守长更大声地叫道，"要不然我用巴掌扇你们。"

强盗更加起劲，开始反复喊道："解放荒野丛林！**解放荒野丛林！**"另外几个囚犯显然也是强盗，站在笼子里跟着呐喊，一边摇动着囚禁他们的栅栏。

看守长叹了口气，走到柯蒂斯身边。"一群精力充沛的家伙，"他在喧嚣中说道，"你肯定会喜欢这些伙伴的。"

柯蒂斯还被看押着，看守长走到墙边，拿了一把柯蒂斯见过的最长、最摇晃的梯子。他小心地将梯子搬到房间中央，摆直，最顶端在树根之间穿来穿去。最后，他瞄准一个空笼子，将梯子顶端架在笼子栅栏上，底部抵在洞穴地面一块大岩石上。

"我们上去吧。"看守长说道，说完先爬了上去。他爬到笼子那儿，打开锁，又爬了下来。看守长点头示意，柯蒂斯的手铐被解开了，他被粗鲁地推向梯子。他向上爬的时候，在他的重量之下，梯子摇来晃去。当他最终爬上笼子的时候，从那个高度往下看，真有点晕眩：他在离房间地面大概六十英尺的高空，地面上撒满了岩石、骨头和犬齿状的石笋；摔下去可没什么好下场。他被逼着进入笼子里后，看守长又爬回梯子顶端，用一把巨大的铁挂锁锁上了门。返回地面之前，他盯着柯蒂斯说道："逃跑这事想都别想。"

"我也没想。"柯蒂斯说道。

这个回答似乎让看守长暂时放松了警惕。"哦，"他说道，"不错。"说完爬下楼梯，消失不见了。柯蒂斯绝望地叹了口气，梯子的顶端从笼子上移开了，木头笼子随意地晃动着，在新来居民的重量之下，上面的锚索嘎吱嘎吱地呻吟着。

大街的每个角落都有煤气灯，在铺着鹅卵石的十字路口洒下苍白的圆锥形灯光；灯光之间都被阴影占领。当普鲁和麻雀穿过邻近区域的时候，这一片片阴影便是她的藏身之处。普鲁会躲在一个方便隐藏的雨桶或者邮筒后面，而麻雀（普鲁得知他名叫恩维尔）则偷偷地飞在前面，从一座座高大房屋的屋檐和风向标上侦察地形。当麻雀鸣叫着表示安全时，普鲁就会离开她躲藏的地方，冲到下一个掩护之处。虽然节奏缓慢，但他们稳步地沿着大街前进着。只有当避不开的"剑"

队汽车从大街上呼啸而过，闪烁的警笛将房屋染成鲜红时，他们才会停下来，直到麻雀确定他们的行动不会被发现，再继续前行。

"我觉得这里得往左走。"普鲁在一个垃圾桶后轻声说。恩维尔正栖息在十字路口一只照亮了四条路的煤气灯上。这里，地面上的鹅卵石渐渐被泥土和松针取代，瑟蒙德大街已到尽头，出现了一座座森林小屋，近处垂下的杉木树枝遮蔽了满是青苔的屋顶。

"你确定？"恩维尔问道，不确定地扫视着地平线。

"不，"普鲁低声说道，"只是猜测。"

"你之前说我们应该往哪个方向走？"麻雀问道。

"就往大厦的西南方走，"普鲁说道，"我听到的是这样。"

麻雀咯咯地啄了儿卜嘴。"稍等。"他说道，迅速低头看了看十字路口的四条路。待他看清路上没人，就展开小小的灰色翅膀冲上天空，在隐约的树枝间穿来穿去，直到消失在视野中。

普鲁冷静地等待着，身旁的垃圾桶散发出阵阵酸腐的气味。远处响起了警笛的鸣叫声，一小队"剑"军官转过拐角沿着瑟蒙德大街行进时，她立刻僵住不动。普鲁从垃圾桶后偷偷瞄了一眼，看到他们走远了，注意到每个人手中都拎着鸟笼。鸟笼的金属栏杆之间，普鲁瞥见了鸟儿的羽毛，都是毛茸茸的，灰色的。

几十分钟过去了。最后，上方传来了一阵振翅声。她抬起头，看见恩维尔上气不接下气地落在了垃圾箱上面。

"抱歉，"恩维尔说道，"我必须等他们走远。"他摇了摇一只翅膀，凑近普鲁。"我看到了大厦的顶端。虽然还很远，但我们的方向是对的。从星星可以判断出……"这时恩维尔用嘴指向天空；夜空格外澄澈，缀着繁星点点。"我们继续直走，保持西南方向。"

"太好了，"普鲁低声说道，"咱们继续走吧。"

　　"你去过那个地方吗？"麻雀问道，"你知道那里是什么样吗？"

　　"不知道，不过我想等我们到那里的时候自然就知道了。"普鲁继续说道，"我估计就好比你看到了一个邮局，就知道了所有邮局的样子。"听到这里，恩维尔点了点头，张开翅膀飞在前方，找到下一个落脚点，好指引普鲁找到她的下一个藏身之处。

第 十 四 章

在贼窝中

"我一定要见律师！"土狼叫道，喊到一半的时候嗓子破音了。"这太可恶了！"他用爪子摇着笼子的栅栏。柯蒂斯从上面好奇地看着他；土狼的笼子在根系的下端，远比柯蒂斯的笼子低。

"哦，声音小点，"一个强盗喊道，他的笼子在柯蒂斯的上方左边，他正背靠栅栏坐着，抠着手指甲，"他们不会听你的。人身保护令在这里不适用。"

"人身保护令？"土狼咆哮道，"你在哪里学到的那些花哨的词，你这个笨蛋？"他转身面向强盗，这使柯蒂斯有机会看到了他的脸；这是他和普鲁一起时第一次看到的土狼中的一只——在他们躲藏的下方参与打斗的一名士兵。柯蒂斯隐约记得他的名字叫德米特里。

"哦，我们比你们这些走狗懂的多得多。"强盗回答道，一边用手指点了点太阳穴，"我们当中有些人可能看起来愚钝，但一点不傻。我们聪明绝顶。这就是为什么你们从来不能除掉我们。不管你们赢了多少场战争，不管我们损失了多少兵力，总还有足够多的强盗继续战斗。"

"哦，别再说你那些战斗口号了，"德米特里回答道，"你那是在浪费时间。我是被征召入伍的。如果你们这些强盗在这片土地上横行霸道，我一点都不会在乎；我宁愿待在我的窝里，只管我自己的事情。我烦心的是，我现在像一个普通罪犯一样被关在这里——我原以为我只是犯了一点小错，很快就能走人。然而，我现在却在关押强盗的牢房里，不得不听你们这些人的废话。"

"我不是强盗，"柯蒂斯插话道，"我是一名士兵。"他顿了顿，低头看了看制服，看到衣服上过去别着胸针的被扯裂的地方。"或者说我曾经是。"

土狼喷了口气，转过了身。

"你"，更远处的另一个强盗说道，他的笼子挂在更大的一根根须上，和柯蒂斯差不多高度，"你就是那个从外面世界来的，嗯？你和贵妇总督一起并肩作战过，是吗？"

柯蒂斯皱了皱眉，点了点头。"是的，是这样，"他很不安，"但我现在很后悔。那时候我不知道她在做什么。"

"你以为呢？"上方的强盗说道，现在他的怨恨之情朝下方喷了过来，"她是荒野丛林的正义女王？就稍微清理下地盘？确保每个人记得谁是老大？而你就这么从你们外面的世界大摇大摆地进来了，决定来帮个大忙？"

"呃，我那时没什么选择。"柯蒂斯说道，脖子上的汗毛都竖起来了，"我是说，她抓住了我，然后我所知道的就是她给我吃的、穿的，告诉我我是她的二把手！"

"笨蛋。"一个声音传来。这个声音来自柯蒂斯正上方的一个笼子。另一个强盗正向下直视着柯蒂斯，盘腿坐着，双手托腮。

"说真的，"柯蒂斯继续说道，"我那时候一点不知道她要做什么；如果我知道的话，我绝对不会同意和她站在一边。"

"是吗？"根须上更远一点的强盗讥笑道，"你第一次察觉到不对劲的线索是什么？她征召了所有种类的动物入伍？或者可能是她逐步地、一个个地清除掉荒野丛林里的本土居民这一事实？到底是什么，天才男孩？"

一些湿湿的东西沿着柯蒂斯的额头流了下来，他畏缩地抬起头，看到在他正上方的强盗刚对他吐了一大口唾沫。这个强盗弯曲着双腿，从中可以清晰地看到他的脸。柯蒂斯看到他正准备再来一发。柯蒂斯抱怨着，弯腰躲开，躲到了笼子的另一侧。

"你们这些外来人，"另一个强盗说道，在这场谩骂中他一直沉默不语，"你们总是在想办法征服和破坏本不属于你们的东西，不是吗？我听说过你们的所作所为。别以为我们不知道你们将占据这片丛林——要不是女总督下手为先，你会在她设计的这场游戏中击败她。我听说你们摧毁了自己的国家，差不多榨干了所有资源，污染了你们的河流，侵占了你们的荒地，等等，诸如此类。"他的笼子稍微低一些，在柯蒂斯的右侧；柯蒂斯看着他走到笼子的栅栏前，怒视着自己。他脖子里围了一条脏兮兮的方格子围巾，穿着一件宽松的束腰外衣，头戴一顶破烂的圆顶礼帽。"我打赌你原先一定以为这地盘都会归你们，对不对？那么，我告诉你，这里只会将你嚼烂吐出去——如果你没先腐烂在这里的话。"

柯蒂斯颤抖着坐在笼子里，膝盖紧紧贴着胸口。他能感觉到所有囚犯直盯着他的火辣辣的目光。这时他多么希望自己能回到家里，和爸妈还有两个麻烦的姐妹在一起。绳索吱吱嘎嘎地叫着，抖动着，笼子在巨大的洞穴里轻轻地来回晃动。那只叫德米特里的土狼同情地对柯蒂斯说："习惯吧。他们不会收手的。"

🌿

很快，普鲁和恩维尔到了邮局，那是一座红砖小楼，坐落在一片矮小而浓密的铁杉树丛中，若隐若现。楼后面是一道灰色的木栅栏，摇摇欲坠，生满青苔。普鲁踏上大门前的台阶时，看到院子里停着几辆破烂的红色货车。一块黄铜面板固定在门上方的砖头上，上面刻着几个字"南方丛林邮局"。

一扇窗里透出灯光，那是一个凌乱的房间，从地面到天花板堆满灰色的包裹和信件。普鲁分辨出了理查德的身影，一堆堆包裹和文件半遮住了他的身子。

"不管那么多了。"她对恩维尔小声说道。恩维尔正栖息在近处一棵树的树枝上，紧张地侦查着夜幕降临下没有人烟的公路。

普鲁轻轻地敲了敲木门。没人应答，她又敲了敲。

"我们下班了！"理查德的声音从里面传来，"请营业时间再来！"

普鲁把手拢成碗形抵在门上，嘴唇凑近手指，哑着嗓子说道："理查德！是我，普鲁！"

"什么？"理查德回答道；他的嗓门很大，听起来很不耐烦，似乎在咔嗒咔嗒地转动门柱的铰链。

恩维尔紧张地在树上鸣叫着。

"普鲁。你知道的，波特兰的普鲁！"

过了一会儿，她听到了缓慢的脚步声，然后咚的一声，门闩打开了。门缓缓开了一条缝，门缝中可以看到理查德惺忪的双眼和乱糟糟的花白头发。

"普鲁！"他大叫道，显然之前没发现普鲁悄悄走近，"天哪，你在这里做什么？"

恩维尔开始更大声地鸣叫，发出警报。普鲁将手指凑到唇边。"嘘！"她小声说道，"你必须小点声！"

理查德瞪大双眼，往外看去，看到树上的麻雀，又回过头看了看普鲁。他按普鲁的要求降低了音量，"你和一只鸟一起——你知道，警察们刚刚还在这里，就在两小时前，到处找你。我都不知道到底发生什么事了！"

"我需要你的帮助，"普鲁犹豫了一会儿说道，"说来话长，站在门廊这里讲话不方便——我能进来吗？"

理查德站着想了一会儿。"嗯，好吧，"他说道，"但要注意别让人看到你。这可不是闹着玩的。"

"当然了！"普鲁附和道。她转过身对恩维尔吹了个口哨，恩维尔飞了下来。理查德赶紧将他们领进了屋，迅速看了看大街的两侧，然后小心地关上了门，插上了门闩。

一块玻璃隔墙将里面的房间分隔成了两半，一半是邮局的公共区域，一半是私人区域。理查德带着普鲁和恩维尔穿过一扇门，走进了里屋。一堆堆高高的包裹组成了一个宛如小人国城市街道般的迷宫，普鲁小心翼翼地在这"街道"之间穿梭，每走一步，纸盒和牛皮纸"大厦"就震动一下。在房间的角落，一座小壁炉里闷燃着一簇炉火。

理查德开始清理一些碎屑，尴尬地清了清嗓子。"我知道这里什么地方还有一把椅子的。"他含糊地说着，一边在杂物堆里搜寻。徒劳地找了一番后，他从办公桌下拖出几个空板条箱，放到壁炉前的空地上。"请坐。"他说道。

普鲁说了声"谢谢"，坐了下来，终于可以歇歇脚了。恩维尔落在办公桌旁的一堆纸盒上，纸盒堆晃了晃，他紧张地直扇翅膀。

"发生什么事了？怎么到处乱哄哄的？"理查德问道，坐在炉火前一只反扣的篮子上。

普鲁深吸了口气，开始讲述自从和理查德分别后的所有经历。"他们正在捉捕南方丛林里的所有鸟儿，"她解释道，讲完了之前的全部冒险经历，"谁知道他们会把鸟儿带到哪里去？所以我被困在了那里，不知道该怎么做，然后恩维尔和我就想来投奔你，也许你能帮我们一点忙。"

理查德吃惊地瞪大双眼，听完了整个故事。过了一会儿，他才意识到刚刚普鲁问了他一个问题。"一……一点忙？"他问道，用关节粗大的手指摸了摸太阳穴，"要帮什么忙呢？"

"嗯，"普鲁继续说道，"猫头鹰在警察出现之前曾经说过，走投无路的时候，我应该去北方丛林。去找神秘人士。恩维尔觉得，我可以找一只金雕载我一程，如果我可以穿过边界进入禽鸟公国的话。现在整个南方丛林都在搜捕我和碰巧出现在附近的鸟儿，我必须秘密行动，不被发现。"她咬了咬嘴唇，"这么说吧，我需要有人偷偷送我出境。"

理查德明白了她的意思："你想要我偷带你出去。穿过边界。"

"就是这样。"普鲁说道。

"我能想到的唯一办法是用货车，用政府部门自己的邮政货车。"

"嗯，对。"普鲁说道。

理查德用手摸了摸下巴上的胡茬，站起身，走到壁炉旁，心不在焉地用拨火棍搅了搅里面的煤炭。

"好吧，"理查德谨慎地说道，"我只能说我对总督大人和他的帮手们没有好感，这是从大方向讲。还有这些'剑'队暴徒，就这么在全城毫无理由地乱抓良民——这是不对的。这个国家已经不是过去的样子了，至少格里高在世的时候不是这样。我在这里经历了好几任总督大人，可以说，拉尔斯是我们遇到的最差劲的一任。但我如果用邮车载你出境，嗯，一旦被抓到，我就要丢饭碗，而我的工作是我现在的全部，自从我的贝蒂生病之后——贝蒂是我的妻子，她指望着我的这份薪水。更糟糕的情况，我可能还会被关进牢房一段时间，那不可以。"

普鲁垂头丧气。恩维尔也沮丧地吹着口哨，望向窗外。

"所以我想，我们一定不能被抓到。"理查德说道。

普鲁从板条箱上跳了起来。"这么说你会帮我们？"她问道。

"嗯，我想是吧。"他说道，叹了口气。

普鲁一把紧握住他的手，领着理查德在火炉前的小块空地上即兴疯舞。"我就知道你会这么做！"她忘乎所以地大叫道，"我就知道你会同意！"恩维尔也飞了起来，在房间的空中快速地飞着"8"字形，一边欢快地鸣叫。

"慢点慢点，"理查德提醒道，拉住普鲁停了下来，"我们不要操之过急。还有我们得声音小一点——那些'剑'队军官就像小白蚁，只要他们想，就可以随时随地突然冒出来。他们无处不在。"他放下普鲁的手，走到房间里唯一的光源——壁炉架上的一盏煤油灯前，调低了灯芯。阴影在房间里铺洒开来。他迅速看了一眼窗外，然后转向普鲁说道："我以前说过，你来这里也许是有原因的；或许你是被派到这里来，给这片土地带来正义的改变——让老百姓重新翻身做主。我支持这项事业。"

普鲁笑了，眼眶里满是泪水。"太感谢你了，理查德，"她说道，"我无法告诉你这对我而言有多重要。"

理查德点了点头，然后扫视了下房间。"现在，"他说道，"我们只要找到一个适合货运的盒子。"

🌿

柯蒂斯想找到一个舒服的位置坐在笼子里，但怎么都找不着；笼子底面由枫树树枝紧密编成，疙疙瘩瘩的表面坐着真不舒服。最后他在笼子门的对面找到了一块合适的地方，在一根树枝的凹陷处可以坐下来。他就这么坐着，等着强盗们结束对他的嘲讽。他们已经嘲笑了柯蒂斯大半个小时，直到备受折磨的柯蒂斯沉默不语。他们又将注意力转移到了其他地方：首先转向了土狼德米特里，但遭到了更多的辱骂回击；然后又转向彼此，吹嘘自己的勇气和力量。

"十英尺?!"一个挑衅道，"我睡着的时候都比这跳得远！十英尺。"

"哦，是吗?"另一个回答道，"倒想听听你最多跳多远，科马克。"

科马克挂在和柯蒂斯同一根树枝上的远端，漫不经心地答道："三十英尺，至少。大概五棵树的距离。不是那种小树苗哦，提醒你一下，我们说的是成熟的高大杉树。就是去年八月的那次突袭。康纳看到了我。当时我正在那棵巨大的雪松顶端，突然一阵狂风刮来，我听到了噼啪的爆裂声，向下一看，整棵树正从顶端裂成两半。而我当时所处的位置太高了，周围没什么树可以够到，只有下方有一些矮些的杉树。突然，我看向远方——我向你们发誓，隔了五棵杉树那么远，三十英尺，至少——我看到一棵差不多大小的雪松。于是我紧抓住树冠，脚踩在最顶端的枝丫上，我就那么拼命一跳，前一秒离开原先那棵雪松，下一秒我知道的就是我正拼命抓住远处的那棵树。千真万确，先生们。三十英尺。"

柯蒂斯下方笼子里的强盗发出一声轻蔑的哼声。"好吧，"他嘲笑道，"我听康纳说，那棵雪松正好翻倒，直接倒在了另一棵树上——你要不是吓得刷地闭上了眼睛，完全可以轻松地从树枝上走过去！"

科马克大声指责道："埃蒙·唐纳，你信不信，等我们离开这里，我立马把你从脚绑起来——一离开这里，你和我就来场单挑。"

"省点力气吧，先生们，"柯蒂斯左上方笼子里的强盗提议道，"很快我们就再也看不到白天的光亮了。"

"你这话可能是对的，"另一个说道，"嘿，安格斯，估计你的老女人还在等着你？"

安格斯，这个粗嗓门的强盗被关在最远处的笼子里，重重地压在根须上。他叹了口气回答道："希望是这样。我估计，孩子现在随时都可能会出生。真希望孩子出生的时候我能在。"他无能为力地踢了踢木栅栏，笼子慢慢地摇晃起来。"该死的笼子。该死的土狼。该死的战争。"

德米特里在一旁一直保持沉默，直到这时他插嘴道："等一下，我们一些土狼和你们一样，一点也不想这样。告诉你们，我自己家的窝里还有一窝小崽子在等着我。我已经很久没有见到他们了！估计等我回去时，他们都已经长大成年了。如果我能回去的话。"

强盗们对这段诚实的坦白没有任何反驳；每个囚犯都陷入了沉思，所有的笼子里一片寂静。最后，安格斯大声说道："嘿，谢默斯。"

"嗯？"那边回答道。

"给我们唱一曲吧，"安格斯说道，"提醒你，别唱太悲伤的——来点活跃气氛的。"

周围的强盗都小声地附和道："对，对。"

谢默斯，柯蒂斯正上方的那个强盗——就是那个吐口水的——转过身对其他囚犯说道："唱什么呢？《荒野丛林的少女》？"

科马克抱怨道："天哪，不要——不要唱那些甜蜜又伤感的调调。唱一些能让我们忘记烦恼的东西。"

埃蒙大声地提议道："要不就唱那首关于律师的——律师和乔克·罗德里克？"

这一提议受到了大家的欢迎，其他强盗纷纷赞同地附和。

谢默斯点点头，在笼子里动了动，挺直腰板，开始唱歌，他的嗓音甜美而悠扬：

　　索耶律师工作勤劳
　　赚得大把大把钞票
　　抢劫穷人欺骗弱者
　　他们被洗劫一空泪流成河。
　　乔克·罗德里克，汉瑞特十字路的英勇强盗。

　　五月索耶正走在长路
　　找一个没付钱的客户

187

谁会爬到欧石楠的顶端？

年轻的乔克，带着他的手枪，牙间咬着刀片。

乔克·罗德里克，汉瑞特十字路的英勇强盗。

索耶说道："我和你谈一笔交易，

南方丛林一个寡妇被驳回了上诉。

当然了，会有钱赚，我们俩都能成为百万富翁！"

但乔克的手枪刚刚瞄准。

乔克·罗德里克，汉瑞特十字路的英勇强盗。

"你是一个聪明的年轻人，"索耶说道，"千真万确。

但我正在起诉的是一个看不见的盲人。

我们将平分好处，一人一半！"

但乔克，不为所动，没有在马鞍上退缩。

乔克·罗德里克，汉瑞特十字路的英勇强盗。

"但我们不要太干净，不管你的偏好是什么，
我正在起诉的是一个没有妈妈的孤儿。
我们将共享所有的收益！不管有多少！"
但乔克，他只是坐在那里，猛地一扣扳机。
乔克·罗德里克，汉瑞特十字路的英勇强盗。

索耶说道："哦，告诉我，什么才能引诱你
每个人都有弱点，我们每个人都有标价。
告诉我，我发誓我会履行。"
乔克说道，"你光着身子走进南方丛林。"
乔克·罗德里克，汉瑞特十字路的英勇强盗。

于是乔克抢走了律师的金子和财物
他带走了马和契约书，此外
他还让他光身子走进南方丛林，让大家瞧瞧
律师就是律师，不管穿着什么。
乔克·罗德里克，汉瑞特十字路的英勇强盗。

　　最后一句唱完后，洞穴里爆发出大笑声和鼓掌声，强盗们笑得连笼子都在晃动。柯蒂斯也忍不住笑了起来。土狼德米特里从笼子里嘲讽地大叫道："唱得不错，伙计们，真的很不错。"

第 十 五 章

运送出境

铁锤的敲击声停止了，最后一根钉子钉入了板条箱，普鲁一个人待在黑暗中，专注地听着外面的声响。她已经和恩维尔道了别，约定在边界的另一侧重聚；她已经再次感谢了理查德，冷静地坐在箱子里，等着他封好包装箱。突然，哪的一声，那是木头撞击到金属的声音，然后普鲁发现自己斜着身子躺在一边，脚下的世界移动起来——她估计箱子已经被放到了一个小推车上，她正被运往——砰！货车的后面。她的头顶撞到了箱子顶部，小声地叫了一声，听到理查德透过木头低声说道："对不起！"然后又说，"另一边见！"一声金属的撞击声。脚步声。货车的引擎发动了，开始上路，发出刺耳的咔嗒咔嗒声。

普鲁在箱子里移动了一下，试着不去注意弯曲的膝盖所承受的压力。她身旁堆着一小堆木刨花和碎纸片，这些是上次板条箱所装物品的遗留物。箱子散发着淡淡的蜡味。

货车遇到了一个小坑洼，箱子猛烈地震动了一下，普鲁倒在了板条箱的箱壁上。这一次她大声地叫了出来："哦！"她的膝盖撞到了底板。普鲁用身体抵着箱壁，移回原位坐直，等待着更多的颠簸。

当路面从碎石子变成平整的铺路石后，普鲁感到货车的颠簸减轻了许多。发动机战栗着加了挡，邮车的速度也加快了。普鲁听到货车两侧的风呼啸而过。就这样过了一刻钟，普鲁在这段旅程中平静下来，呼吸也均匀了。货车的噪声只是偶尔会被远处的警笛声掩盖——显然"剑"队还在继续逐家逐户地抓捕飞鸟。

时间飞逝。普鲁突然意识到自己这两天只睡了几个小时；她也意识到自己的双眼越来越睁不开。最后，她抵不住睡意，昏昏入睡了——之前对眼前困境的所有焦虑，都像蜡烛油一样融化了。

直到货车猛地停住。

她立刻睁开双眼，心跳快得就像一匹脱缰的野马。脚步声，低语声。杂声越来越靠近货车后部，突然，砰一声，货车的门猛地打开了，透过那将她和货车内部隔开的薄薄的一块木板，普鲁可以听到外面低沉的声音。

"晚上这个时候，"一个声音说道，"这是规矩，你知道的。我们接到指令，今晚要保持警惕，因为有镇压活动。尤其是边境巡逻。"

"当然了，长官。"理查德的声音听起来沉着而自信。这份自信在普鲁心中注入了新的勇气。她屏住呼吸等待着。

"那么，我们来瞧瞧。"另一个声音说道，普鲁估计那是另一个边界守卫。普鲁感到这名军官爬进了货仓，在他的体重之下，货车震动了一下。"信，包裹，"军官拉长声音说着，一边踩在金属车板上，"嗯嗯，一切看起来很妥当。"

突然，箱子的侧板上响起一阵响而空的噼啪声。这个军官刚用脚踢了板条箱！普鲁一把捂住嘴。

"这里面是什么，邮政局长？"军官问道。

理查德的声音里没了那份自信。"是厕纸，"他结结巴巴地说道，舌头有点打结。"纸巾，还有，嗯，女性内衣。"

什么？普鲁在心里尖叫道。

"什么？"军官说道。

"内衣，是……是的，"理查德结结巴巴地说道，"还有厕纸。一些袜子，是的，里面还有一些袜子。还有，你可能不相信，旧的……旧的干棉絮。"

普鲁用手捂住了脸。

"旧的干棉絮?"军官不可置信地问道,"这算什么包裹?"

"非常,嗯,奇怪的包裹,"理查德说道,"我估计。"

这下完蛋了。普鲁知道。她已经在试着想象如何面对监狱生活。他们会给她一台电视看看吗?会给点还不错的食物吃吗?

"打开它!"军官命令道。

"什么?"理查德问道。

"你听到了,邮政局长。打开它。打开这个箱子。我想看看这个……这个干棉絮。"

理查德小声地嘟哝着走向车旁,估计是去拿撬棍。同时,那名军官不耐烦地用手指不停地敲着板条箱的顶部。透过木头,那声音听起来就像是隆隆的雷声。最后,理查德回来了,普鲁感觉到他踏进了货仓,货车又震动了一下。

"那么,是哪一只呢?"理查德问道。普鲁听到木头上有沉闷的敲击声,但听起来是从货车的尾端传来的。"是这只吗?"

"不是,"军官不耐烦地说道,"是我现在站着的旁边那只,非常感谢。"

"啊,是的,"理查德说道,声音有点颤抖,"那只。问题是,我有个客户正在等着签收那只包裹,我能想象他们不会太开心,如果……"

边界守卫打断了他:"打开它,邮政局长。我保证我不会怎么弄脏他们的干棉絮的。"他开始用一种猫玩弄老鼠的语气说道,"这包裹里面最好不要有任何违法的东西,或者说,你最好祈祷这里面真的是纸巾、厕纸和女士内衣——据我所知,监狱现在很火。"

理查德尴尬地笑了笑。

普鲁做好了露面的准备。

“这只旁边的那只怎么样?”理查德突然问道,“也许你会更喜欢那只里面的东西。”他用建议的语气说道。

　　“听着,老家伙,我已经受够了你的……”军官说道,突然停住了,“等等。那上面写的什么?”

　　“我相信你可以读懂。”理查德说道。

　　“这不是……不会吧?”军官问道,严厉的声音里带着一丝激动的颤抖。

　　“我来吧。”理查德说道,重拾了信心。一声喘息声后是一声很大的破裂声,普鲁旁边的那只板条箱被撬开了,普鲁听到那名军官喘了口气。

　　“都是你的,”理查德说道,“但我真的得上路了。我真的有好多邮件要送。”

　　“没错,”军官说道,语气正式而简短,“没错。抱歉打扰了你。”普鲁听到一声简短的拍手声,一群脚步声靠近货车。“詹金斯!索甘姆!要保证这个箱子安全地运送到我的住处。”命令完后,普鲁就听到一只箱子从货车的金属底板上被拖走了。

　　“很好,”军官说道,“谢谢你花时间配合我们。抱歉带来了不便。”

　　“没关系。”理查德说道。两个人离开了货车,砰一声关上门,货车轻轻震了几下。有个人——普鲁估计是理查德——敲了敲门,她开心地露出了笑容。

　　货车重新启动了,咔嗒咔嗒地响着,沿着大路开下去,驶进了禽鸟公国。

　　过了一阵子,货车急转了个弯,驶上了一段十分颠簸的路,然后慢慢地停了下来。门吱吱嘎嘎地打开了,普鲁听到了撬棍撬开板条箱顶部的声音。很快，盖子就被扔到了一边，普鲁小心翼翼地抬起头，看到理查德正笑眯眯地看着自己，货车暗淡的车前灯照在他满是皱纹的脸上。

"干棉絮？内衣？"这些词从普鲁的口中连续蹦出来，就像决堤的水流，一讲完她就开始忍不住大笑。

"哦，普鲁，"他说道，尴尬地皱了皱眉，"我不知道我那时候怎么了！做了那么多准备，我都没有想好若被问起箱子里是什么时该怎么说。内衣，天哪！谢天谢地，我还保留着那箱从北方带回的罂粟啤酒——相当棒的产品，在南方丛林居然被禁了。没有哪个真正的士兵能抵得住这样一件宝贝的诱惑！"

普鲁跳了起来，用手臂圈住理查德的脖子。"哦，谢谢你，谢谢你，谢谢你！"她大喊道。

理查德轻轻抱了抱她，说道："加油，你还有很长的路要走。"他帮她从箱子里爬出来，她掸了掸牛仔裤上的填充材料屑，走向货车的车门。他们停在了一个天然的死胡同中，周围是茂密的黑莓和榛树丛。黎明的第一缕微光穿过树丛投射下来，周围是一片深深的蓝灰色。这里到处是鸟鸣声，从树顶上倾斜下来。一阵振翅声后，恩维尔飞来了，落在附近的枝头上。

"恩维尔！"普鲁叫道，"我们成功了！"

麻雀点了点头："先不要高兴太早。他们已经封锁了所有对旅行者开放的边界。"恩维尔抬头看了看天空，清晨带着露水的空气拨弄着他的羽毛。"他随时都可能来到这里。"

"他是谁？"理查德问道。

"将军。"恩维尔说道，话音刚落，仿佛咒语一般，一只巨大的鸟飞进了这片空地，他扇动着翅膀，就像刮起了一阵小型龙卷风，弄乱了这一片的植物。这是一只金雕，普鲁认出了他，就是他们第一次前往南方丛林时遇到的那只，他落在一棵铁杉树低垂的树枝上，整棵树都猛烈地颤抖起来。

"长官。"恩维尔说道，微微低下了头。

将军在树枝上站稳，盯着普鲁，问道："这是那个人类女孩吗？从外面世界来的？"

"是的，长官。"恩维尔回答道，朝普鲁点了点头。

"你好，长官。"普鲁说道，"我想我们之前见过。我看到过你……"

将军打断了她的话："是的，我记得。"他巨大的爪子在树枝上移了移，树叶发出巨大的沙沙声。"国王被捕时，你和他在一起？"

普鲁难过地点了点头："是的，长官。"

将军看着她，一言不发。天还没亮，周围朦朦胧胧的；雕的黄褐色羽毛与周围的绿色形成了鲜明的对比。他用嘴啄了啄翅膀下面，很快又继续盯着普鲁。他的黄褐色眼睛直视着她。

"他真的很勇敢，长官，"她静静地说道，"我不知道还能说什么；我想我欠他一条命。他们是冲着我来的，不是他，但他保护了我。我不知道为什么，但是他那么做了。"

雕最后停止了他长时间的凝视，望向远方，看起来面无表情。最后，他开口说道："身为禽鸟军队的将军，我发誓效忠国王。我直接受令于我们的君主。现在他不在了，被囚禁了。在没有他当政的时候，我只能推测国王会下达怎样的命令。"说到这里，他又看回普鲁，毛茸茸的眉毛下流露出坚毅的神情。"如果他保护了你，那么我就必须保护你。如果他为了救你不惜生命，我也有责任做同样的事情。"

恩维尔鸣叫着表示同意。将军张开巨大的翅膀，翅膀的宽度和普鲁的身高差不多。他一跃而起，优雅地飞落在普鲁的面前。

"如果你想要飞去北方丛林，我很乐意做你的座驾。"将军说道，谦恭地低下头。

普鲁一时说不出话来，笨拙地行了个屈膝礼。她转向理查德，伸出手表示谢意。理查德握住普鲁的手，用力摇了摇，严肃地皱起眉头。"这是我们俩之间的又一次告别，波特兰的普鲁，"他说道，"希望这是最后一次。"

普鲁笑了，说道："再次感谢你，理查德。我不会忘记这一切的。"然后她转向恩维尔，"还有你，"她说道，伸出一根手指抚摸他头上顺滑的羽毛，"国王陛下最好的随从。我相信如果陛下此刻在这里，一定会为你感到骄傲。"

恩维尔站在树枝上咕咕叫着，不好意思地往旁边挪了几步。

普鲁深吸了口气，转向将军，他的头还低垂着。"好，"她说道，"我们走吧。"雕挪了挪爪子，转过身，让普鲁爬到他的背上，她用手指顺势摸了摸他的羽毛，找到他的臂弯抓住。她能感觉到他结实的肌肉，当他收缩翅膀准备起飞时，她一阵发抖。

"抓好了。"他说道。

她将身体紧贴将军的后背，将脸埋在他柔软的羽毛中。雕灵活地挪了几步，起身飞离了地面。他们开始了飞行。

❧

自从做了那个重大的决定，跟随普鲁闯入这片"无法穿越的荒野禁地"后，柯蒂斯就陷入了一连串古怪的境遇，但都比不上他现在的处境这么荒诞：坐在一个巨大的鸟笼里，挂在地下洞穴的球形树根上，试着去回忆《野马莎莉》的歌词：

> 野马莎莉
>
> 你也许应该让这野马慢下来
>
> 野马莎莉
>
> 你也许应该让这野马慢下来
>
> 这些早晨……什么……中的一天
>
> 嗯猜想你什么什么什么什么眼睛

"什么眼睛？"谢默斯不可置信地问道，"这是什么意思？"

"不是，不是，不是，"柯蒂斯说道，挠了挠头，"我忘词了。反正就是什么样的眼睛。沉睡的眼睛？哦，天哪，真的很抱歉，伙计们。我以为我还能记得的。"这首歌曾经是他爸妈最喜欢的一首，每次家庭出游的路上大家都会一起哼唱。现在他正努力从自己仅会的几首流行歌曲中挖掘，以满足强盗们的最后要求：唱一首关于吉卜赛人绑架某个贵族女儿的优美歌曲。他们已经这样一首一首轮流唱了几个小时，时间不知不觉就过去了。洞穴里回响着囚犯们的歌声。

"不过我有点糊涂了，"安格斯说道，"那么她是匹马，这个叫莎莉的？而她还要让另一匹野马慢下来？"

还没等柯蒂斯纠正他的误读，另一个强盗插嘴道："安格斯，你这个笨蛋，这显然是一个男人唱给一匹马的情歌。这男人爱这匹马，爱野马莎莉。"他的话引起了整座监狱哄堂大笑。

"哎呀，柯蒂斯，"另一个强盗在阵阵大笑中插嘴喊道，"你们外面世界的人还真挺奇怪的！"

柯蒂斯试着让他们停止大笑，大声喊道："伙计们，这说的是一辆车！一种车！"但强盗们都不听他解释。柯蒂斯也不去反驳了，索性跟他们一起大笑。那个叫科马克的强盗趁着这片吵闹的间隙说道："再来一首，柯蒂斯！再给我们唱一首你们外来人的歌！"但还没等柯蒂斯抗议轮到强盗们唱了，下面就传来一阵砰砰的巨响。

"闭上你们的臭嘴，浑蛋们！"一个声音喊道。是那个看守长。他正站在洞穴的地面上，用他那巨大的钥匙圈敲着一口黑漆漆的大圆锅。"吃粥的时间到了！"四个士兵走进了洞穴；其中两个扛着挂着大锅的木头架子，另外两个守在门前。看守长走到洞穴的墙边，巨大的梯子贴着墙壁放着，他拿起一根和梯子差不多长的杆子，杆子的顶端系着一只大木勺。

"把你们的碗准备好！"他又发出一声指令。

囚犯们都嘟囔着，在有栅栏的笼子里移动着，于是一连串笼子都开始摇晃起来，就像被摇动后的圣诞树上的装饰物。从笼子的栅栏间伸出一条条手臂，黑乎乎地沾满泥巴，手里握着锡制的大碗。柯蒂斯看了看身边，这才发现他的笼子里也有一只锡碗，于是他也和其他囚犯一样，拿起碗伸出笼子。看守长将杆子有勺子的那一头放进大锅里，又小心地将杆子伸向空中，盛满每个囚犯一个个伸出的碗。倒粥的时候，有一点粥溅到了柯蒂斯的手上。他本来期待粥会是热的，却郁闷地发现粥已经快凉了。

看守长分好粥后，将带勺的杆子放回了原位（柯蒂斯忍不住注意到，有勺子的那一头被朝下放在了泥土中），然后带着士兵们走出洞穴。看守长自己也走了出去，临走前还不忘转身嘲讽地对囚犯们说了句："用餐愉快！"

柯蒂斯仔细地打量起自己的碗：所谓的"粥"，看起来就是一碗漂着点好像能吃的东西的淡白色的汤。柯蒂斯用手捏了一块漂着的东西，那似乎是某种野兽身上的软骨。

柯蒂斯上方笼子里的谢默斯对他喊道："小子，别盯着看！就只管吃。"

柯蒂斯抬头看了看，有点犹豫，最后把碗端到嘴边猛喝了一口。这东西比他这辈子所有吃过的东西都恶心——而他以前竟然还不喜欢吃妈妈做的芥蓝菜。倒不是这东西的味道不好，而是根本就没味道——漂着的软骨，还有那谁都不知道到底是什么的玩意儿，就这样吃进了嘴里。柯蒂斯恶心得快吐出来了。强盗们就在等着看他的反应，这时候都大笑起来。

"习惯吧，小子！"一个强盗叫道。

"和家里做的不能比吧，外面来的家伙，嗯？"另一个喊道。

"呸呸！"柯蒂斯说道，将碗放在笼子的底板上，"这是什么玩意儿？"

"松鼠的脑子，鸽子的爪子，臭鼬的脚筋——这些都能做成像变质牛奶一样的营养肉汤。"安格斯叫道。

土狼德米特里忍不住安慰道："这还不算差的——我在食堂里吃过比这更糟糕的，相信我！"

柯蒂斯皱着眉头看着碗里剩下的汤。"还是不吃为好，"他自言自语道，"现在还不是特别饿。"他倚靠着笼子坐着，向下凝视着洞穴的地面，听着周围笼子里狼吞虎咽的喝汤声。他心想，我得在这里待好长时间才能习惯这一切，上帝保佑，但愿不要这样。

一个声音突然从他的笼子里响起，柯蒂斯吓了一跳。"你还要继续吃吗？"

柯蒂斯跳了起来，在笼子里寻找声音的来源。远处的角落里，他看到一只高高瘦瘦的灰老鼠，用两只后腿站着。老鼠舔着自己的脸颊，来回搓着瘦长的爪子，满怀期待地问道："你还吃吗？"

"你是谁？"柯蒂斯询问道，"你在我笼子里做什么？"

上面的谢默斯一边狼吞虎咽一边喊道："他是塞普蒂默斯。老鼠塞普蒂默斯。塞普蒂默斯，来认识下柯蒂斯，我们的新朋友。"

科马克接着介绍道："他是个闲人。甚至不是囚犯。他自己愿意待在这里闲逛。"

塞普蒂默斯深深鞠了一躬。"你好吗？"他说道。

"很好，谢谢，"柯蒂斯说道，"不吃了，我想我不会吃了。"

老鼠走上前一步，伸出一只爪子："你介意我来吃吗？"

柯蒂斯想了一会儿——想到自己同意和一只老鼠分享食物，有点矛盾——不过最后还是屈从了，"你吃吧。"

塞普蒂默斯露出了笑容，理了理头上的毛。"请不要介意。"他说道，然后直奔粥碗，狼吞虎咽地吃起粥来。

吃完后，塞普蒂默斯打了个小小的饱嗝，懒洋洋地倚靠在柯蒂斯的笼子栅栏上。他把手臂枕在脑后，闭上了双眼。"啊，"他说道，"没有什么比饱餐一顿后休息更舒服了。"过了一会儿，他睁开一只眼看向柯

蒂斯，"那么你在这里做什么呢？"

柯蒂斯坐了回去。他不得不承认，笼子里有个伴还是不错的。"我是个叛徒，我想，"他说道，"某种意义上是一个叛变者。我看到了女总督将要做的事，我不能任由它发生。于是她将我关在了这里。"

"哦，"塞普蒂默斯说道，"真是不幸。"他顿了会儿，又问道，"她要做什么？"

"她要把我朋友的弟弟，还是个婴儿，献祭给常春藤，这样她就能控制常春藤，进而掌控整个国家。"

周围的笼子里响起一片小声的议论声。"什么？"一个强盗低声说道。

"哦，"塞普蒂默斯说道，"真是糟糕。常春藤，嗯？邪恶的东西。"又顿了一会儿。"是英国常春藤吗？还是别的什么？我记不得了；我想是有一种比其他的更有侵略性……"

一直在旁听着的科马克打断了他的话："塞普蒂默斯，如果这个常春藤需要吃掉一个人类的孩子来变得无比强大，可以肯定这是一种十分具有侵略性的东西。"

塞普蒂默斯严肃地点了点头："非常顽固的植物，那种常春藤。"

"不要忘了那个顽固的女巫婆，她打算给它喂人血，让它听她的话！"谢默斯喊道，砰的一声将碗扔到一边，"那个邪恶的女人一定不会有好下场，相信我！"

下方的土狼德米特里说道："你们都被关在了这超大的鸟笼子里，又能怎么办呢？"

谢默斯跳了起来，摇着笼子的栅栏喊道："别以为你们能逃得过，蠢狗！等常春藤爬满整个森林，别以为你们窝里的小崽子能躲得过。

她在利用你们，那个贵妇！一旦她得到了她想要的，她会立刻把你们都蹬了！"

德米特里嘟囔了几声，转过身背对着谢默斯，茫然地用爪子刮着碗里剩下的粥。

然而谢默斯的脾气上来了，他开始摇动笼子的栅栏，叫道："解放荒野丛林！"嗓门越来越大："**解放荒野丛林！**"

其他的强盗们都加入了呼喊，一边用锡碗敲打木栅栏。洞穴里一片混乱的叫喊声，夹杂着金属敲击的回响声。突然，看守长出现在门口，旁边站着两个全副武装的守卫。

"声音小点，浑蛋们！"他叫道，"要不然就拿你们做瞄准练习。"旁边的一个守卫，似乎是要证明看守长威胁的可信度，将步枪举到眼前，任意地瞄准每一个挂着的笼子。

老鼠塞普蒂默斯原本斜躺着，一下子跳了起来，爬到柯蒂斯笼子的边上。他抓住绳子，朝下看了看柯蒂斯，小声说道："我走了！过会儿见！"说完就沿着绳子跑了。

一个强盗藏在笼子里，压低声音对着看守长骂了一通。

"够了！"矮胖的看守长喊道，"明天早上没有早饭！"

强盗们大声地抱怨着，又要抗议。

"也没午饭！"

最后，囚犯们都安静了下来，只剩下笼子在绳子上摇晃的吱嘎声。"好了，熄灯！"两个守卫分头行动，开始熄灭洞穴墙壁上的火把，直到整个房间陷入一片黑暗。"晚安，浑蛋们！"看守长喊道，又走了出去。

他一离开，科马克就把脸贴在栅栏上，从笼子里用粗哑的嗓音对其他囚犯们小声说道:"听我说,伙计们,只要等我们的首领布兰登和兄弟们来到这里,荒野丛林就会被解放。我发誓。"

囚犯们小声地欢呼回应。

"他会来救我们的,伙计们,"科马克嘶声说道,"他会来救我们,我们会从这里杀出去。记住我的话。不管是那些狗兵还是那个什么贵妇女王,都无法阻挡我们。"

第 十 六 章

飞行；
桥上的会面

普鲁正在飞行。

这感觉太奇妙了。

她以前坐过飞机，但那感觉很乏味，是一种借助媒介的间接体验，给人一种在飞行的错觉——周围充满对失重的刺耳抱怨，电视屏幕大小的窗户，不停放送着云朵和微型城市的图景。那种体验和现在这种真正翱翔的感觉完全没法比：头顶上是万里苍穹，身下是无垠的绿树。她安稳地用胳膊搂住将军毛茸茸的脖子，两只脚踏在金雕伸展出的尾羽上。她能感觉到他后背上强劲有力的肌肉，随着每次振翅上下起伏颤动。早晨清冷潮湿的空气打在她的皮肤上，她的头发被风直直地吹向后方，眼泪都被吹了出来。晨光四射，给杉树的树冠镀上了一层灿烂的金光。地平线一片明亮的玫瑰色,映射出远方的云层,也许预示着即将到来的风暴。

他们的身下,在树冠之间,点缀着许许多多的鸟巢,有大有小。有的很精致,错落有致,将一棵树最高处的树枝和一连串鸟巢、高处的屋子和平台连接在一起。许多鸟巢看起来像是普通的知更鸟的窝,全是稻草和小树枝,还有些鸟巢覆盖了一棵树所有的大树枝,巢壁由相当大的树枝做成,巢底铺着平整的灰泥。几株雪松高耸着,远远高过周围的杉树,普鲁看到很多燕子窝筑在树皮上,是一群小小的泥巴住所,令人眼花缭乱。正是早餐时间,普鲁从高空可以看到小小的洞口和入口,这些鸟巢里挤着一群幼鸟,期待地伸长脖子等待着。早晨渐渐过去,普鲁注意到,这座名副其实的鸟巢大都市的上空,正变得越来越热闹,各种大小和羽毛的鸟儿从无垠的树冠间飞进飞出,叼着蠕虫和甲虫、细枝和青草,去喂养嗷嗷待哺的幼鸟。

"好美呀!"普鲁叫道。

"视察禽鸟公国最好的方法!"将军喊道,呼呼的狂风鞭打着他们,想压过这风声交谈还真不容易,"从天上!"

突然,将军向左倾斜,划出一道斜线冲了下去,掠过树顶。普鲁感到胃猛地一坠。她尖叫一声,感到自己的膝盖被刚长出的绿色松针刮破了。一群年轻的游隼正在晨飞,被将军飞翔的气流卷入,开始比赛着追逐他,在他前进的路线里飞进飞出,他被烦扰得不得不飞得更快,试着甩掉他们。

"正在执行一项重要使命,小伙子们!"他叫道。他们不理睬他,继续跟他玩闹着。直到最后,将军深吸了一口气,警告普鲁"抓紧了!",然后盘旋而起,直冲云霄,在中途停顿了一小会儿,又头朝下直往浓密的树林冲下去。普鲁尖叫起来。她紧紧抓住他脖子上的羽毛。在他飞得够低的时候，又熟练地停止盘旋下降，开始在茂密的树丛间穿梭，巧妙地避让挡路的树枝。游隼们尽最大努力试着跟上，但还不到五分钟就不得不放弃了。摆脱了追随者后，金雕抖了抖尾羽，又往上翱翔，飞出了茂密的丛林。当他们飞回到原来的高度时，普鲁看到了一幕非凡的景象。"哇！"她大叫道。

"这是王室鸟巢。"将军解释道，猜到普鲁是在为此惊叹。

他们面前高耸着一棵树，是一棵巨大而宏伟的花旗松，相形之下，周围的树显得非常渺小。即使从现在的高度看，它的树干也有一座小房子那么宽——普鲁只能想象从地面上看，这棵树得有多粗——最高处耸立的树枝比四周的树高出五十英尺——绝对的！这棵树最非凡之处，是它高高的树枝间缀满了巢窝。好多小型鸟巢筑在低一些的树枝上，住着麻雀和各种雀鸟；上方是一些大型鸟巢，住着老鹰和猎鹰——所有这些都连向最高的树枝上那一个巨大的鸟巢。这个鸟巢直径足有三十英尺长，由各种可以想象得到的植物筑成：杉树枝，树莓，常春藤，款冬茎，旱金莲，枫叶藤。球状的鸟巢表面是一层平整的泥巴，是一个人可以想象出的最有吸引力的鸟巢——但是，唉，是空的。

"这是国王的巢。"金雕严肃地解释道。

"猫头鹰雷克斯不在了，你们要怎么办呢？"普鲁压过呼呼的风声喊道。他们围着王室鸟巢转了几圈，又继续向北方飞去。

"会有鸟照顾他的巢，直到他回来。如果南方丛林拒绝释放他，那么，就会有战争。"金雕向后屈起翅膀，开始加速，直到下方的鸟巢都市在树丛间越来越远。

普鲁听到金雕的回答很是担忧。"但是你们怎么能同时打两场战争？如果土狼一直从北方攻击你们的话？"她大声叫道，"还有猫头鹰雷克斯会怎么样？"

　　"我们别无选择，普鲁。"金雕大声回答道。将军又扇了几下翅膀，飞到更高的地方；下方深绿色的绿荫已经消失不见，普鲁感到耳朵发胀。

　　"注意危险，"将军下指令道，"我们正越界进入荒野丛林。"

　　普鲁斜眼扫视下方的树丛；这里的森林看起来更加荒野，没有遭到任何驯服。森林下层，落叶枫树和赤杨树争抢着树冠的地盘，旁边是它们松柏科的体型更大的近亲，有铁杉树、冷杉树和雪松。它们看起来都扎堆在一起，在这片荒野之地恣意生长。事实上，树木并非在这个高度唯一寻求阳光的植物——好多常春藤爬到了一些不幸枫树的顶端，试着要去触摸蓝天，似乎都要让它们的寄主窒息了。

　　"小心点！"普鲁喊道。

　　随着他们的前行，这里的树变得越来越高，越来越粗，遮蔽了周围那些体型较小的落叶树。这些树似乎顶天而立，风吹动着它们高高的枝头。将军不得不飞得更高些，在这个高度普鲁感到自己的肺开始呼吸困难。从这个新的高度，她可以看到下方的茂密森林广阔无垠，一直延伸到地平线。丛林看起来极其辽阔。普鲁忘记了自己和飞行的激动，突然对肩负的任务感到绝望。从这个角度往外看，下方是一望无际的荒野丛林，她第一次感觉到，也许她永远也无法找到弟弟了。也许是为了寻找点慰藉，她紧紧地搂住金雕的脖子，将头埋进他的羽毛里。

　　因此她没有看到土狼射手。

她没有看到他在一棵大杉树最高的枝干上坐稳，小心地将箭搭在弓弦上；她没有看到他往后拉紧弓弦，然后松手。然而，她的确听到了箭靠近目标时的呼啸声，感到了箭击中目标时的重量，嗖的一声射进了金雕的胸口。她看到箭头顶端从金雕的两肩之间冒了出来，只差几英寸就碰到她的脸颊，金属肩头上沾染着鲜红的血迹。

　　"不！"她尖叫道。

　　将军发出一声尖叫，然后就没声音了，头低垂到了胸口。他的翅膀条件反射地扭曲在身子旁边，普鲁和金雕开始直往下掉。

　　普鲁真的吓坏了，慌乱地去摸他胸口的箭，试着拔出来，但箭插入得很紧。"将军！"她绝望地叫道，"不要！不，不，不！"

　　他的翅膀突然收缩起来，开始挣扎着，对着天空含糊地大叫；他尽力扇动翅膀，避免一头撞到地上。他们掠过树顶，普鲁紧抓住他脖子上的羽毛，金雕歪歪斜斜、跌跌撞撞地飞着，随时都可能转向。金雕英勇地载着普鲁，飞离了弓箭手的视线，直到完全筋疲力尽。他最后叫了一声，翅膀瘫软，从空中跌落。

　　普鲁尖叫着闭上眼睛，他们从树冠上坠落下去。杉树带刺的树枝刮破了她的衣服和皮肤，不停地鞭打着她的身体。她将脸紧靠在金雕浸透了鲜血的羽毛里，以避开抽打她的树枝，她感到了金雕贴着她脸颊的僵硬的身体。最后，一根结实的树枝打破了他们的冲力，他们直直地跌了下去，她和金雕翻着筋斗从树叶中穿过，直到最后撞到了地面上，无数碎树枝像下雨一样从上方洒落在他们身上。

　　普鲁被从金雕身上摔出去几英尺远，但还好幸运地摔落在一棵古树松软腐烂的树干上。她的手指和脸都很刺痛；她抬起手，看到手上布满一道道红色的擦痕。她的衣服破破烂烂地挂着，衬衫的正面有一大块鲜红的血迹。那是将军的血，她想。她跳了起来，想回到金雕身边，这时她听到树丛里有走动的声音，是脚踩在灌木上的嘎吱声。她停在原地，警惕地巡视四周。

慢慢地，不知不觉地，浓密的灌木丛微微一动，一圈人影从树丛中冒了出来。她被包围了。

"不要……移动……半步。"一个人影命令道。

普鲁定住了。这些男人和女人穿着各种各样的衣服：有陆军准将的制服，卡其色的手术服，上好的丝绸马甲——但都破破烂烂了。他们外套的肘部都磨坏了，贴身的汗衫上沾着泥，看起来都非常不合身。更引人注目的是，他们都全副武装：配有古老的手枪和步枪，剑和长猎刀。而他们正拿着这些武器指着普鲁。

"你从哪里来的？"一个男人问道。

普鲁慢慢举起手，指向天空。

问话的人十分震惊。"什么，你飞来的？"又一个人不可置信地问道。

普鲁点点头。她开始觉得头昏眼花，胸口火烧似的疼。

一个声音从人群后响起。"这里发生什么事了？"这个声音喊道，粗哑而带有权威性。几个围观者被推到一边，一个男人出现在空地上。他蓄着浓密的红色胡须，穿着一件脏兮兮的军官制服。他的肩带上挂着一把很大的军刀，垂在屁股上。他的额头上文着一个普鲁一下子解读不出的图案。他又高又大，卷曲的红色头发又给他增高了六英尺，他注视着普鲁问道："你是谁，你从哪里来？"

"我是——我是普鲁，"她支吾着说道，"我本来正在飞……在金雕的背上……然后我们……我们被射中了。"结结巴巴地说完这最后几个字，她突然一下子昏倒在地。

✿

普鲁醒来的时候，发现自己正在往前移动。阳光和树叶的光影在她的上方流转。她正面朝上躺着，但奇怪的是，她离开了地面，正以相当快的速度水平前进。她稍稍抬起头，明白了这是怎么一回事：她正躺在一个临时的担架上——由两根大树枝绑着一些绳索做成——抬着她穿过丛林的正是她之前遇见的那些奇怪的人。

"将军！"她大喊道，用肘部支撑着坐起身来，"金雕！他在哪儿？"

她身后响起一个女人的声音："他没能挺过去。"

普鲁努力直起身子向四周张望，找到说话的那个女人。"他……死了？"她结结巴巴地问道。女人点了点头，普鲁的心一沉。一股强烈的悲痛从她的胸口涌出，她又躺回身下绳索绑成的担架。她抓住肋骨，叫道："哎呀！"

"看起来你摔得不轻。"女人说道，她呼吸急促，正和其他抬担架的人一起快跑着穿过丛林。

抬着担架走在前面的男人转头吼道："别动。我们得保证你安全。从来没在离土狼营地这么远的地方见过土狼射手。一定还有其他人。"

普鲁看向一边，看到担架旁还有其他人，就是一起发现她的那些人。他们在矮树丛里敏捷地奔跑着，所到之处，几乎没有惊扰灌木丛和蕨草。

"你们——你们是谁？"普鲁问道。她嘴巴里很干，说话很困难。

"强盗，孩子，"一个跑着的人回答道，"荒野丛林里的强盗。我们发现你是你的幸运。"

"哦。"普鲁说道。整个世界在她上方盘旋，她的视线模糊起来，又失去了知觉。

啪。

"嘿！"

啪。

普鲁虽然还闭着双眼，但是一听到啪啪的响声，立刻警觉起来，听起来似乎是有人的背部正在被抽打。

啪。

又响了！她想到。突然她意识到，每啪地响一声，她都会伴随一种感觉——有人正在轻轻地用巴掌拍她的脸。她慢慢张开眼，吓了一跳。在她正上方的是她之前在空地上见过的那个男人，那个蓄着红胡子额头上文着图案的人。他的呼吸带着酸味，正抬起手准备再拍一下她的脸。

"好了，"他如释重负地说，"之前还在想你会不会死呢。"

普鲁很吃惊。"不，我不会死！"她抗议道，"我只是……睡着了，我觉得。"

"好吧，"男人说道，"还有，当然了，如果你因为肋骨伤了、脚踝扭了就死掉的话，是有点说不过去。"

"肋骨伤了？"她问道，"你怎么……"

"哦，那些南方丛林的人总以为我们强盗很无知，其实我们对跌打损伤了如指掌。"他停了一会儿，想了想，说道，"但你看起来不是从南方丛林来的，也不是从北方丛林来的。你来自外面的世界，是吗？"

普鲁点了点头。

强盗坐回到一旁。普鲁这才看了看她的四周。她似乎正待在一个小屋里，小屋由未经加工的原木和带刺的树枝建成。天花板是带着叶子的杉树枝做成的，一块简单的手工编织的地毯铺在大片泥地上。普鲁慢慢动了动，意识到自己正躺在小屋角落一块粗糙的帆布床垫上。

"真是神奇，"强盗说道，若有所思地嚼着一根干巴巴的肉桂棒，"我这辈子从没见过外面世界的人，而在这短短两天，我就见到了两个。"

普鲁睁大了双眼："两个？你见到了——见到了另一个？"

"是的，和土狼打的一场小仗里，"强盗说道，"就是昨天的事。一个年轻的小伙子，可能跟你差不多大，他和女总督并肩作战——是个好战士，很机智。"强盗突然意识到了什么，"你……你不是女总督派来的吧？她没和外面的世界结成某种黑暗联盟吧？"他下意识地用手去摸挂在屁股上的刀鞘。

"不是！"普鲁喊道，胸口一阵刺痛，"我发誓！我从来没见过她，只是听到过一些可怕的事情。"

强盗将手从身体一侧移开。"这不奇怪，贵妇总督是个邪恶的女人。"

"但是你看到的另一个从外面世界来的人，"普鲁问道，"他看起来什么样？他是黑色的鬈发吗？有……有眼镜吗？"

强盗点了点头。

普鲁很困惑。"我不敢相信！"她说道，"他活着！而且他真的在打仗！和女总督！这不是真的！"

"是真的，"强盗回答道，"还摧毁了我们最好的榴弹炮。他一个人扭转了战争的局势。我们那天死了很多人。"强盗伤心地摇了摇头，"不过我乱七八糟说了这么多，还没自我介绍呢。我叫布兰登。大伙儿叫我强盗大王。"

普鲁一下子脸红了。"大王！"她尴尬地说道，她还不知道自己正在和大王对话，"很高兴见到您，陛下。我叫普鲁。"

布兰登挥了挥手："哦，别来陛下这一套，这基本上是我用来吓唬人的称号，有时也挺管用。"

"那么，"普鲁开口问道，"如果你们是强盗，为什么不抢劫我呢？强盗们不是都这么做吗？"

布兰登把头歪到一边笑了："哦，是啊，确实是。不过抢劫从天上掉下来的小女孩不是我们的专长。我们的目标是有钱人、送货司机之类——往返于南北方丛林间的长路上的人。我们喜欢自诩为解放者。那些视财富为理所当然的人，我们要把钱财从他们那里解放出来。"

普鲁礼貌地笑了笑，虽然她觉得强盗的观点有些好笑。她选择换了一个话题。"另一个来自外面世界的人，他的名字叫柯蒂斯。我必须找到他！我们是一起进来的，在被土狼发现的时候分开了，那发生在我遇见理查德和去大厦之前，但后来我——"

"哇哦，哇哦，"布兰登责怪道，"慢点说，你这样肋骨会爆裂的。首先：你一开始为什么要到这里来？"

"为了我弟弟，"普鲁冷静地说道，"我弟弟被一群乌鸦绑架了。带到了这里。在荒野丛林的某个地方。"

"哟！"布兰登吹了声口哨，"你丢了两个外面世界的人？真是不幸。"

普鲁难过地摇了摇头。"我知道，"她说道，"我不知道该怎么办。你瞧，我正在去北方丛林的路上，但被击中摔落下来。现在我再也去不了了。"

强盗大王点点头。"路途很远，"他说道，"这里离北方丛林很远。

214

而且那地方很危险。到处潜伏着土狼。"

普鲁恳求地看着强盗大王说道："您能帮帮我吗？求你了。我很怕一些恐怖的事情已经发生。而柯蒂斯现在加入了土狼？我真的不明白！"她忍不住哭了起来。

布兰登皱起了眉头："我不知道该和你说什么，普鲁。我们正忙得不可开交，因为这场战争。我不能去做帮小女孩们找弟弟这种事情。"

小屋的门框上响起一声敲门声。

"头儿！"站在门口的强盗叫道，"有土狼！在边界上！"

布兰登跳了起来。"什么？"他警觉地喊道，"有多远？"

"在第二道警戒线了！"那边答道。

强盗大王小声骂了一句。"他们不可能找到我们——他们从来没有到过这么远的地方。除非……"他停住了，俯视着普鲁。

"你跟我来！"他喊道，弯下腰将普鲁扔到了肩膀上，仿佛她是一个空背包。普鲁受伤的肋骨撞到他的肩胛骨上，疼得尖叫起来。他飞奔出小屋，跑进一片空地，四周是粗糙的茅屋和棚屋。这个营地建在一条又大又深的溪谷的浅滩上，里面人来人往：男人女人们在外围忙着各种活儿，孩子们在中央的火坑附近玩着小木头玩具。

"爱丝琳！"他喊道，"给那匹棕色母马天仙子装上鞍，带到我这儿！"

"你要做什么？！"普鲁叫道。

"带你离开这里，"布兰登回答道，"他们闻到了你的气味。他们是跟着你来的。你会把整个土狼部队都引到我们这里。"

天仙子是一匹敏捷的栗色母马，当布兰登跨上马，将普鲁扔到后面马背上时，她激动地嘶鸣起来。普鲁缩着身子，马儿快速地运动刺痛了她脆弱的肋骨。布兰登一手抓住天仙子的鬃毛，另一只手指着营地。

"把孩子们带进屋！"布兰登对强盗们喊道，"武装起来。土狼已经到我们的边界了！"马儿抬起了前腿，普鲁绝望地用双臂搂着她，努力贴近马背。布兰登快速巡视了一圈，看到强盗们都在忙着执行他的指令，随即踢了踢马背，让马儿飞奔起来。他们快速跑下峡谷，离开了营地。

普鲁看着营地消失在身后。他们到达了溪谷口，猛地右拐进入一片平地。那些小茅屋和棚屋似乎融入了一片绿叶中，找不着了。布兰登对母马大喊了一声"驾！"他们在树丛中奔驰，避让着荆棘，从倒下的树干上跳过。过了一会儿，强盗大王一拉母马，摇晃着停了下来，他抬头看着头上的树枝。"他们在哪里？"他喊道。

一个声音从上面传来。普鲁眯着眼看到一个强盗藏在树枝间。"还在南边，头儿！不到三百米远。在裂开的橡树那里！"

布兰登没有说话，一踢马飞奔而去，马儿以最快的速度载着他们

在树林中穿行。

"你是不是打算把我交给他们?!"普鲁大声喊道,努力压过马儿踏在蕨草上的声音。她怎么把危险带给了她遇见的每个人?她觉得自己真像是中了世界上最灵的诅咒。

"那样对我没好处!"他对她喊道,"他们还是会待在边界,四处嗅!我能跑得比他们快,不过我得让他们跟着我。"他吹了声口哨,勒住马避开一大块巨大的苔藓丛。"而你是我的诱饵,外面来的家伙!"

突然,他们穿过一道黑莓荆棘丛,直接落在了一队土狼士兵的中央——肯定有五十多只——撞倒了挡路的几只。

"那个女孩!"一只土狼吠道。

"强盗大王!"另一只喊道。

布兰登熟练地一转手腕,将母马转向东方,猛一踢马的两侧。"嘿!"他喊道,马儿立刻飞奔起来。普鲁紧紧抱住布兰登的腰,在天仙子的背上上下颠簸。他们在矮树丛中穿行,灌木和树枝鞭打着他们的皮肤。

土狼激动地吠叫着，在后面拼命追赶。一支追逐小分队脱离大部队，四脚着地全速奔跑，他们奔跑的步伐之大、用力之猛，制服都被扯掉了。土狼回归到了最原始的动物本性，一边疯狂追逐，一边欢快地狂吠猛咬。

　　天仙子上下起伏着，每一次跳跃都牵动着全身的肌肉。但她了解这里的地形，布兰登几乎不用指挥她。她灵活地在森林中飞奔着。

　　"再快点！再快点，天仙子！前进！"布兰登嘶哑着嗓子喊道。

　　土狼渐渐占了优势。有几只赶上了他们，在一旁全速冲刺，咬住了天仙子的踝部。看到这，布兰登猛地一拉握在手中的母马的鬃毛，他们向一旁侧转，转进一片长着树莓茎的小树林里。就在不远处，一条峡谷出现在眼前，一道小溪哗哗地从峡谷底部流过。布兰登立刻一蹬脚后跟，马儿猛地一跃，他们一瞬间抵达了小溪的另一侧。那些土狼本来一心想咬住马儿的脚踝让她摔倒，这下子都跌进了湍急的水流中，疼得直叫。

　　普鲁小心地往后看了一眼，虽然有几只追捕的土狼在峡谷被甩掉了，但大部队都跃过了峡谷，而且离他们越来越近。

　　"他们还跟着我们！"她喊道。

　　布兰登催促马儿再跑快些，他们在森林里曲折前进，马蹄不停敲击在松软的泥土上。

　　"快到了。"普鲁听到布兰登小声说道。

　　突然，灌木丛不见了，一个矮矮的斜坡引向一条宽广的大路，通向山的一侧。天仙子爬了几步坡站稳，然后跌跌撞撞地冲到铺着碎石子的路面。

　　"是长路！"普鲁大喊。

普鲁正在飞行，这感觉太奇妙了。

他们身后的土狼也跃过了斜坡，落在路中央，颈部的毛都竖立起来，怒气冲冲，犬牙毕露。

布兰登迅速看了他们一眼，喊道："来吧，狗崽子们！"土狼们又追了上来，在路上全速冲刺。他们在平路上的速度比在森林里更快，普鲁感到天仙子开始拼命奔跑。她也感到布兰登没那么催马跑了；他想让土狼跟上，把他们从隐蔽的营地引得更远。

普鲁从布兰登的肩膀上看过去，前方路边两侧各有一根装饰性的柱子，更远处是一座饱经风霜的木板桥。离得越来越近时，普鲁看到桥下的岩土急转直下，形成一道深深的峡谷的石壁。天仙子的马蹄踏上桥面时，她尖叫了起来，她可以向下看到峡谷，深不见底。

突然，布兰登拉住了马儿的鬃毛，马儿滑行着停在了桥中央。"天啊。"他用粗哑的嗓门低声说道。

普鲁抬起头，看到桥尾处有一个身材高挑的女子，相当引人注目。她穿着鹿皮长袍，骑在一匹黝黑的马上。她的身上别着一把又长又锋利的刀，铜红色的长发编成了两条发辫，垂在腰间。她笑看着他们，骑着马走到桥上。

"你好啊，布兰登，"她冷冷地说着，"真想不到会连着两天看到你！"

布兰登一言不发。

"那是……那是女总督？"普鲁小声问道。

布兰登严肃地点了点头。他慢慢地将手伸到一侧，从容地从刀鞘里拔出军刀，指着那个女人。"让我过去。"他说道。

土狼追捕兵们已经到了他们身后，停在桥的第一块木板前，在泥土地上踱步、抓地，咆哮着，嘴巴颤动。

女总督大笑起来。"你知道我不会放你过去的，布兰登。"她说道，慢慢地骑着马走近，伸长脖子去看坐在他身后的人，"你的伙伴是谁，强盗大王？"

普鲁从布兰登背后探出头，注视着这个女人。女总督一下子瞪大了双眼，脸上闪过一丝恍然大悟的神情。"一个从外面世界来的人！"她叫道，"你带了一个外面世界的人！"

"你的那个在哪儿呢，巫婆？"布兰登嘲弄道，"上次我看见你的时候，你身边有个帮手。"

"走了，真令人难过，"她说道，"他回家了，回到了外面的世界。显然，他很不适应荒野丛林。"

普鲁立刻如释重负——柯蒂斯已经到家了吗？她的救援使命之一完成了？那一刻她有点羡慕柯蒂斯；她想象着他平安到家的情景，想象着他的爸妈慈爱地抚摸着他的鬈发。

女总督催马往前走，离他们又近了些。布兰登也催马向前，两匹马面对面站在桥中央，只有一步之遥。土狼在他们身后咆哮着、吠叫着。女总督定睛注视着普鲁，真让人紧张不安。

"小姑娘，"她说道，"可爱的小姑娘，你不知道你现在的处境。这一切不适合孩子看到。你应该回家跟爸妈待在一起！"

"闭嘴！"强盗大王喊道，"别玩你的把戏了！"

亚历山德拉瞪着眼看向布兰登，嘴上浮起一丝狡猾的笑容。"那么你打算怎么做，嗯，强盗大王？"

布兰登怒骂着举起军刀："我要踏扁你过去。神灵助我吧。"

"那样做又有什么用？"她挺直了腰，"你还没来得及抽回刀时，我的士兵就会把你撕成碎片。你的子民，你分散的追随者们，没了他

220

们英勇无畏的首领，谁还会保护他们呢？"

强盗大王往木板桥上吐了口唾沫，说道："不管你杀了我们多少人，囚禁我们多少人，你永远找不到我们。你不如我们了解这些丛林。"

"总会找到的，布兰登，"她回答道，"总会找到的。到那时，你的人民会后悔没有离开你加入我。他们现在藏在什么鬼地方不重要。"

布兰登怒火中烧。"拔出你的刀，女总督，"他平静地说道，"我们现在做个了断。"

"没这么简单。"亚历山德拉不动声色地答道。她将两根手指放在唇边，吹出一声响亮的口哨。突然，她身后的桥尾处站满了土狼士兵，每只都拿着一把步枪瞄准布兰登和普鲁。

布兰登张大了嘴巴。普鲁紧紧抱着他的腰，将脸埋在他湿漉漉的汗衫里。

这时，亚历山德拉终于从刀鞘中拔出了刀。"放下你的武器。"她下令道，刀尖直指布兰登的脸。布兰登的刀咣当一声从指间掉落在桥面上，他们身后的那群土狼，因为之前的追捕还在大口喘气，现在都爬上桥来，将他们俩从马背上拖了下来。

"把强盗大王关进笼子里！"女总督喊道。土狼吠叫着表示赞同。"不过，把这个女孩带到我面前。"

亚历山德拉最后看了一眼普鲁，将刀插回刀鞘，拉了拉缰绳，指引马儿小跑着离开木桥，回到了森林里。

第 十 七 章

女总督的客人

柯蒂斯被一阵啃咬的声音吵醒了。这声音来自他的头顶上方，他努力睁开一只眼，想找到声音的来源。洞穴里有几只火把又被点燃了，柯蒂斯可以朦朦胧胧地看到他周围几只笼子的轮廓。

他抬起头，看到了老鼠塞普蒂默斯，他正忙着咬柯蒂斯笼子上的粗麻绳，正是这麻绳将他的笼子挂在了树根上。他已经在绳子上咬出了很大一个缺口，几乎就剩一半了。柯蒂斯迅速看了一眼笼子下方——离地约二十米，地面上堆着突起的岩石，遍布着碎骨头——他赶紧挣扎着站起来。

"塞普蒂默斯！"他嘶声说道，"你在干什么？"

老鼠吓得跳了起来，暂时停下了嘴里的活儿。"哦！"他说道，"早上好，柯蒂斯！"

柯蒂斯怒气冲冲地又问了一遍："塞普蒂默斯，你为什么要咬我的绳子？"

塞普蒂默斯看了看绳子，好像不知道自己之前在做什么。"天哪，柯蒂斯，"他说道，"我不知道。我只是时不时就这么做了——这样牙齿会觉得很舒服。"

柯蒂斯火冒三丈。"塞普蒂默斯，这里离地面不是一般的高，如果你咬断那根绳子，我就没命了！"他用手指猛地一指地面上散落的碎骨头，"看看那些尸骨！"

塞普蒂默斯向下看了看。"哦，"他说道，"我明白了。"

"现在……滚吧！"柯蒂斯喊道。

"我觉得他们把那些骨头撒在这下面，只是为了看起来吓人一点。"老鼠冷静地说道。

"塞普蒂默斯！"柯蒂斯吼道。

"收到，"老鼠说道，"清楚明白。"他沿着绳子迅速爬了上去，跳过一条根须，跳到另一个笼子上方，那只笼子摇晃了起来。他跳上的那只笼子里，囚禁的是强盗埃蒙，他醒了过来，赶紧将老鼠从绳子上嘘走，"想都别想，老鼠。"他说道。

塞普蒂默斯气冲冲地跳走了，

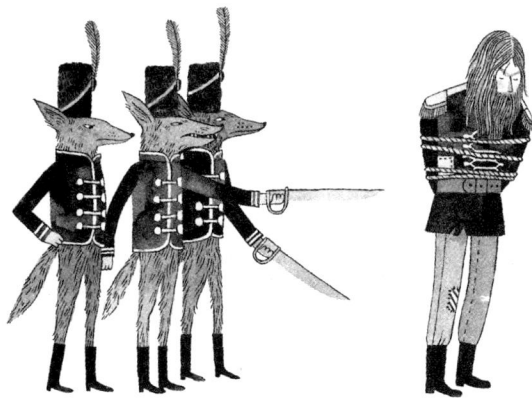

消失在根须的缝隙中。

一个强盗半睡半醒地嘟哝了几句，柯蒂斯听不出是谁。另一个强盗在打呼噜。柯蒂斯挣扎着坐了起来，在这挂着的牢房里伸了伸腿。他的后腰疼得厉害；如果不是筋疲力尽，他估计自己怎么都没法睡着。他举起胳膊，感到脊椎中央噼啪作响。

突然，走廊里一阵骚乱声扰乱了清晨的宁静；一个土狼士兵冲进洞穴，踢醒了正坐在墙边熟睡的看守长。他们简单交流了几句，看守长用后腿僵硬地站起身来，跟着士兵走出了房间。地道里传来阵阵叫喊声，令柯蒂斯吃惊的是，一小队土狼士兵进了洞穴，押着一个五花大绑的人。柯蒂斯立刻认出这是前一天战役中见过的那个人。

"布兰登！"埃蒙痛苦地喊道，"我的大王！"

布兰登不动声色地向上看了看这些笼子。他的红色胡子和深红色鬃发都乱成一团，被汗水浸湿了——看起来似乎他在到达这里之前吃了不少苦头。

其他的强盗们都醒了，凑到笼子的栏杆前，不敢相信地向下看着，这时看守长对新来的囚犯又开始一番老掉牙的说教："到地面的距离，跳不了。放弃希望吧。放弃希望。"布兰登看向别处，面无表情。

"你们要为此付出代价！"安格斯叫道，拼命摇着他的笼子。

埃蒙和谢默斯拿起了他们的锡碗，搁在木栏杆上拖着，发出刺耳的噪声。

科马克只是盘着腿坐在笼子里，一边看着底下发生的一切，一边静静地自言自语。"我们输了。"柯蒂斯好像听到他这么小声说道。

看守长试着对他们大吼，让他们安静，但无济于事；强盗们继续大声抗议。看守长从墙边拖过梯子，气呼呼地把它架在一个空笼子上，

224

强盗大王被松了绑，然后被用刀指着爬上梯子，走进了挂着的牢房里。钥匙插入了锁眼，强盗们陷入了震惊的沉默。一切又回到了刚开始的情景：梯子被放回了原处，看守长骂了几声囚犯们，然后和土狼士兵走出了房间。

洞穴里安静了一段时间。布兰登笼子上的绳子，在这位新来的居住者的体重下，吱吱嘎嘎地响着。布兰登坐在笼子中央，仍然面无表情地直视着前方。

最后，谢默斯打破了沉寂。"大王！"他轻轻说道，"我们的大王，你怎么……"

布兰登还是直视着前方，只是简单答道："战争还没结束，伙计们。"

"但是我们的……他们有没有发现……"安格斯结结巴巴地问道。

"营地藏得很好，"布兰登答道，"他们不会找到的。每个人都很安全。"

科马克还没有从震惊中恢复过来，说道："我们输了。"

这句简单的宣告激怒了布兰登，他一下子站了起来，双手抓住笼子的栏杆，对科马克喊道："千万不要那么想。战争远没有结束。我们还有斗志！"

洞穴里一片沉默。没有人说一句话。

🌿

普鲁的头还在晕。她正被一群土狼领着在丛林中行进，这时她意识到自从那次从天空摔落在地，自己还没有真正走过路。她也发觉自己的脚踝、胸口都像针扎一样疼。她磨破的皮肤上已经结疤，有一道道鲜红色的疤痕。她从来没有这么狼狈过。在箭射落金雕之前的那些想法一遍遍在她脑海中重现。现在这些想法就像是预言成真：我的任务没法完成。我的弟弟找不到了。她努力不去想那些涌入脑海中的画面，那些可能会出现在一个婴儿身上的可怕场景——一个被带进一片荒野丛林，没有东西吃，被一群凶猛的乌鸦抓走的婴儿。也许最坏的事情已经发生。也许他还安然无恙。

土狼在他们指挥官的命令下，对她十分仁慈。她获许慢慢前行，靠没受伤的那只脚踝一瘸一拐往前走。走了一段时间后，他们到了一个宽敞的洞口前，通向一座很大的山丘，上面长满了悬挂着的蕨草。土狼们示意她走进去。这是一条通向地下的地道，头顶上方都悬挂着根须。空气寒冷而潮湿，闻起来像狗的气味。最后他们走进一个巨大的洞穴空地，几名土狼士兵在那里转悠。一口大锅在中央煮着。她被领着穿过墙上一扇打开的门，走进了一个看起来有些粗糙的王座厅。

王座上坐的是贵妇总督。"来，"她说道，摇了摇一根手指，"走近点。"

一直护送在她左右的几只土狼都退下了，离开了房间。普鲁小心地一瘸一拐地走上前，停在离王座不到半米的距离。

女总督饶有兴趣地打量着她。她的脸上绽放出和蔼的笑容。"我忘记介绍自己了，"她说道，"我们还没有正式认识呢。我叫亚历山德拉。也许你听说过我。"

"贵妇总督，"普鲁沙哑地说道，"是的，我听说过。"她发现说话很困难，声音听起来自己都觉得陌生，十分沙哑无力。

亚历山德拉笑眯眯地点了点头："来坐下吧？"

一个土狼侍从走上前，拿来一把由大树枝和干鹿皮做成的粗糙的凳子。普鲁欣慰而感激地坐了下来。

"我希望只是些好的方面。"亚历山德拉继续说道。

"什么?"

她解释道:"我希望你听到的有关我的传言都是好的。"

普鲁想了一会儿:"我不知道。两方面都有吧,我觉得。"

亚历山德拉转了转眼珠:"有名就会这样。"

普鲁耸了耸肩。她筋疲力尽。平常的时候,她可以想象自己会被王座上的这个美丽的女人吓到,但此刻她只是太疲倦了。

"你叫什么名字?"女总督问道。

"普鲁,"普鲁说道,"普鲁·麦基尔。"

"很高兴认识你,"亚历山德拉说道,"我相信我的士兵们都对你很不错吧?"

普鲁没有回答这个问题。"布兰登在哪里?"她问道。

亚历山德拉微微一笑,用手指摩挲着王座的扶手。"他去了一个地方,一个他再也无法祸害别人的地方。你知不知道,这个男人真的是个危险人物。"

"他做了什么?"普鲁半信半疑地问道。

"可怕的事情。"亚历山德拉解释道。她停了一会儿,疑惑地看了看普鲁,又继续说道,"我知道他看起来好像充满魅力,放荡不羁,称为什么强盗大王,但我可以明确告诉你,他非常危险。我们发现了你是你的幸运;你在他手里真不知道会发生什么样的事情。"

"我很好。"普鲁说道。

"他是个杀人狂,亲爱的,"女总督说道,突然严肃起来,"杀人狂和小偷。他阻碍了丛林之间的贸易来往,祸害了大众利益。他是所有人和动物的敌人。他在这个国家造成的伤害和痛苦,任何一个文明人都无法容忍。现在他被囚禁起来，我们都更加安全了。"

普鲁仔细地琢磨着这些话，也许女总督是对的。她和布兰登待在一起还不到一个小时——在这个奇怪的国度，她知道对任何遇到的人轻率地下结论都是不对的。先前她对总督大人的轻信让她吸取了教训。

"我来这里只是为了寻找我的弟弟，"普鲁最后说道，"我不想卷入这些是非。"

亚历山德拉眉毛一挑："你弟弟在荒野丛林里？"

普鲁深吸了一口气，说话也开始变得不利索，"他被绑架了，被一群乌鸦。他们把他带到了这里。我正在找他。"

女总督悲伤地摇了摇头："你说的这些乌鸦，我可以告诉你，他们正好是我下面要烦的事：对他们严加管理。自从他们脱离禽鸟公国后，做了很多可怕的坏事。"

普鲁的神色一振："你看到过他们？那些乌鸦？"

"哦，我们见过他们。在丛林外面。

和那些恶毒的强盗一样，乌鸦也是我们努力在荒野丛林……怎么说呢……遏制的势力。就像是一种病毒，或者说像一种特别讨厌的毒虫。你懂了吗？"

"我想是吧。"普鲁说道。先前走进土狼营地时，一路上脚踝很费力，疼得厉害。她远处听到依稀的杂声，是一些士兵在闲聊。"但是我的弟弟，你看到过他吗？"

亚历山德拉想了一会儿，回答道："很抱歉，没有。要是在荒野丛林里发现一个外面世界的小男孩，那一定是个惊人的大发现。我们的军队阵容确实有所扩大，我们也视察过这个荒野国度的大多数地区——但还有很多地方没有去过。我想等我们离禽鸟公国再近些时，就能撞见那些乌鸦。也许我们能……"

普鲁打断了她的话："但是你们现在已经很靠近禽鸟公国了。你的士兵遍布边界，将军是这么说的。而且我和金雕，我们还没进入荒野丛林时，就被你们的一只土狼射中了。"她的思维开始混乱。她想象着弟弟全身苍白、一动不动地躺在苔藓和树丛中的场景，十分痛苦。"现在那只金雕死了。为什么？为什么你们要射他？"

"很不幸的意外事故，可以称其为附带损害吧。"

"我说这是铁石心肠。"

女总督清了清嗓子："是由于交战规则，亲爱的。荒野丛林是不允许军队鸟类飞行的区域。你也许以为不过是一只友善的老秃鹰，提供了一次简单的免费飞行，但我要告诉你，这里面有更多值得怀疑的动机。低空飞行，午夜突袭，金雕和老鹰抓起毫无抵抗的土狼幼崽，把他们从空中摔死——那是鸟类的行事方式。我想在你们那里这叫作'大清洗'。"

普鲁注视着女总督，然后摇了摇头，低头看着自己的运动鞋，灰灰的，满是污泥。"我不敢相信。"她低声说道。

女总督专注地望着普鲁："你多大了，亲爱的？"她问道。

"十二岁。"普鲁抬头说道。

"十二岁，"亚历山德拉重复道，若有所思，"这么年轻。"她在王座上移了移，坐直了身子。"说实在的，我十分钦佩你，你来到一个对你而言如此奇怪的世界，为了寻找和保护你的弟弟。这对于一个年轻的女孩来说，非常了不起。你拥有着非凡的勇气。我很恨那些绑架了你弟弟的坏蛋！你一定会和他们坚强地斗争到底的。"她悬着的手指稳稳抓住了王座的扶手末端，"不过，一个像你这么聪明的年轻女孩必须明白，陷入你的经验范围外的事件有多么危险。事情可没看上去那么简单——最初，你会觉得那窝强盗看起来很友善，那套'劫富济贫'的老把戏；一群鸟儿快乐地'守护'着边界。我请你看看事情的另一面：一群嗜血成性、是非不分的杀人狂，以及一帮在贪婪心的驱使下，拼命野蛮地扩张边界、侵占土地的恶棍。哪个是真相？"

普鲁突然意识到这不是一个反问句。女总督正等着她的回答。

"我……"她结结巴巴地说，"我不知道。"她的脑海里反复回想着前几天发生的事情，觉得疲倦、没有睡意和恐惧。她想象着爸妈不是失去了一个孩子而是两个，会多么痛苦和焦虑。她受伤的肋骨在胸口射出阵阵钝痛。她低头看了看，自己的双手遍布各种伤痕，小血滴凝固在指间的缝隙里。

亚历山德拉凑了过来。

"亲爱的，回家吧，"她抑扬顿挫地说，声音冷静而有力，不带一丝感情，"回家找你的爸妈。找你的朋友。回到自己的床上。回家吧。"

普鲁凝视着她，一滴泪在眼眶里打转。"但是……"她反对道，"我要找我弟弟。"

亚历山德拉的神情缓和了些，将手放到胸口。"我发誓，"她说道，"以我死去独子的名义。以一个女人和一个母亲的名义。"她的眼眶里也充满了泪水。"我会找到你的弟弟。找到他后，我会派我的士兵立刻将他送回，送到你的家中，和家人团聚。"

普鲁啜泣着吸了吸鼻子，鼻涕流了出来。

"你会吗？"她的声音在颤抖。

🌿

"嘘！柯蒂斯！"笼子上方传来一个声音，是塞普蒂默斯在说话。

"我说过，我不许你咬我的绳子！最后一次警告。"上午的沉闷笼罩着所有的囚笼。囚犯们都很沉默，都在沉思着他们绝望的处境。

"不，不是的！"塞普蒂默斯神秘地小声说道，"你的朋友——她在这里！"

柯蒂斯抬起了头："谁？"

塞普蒂默斯很生气，小心地向下看了一眼看守长，他坐在地上睡着了，正打着呼噜。"那个小婴儿的姐姐！她在这里！"

"普鲁？！"柯蒂斯喊道，然后镇静下来，小声问道，"你是说普鲁？"

看守长在睡梦中动了动身子。他蜷缩在一根石笋旁，脸埋在一堆破旧衣服里。"对！"塞普蒂默斯小声说道，"我看到她了——在王座厅里！"

"她在做什么？她被抓住了吗？"

"不知道，不过不管是什么事，一定很严重。女总督正跟她谈话。"

"她是和我一起来的，"一个声音从他们下方传来，是布兰登，他

231

毫无顾忌地说着，没有刻意躲着看守长，"我们在刚过古老丛林那里发现了她。她骑着一只金雕时被射落了；土狼在追踪她。我们一开始不知道，直到回到营地时才意识到。但那时那些狗崽子已经在追踪我们了。我本来想带她走远，但在峡谷桥那里被抓住了。"

塞普蒂默斯和柯蒂斯都向下注视着布兰登。

"你就是柯蒂斯，是吗？"布兰登继续说道，从笼子里向上看着他们。柯蒂斯点了点头。"那个女孩一直在找你，"强盗大王说道，"她很担心你。她说你们走散了。"

"现在她被抓住了吗？"柯蒂斯问道，"真不错。我们两个都被关在这里了。"

布兰登摇了摇头。"不是，"他说道，"我觉得那个巫婆另有阴谋。她直接把我押送到了这里——但把普鲁留在了她的房间。很奇怪，但我很明显地感觉到，巫婆害怕这个女孩。不管事实如何，我估计她都不会告诉她现在在这里。"

"当然不会！"柯蒂斯压低声音说道，"如果普鲁知道她正面临……"说到这里他停了停，看向老鼠，"嘿，塞普蒂默斯，你是怎么看到她的？"

塞普蒂默斯平静地看了看自己的爪子："哦，我有我的办法。这里有条完整的小通道，其他人都钻不进去，除了我。"

"你能回到那里吗？去看看他们在干什么？"

塞普蒂默斯跳了起来，敬了个礼。"侦查？我很乐意。"说完，他就跑着爬上绳子，消失不见了。

🌿

"你说你保证，"普鲁说道，"保证会找到他。我怎么知道我能相信你呢？"

"亲爱的小姑娘，"女总督说道，"对你撒谎对我有什么好处呢？"

普鲁仔细打量着这个女人："你会直接把他送回来，送到我家。就那样吗？"

"千真万确。"亚历山德拉回答道。

普鲁的视力有点模糊，她停了会儿，想想要说的话。她能说什么？"你要我的地址吗？"普鲁无力地问道。此时回家的前景变得越来越诱人。

亚历山德拉笑了起来："是的，你走前一定要把地址告诉我的侍从。"

"然后你就会让我走，就是这样？"

"为了你的安全，我必须坚持安排一小队士兵护送你到丛林边界——没什么大事，只是为了保证你路上不会遇到危险。你一定也知道，这里是丛林非常危险的地带。"她一边说一边用手指比画着，"我们也是这么对你的朋友柯蒂斯的。他非常感激我们。"

"你发誓，"普鲁重复道，"你以你过世儿子的名义发誓，你会寻找我的弟弟。"

亚历山德拉谨慎地看着普鲁，过了一会儿说道："好。"

"我知道你的儿子，"普鲁说道，"我知道发生了哪些事。"

女总督挑起一侧眉毛："那么你知道我是如何被冤枉的。南方丛林我的祖国的那些疯子，把我赶了出来，建立了一个傀儡政府。你是从那里飞来的；告诉我，我的故国现在如何？"

普鲁摇了摇头："很糟糕。他们围捕了所有的鸟儿，把他们关了起来。没有什么原因。虽然……"说到这里她停了停，想到了女总督先

233

前说过的一些话，"现在的情况我不知道了。"

"就是这样，"女总督说道，倾过身子，"普鲁，听我说。我是这片土地永远的统治者。只有我能拨乱反正，主持正义。让南方丛林那些人和禽鸟公国狗咬狗，互相残杀吧——这样我就能把他们一网打尽。事情已经发展到了关键时刻。只有这片土地处在恰当的统治下，百姓才能安宁。在我的统治下。"她坐回到王座上，"如果你知道我儿子，那你应该也知道我的丈夫，我过世的丈夫格里高。我们三个人一起和谐地统治着这个国家。山德维克主义倡导丛林众生自由、彼此忠诚。我丈夫和儿子离世后，那些关系就都失去了控制。所以我决心重建和谐国度。"

普鲁点了点头，没有说话。

"但这些事情不应该是你这个年纪的小女孩关心的，更何况你来自外面的世界，"女总督说道，"我向你保证，普鲁，我们会赢，我们会获胜，我们会把你的弟弟送回你和你家人身边。你今天就可以回家，请放心，你们全家一定会再次团聚。"

普鲁又点了点头。她的整个世界似乎都在旋转、翻转，上下颠倒，左右不分。似乎所有的一切，她的整个世界观，都突然被颠覆。"好吧。"她说道。

❧

柯蒂斯一边等塞普蒂默斯回来，一边在他的囚笼里急得来回踱步，他周围的囚犯们也都好奇起来，窃窃私语，猜测着普鲁的命运。

"哦，她一定已经死了，我敢保证。"谢默斯小声说道。

"嗯，"安格斯表示赞同，"她一定成了秃鹰的食物了。他们会把她挂在铁杉树上，交给鸟类任意处置。"

"哦，事情没那么复杂，"科马克猜测道，"我估计就是直接斩首。砰。结束。"

柯蒂斯停止了踱步，转向这些强盗们，一个个看过去。"继续说。我是说真的。"

布兰登小声地笑了几声，自从来到这里这是他第一次流露出表情。"轻松点，伙计们，"他说道，"你们要把这孩子逼疯了。"

一阵爪子抓木头的声音传来，塞普蒂默斯回来了。他从根须的一个裂缝中跳了出来，落在了柯蒂斯的笼子顶上。

"怎么样了？"柯蒂斯问道，"你看到了什么？"

老鼠几乎上气不接下气，过了一会儿才开口。"她在那里……在王宫里……我看到她了……黑头发的女孩……看起来伤痕累累。"

"伤痕累累？"柯蒂斯问道，"是什么样？他们伤害了她吗？"

布兰登在笼子里说道："我估计她伤了一根肋骨，扭伤了一只脚踝。我们有人在营地里照顾过她。要记得，她是骑着一只被射死的金雕从天上摔下来的，当然会伤痕累累。"

塞普蒂默斯点了点头，又继续说道："不过她们一直在说话。我不太听得清——大厅里的杂声很多——不过听起来女总督打算让她走。"

"什么？"柯蒂斯吃惊地问道。

一个强盗喃喃自语："没想到是这样。"

"是啊，"塞普蒂默斯说道，"女总督说她不知道婴儿在哪里，但她会去找。基本上她就在那里撒谎。"

柯蒂斯十分恼火："必须有人去告诉她！塞普蒂默斯！你一定要告诉普鲁她被欺骗了！"

塞普蒂默斯大吃一惊："我？直接去喊女总督是骗子吗？你在开玩

笑吧。我会被土狼串在烤肉叉子上，放在篝火上烤，转眼就变成'啮齿动物熟肉酱'。而你的朋友也一样会被扔进这里。或者更糟……"说到这里他用指头摸了摸喉咙。

"但是……"柯蒂斯心有不甘，"但是……我们不能让她就这么走了！"他忘记要压低声音说话，看守长半睡半醒地大声抱怨道："那边小点声！"

柯蒂斯盯着看守长，愤怒极了。"你打算怎么做，嗯？"他喊道，"不给我晚饭吃？不许人探望？六个礼拜不许看电视？已经惨得不能再惨了，伙计！"

看守长这时已经站起身来，向上注视着柯蒂斯，双手叉腰："我警告你……"

"哦，饶了我吧，"柯蒂斯喊道，然后把脸伸在笼子的栏杆间，朝着地道的方向放声大喊，"**普鲁！普鲁！不要相信她！她在撒谎！！！**"

看守长的脸气得通红，开始团团转，想找出办法让这个不服管教的囚犯安静下来。

"**麦克在这里！**"柯蒂斯又拼命叫道，嗓子都喊破声了，"**你弟弟在这里！**"

"**守卫快来！**"看守长最后喊道，一队土狼大步走了进来，将步枪举过了肩。

🌿

"那么，我想就这样吧。"普鲁说道。她往房间开着的大门迅速看了一眼；外面出了什么事，一队士兵正被指派赶往远处一个地道里。亚历山德拉也顺着她的视线望去，好奇地看着，然后吩咐一个随从关上门。房间又恢复了宁静。

"好，我想也差不多了，"亚历山德拉说道，"认识你很高兴，普鲁。我很少有机会能遇见外面世界来的人。"她从王座上站了起来，走到普鲁身边，伸出一只手扶她站起来。普鲁一站起身脚踝就疼，表情很痛苦，亚历山德拉关心地看着她，说道："哦，脚踝伤成这样，马克西姆过来！"

一个随从迅速跑到她们身边："是的，夫人。"

"在咱们的客人离开之前，你给她的伤口上点药膏。姜黄和蓖麻叶做成的药膏。"她回头看了看普鲁，"会完全恢复的。"

"谢谢你，亚历山德拉。"普鲁说着，倚在了马克西姆伸出的肘弯上。

"我们在铁路大桥的山坡上安扎一支军队，如果边界上有什么小道可以自由进入荒野丛林的话，现在正好去加强安全防范。"亚历山德拉下令道，"我们不希望再有外面世界的人误闯进来，受到伤害。这些可怜的孩子已经遭罪够多了，但愿不会再有人迷失在丛林里。"

马克西姆点了点头。

女总督继续说道："还有，马克西姆，从边上的出口出去。主厅里好像有什么骚乱。最好不要再让这个可爱的女孩受到打扰了。"

"遵命，夫人。"

当普鲁被领着从边门走出房间时，她看到亚历山德拉叫来了一队士兵，小声对他们说了一些指令，然后跟着他们从对面的门走了出去。

"发生什么事了？"普鲁在崎岖不平的地面上一瘸一拐地走着，问同行的土狼。

"希望没什么大事，"马克西姆回答道，"好像只是士兵之间发生了点冲突。我们去储藏室吧，我好给你的脚踝上药。"

"谢谢。"普鲁说道。这种突然的放弃让她觉得有点苦涩，但回家的期待却像春天第一个晴天的微风，让她全身心地沉浸在了其中。

✿

"把那些囚犯都关起来！"司令官赶到时大声喊道，士兵们正站在洞穴里，抬头看着笼子。强盗们加入了柯蒂斯，一起一遍又一遍地大喊普鲁的名字，用空碗敲击着他们的笼子。噪声震耳欲聋，在高高的洞穴里连绵不绝地回响着。

急疯了的看守长含糊不清地说着："我不知道他们怎么了！我不知道！"

司令官瞪了一眼看守长，又转向士兵们，下令他们举起步枪。"随便开枪。"他狠狠地说道。

柯蒂斯一直留意着下面的这群士兵们，当他听到司令官的命令时，忙对其他囚犯们喊道："他们要开枪了！"

"摇晃笼子，伙计们！"布兰登喊道，"让他们没法瞄准！"

柯蒂斯和强盗们立刻在笼子里奔来跑去，让笼子左右摇晃起来。在这剧烈的运动下，将笼子系在根须上的绳子吱吱嘎嘎地响着。

士兵们开始任意开枪，洞穴里满是枪弹声，周围都是呛人的烟雾。

"继续摇！"布兰登喊道，"加快速度！"柯蒂斯听到一颗子弹从他的脸颊旁呼啸而去，于是更加拼命摇动笼子。

一个女人的声音穿过烟雾，从士兵们的枪管后响起。"**住手！**"她命令道。枪声立刻停止了。柯蒂斯停止了奔跑，在笼子里舒展开身子，试着让晃动慢下来。最后，烟雾开始散去，柯蒂斯看出那个人影是亚历山德拉。她走向笼子，满脸通红。

"无礼的孩子们！"她喊道，一边用一只手在脸前挥着，驱散烟雾。"无礼的、放肆的浑蛋们！"

土狼德米特里从他的笼子里抗议道："我什么都没有做。"

"你，闭嘴。"女总督打发了他。

"普鲁斯在哪里？"柯蒂斯喊道，刚刚摇晃笼子让他呼吸未定。洞穴里的烟雾呛到了他的喉咙，刺伤了他的眼睛。"你们把她怎么样了？"

"我送她回家了，"女总督说道，"她走了。回到外面的世界了。所以你们都不用吵闹了，非常感谢。"她直视着柯蒂斯说道，"她情况很糟糕，你知道。她经历了很多。"

"你对她撒了谎！"柯蒂斯喊道，"她不知道你的阴谋！"

"她是个聪明的女孩，这个普鲁·麦基尔，"亚历山德拉冷静地回答道，"她识时务，知道情况复杂，自己应付不来，不像我认识的另一个从外面世界来的家伙。"

布兰登打了个圆场，"别跟孩子们计较了，巫婆，"他在笼子里说道，粗哑的嗓音里散发着怒气，"什么样的女人会跟孩子为敌？"

亚历山德拉转而瞪向布兰登："什么样的大王会遇到一点危险就抛弃自己的子民，嗯？我要让你的同胞们知道，你是在离开宝贵的藏身之所、想要躲进丛林的路上，被我们拦截住的。你一看到有敌军入侵，就仓皇逃走，以免自己的藏身之处被发现。"

布兰登大笑道："告诉他们吧，随便你怎么说，贵妇，你说的都不是实话。"

柯蒂斯绝望地瘫软在囚笼的地面上。他痛苦地望着远方，自言自语："我不相信。"他感觉自己被抛弃了。

布兰登同情地看了一眼柯蒂斯，又对亚历山德拉咆哮道："你对女孩的弟弟做了什么？那个婴儿？"

"婴儿很安全，"女总督说道，"他被照顾得很好。"

"她打算把他喂给常春藤！"柯蒂斯说道，"在秋分时！"

布兰登站在笼子里，怒视着女总督，双手紧握笼子的栏杆，面无表情。"哦，贵妇，"他轻声说道，"说这不是真的。不是要喂给常春藤。"

亚历山德拉抬起头对着布兰登笑了笑，几乎是带着成就感般得意扬扬。"哦，是的，强盗大王。我和常春藤，我们达成了协议。这个植物需要喝婴儿血，我需要统治权。一物换一物，这是交换条件。看起来是种不错的合作，对吗？"

"你疯了，巫婆，"布兰登说道，"常春藤不会罢休的，它会除去所有的一切。"

"这就是我的打算。"亚历山德拉回答道。她冷静地摇了摇手，在空中画了个水平的切线，一种表示打发和否定的手势。"所有的一切，都除去。"

"我们会阻止你，"布兰登说道，声音里开始带有情绪，"我们强盗还有很多人，我们还能打败你。"

"不太可能，"亚历山德拉说道，"在他们的'大王'都被囚禁的情况下。不过，我确实估计你的残兵败将会继续骚扰我的军队，所以还是希望你能告诉我你们那小小的藏身之所。越快越好。"

布兰登在地上吐了口唾沫。一滴唾沫落在了一只旁观的土狼士兵的面前，他做了个鬼脸退到一边。"除非我死了。"强盗大王说道。

亚历山德拉笑了："可以成全你。"她转向士兵们，高声下令："把这个强盗王带进审讯室，让他交代强盗大本营的地点，不管用什么方法。"她开始走出房间，但在地道入口时停住了。她转向笼子笑道：

240

"再见了，柯蒂斯，我估计我再也见不到你了。很不幸，你将在这里结束生命。我也希望事情不是这样，但是，唉，这就是世间常情。"

柯蒂斯吃惊地注视着她。

"再见。"她又说了一遍，走出了房间。

在女总督的命令下，看守长将梯子从墙边拿出来，在几只土狼的支撑下，把强盗大王从笼子里弄了出来。他骄傲而蔑视地从梯子上爬到地面，静静地任由土狼给他铐上手铐。笼子里的强盗们望着这一切，一言不发，布兰登最后坚毅地抬头看了他们一眼，被带了出去。

"要坚强，伙计们。"他就说了这么一句，然后就离开了。

第 十 八 章

回家；
父亲的坦白

膏药是裹在橡树叶子里的一层厚厚的黄绿色糊状物，贴在脚踝上凉凉的。普鲁在两个沉默的士兵的带领下，正从土狼营地里往外走。膏药异常有效，她几乎是刚贴上去就能走路了，也不用随从扶着，尽管走起路来还有点一瘸一拐。

土狼一言不发地带着路，他们沿着一条浅浅的溪谷走了一会儿，那条路上满是悬挂着的蕨草，地面上都是酢浆草。起初他们到达营地时，光线就已经很昏暗；一层云从西南方吹来，空气阴冷而潮湿。第一波雨滴声已经可以听到，敲打在树上伸出的枝叶和地面的植物上。过了一会儿，小路前方出现了长路，路面泥泞的碎石上激起了雨点。普鲁跟着土狼走在路上，他们来到了下方是万丈深渊的峡谷桥，过了

242

桥。走到桥的那一端后，土狼离开大路，开始沿着一条普鲁看不出的隐蔽小道走，小道上肆意长满了巨大的剑蕨，然后他们走进了一个峡谷，峡谷里布满了圆叶槭细长的枝条。普鲁陷入了某种沉思，完全失去了方向感。

最后，过了好几个小时后，土狼走到了一片树林的缺口处，那里可以看到，在一条宽广的灰色河流上，隐隐约约地浮现出铁路大桥的双塔尖。圣约翰的小木屋群就在河岸的对面，舒适地依偎着四周修剪过的树木。士兵们在树林的边缘停了下来，示意普鲁继续前行。普鲁点了点头，离开了护送她的土狼，沿着一个布满黑莓藤的斜坡爬了下去，来到了一条浅浅的溪谷，小溪旁就是一段铁轨。她迅速回头望了一眼，看看是否还能看到护送她的侍从——她想知道有多少士兵驻扎在这里，瞭望着大桥——但是什么都看不见。如果真有士兵守在这里，他们也都隐蔽在树丛中了。

普鲁沿着通向铁路大桥的铁轨走着，过了一会儿，就看到了她自行车的残骸，还有红色的儿童车，它们静静地躺在小溪高高的杂草中。普鲁把自行车从地上扶起来，开始把纠缠在一起的两辆车掰开，肋骨疼得她哼了几声。她最初的猜测是正确的：前轮扭曲得很厉害，但车的其他部位还好。她把儿童车扶正，将直两车的连接处，推着这团东西穿过工业废墟地，回到铁路大桥上。一阵响亮清晰的"嘘"声从她身后传来，她转过身看到桥上方的山上，树丛里一道灰色的雨幕从天而降。很快，大雨也打到了她身上，她几乎立刻就全身湿透了。

"就知道会这样。"她喃喃自语，继续推着自行车和儿童车穿过大桥。

到达另一边后，她走上了一条从断崖上蜿蜒而下的石子路。沿着这条路，她很快回到了那整洁的街道、新修过的草坪、川流不息的马路，还有她家那个安静而黑暗的街区。她悲伤地长叹了一口气。

看起来，没有她，这个世界也照样运转得很好。一些被突然的暴雨淋得措手不及的行人正缩在伞下快步离去，几辆车低声呼啸着从湿漉漉的人行道开过，雨刷摆个不停，但是没有一个人盯着普鲁看第二眼，尽管她此刻狼狈不堪，衣衫褴褛，头发乱成一团。

过了一会儿，她来到了家门前。她也闪过念头，想先去柯蒂斯家看看，问问他是怎么回来的，不过还是决定先回家见见爸妈。她只希望自己的突然出现，能减轻他们发现儿子消失不见的痛苦。普鲁知道自己必须说实话，不管这故事听起来有多么不可思议。

家里只有客厅里亮着一盏暗淡的灯，划破下午的昏暗，小小的光束直射到门前的台阶上。普鲁可以透过窗子看到厨房；屋子里其他地方都是漆黑一片，仿佛笼罩了一层乌云。她能分辨出妈妈奋拉着腰坐在客厅沙发上的身影，妈妈卷曲的头发乱蓬蓬的，就像她正凝视的那团散纱线。爸爸不知道去哪里了。她放下自行车，爬上门前的几级台阶，每走一步脚踝都撕心地痛。

"我回来了。"她朝着黑漆漆的屋子里疲倦地喊道。

只听见妈妈惊讶地大叫一声，立刻从沙发上冲了过来。她腿上的线团撒在了地上。妈妈奔向女儿，紧紧地把她搂在怀里，只有一个失去了孩子的母亲才会那样。普鲁大叫了一声，因为妈妈有力的拥抱挤痛了她受伤的肋骨，一阵剧痛袭来，她差点疼得晕过去。听到她的叫声，妈妈松开了她，双手捧起普鲁的脸颊，仔细端详有没有受伤的痕迹。

"你还好吗？"她哽咽着问道。

245

普鲁在她的手臂下扭动着。"是的，妈妈。"她说道。妈妈的眼睛红红的，布满一道道深深的皱纹。她看起来似乎从普鲁离开后再也没合过眼。

"麦克……麦克在哪里？"妈妈结结巴巴地问。

一阵强烈的疲倦感和绝望感涌上了普鲁的心头。她感到自己的腿都软了。"他不见了，"她说道，"对不起。"

妈妈的眼泪一下子流了出来。普鲁倒在了她的怀里。

"那么就这样了，嗯？"谢默斯说道，一边在笼子里踱步，笼子摇摇晃晃，"就这样。没有审判，没有折磨，没有行刑——什么都没有。就这么等着腐烂。"洞穴里只剩下他们。看守长和他的两个监狱守卫已经离开好几个小时了。

科马克叹了口气说道："听起来差不多。虽然我估计我们的大王正惨遭迫害。被折磨然后再等着腐烂。"

"这帮恶心的狗。"谢默斯低声说道。

安格斯尖声问道："她是怎么说的？她说什么时候要把婴儿献祭给常春藤？是秋分时？"

柯蒂斯双腿曲在胸前，回答道："是的。秋分。"

安格斯若有所思地摸了摸额头："也就是说，两天后？天哪，我们的时间不多了。"

"我们死定了——虽然我们至少会比大本营的兄弟们活得久一点。"科马克说道，"当常春藤席卷一切的时候，别指望他们能活下来。所有一切都会迅速终结。"

"是啊，"安格斯说道，"我有次在打盹儿，在古老丛林里的山谷中。就在常春藤上。两个小时后，我醒来时，这东西的一根茎须已经完全缠住了我的大脚趾。千真万确。"他顿了顿，吐了口唾沫，"无法想象它在这邪恶的女巫控制下会干出什么样的事。还喝了婴儿的血。"

柯蒂斯想到这儿，皱起了眉头。

科马克继续说道："那么，我们最好还是在这里饿死，伙计们。至少我们是自然死去，而不是让常春藤钻进我们的眼珠子里。只希望大本营能及时得到消息，找到安全点儿的地方藏起来——藏在地下之类。"

谢默斯笑道："不会的，在那之前他们就都完蛋了。你也听到贵妇总督的话了——布兰登之前已经抛弃了他们。狗杂种们一到营地，他就逃离了那里。如果他们还没有发现营地，那么他这会儿也肯定正在告诉土狼们。伙计们，他不会被折磨，他正和巫婆坐在一起，喝着冰杜松子酒，笑我们是一群笨蛋。"

科马克从笼子底部跳了起来，趴在栏杆间愤怒地说道："把你的话收回，你这个杂种，你这个卑鄙小人。你大可放心，布兰登不会背叛我们——他的勇气比十个你都多！"

谢默斯接过话大喊道："好啊，我们走着瞧，科马克·格雷迪。你大概是在骗自己吧。很长时间了，我一直怀疑他向那帮狗杂种投降了。他早就不行了，就你他妈的看不见。"

"小心你说的话，叛徒！"科马克吼道。

"科马克，"安格斯说道，"别浪费口水了。谁知道发生什么了呢？最终，这都不重要，我们都会慢慢死在这里。"

"你！"科马克反击道，"你也这样！多半是因为你那待在家里的老太婆。就因为她四处留情，现在可能正和其他强盗打得火热，你就认输了!"

这话一下子点燃了安格斯的怒火。"别把我女人扯进来,"他吼道,"不,她没有四处留情。她是一个忠贞的女人,就像……"

"**闭嘴!**"柯蒂斯喊道,"这一次,请你们,请不要再争吵了。"

"谢谢。"德米特里哼了一声。

强盗们都沉默不语了。洞穴里的居民们笼罩在阴暗之中。墙上的一支火把闪烁几下,熄灭了。

一阵叮叮当当的响声引起了柯蒂斯的注意。声音从上方的根须里传来。他抬起头看到了塞普蒂默斯,后者正坐在一根弯弯曲曲的枝干上,漫不经心地用一小块闪亮的金属片剔着牙。金属片发出的闪光引得柯蒂斯站起身来,想凑近看看。事实上,这不只是一片金属,而是一把金属物。

"嘿,塞普蒂默斯。"柯蒂斯喊道。

老鼠停了下来,吐出一小块食物。

"有什么事?"

"你在咬什么?"

塞普蒂默斯挑起眉头,斜着看了柯蒂斯一眼,好像从没被问过这个问题一样。"我在咬什么?你是说这些旧玩意儿?"

他的爪子里握着一串钥匙。

"你在哪里找到的?"柯蒂斯激动地问道。这些钥匙看起来和看守长拿着的那串很像。

老鼠伸出胳膊举起钥匙,仿佛第一次打量。"天哪,"他说道,"我真的记不得了。"他顿了会儿,想了想,用小小的食指支在下巴上。"既然你提起了,我想我是从看守长那里拿到的。很久很久之前。他有两套钥匙呢，嗯，我想他不会惦记这些的。"他点了点头，低头看着柯蒂斯，"用它们来剔牙感觉真不错。"

柯蒂斯欢呼了一声，又很快控制住激动的心情，看了看四周。"把它们给我，塞普蒂默斯！"他小声对老鼠说道。塞普蒂默斯听话地将钥匙扔进了柯蒂斯的笼子里。

"这会对我们大有好处，"谢默斯在上方说道，他刚才一直在专注地看着，"我们肯定能出去，不过会摔得粉碎。"

柯蒂斯不耐烦地朝他挥了挥手。"等一等，"他说道，"我正在想办法。"

他站了起来，看向那把细长的靠墙壁放着的梯子。梯子离得太远了，跳不上去，即使笼子晃起来跳也不行。柯蒂斯仔细地估量着距离。在他看来，离梯子最近的笼子——安格斯的笼子——在晃到最大幅度的时候，也还是离得太远，即使最勇敢的跳高健将也没法成功。除非想什么办法把绳子加长，加大晃动幅度……

他突然灵光一现。"伙计们！"他嘶声说道，"我想我有办法让大家出去！"

强盗们忘记了之前的争执，都竖起耳朵认真聆听。

🌱

普鲁的爸爸浑身湿透地回来了。他刚淋了雨，黄色的雨衣紧贴在湿漉漉的皮肤上。他的手里拿着一叠传单，满是水迹。这些传单是在家里的计算机上匆匆忙忙做出来的，印着麦克和普鲁的照片，下方是大写的粗体字"求助"，都被雨水弄糊了。

和妈妈一样，爸爸紧紧地抱住了普鲁，直到她因为烦人的肋骨疼不得不将他推开。发现儿子还是没回来后，他重重地坐在平时看书的

249

椅子上，双手抱头。普鲁和妈妈在一旁无助地看着。最后，妈妈开口说话了。

"我想你应该告诉爸爸发生了什么事。"她说。

于是普鲁照做了。她告诉了他所有的一切，就像之前告诉妈妈一样。她的言语里充满了悔恨和悲伤。当结束这段不可思议的独白后，她禁不住说道："现在我只觉得好累。好累，好累。"

当她讲完后，爸妈完全沉默不语。他们迅速地、意味深长地看了看彼此——普鲁在一旁实在看不懂——然后，爸爸站起来，走到她身边，说道："我们带你去睡觉吧。你累坏了。"普鲁把脸埋入爸爸的怀里，爸爸用强有力的手臂将她一把抱了起来。爸爸抱着她走上楼梯，像哄一个小孩子那样哄她入睡，她还没到床边就睡着了。

当她醒来时，天是黑的。熟悉的羽绒软枕贴着她的脸颊，舒适的羽绒毯紧紧地裹着她的身子。她睁开眼，抬起头，看看时间。床边的小钟显示是凌晨三点四十五分。她伸出一条腿，伸展了下疲倦的腿筋，发现脚踝上的膏药已经被取下了，爸妈用常用的纱布绷带裹在了上面。她翻了个身，又闭上眼，然后觉得自己口渴极了。

雾气继续从桥上消散，直到它退却到桥面下方后，
才完全显露出这座宏伟建筑的全貌。

她从床上下来，轻轻推开门，走在楼上的走廊上，一边试着用脚踝受力。她穿着睡衣，虽然她记不得是怎么穿上的了。她走下楼梯，小心不发出那种吱吱嘎嘎的声音——她不想吵醒爸妈。她无法想象爸妈此刻正经历着怎样的情感波动。然而，当她走到一楼时，她惊讶地发现厨房里的灯还亮着。

她的爸爸正坐在厨房的桌旁。他捧着半杯水，正凝视着桌上的一个小黑盒子，看起来和一个大珠宝盒差不多。

"爸爸。"普鲁小声叫道，她的脚踏在了厨房的软木地板上。头顶的灯光照得她睁不开眼。

爸爸听到她的声音吓了一跳。他十分惊讶，向上看了看，他的双眼疲倦无神，很显然刚刚哭过。"哦，嘿，宝贝！"他说道。一开始，他假装没事，想摆出一副勇敢的样子，但很快就又陷入绝望。"哦，亲爱的。"他呻吟着，头又低了下去。

普鲁走上前去。"我真对不起，"她说道，声音里满是悲伤，"真的，真的，真的对不起。我不知道该说什么。所有的这一切太疯狂了。"她从桌旁的四张红色椅子里挪出一张，坐在上面。"我知道这所有的一切都是我的错。如果我能更好地照顾……"

爸爸打断了她："不，这不是你的错，亲爱的。是我们的错。"

她摇了摇头："你不能责怪自己，爸爸，这不对！"

爸爸注视着她，眼睛又红又肿。"你，你不明白，普鲁。这确实是我们的错。这一直是我们的错。一直。我们早该知道。"

普鲁的好奇心被激了起来："早该知道……什么？"她伸过手，从他的杯子里喝了一口水。

爸爸擦了擦眼睛，快速地眨了眨。"我想……"他开口道，"你还是知道比较好。因为你经历了那么多。我们应该早点告诉你，但好像从来没有找到合适的机会。"

普鲁盯着爸爸："什么？"

"你遇到的那个女人，"爸爸缓缓说道，"那个女总督，你妈妈和我，我们以前见过她。"

"什么？！"普鲁喊道。她突然这一喊，受伤的肋骨又一阵剧痛。

爸爸抬起手，让她声音小一点。"嘘！"他说道，"你会吵醒妈妈的。这家里总得有人好好休息一会儿。"

"你见过她？亚历山德拉？"普鲁小声说道，声音放低了很多，"什么时候？"

"很久，很久以前。在你出生之前。"他难过地摇了摇头，"我们早该知道。"他深深地叹了口气，又看着普鲁，继续讲述。

"你妈妈和我结婚时，我们非常想要孩子，组建我们的家庭。我们买了这座房子，就开始设想哪间房间该给谁住——我们一直盼望能生一个男孩，一个女孩。姐弟俩，或者兄妹俩。然而，生活常常不尽如人意，我们的愿望一直没有实现。我们试了很多次，但孩子还是没有来临。我们看了医生，找了专家，接受过全面治疗和针灸，都没用。就连最根治的方法也对我们没有效果，我们就是不能生孩子。你妈妈，她的心都碎了。那是段十分伤心的日子。我们试着接受没有孩子，但就是……做不到。"他又叹了口气。

"然而，有一天，我们在农贸市场——你知道，市区那家——我走开去买芥菜还是什么，记不得了，等我回来找你妈妈时，她在一个奇怪的货摊前——一个我以前没见过的货摊——和一个很老很老的女人在说话。这个女人看起来有八十多岁了，卖些小装饰品和奇怪的珠子，

252

她身后摆着满满一货架药酒。我走过去时，你妈妈正和这个女人严肃地谈着什么，然后她转向我说：'她能帮我们。她能让我们生孩子。'就是这样。嗯，那时候，我们已经尝试过所有办法。我开始失去耐心，但我知道这对你妈妈太重要了，于是我说：'好吧。'她用很便宜的价格卖给了我们这个小盒子。"

他拿起桌上的小黑盒子。看起来是柚木漆成的；盒子两边的铰链显示它可以像蚌壳一样打开。盒里可以轻松放进一只棒球。他继续说道：

"她指示我们走到断崖边，就是靠近圣约翰中心的地方——就在那个餐厅下方——嗯，然后，扔下这些符文石。"说到这里，他打开盖子，倒出六颗光滑的鹅卵石在桌子的塑料贴面上。这些符文石颜色各异，每一颗上面都刻着不同的奇怪符咒。

"她说，当我们扔下符文石时，就会出现一座桥。不过其实不是一座真正的桥，而是幽灵之桥。显然某座桥的幽灵很早就在那里了。一旦这座桥出现，我们就要走到桥中央，摇动一个铃铛，这时就会出现一个女人。她说我们会认出这个女人，因为她很高挑，特别漂亮，她会戴着羽毛头饰。嗯，这些听起来的确像是一堆胡言乱语，但我们那时候已经绝望至极，觉得不妨一试，如果不行，大不了一笑而过。于是那个晚上，天很晚，街上都没人时，我们走出家门，走到断崖上，找到了这块石板，把鹅卵石倒在石板上。然后，一阵大雾出现在河面上，一座巨大的绿色的桥——上面有钢索和塔柱——就这样出现了我们面前。真的很不可思议，从来没有见过这样的事情。我们走到桥中央，确实，有一个铃铛，一个看起来很古老的小铃铛，挂在一根柱子上，我们摇了几下铃铛。然后我们等在那里，等了很久，就我们俩，站在这座'幽灵之桥'的中央。突然，一个身影出现在桥的另一侧，穿过大雾，走向我们。是一个女人，戴着奇异的头饰。

"她没有自我介绍，而是直接问道：'你们想要一个小孩？'我们点头说是。她说：'我可以让你们生出孩子，但你们必须答应我一件事。'我们说好，是什么事？她说：'如果你有了第二个孩子，那个孩子属于我。'"

一阵寒意涌上普鲁的心头。她目不转睛地盯着爸爸。

爸爸感觉到了她的诧异，咽了一口气，继续说道："那时候，普鲁，我们很绝望。我们只想要一个孩子，你知道吗？于是我们说好。因为看起来我们不可能会有第二个孩子，所以这看起来是不错的交易。她要的条件也许永远不会发生，不是吗？然后这个女人，这个古怪的女人，走上前来，把手掌放在了你妈妈的肚皮上，就这样——然后转身离去。我们从桥上走下回家，刚一离开桥，身后的桥就立刻消失了。你妈妈没有感到任何异样，我们都觉得这整件事只是某种高级的骗人把戏，直到几个礼拜后，我们到医院检查，发现你妈妈已经怀孕了——怀上了你！"

很显然，爸爸讲到这里觉得十分欣慰，但普鲁却觉得有些困惑。她感到很不安。

爸爸没等她回答，做了一个抱歉的鬼脸，继续说道："事情就是这样。你出生了。这个世界上没有谁比你妈妈和我更开心了。我们欣喜若狂。你是世界上最可爱的孩子。我们从来没有想过会有第二个孩子——我们经历了千辛万苦去要一个孩子——最后我们成功了。我们成了独生子女家庭。而随着你妈妈和我越来越老，我们都觉得不可能再有孩子了。然而，不知道怎么回事，在你出生十一年后，你妈妈又怀孕了。不知道怎么回事。我们觉得不可能有。但是，想想已经过了很长时间了，在桥上见到的那个女人也许已经忘记了这一切，因此我们选择接受现实。于是就有了麦克。"

他吸了吸鼻子，垂下了眼睛。"整个事情就是这样。我们自己造成了这一切，"爸爸说道，"那个女人来要走属于她的了。"

厨房里一片寂静。外面雨停了，微风轻拂着后院里的橡树枝。

"普鲁？"爸爸开口问道，她已经坐着沉默了一阵子，"你没有什么想说的吗？"

走廊里传来脚步声，普鲁发现妈妈走到了厨房的门前。她轻轻地走到普鲁面前，将手放到她的肩上。"嘿，宝贝，"她轻声说道，"很抱歉。我们一点都不怪你；你没有任何办法。是我们的错，是我们犯下的愚蠢错误。"

普鲁的爸爸点了点头："你瞧，麦克从来都没有真正属于我们。事情听起来很糟糕——现在都清楚了。但要不是那个女人，贵妇总督，我们就不会有一个家庭，我们就不会有你。"他双眼直视着普鲁，眼泪涌出来，挂在下睫毛上。他伸出手，紧紧握住普鲁的双手。

普鲁也凝视着爸爸。她的手没有动。妈妈用手指按了按她的肩膀。普鲁的脚踝微微刺痛。她的心中涌出一股怒气。

"我要回去。"她说道。

爸爸瞪大了双眼，慢慢张开嘴问道："什么？"

普鲁快速地摇了摇头，好像要让自己从睡梦中清醒过来。"回去。我要回去。"主意已定，她从爸爸手中抽出手，拿起了桌上的黑盒子。她把符文石放回盒子里，合上了盖子。"我把这些一起带走。"她说道。妈妈的手从她肩上滑下，普鲁将椅子放回原位。她站了一会儿，稍稍试了下脚踝的力气，觉得没之前那么疼了，于是走出了厨房。

"等一等！"妈妈最后喊道。普鲁没有理会。她已经爬上了楼梯，快速思考着走之前还要做哪些事。

"别鲁莽！"爸爸的声音从楼下传来，"好好想清楚。这很危险！"

普鲁在自己的房间里，用极快的速度换好了衣服。她把装着符文石的盒子装进了卫衣的口袋里，石头在里面哐当作响。她知道女总督的土狼正在看守着铁路大桥，她现在得叫它幽灵之桥。这是穿过河流的唯一途径。她转过身，看到爸妈站在门前。

"好好想想，普鲁，"妈妈绝望地说，"这事你做不来的，你只会受到伤害！"

"听你妈妈的话。"爸爸坚决地说道。

普鲁停了一会儿，看看爸爸，又看看妈妈。他们一脸关切的神情。"不，我不听。"她说道。她从他们之间挤了出去，走下楼梯。他们定在了原处。她能听到他们的小声交谈。"快做点什么！"一个说道。"我在试着去做！"另一个回答道。

她刚要走进厨房，就听到爸妈急匆匆地冲下楼，追赶她。爸爸洪亮的声音从走廊传来："普鲁，作为你的父亲，我要求你停下。你不能，我重申下，你不能回到那些丛林里。"

她感到他有力的手指抓住了她的上臂，她被猛地拉了回来。

普鲁和爸爸注视着彼此，哑口无言。他从来没有对她这么粗暴过。他的脸色发白。她鼓起勇气，甩开胳膊，直面爸妈。

"不要，"她怒视着他们，"不要告诉我，我能做什么，不能做什么。现在不要。不要在你们做出这样的事之后。"

爸爸的脸绷得紧紧的。他结结巴巴地想道歉，但普鲁生气地挥了挥手不让他开口。

"听着，我爱你们，"普鲁继续说道，"很爱，很爱。我应该恨你们没有勇气，但我做不到。我不恨。"她心中的怒气消失了，取而代之的是一种说不清的怜悯之情。她看着站在门口的这两个一言不发的大人，他们在她眼里突然变得很像两个不知所措的、吓坏了的小孩。"但你们确实搞砸了这一切，不是吗？我是说，你们当时是怎么想的？"

最后，爸爸开口说道："让我去，是我的错。我是这里应该对这事负责的人。就告诉我怎么去吧，我会把麦克带回来。"

普鲁恼火地转了转眼珠子。"希望你可以，"她说道，"我真的想让你去，但是你不行。这事说来话长，其他人不能进去，但我想我可以，因为某种边界魔法的存在。还有……"她看看爸爸又看看妈妈，"我想我能活着还得感谢麦克。要不是他，就永远不会有我，嗯？"

"我要去把我弟弟带回来，"普鲁继续说道，声音响亮而坚定，"就这样。"

她转身从厨房里走了出去，很快走进了后院，她那没人要的自行车瘫软地支撑在脚架上。她在门廊下找到了爸爸的工具箱，开始在里面翻找。她听到妈妈微弱的啜泣声从里屋传来。她最后在工具箱里找到了一把月牙形扳手，用它来修整自行车变形的前轮。

她将轮胎卸了下来，然后拿来了一个旧车轮。去年春天她就换了钢圈，以为夏天会经常骑车，虽然旧钢圈也还可以用。现在她很庆幸自己的这点先见之明。她把旧轮胎上的灰尘拂去，开始将自行车的前叉沿着轮心套在上面。过了几分钟，车子就修整好了，又可以骑了。

爸爸出现在后门口，他的身影在门廊的灯下拉得很长，投射在草地上。普鲁斜着看了他一眼，爸爸的身形像一个黑色剪影映射在门前。

"不要这样，普鲁，"爸爸说道，他的声音很虚弱，疲惫，"我们也可以很快乐，我们三个。"

　　"再见，爸爸，"她回答道，"祝我好运。"她跨上了自行车，骑上了大街。

第十九章

逃跑！

"现在，你确定要这么做，嗯？"塞普蒂默斯问道，警惕地看着打着结的绳子。绳子已经被咬断了一半，只剩一部分连着。

"是的！"柯蒂斯不耐烦地小声说道，"就这么做吧。快点！不知道看守长回来之前我们还剩多少时间。"

"我抓牢了，老鼠，别担心。"谢默斯说道。他说话有点吃力，因为他正脸朝下贴着笼子底部，手臂使劲张开伸出笼子，用手抓住柯蒂斯笼子上面的栏杆。为了达到现在的位置已经花费了一番功夫，不过在努力晃动笼子好几分钟后，笼子终于晃到了谢默斯手能够到的位置，他用手指紧紧钩住了笼子上多节的栏杆。

塞普蒂默斯瞥了一眼谢默斯，耸了耸肩说好吧，然后蹿上绳子，开始咬绳子剩下的部分。柯蒂斯站在笼子里，两腿打开，靠在笼子的

259

栏杆上。他专注地看着忙活的老鼠。

塞普蒂默斯停了下来，退到一旁，看了看绳子剩下的部分。"没多少，"他说道，"坦白地讲，我不知道为什么它还没有……"

他还没说完，只听随着低沉的几乎是难以察觉的啪的一声，绳子断了，笼子从系着的地方松了开来，只剩老鼠在系在根须上的绳子残端上晃悠。柯蒂斯感到笼子正在自由落体，倒吸了口气。地面看起来在向上走动，石头和白骨在呼唤着他的鲜血加入——这时，猛地一拉，他向下冲的势头立刻停住了，一声痛苦的呻吟从谢默斯的笼子里传来。柯蒂斯向上看去，谢默斯的双手还握着他笼子的栏杆，在重压之下，他的手指都变成了惨白色。

"唉哟！"谢默斯大声呻吟着，"真没有我想的那么容易！"他的手指在木栏杆上挪动着，想抓得更牢一点。

"抓紧了，谢默斯，"柯蒂斯命令道，"现在，试着向绳子移动。"

谢默斯开始移动双手，一只换一只，朝着绳子系着笼子的结点挪动。谢默斯每移动一点，笼子就摇动一下，柯蒂斯唯一能做的就是不去看尸骨满地的地面。最后，谢默斯的手触到了系着绳子的吊环螺钉，迅速一举，放开了笼子的栏杆，一把抓住绳子，又呻吟了一声，笼子的重量之下，绳子立刻紧绷。

不过，呻吟之后，谢默斯粗声粗气地笑着说："哈！以为我会让你掉下去吗，孩子？"

柯蒂斯听到自己的心在疯狂跳动，他想试着毫不在意地笑出来，但发现不合时宜。刚想发出笑声，他的嗓子就变音了。

谢默斯严肃起来，脸涨得通红。"好，现在交给安格斯？"他问道。

柯蒂斯点了点头。

谢默斯憋着力气鼓足腮帮子，抓着仅剩的约三米长的绳子开始晃动柯蒂斯的笼子。随着晃动的弧度越来越大，柯蒂斯的心都快跳出来了。每次晃动达到最高点时，他都能看到安格斯，在他上方一米多的地方，肚子贴着笼子底部，伸出双臂来抓笼子。

"好……**开始吧！**"柯蒂斯喊道。

谢默斯大吼一声，往上空推出了笼子，柯蒂斯乘着这飞翔的容器，飞向安格斯伸出的双手。

安格斯的眼珠子都要瞪出来了，努力向前伸出手臂，用手去抓笼子的栏杆。

第一次去抓：没抓住。

第二次去抓：又没抓住。

这时，一秒钟的一毫秒、一飞秒感觉就像一分钟、一小时、一世纪那么漫长。

第三次去抓：双手伸出，挥向笼子，柯蒂斯的自由落体猛地一下停住了，安格斯的双手抓住了绳子。

安格斯夸张地呼了口气。听起来就像是大海冲破了防洪堤。

"哦，我的，老天。"柯蒂斯一字一顿地说道。

谢默斯在他们身后笑道："你的老天跟这没关系！靠的是强盗灵活的手指！接得不错，安格斯！"

安格斯沉默不语。双眼紧闭。"我想我都尿裤子了。"他小声说道。

柯蒂斯现在才低下头往洞穴的地面看去。这里离地可能还有十五米。一堆岩石上堆着一个特别崎岖不平的大卵石，就在他笼子的正下方。他看向靠墙放着的梯子。他不是很擅长理科——至少上周他们的

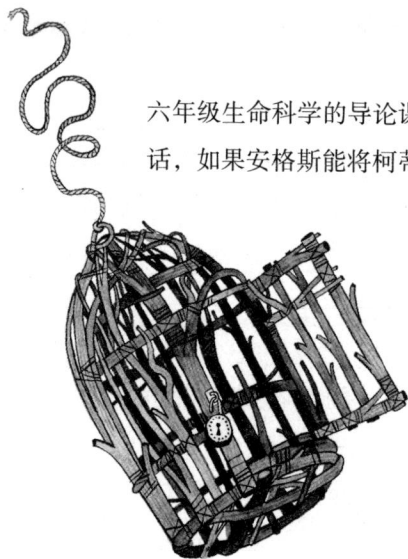

六年级生命科学的导论课不是学得很好——但他没有估计错的话，如果安格斯能将柯蒂斯的笼子晃到最高处，而且他自己的笼子也跟着晃起来，柯蒂斯就可以跳到梯子上。

"然后我只要爬下来。"他大声说道。

"什么意思？"安格斯问道，他的声音紧绷着，他正全神贯注地用双手紧握住绳子。他已经设法将绳端绕在了手腕上——看起来握得很紧。

"我说我只要从梯子上爬下来就行，"柯蒂斯说道，"一旦我跳到上面。"他抬头看安格斯，"不过你得使出全身力气将我晃到最高处，同时也要把你自己的笼子一起晃起来。"

"那还是容易的，小伙子，"安格斯笑着说道，"而你呢，你可得跳到那上面啊。"

柯蒂斯严肃地点了点头。"嗯，"他说，"管不了那么多了。"他拿出塞普蒂默斯给他的钥匙串，开始一个个试着开他笼子门上的锁。一把长长的银色钥匙，伴随着一声沉闷的金属咔嗒声，它打开了锁，柯蒂斯猛地推开了笼子门。远远的地面在脚下晃动；那边是一具猛撞在岩石堆上的尸骨残骸吗？他闭上眼不去看，转而将注意力集中在手头的任务上。他将身子稳稳支撑在开着的门前，脚掌钩住笼子门边缘，双手紧握外面的栏杆。

"好了。"他发出指示。

安格斯在他上方深吸了一口气，哼了一声后开始摇晃柯蒂斯的笼子。笼子开始晃动的幅度很小，但逐渐加速。安格斯自己的笼子也开始晃起来，很快两只笼子就像一根长长的联结的钟摆，在半球形的洞穴顶下晃动。每向上晃动一次，柯蒂斯都会估测下他到梯子的距离。

　　"再高一点，安格斯！"他喊道。

　　"好！"安格斯回答道，用他强有力的手臂一伸一缩地晃动笼子。又晃动了几次后，安格斯汇报道："我觉得差不多高了，你可以跳过去了！"

　　柯蒂斯看了看他正晃向的梯子，比他希望的还远了那么一点，不过不要紧。

　　"好的，安格斯，"他喊道，"我说'走'的时候，我希望你能使尽全力把笼子晃出去。"

　　"明白。"安格斯说道。

　　与他们隔了几只笼子的埃蒙也给他们加油鼓劲："就像扔铁锤一样，安格斯——你已经扔过上百次了！"

　　"是啊，不过我从来没有面朝下躺着扔过铁锤！"他等待着指令。

　　"好……**走**！"柯蒂斯喊道，一瞬间，笼子飞了出去。他等到笼子晃到

263

最高点——也就是一眨眼的工夫——纵身一跃，推开笼子，张开四肢从开着的笼门跳了出去。还没反应过来，他已经跳了过去，双手争相抓住梯子顶上的几级。他的身体猛地拍在粗糙的木头上，左脚正好落在从上面数第六级梯级上。他正想大声宣告成功，突然感到在他的体重下，梯子的重心在转移，梯子的顶部开始离开洞穴墙壁。

"啊，啊，啊！"他喊道，近二十米的梯子摇摇晃晃，开始往后倒。

"哦，老天。"一个强盗平静地说道。

柯蒂斯趴在梯子上，随着梯子的顶部慢慢开始远离墙壁，时间过得出奇地慢，仿佛定格。梯子晃到了与地面正好垂直时，暂时达到了平衡，然后开始快速往后下降。

地面朝柯蒂斯扑面而来。

洞穴地面散落的尸骨，仿佛在欢呼即将有一位新来者加入。

但这时梯子停住了。突然地戛然而止。柯蒂斯此刻头朝下脚朝上，背对着下方的地面，左臂拼命钩住一级梯级。他的左腿叠在另一级梯级上，木头紧紧压住弯曲的膝盖。他紧闭着双眼。

他听到了强盗们一阵欢呼的笑声：嘶哑的、欣慰的笑声。

他睁开双眼，看到梯子稳稳地架在了安格斯的笼子上，顶部的金属挂钩便利地钩住了这个强盗的笼门。

"哈，可以了，小伙子！"安格斯在大伙儿呼哧呼哧的笑声中喊道。

柯蒂斯深吸了口气。"那……"他的声音沙哑，"那就是我正打算做的。"

🌿

一小摊水还积在人行道上，普鲁骑着自行车经过光滑的黑色地面，车胎嘶声作响。红色的儿童车咣当咣当地跟在后面跳着。

在这宁静的清晨，圣约翰的闹市区像无人区一样。一层朦朦胧胧的蓝色渲染着天空。几条狗吠叫着，迎接新的一天。一辆小车停在路口，无助地等待着休眠的交通指示灯；即便在这还没人气的时刻，白天的规则依旧起效。蜷缩在中心广场公交站台的人，看不清脸，只见一个穿着派克大衣、戴着针织帽的人影。

普鲁在老钟楼那里转了弯，骑向河流的方向。大街突然就到了尽头；一排水泥系船柱像一道屏障，挡在了人行道与蓬乱的田野之间，田野里长满了悬钩子和黄色喇叭状的金雀花。在这里，她下了车，走到街沿上，穿过屏障，走进了长满野草的田野。前方是低低的湍急的河流，河岸倾斜向下，与断崖的边缘相接。

然而她还没走远，就来到了野草丛中的一小片空地上。空地的中央放着一块巨大的灰色石板，就像爸爸描述过的一样。离石板没多远就是断崖陡峭的土堤，这里的地面向下倾斜，与远处长满杂草的河岸相接。一团浓雾笼罩在河谷上方，完全看不清。普鲁小心地将自行车放在矢车菊丛中，走向石板。她跪下身子，从卫衣口袋里掏出小盒子。

她打开盒盖，看着里面六颗彩色的鹅卵石，光滑的表面上刻着奇怪的符文。"嗯，"她小声地自言自语，"我也不确定是不是要念些什么咒语，不过……"她把鹅卵石倒在石板上，看着它们咔嗒咔嗒在冰冷的石头上翻滚。"嘛咪嘛咪哄？芝麻开门？"

鹅卵石在石板上翻滚，旋转，最后每颗都找到了各自的位置停了下来，表面的符文形成了一种奇怪的图式。普鲁屏息凝视着。一阵微风突然刮来，拂乱了周围的野草丛。

从河的那边，普鲁听到一种清晰的金属的低鸣声，是成百上千吨金属和铁器汇集发出的古老而低沉的声音。

她抬头看到河流上方的雾气凝成了一团浓浓的云层；浓雾笼罩在她的上方，遮蔽了早晨淡蓝色的天空。慢慢地，一些轮廓开始从云雾中浮现：远处是一个绿色的拱形物，一根巨大的卷绕的缆线。雾气开始消散，这座隐约的建筑物越来越清晰，最后出现在普鲁面前的是一座巨大的桥，跨越在断崖和远处的河岸之上。长长的大桥上矗立着两座宽平的塔楼，有几十米高，每座塔楼都镶饰着大教堂那种大小不一的拱形纹。大桥的每一侧都有树干粗的缆线，将塔顶与整座桥联结在一起。

普鲁迅速看了看四周，看看是否还有谁目睹到这一奇观，但发现在这清冷的清晨时分，只有自己独自一人。雾气继续从桥上消散，直到它退却到桥面下方后，才完全显露出这座宏伟建筑的全貌。此时河流上方还笼罩着一层薄雾。普鲁欣慰地将符文石装回盒子，啪地盖上盖子，扶起自行车，开始推着车走向这座幽灵之桥。

大桥的最前端有两座灯柱，灯罩的玻璃闪烁着彩色的光芒。普鲁小心翼翼地踏上大桥的人行道，先试了试脚下踩着的桥面：桥面很结实，她踩在上面很稳。确实，这座"幽灵之桥"与现实中的路面没什么区别。于是，普鲁自信满满地踏上了大桥，清晨的四周一片寂静，只有她的自行车和拖着的小车发出的咔嗒咔嗒声。

走到大桥中央时，她看到一只铜铃挂在一根小挂钩上。她好奇地走过去；铜铃的金属表面已经失去了光泽，呈现出灰绿色，铃铛的设计也很简单，里面的铃舌系在一条皮绳上。

普鲁本能地抬起手，放在皮绳旁。她想象着十三年前，爸妈站在那里，心里饱受着恐惧、好奇和渴望的煎熬；她想象着爸爸用手抓住这根皮绳，看了看妈妈，摇响这只铜铃的情景。那一刻，她的心里涌

266

上了对爸爸妈妈的同情，他们为了两个孩子冒了多少风险。如果她是他们，会不会也做出同样的事？突然，普鲁鼓足了勇气，一挥手腕，摇响了铜铃；铜铃发出三声洪亮的鸣响。铃声穿透了潮湿而朦胧的空气，在桥另一侧的树林之间回荡。

我来了，巫婆，普鲁在心里说道，我来救我的弟弟了。

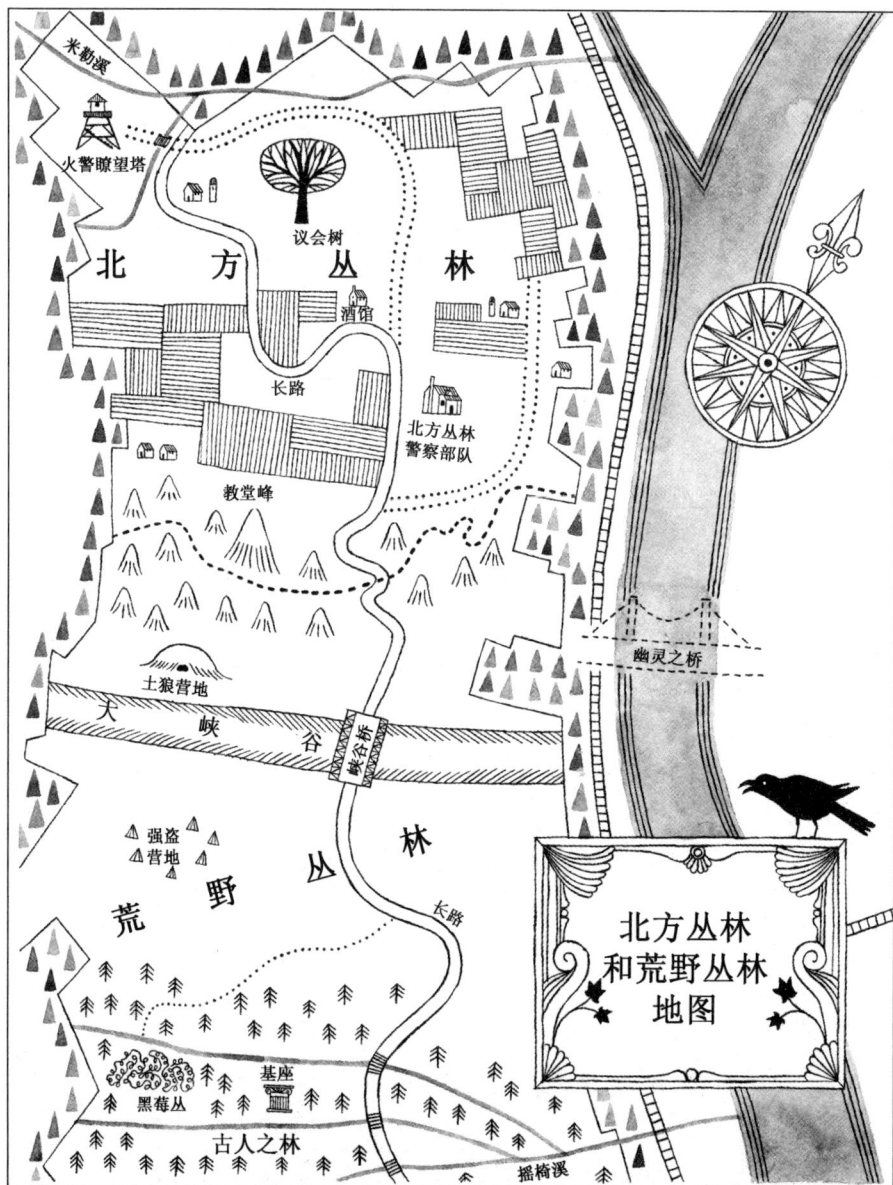

米勒溪

火警瞭望塔

北 方 丛 林

议会树

酒馆

长路

北方丛林
警察部队

教堂峰

土狼营地

天 峡 谷 峡谷桥

幽灵之桥

荒 野 丛 林

强盗
营地

长路

北方丛林
和荒野丛林
地图

黑莓丛 基座

古人之林

摇椅溪

第三部分

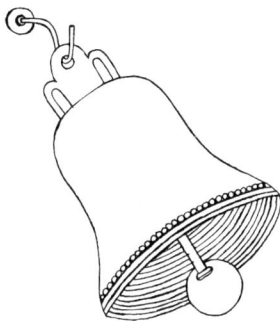

第二十章

三声铃响

亚历山德拉站在王座厅的高台上，抬头凝视着悬挂在房顶的弯弯曲曲的根须，它们似乎在火把闪烁的火光下颤抖着。她的四周充满士兵们的喧闹声：有的在用锤子钉合板条箱，有的在往车上装戟和步枪，有的在拆帐篷。

根须发话了。

"什么时候？哦，女王，"根须说道，"什么时候我们才能被喂食？"

女总督笑着朝洞顶伸出瘦削的手，用手指梳理苍白色的根毛。

"当时机成熟时，"她回答道，"当秋分季节。会有供你们吃的食物的。我们今晚就往古人之林前进。"

"是是是是，"根须嘶声说道，"是是是是。"它们颤动着，像许多饥饿的、垂涎欲滴的舌头。

丁零。

亚历山德拉的手垂落到一边。

丁零。

她的面颊一下子变得潮红，瞪大双眼，皱起了眉头。

丁零。

沉默。

"三声铃响，"贵妇总督说道，露出邪恶的微笑，"那个愚蠢的、愚蠢的女孩。"

柯蒂斯看到强盗们如此灵巧地爬下细长的梯子，惊叹不已。他站在地上，用一只脚固定住梯子，强盗们一个个打开笼子的门锁，敏捷地沿着梯子雀跃而下。短短几分钟内，四个强盗就已经站到了洞穴地面上。只剩下土狼德米特里还被囚禁在笼子里。他坐在笼子里，背对着强盗们。他们一直小声地劝诱着他。

"快点，伙计！"谢默斯轻轻地说，"想想你的家人。"

德米特里用后腿站了起来，倚靠在笼子的栏杆上。"不过……"他反驳道，"你们就这么走了，自由了。我如果被抓到，是要上军事法庭的！肯定会被绞死。"

科马克走上前说道："那就不要被抓到。你留在这里才傻。他们也许会把你当作协助我们逃跑的同伙，还是要把你绞死。你没必要自找麻烦，对不对？"

德米特里想了一会儿，然后耸耸肩说道："嗯，我想你是对的。好吧，把钥匙扔上来。"

钥匙串被扔了上去，挂锁打开了，德米特里立刻小心翼翼地顺着梯子爬了下来。"好了，"他一落地就问道，"我们现在怎么做？"

"你领我们出去，"埃蒙说道，摸了摸黑色的胡子，"塞普蒂默斯先到前面侦查。你很熟悉这个地方，对吗？"

"非常熟悉，"德米特里仰起鼻子嗅着空气，"我想我能找到出口。"

安格斯从墙上取下还在燃烧的火把——从烛台上取下的时候，火把向上空迸发出一大片火星——叫住老鼠："我们确定一个会合的地方。"

"军械库。边上有条通道通常都没人。我们沿着它走，可以绕过中央的房间，从营地的后门走出去。"塞普蒂默斯在树根根球的角落里小声说道。

"不过在此之前要先解救我们的大王，"科马克提醒大伙儿道，"我们不能抛下布兰登就这样离开。"

四个强盗，甚至包括先前持不同意见的谢默斯，都一致认同。

"很好，"塞普蒂默斯说道，"审讯室离中央大厅不远。你认识路吧，德米特里？"

德米特里点了点头，塞普蒂默斯继续说道："我先去探路。如果遇到麻烦，我就赶紧带你们换个路线。"老鼠说完就在树根的根须中消失不见了，这群本不可能聚在一起的越狱分子——一只土狼，一个来自外面世界的人，四个强盗——头也不回地离开了牢房。

从牢房出去的地道里，空气密闭潮湿。强盗们走路都没有声音，只有德米特里和柯蒂斯的脚步声打破了寂静。柯蒂斯努力模仿这四个强盗轻快的步伐，但发现实在太难：强盗们敏捷的身手仿佛是天生的，是一种与生俱来的本能。过了一会儿，他们来到了一个交叉口。

"德米特里？"科马克轻轻地喊道，"从哪条路走？"

德米特里从后面挤到队伍前方，把鼻子凑到地上依次嗅了嗅四条可能的通道。"我们从右边这条走，"他最后说道，"去军械库。直接往前走我们会走到中央大厅。"他迅速吸了口气，"我闻到了熄灭的营火的味道。他们已经把火炉灭了。真奇怪。"

"为什么这么说？"柯蒂斯问道。

德米特里转过头说道："我从来都不知道炉火会灭掉，炉火一直都是燃烧着的。我曾经很倒霉地被分派到连续烧火两个礼拜的任务。这可不是什么好玩的。"

"不管了，"科马克小声说道，"我们继续前进。"

他们向右拐进通道，安格斯拿着火把在前面走，噼啪作响的火把在地道的墙上投射出昏黄的光芒。一路上，地道的顶部都附带着植物的根和崎岖不平的卵石，松软的褐色泥土上布满爪子的足迹。

柯蒂斯暂时落在后面，靴子上一根皮带松了，他绊了一跤。他在倒地之前稳住了身子，不过还是大叫了一声"哦！"

"嘘！"谢默斯嘶声说道，"脚步轻点。我们可不想整个土狼军队来捉我们。"

"抱歉！"柯蒂斯小声说道，"我尽力。"然而谢默斯的脸上露出一丝困惑的神情。很奇怪，他们到现在都没有听到任何捉拿者的声响，土狼营地的地道里到处都是一片令人惊讶的寂静。

最后，他们来到另一个路口，在德米特里的指示下，走进了左边一条狭窄的地道。地道弯弯曲曲，过了一会儿，他们进入了一个狭小的房间。

"等一等，"安格斯轻声下令。他举起火把，火光照亮了墙上一扇半开着的小木门。"我听到了什么。"

越狱的强盗们一起屏住了呼吸。一阵小脚在泥土上急跑的声音打破了沉寂。

一只老鼠长着胡须的鼻子从木门的角落里探了出来，是塞普蒂默斯。他用一只前爪猛地推开门，发出很大的嘎吱声。

科马克赶紧责备似的将手指挥到唇边，提醒老鼠保持安静，不过塞普蒂默斯毫不在意。

"这里没人，伙计们，"他说道，"营地被遗弃了。"

"什么？"科马克还是小声问道。

"都走了。消失了。嗖一声。"塞普蒂默斯张开瘦骨嶙峋的爪子摊在面前，"不用安静了，没人听到你们。"

"但是……"德米特里的声音从队伍后面传来，"他们打算就这样——就这样把我扔在那里吗？扔在那个笼子里？"

"那我们呢，你这个笨蛋？我们也被扔在那里了。"谢默斯说道。

"嗯，我知道，不过……我的意思是，你们本来就是敌人。"德米特里解释道。

"看起来贵妇总督也一样不关心她的士兵啊。"安格斯说道。强盗们绷紧的弦都轻松了许多。谢默斯倚靠在土墙上，剔着指甲缝里的泥。

德米特里很沮丧。"我想也是，"他慢慢说道，"而我被关在那里只是因为'总体性傲慢'，不管那是什么意思。"

"死罪，很显然。"安格斯说道。

塞普蒂默斯插嘴道："不过你们还是要找你们的强盗大王，对吗？"

科马克仰起了脸："他们把他留下了吗？他在哪里？"

"跟我来。"塞普蒂默斯说着，消失在了门口的拐角处。

安格斯高举起闪烁着火光的火把，四个强盗，柯蒂斯，还有德米特里，跟着老鼠走进了黑暗的地道。

🍂

当最后一声铃响回荡的余音终止时，普鲁骑上车，疯狂地往桥那头骑——她已经开始后悔自己冒冒失失就敲响了铃铛。一阵风刮来，普鲁感到一团冷气从河面攀升到大桥边缘，悬挂着的最高处的缆线摇晃起来，发出响亮的呜呜声。人行道似乎在普鲁的车轮下移动，普鲁一直没忘记这座桥事实上是"幽灵之桥"；她直视着远方的地面，专注地往前骑。

红色儿童车的后轮刚一触碰到对岸的地面，薄雾就又一次聚成一团巨大的雷雨云，整座桥都被吞噬在云雾中。普鲁猛一刹车，回头看到灰色的钢铁塔楼消散在雾气中，随后云雾散去，露出的是一条空荡荡的河谷，在她的身体下方，无法穿越。

普鲁转回头，前面是一座山，她注视着前方层层叠叠的树林，不由得颤抖了。太阳升起来了，在一层厚厚的云幕后闷闷地发着光，最高处的杉树和雪松上反射出蓝灰色的光芒。鸟儿开始成群结队地歌唱，森林里变得越来越热闹且充满旋律。普鲁往山下看去，看到斜坡上有一条山路，通向北方，和河流平行。她握紧自行车的把手，小心翼翼地向下跑了几米，开始沿着山路前进。

过了一会儿，地面没那么陡了，山腰上不再有急剧的陡坡；山路平缓地通往低矮的树丛，这些树丛形成了边界的森林屏障。普鲁现在可以舒服地骑车在山路上，红色的儿童车在后面一直咣当作响。

当她觉得自己已经骑得够远时，便停下来，估测了下所处的位置：向南方看，圣约翰市成了远方一片屋顶构成的色块，铁路大桥几乎完全被河面上飘移的雾层笼罩。

"我们回来了。"普鲁叹了口气。

她观察了一番山坡，想在蕨草丛里找到一处空地；两丛细嫩的山茱萸之间有个缺口，正好可以让她走进灌木丛。她在这片低矮的植物中推着自行车和儿童车摸索前进，不时因为被灌木刺钩住了牛仔裤而皱起眉头。最后，灌木丛开始退去，取而代之的是一片壮观的冷杉林。透过树与树之间的缺口可以看到宽广的地面植被：长满酢浆草、沙巴叶藤，还有各种野花。随着普鲁越走越深入，灰蒙蒙的光线愈加弥漫，她注意到她经过的一片森林草地上种着一排排植物，南瓜藤和豆茎缠绕在一起。一条寂静的碎石路出现在她眼前，她开始沿着这条路走；碎石路在许多相似的林间空地中蜿蜒，这些整齐的种植物区使得地面看起来没那么荒野了。普鲁开始看到远处的树林间有一座座破败的小房子，石烟囱里飘出缕缕青烟。这一新发现让普鲁感到很好奇，她放下自行车的撑脚架，走近一块种植物区域想一探究竟。她刚走下碎石路，身后突然响起一个声音。

"走。不。远点。"声音说道，低沉而稳健。

普鲁怔住了。

"举起手来。"这个声音指示道。

普鲁将双手举到了头顶上。

"现在，转过来。慢慢地。我有武器，不怕使用武力。"声音提醒道，"就这样。"

普鲁倒吸了口气，慢慢地转向捉拿她的人，离开种植物区，回到泥路上。站在她面前的是一只兔子。一只拿着干草叉的野兔，头上看起来戴着一顶滤锅。

"放下武器。"兔子说道。

普鲁注视着他。这是一只斑驳的褐色野兔，正用两条后腿站着，还不到她的膝盖高。他头上的滤锅压得两只长耳朵垂在脸颊旁，看起来十分不舒服。他显然意识到了普鲁的惊奇，尴尬地理了理头盔，于是一只耳朵从滤锅的把手里戳了出来，他愤怒地挥舞起小小的干草叉。

"我说了，放下你的武器！"他喊道，露出两颗雪白的大门牙。

"我没有武器！"普鲁最后开口道。她摆了摆手，"看到了吗？没有武器。"

兔子欣慰地嗅了嗅空气，"你是谁？在北方丛林做什么？"

"我叫普鲁。我从外面的世界来。"她顿了顿，补充说道，"我来这里求见神秘人士。"

野兔挑起眉头："从外面世界来的？我之前就觉得你有些奇怪呢。你是怎么进来的？"

"我从河那边来，从圣约翰市来。我走进来的，"她解释道，"我现在能把手放下了吗？"

"好吧，"野兔默许了，"不过你要跟着我走。"

野兔指挥普鲁沿着泥路往前走，他紧跟在后，拿着干草叉指在普鲁的背后。飘着的云层露出一丝缝隙，几缕微光照射在他们走过的繁茂草地上；分布在四周的种植物区在阳光下沐浴了片刻，太阳就又被云层遮住了。这里是一片罂粟花地，裸露的蓝色球茎镶嵌在起伏不平的草地上。越来越多的小房子出现了，紧挨着大树。这些房子比普鲁之前在南方丛林中看到的任何房屋都粗糙，似乎是用手头的材料任意建成的，不管是树枝、岩石还是泥浆。屋顶覆盖着一堆堆黄色的干草。走了一段路后，普鲁斗胆提了个问题。

"你头上戴着的是滤锅吗？"她问道。

"什么？"兔子怀疑地问道，"不，这是顶头盔。就这样。"

"我能问问你是谁吗？比如，你的头衔是什么？"普鲁不想去驳斥野兔的回答，换了个问题。

"北方丛林大众的治安官，"野兔骄傲地回答，"我的职责就是不能让路上出现你这样的无赖。"接着他显然无意识地又说了句，"就这样。"

小路变宽了。他们身旁经过越来越多的路人，有动物也有人类。许多在步行；还有的骑着晃悠悠的自行车或者缓慢的、弯着背的驴。一辆很鲜亮的大篷车，由两头佩戴流苏的骡子拉着，慢慢向前行驶着。经过他们身边时，普鲁好奇地注视着大篷车。车子看起来就像是一座建在轮子上的小屋。普鲁吃惊地看到，驾驶这辆车子的是一只土狼。她的脑海中立刻浮现出那一幕，也就是几天前，柯蒂斯被土狼士兵绑架的情景。然而，随着大篷车驶近，土狼善意的面容立刻驱散了她的恐惧。他们经过时，土狼朝治安官点了点头。显然，土狼们在丛林的这一带和其他居民们相处得不错。

最后，野兔领着普鲁离开小路，走到一条更狭窄的路上。他们走到一座小木屋前，小屋位于一片宽广草地的中央。摇摇晃晃的走廊上有块标牌写着"北方丛林治安部队"。一只狐狸穿着一条褪色的粗蓝布工装裤，上身是一件扣了一半的亚麻衬衫，坐在门廊的椅子上，抽着烟斗。

"你有什么收获，塞缪尔？"狐狸问道。

野兔将干草叉的柄往地上一戳，行礼道："一个外面世界来的人，长官，在边界那边发现的她。她说她想求见神秘人士。就这样。"

狐狸抬起了头："一个外面世界来的人？她怎么会进来的？"

"也许是丛林魔法，长官。她一定是个混血儿。"野兔回答道。

"什么？"普鲁插话道。

狐狸仔细打量了下普鲁，回答道："是的，看起来她是。很少能见到这样的了。"

"你的话是什么意思，混血儿？"普鲁好奇地问道。

狐狸没有搭理她，而是问道："你来这里想做什么？"他从椅子上站起身，走了过来。他轻轻敲了敲烟斗，将余灰敲落在地上。"我们可不想有麻烦。"

"我来这里求见神秘人士，"普鲁解释道，"我是受禽鸟公国的猫头鹰雷克斯指派而来的。贵妇总督回来了，她抢走了我的弟弟。她在荒野丛林中召集了一支军队，我不知道她想做什么，但我知道我要把我弟弟找回来。"

狐狸盯着她看了一会儿，说道："听起来情况不妙。塞缪尔，我们把这个混血儿带到神秘人士那里，他们知道该怎么做。"

塞缪尔行了个礼，将干草叉在地上迅速戳了一下。狐狸懒洋洋地走出房子，野兔清了清嗓子。"嗯，长官，"野兔轻声说道，"你得带上武器。执行公务，对吗？"

狐狸直直地看了野兔一会儿，被副手的冒失无礼搞得有些懊恼。他转身走进屋子。过了一会儿，他腰带上别了一把修枝大剪刀走了出来。

"好了，"狐狸说，"我们走。"

第 二 十 一 章

再入荒野丛林；
与一名神秘人士会面

离审讯室还很远的地方，他们就听到了呻吟声，在土狼营地低矮的地道里回荡着，让人毛骨悚然。他们不再需要跟着塞普蒂默斯，只要循着强盗大王痛苦的呻吟声就能找到关押他的地方。中央大厅已被抛弃，没有人烟，一口漆黑的巨大锅炉歪倒在一边，他们就在那里转了个小弯，看到强盗大王被一根粗绳系着脚踝，倒挂在高高的房顶上。他的脑袋上套着一个麻袋，一根皮绳收紧在他的脖子上。安格斯跑向他的头儿，手腕一挥，就将麻袋从布兰登的头上解了下来。

"大王！"他喊道，其他强盗也跑到他身旁。

布兰登努力睁开一只乌青的眼睛，看着大家。他的下唇上有一滴凝固的血迹，头发上沾满汗水。

"嘿，伙计们，"他说道，声音吃力而沙哑，"不介意把我放下来吧？"

很快，他们将挂着的布兰登拉低；塞普蒂默斯冲到绳子上，干净利落地将绳子咬断，于是柯蒂斯和强盗们将布兰登轻轻放到崎岖不平的地面上，迅速解开了捆在他身后手臂上的绳子。强盗大王坐在地上，搓着勒红的手腕。

"发生什么事了？"谢默斯问道。

"哦，他们将我暴打了一顿，"布兰登回答道，声音慢慢有力起来，"他们非常想知道大本营的位置，这帮狗杂种。"他扫视了一眼他的救援小组，最后目光落在了德米特里身上。"这家伙在这里做什么？"

德米特里举起爪子："嘿，我是和你一伙的。"

布兰登用他那只好眼怀疑地斜瞥了土狼一眼。

"那么，你说了吗？"谢默斯问道，"你告诉他们什么了吗？"

布兰登将视线转向谢默斯，若有所思地瞪着他，目光如炬。柯蒂斯看到他脖子上一根青筋紧绷着，颤动着。他慢慢地、拖长声音问道："你觉得呢？"

谢默斯挤出一个调皮的微笑，向大王伸出手："很高兴你回到我们当中，布兰登。"布兰登也对他笑了笑，握住了他伸出的手；布兰登站着的时候脸部抽搐了一下。

"这帮狗杂种伤我不轻，"他嘶声说道，脚步不稳，"但我还能跟得上。那个巫婆在哪里？她是我的，伙计们。"

"他们走了，布兰登，"安格斯解释道，"都不见了。这里没人了。"

布兰登扫视了一眼房间，点了点头："估计也是。我觉得他们还没折腾完我，把我就那么留在那里，像只负鼠一样挂着。"

"你觉得他们去哪里了呢？"柯蒂斯插嘴道，"你觉得他们是去做那件事了吗？和麦克有关的那件事？"

布兰登注视着柯蒂斯。他一瘸一拐地慢慢走过来，站在柯蒂斯面前。他站着比柯蒂斯高出三十多厘米，皮肤很白，长着雀斑，额头上的文身因为日晒和汗水已经褪色，左眼下的凹陷因为深紫色眼圈显得更加暗黑。他站着，向下凝视，柯蒂斯可以闻到他散发出的带酸味的气息。"你，"他说道，"从外面世界来的人。既然我们都在这里，既然我们都自由了……"他伸出手，握成拳头，放在柯蒂斯制服外套的翻领旁。"我可以告诉你我真实的想法。"布兰登弯起手臂，柯蒂斯感觉到自己的靴跟抬离了地面。强盗大王威胁地瞥着柯蒂斯，将他的脸转向自己。

"我应该将你撕成碎片，"他低语道，"因为你所做的一切。你这个愚蠢的孩子，你这个捣乱的外来人。"

柯蒂斯开始无助地呜咽，"我之前不知道！"他辩解道，布兰登用拳头抓住他的外套，紧紧勒住了他的喉咙，"我以为她是好心的。我之前不知道。"

"哇哦，"科马克喊道，赶到柯蒂斯身旁，他将手搭在布兰登的胳膊上，"他没问题的，他是朋友。"

布兰登稍稍松开了手，柯蒂斯的脚又触碰到了地面。

科马克继续说道："他冒着生命危险救我们出来，布兰登，他跟我们是一伙的。"布兰登放开了柯蒂斯的衣领，用力抚平衣服的褶皱。他睁大的右眼布满血丝。科马克将他从柯蒂斯身边带离。

"跟我们一伙，嗯？"布兰登问房间里的众人。

四个强盗一起点了点头，他们坚毅的面孔在昏暗的火把光下闪

284

着光。

"很好。"布兰登说道。他蹒跚地往后退了几步，膝盖下弯。埃蒙跳到他身边，抓住他的胳膊，帮助他站稳。

"布兰登!"强盗们喊道，每个都要来帮忙。

大王挥了挥手，打发开他们。"暂时性的虚弱，伙计们，"他说道，"我只要喘口气就好。"

房间里一片沉默。柯蒂斯感到裤腿被谁拉了下，低头一看，发现是塞普蒂默斯。柯蒂斯点头示意，于是塞普蒂默斯抓着他破烂的制服爬了上去，舒服地坐在他的肩上，盯着强盗大王。四个强盗快速地互相看了看，满脸忧愁。

"走，"布兰登最后说道，"我们回大本营去。"他抬起头，脸上又恢复了血色。"我只希望我和外面世界来的那个女孩的一点小策略，将他们引到了足够远的地方。在大本营，我们将重聚力量。"

布兰登显然恢复了力气，高高抬起下巴，推开埃蒙的肩膀，一瘸一拐地走到房间的中央。

"如果巫婆在做这件事，献祭外来小孩的事，"他坚定地说道，"那么所有部队现在必须向古人之林行进；按我的估算，秋分就是明天。"他看向柯蒂斯，"我们会阻止她。我发誓，我们会将她半路拦截。而唯一用来喂食常春藤的将是她自己的血。"他转向强盗们，脸上浮现一丝恶意的微笑。"不知道你们怎么样，但我是等不及离开这臭烘烘的洞穴，回到地面上。我们走。"

强盗们齐声赞同。一群人向土狼营地的出口走去。

🌿

野兔和狐狸走得非常慢，普鲁只能控制速度，不超过他们。他们一直在激烈地争辩着，讨论什么季节最适合种阿纳海姆椒，怎么放才能增强椒的辛辣味，还有什么时候需要制作一把更锋利的叉子，等等。他们说着说着，有时一个人会停下脚步，小手指在空中画着手势。有一次他们完全偏离了大道，领着普鲁在灌木丛里漫步，因为那野兔前几天发现了一块看着不错的羊肚菌地，很想看看是不是还在那里。

就这样慢慢地走了好久好久，普鲁忍不住抗议了："嘿，我真的要去见这些神秘人士，要赶紧。这真的很重要。我不知道我还有多少时间。"

她插嘴后，接待她的主人们一阵沉默。他们互相轻蔑地看了看，然后狐狸回答道："我们在尽全力快速行进，夫人。我要提醒你，你是在北方丛林治安官的监视之下，我们是按照当下的情况所需要的速度前进的。"不过在普鲁这次抱怨之后，他们不怎么聊天了，又恢复了原先的速度。

这里的乡村安宁祥和，与荒野丛林的蛮荒、南方丛林的都市喧嚣截然不同。空气清新，夹杂着少许燃烧落叶和煤炭的味道。这片乡村风光中，没有城镇，只有一栋栋木材石头建造的小屋，宽广的泥路在其间蜿蜒；偶尔也会看到这样的小屋上挂着一块标牌，写着饮料和食品的广告。另一座小屋的木头上刻着长着翅膀的信封，表明这是一家邮局。他们一路上遇到很多同路的旅行者，他们看起来都慢悠悠的，十分悠闲，热情地和过路的治安官打招呼。过了一会儿，他们在丛林中转了个弯，来到一座小客栈前，泥烟囱中喷着阵阵煤烟。几张小桌子摆放在正门外，狐狸示意普鲁坐下。

"议会树不远了，"狐狸说道，"我先去看看，确保他们没有在打坐冥想。而且，你们一定饿坏了。"

"我确实饿极了。"野兔回答道，"就这样。"

"还有那个女孩，塞缪尔，"狐狸指责道，"那个女孩。"

普鲁笑了，"我想我也不介意吃上一两口，"她说道，"不过你看到神秘人士的时候，请告诉他们，这事非常非常紧急。"

狐狸点了点头："当然，不过我不能做任何承诺。神秘人士做判断经常不是那么快。"他挑了挑眉，离开了客栈，沿着大路的一条小岔道走了。

普鲁将自行车靠在客栈墙上，坐在餐桌上野兔的对面。一个年轻女孩拿着菜单走了出来，看到普鲁，吓得脸色煞白。她站在门前犹豫着，野兔挥了挥手示意她过来。"她不会咬人的，"塞缪尔说道，"至少在我的监视下不会。"女孩脸红了，走上前，递给他们纸质菜单。"给这女孩先来一杯水，"野兔看着菜单说道，"给我来一杯你们的罂粟啤酒。"女孩点了点头，走回小屋。

下午很快就要过去。普鲁一直留意着狐狸走开的那条小路。女孩回来了，拿来一杯水给普鲁，在塞缪尔面前放了一大杯半咸的啤酒。野兔之前一直在研究菜单，抬头瞥了眼，开始点菜："我要吃炖蔬菜和扁豆。"他看向普鲁，"你吃什么？治安官请客。"

普鲁快速看了看菜单，回答道："我要南瓜饺子。再来点面包。"

女服务员不好意思地笑了笑，行了个屈膝礼，走回了小客栈。

野兔看着她离开。"要知道，你来到这里，带来了不小的困扰，"他说着，喝了一小口啤酒，"我们不太习惯这种困扰。就这样。"

"我知道，我知道，"普鲁说道，"我真的很抱歉。我真的不是有意的。"她停了一会儿，主动提起了自己的发现，"这地方真的不一样，和无法穿——我是说，和丛林的其他地方相比。"

"感谢大地，"塞缪尔说道，"无法想象住在南方丛林的情景——我有一个表亲住在商业区，我有时会收到来信。就这样。那里的人很疯狂，幸亏有荒野丛林隔在他们和我们之间，起了缓冲的作用。"

普鲁点了点头，继续问道："我们是要去议会树吗？狐狸没有说过相关的事吗？"

"嗯哼，"野兔回答道，抹去毛茸茸的嘴唇上一层薄薄的酒沫，"议会树。丛林里最古老的树。他们说在还没有任何人或动物存在时，他就在这里了。他的根，我估计，向各个方向延伸几英里，就像是菌类。他对丛林的了解不同于这里的任何其他生物。神秘人士就在这棵树下会面，就这样。北方丛林的所有事务和请愿，都必须先问这棵树，然后再做出决定。"

"这树……说话？"普鲁问道，她想起了她住在大厦的房间时，看到的墙上的那幅画——巨大的树旁一群人围成一个圈。

"说话，但不怎么多，"他说道，"所以神秘人士会在那里。他们可以听到它说话，可以将它的想法翻译给我们听。不过，按照神秘人士的说法，不只是议会树说话：一切都可以。"他举起一条手臂在头顶上挥了挥，"每棵树，每朵花，每株蕨草。"他耸了耸肩，"不过我不知道，我自己从来没听到过，但我也不像有的人那样有时间练习。"

"练习？"普鲁问道。

"冥想。那大概很关键。你的思想完全沉静下来，去理解你和大自然的关联，诸如此类。你那样做了，你就能听见。所有的都在说话。"他又喝了一小口啤酒，"但成天面对我那大一窝兔崽子，还有那只整天在我耳边哇里哇啦叫的讨厌的狐狸，我听到的说话声已经够多了。我可不需要再听到我的西红柿冲我嚷嚷，就这样。"

"真的吗？"普鲁问道，"就是冥想？"这种"练习"对普鲁来说并不陌生：普鲁联想起了容易让人打喷嚏的焚香，令人出汗的瑜伽毯，还有啤酒酵母的气味，所有这些东西。"那是他们的……魔法？"

野兔还没来得及回答，女孩就端着两只锡合金盘子走了出来。她把盘子放在了桌上。普鲁的饺子上有几块白色奶酪，看起来很美味。她向服务员说了声谢谢，从面包上撕下一大片，开始吃起来。野兔向后推了推他的滤锅头盔，满腔热情地一头钻进他的美食。他们就这样吃着，一言不发。时间一分一秒过去了，普鲁没有得到关于神秘人士的练习的回答。她猜想也许塞缪尔认为她提的这个问题很不礼貌，所以就再也没有提起。

普鲁刚刚用一块面包沾上碗底最后的沙司酱，狐狸又出现了。"好了，"他宣布道，"他们可以见你。"

狭窄的小路从大道延伸出来，两边是长长的、整齐而雄伟的雪松树——在普鲁眼里，它们看起来几乎修剪得整齐划一。小路的尽头，雪松消失了，出现在眼前的是一大片壮观的草地，四周长着高高的冷杉树。清冷的微风吹拂下，高高的野草起伏不定，不过整片草地的生态体系看起来都朝向一个中心：一棵品种不确定的参天大树，从草地中央拔地而起，巨大而粗糙的树干扭曲着向上生长，喷发出一片枝繁叶茂，延展的树冠几乎和整片草地的宽度相当，令周围所有的树都显得相形见绌；它最高处的枝叶与天相接，高耸入云。看到这一幕，普鲁目瞪口呆。她立即认出，这就是大厦里那幅图上的景象。普鲁看到很多生物聚集在大树下，在树荫里漫步，看起来就像是许多蚂蚁在摩天大楼脚下，这让大树显得更加巨大，令人敬畏。走得更近一点时，普鲁看到那些生物的体型和她差不多大小，有动物也有人，都穿着朴素的亚麻色长袍，有的站在草地里聊天，有的躺在蜿蜒的树根上休息。当普鲁、狐狸和野兔走得更近些时，一个身影从人群中向他们走来。

"你们好。"这个身影说道，是一个瘦削的女人，一边走一边提着衣摆，以免沾上草屑。走到近处时，普鲁看到她的脸上布满深深的皱纹，一头灰白的长发垂落，就像银色的金属丝。"欢迎来到北方丛林。"她伸出一只手来问候，黄褐色的脸上露出安详的微笑，"我是神秘人士长老。我叫依菲琴尼亚。"

普鲁握住她的手，握着的时候感觉她的手很粗糙，但手心的皮肤像鞣质的皮革一样光滑。"我叫普鲁。"她回答道。

"我知道，"神秘人士长老说，"我听说你会来。大树……"说到这里她回头指了指身后那棵巨大的树，"一直在追随你。一直。它给我们讲述了你的旅途经历。"她用手摸了摸普鲁的脸颊，"我的孩子，你受苦了，你经历了巨大的磨难。来。"她挽住普鲁的臂弯，"和我走一会儿。"

依菲琴尼亚等普鲁放好自行车后，挽着普鲁的胳膊，将她带离了两名治安官。这位神秘人士长老浑身散发着薰衣草的香味，她的触摸让人感到温暖，有她在身旁普鲁立刻觉得沉静下来。一群穿着相似长袍的孩子们正在草地上快活地玩着捉迷藏。普鲁和神秘人士长老走进了大树的外围，普鲁不由得对它的巨大诧异不已。大树的树身由一块块巨大的枝干扭结在一起，螺旋向上延伸，树的根部有近二十米宽。一小群节孔分布在树干宽阔的纹理上，有的节孔大到可以整个吞进一个成年人。一群鸟儿围着高高的树冠盘旋飞翔，它们五彩缤纷的羽毛装点着这片天空。

依菲琴尼亚注意到了普鲁的惊异，说道："不可思议，是吗？你不是第一个见到这棵议会树的外来人，虽然几乎没什么人敢这样探险。"

"这么说，还有人来过这里？从外面世界来的其他人？"普鲁问道。

"哦，是的，"神秘人士长老回答道，"不过是很久很久以前了。在发生入侵之前，在我们对周边的树林施加边界魔法之前——就是对你无效的那个魔法。"她温和地笑着。

"那么我是怎么做到的？我不是有意的，相信我。"普鲁说道。

"你当然不是有意的，"依菲琴尼亚说道，"不是因为你做了什么，而是因为你是谁。"

普鲁开始明白了："治安官们叫我混血儿，说是什么'丛林魔法'。那是什么意思？"

"意思是你属于这里，"依菲琴尼亚肯定地说道，"你是丛林的一部分。不管是什么原因，你的生命体都与这片土地相连。"

普鲁点了点头。很奇怪，丛林里的其他人都没有认出她是个混血儿，但她在北方丛林里见到的每个人都一眼就看出了。"我的父母和这里——荒野丛林——的一个女人达成了一个协议，她让他们有了我。"想到这里她有点揪心，"从某种意义上说，我想，是她创造了我。"

依菲琴尼亚紧握住普鲁的手臂，看着她。这位神秘人士已经年老腰弯，她的目光与普鲁齐平。"亚历山德拉，是的。很不幸，那个家庭，巨大的悲剧。但就是这样：她对你注入了丛林魔法。你是丛林的孩子，不管这事是好是坏。"

"那么你一定知道我的弟弟，麦克，"普鲁说道，"我要去救他。"

神秘人士皱起了眉头，低着头和普鲁往前走。"唉，"她说道，"我不知道能不能帮上忙。"

普鲁的心一沉。"为什么？"她问道，"我经历了这么多，你是我唯一的希望了。"

"亲爱的普鲁，我们是一个奇妙世界的继承人，一个美丽的世界，充满生机和神秘、幸福和痛苦。但同样，我们是一个冷漠无情的宇宙的孩子。我们将自己的道德秩序强加于一片天然的混乱之网，伤了自己的心。这是一个无法完成的任务。"

普鲁没有听懂。

依菲琴尼亚笑了笑："这些对于一个小女孩来说太难懂了。不用说，我必须尊重宇宙的秩序，还有我们每个人选择的道路，因为人人都有自由意愿。对于年轻的夫妇而言，那条路是不惜任何代价有一个孩子。他们如愿以偿了。他们现在必须接受他们行为的后果。如果我插手，就会破坏自然的平衡。这个，我不能做。"

普鲁无言以对："你什么都不能做？"

神秘人士耸了耸肩："没有什么是绝对的，亲爱的。也许我会将这件事提交议会，我们将聚集冥想。我们将询问大树。"

普鲁停下脚步，转向这个年长的女人，抓住了她的双手。"哦，求你了，求你了。不管怎样帮帮忙。我只是需要帮助，就这样。"

依菲琴尼亚若有所思地点了点头。"来吧，"她最后说道，"我们不会这么快就聚集议会的。这种静坐需要汇聚我的全身之力。我们继续走走吧。我的膝盖得活动活动了。给我讲讲外面的世界吧，我很多年没有听说过了。"

"我不知道从哪里开始讲起。"普鲁说道。

"从你的父母讲起吧，给我讲讲他们。"神秘人士长老说。

于是普鲁开始讲起来。

当逃生小队来到土狼营地的门前时，他们一起深深地吸了口气，又一次呼吸到地面上的空气，真是令人兴奋极了。

"比起先前那个地狱，"谢默斯说道，"这里实在太舒服了。赞美树林和丛林里的空气！"

科马克转向德米特里，"我们得分道扬镳了，朋友，"他说道，"希望你能回到你的家。"

德米特里皱了皱眉，"估计是残剩的破窝了吧，"他说道，"不过我迫不及待想见到我的孩子们——小崽子们现在应该都长大了！"他伸出前爪表示谢意，强盗们和柯蒂斯轮流握了握。

"再见，德米特里。"柯蒂斯一边和土狼握手一边说道。

"啊，柯蒂斯，"德米特里说道，"如果你想要吃新鲜的腐肉大餐，你知道在哪里可以找到我。我住的地方在长路的西面，在古老丛林里，靠近摇椅溪的源头。找到那块碎石，大声叫我的名字，我就会来找你。"

柯蒂斯咧嘴笑了，向他表示了感谢。

"别变得太有钱，德米特里，"谢默斯开玩笑地说道，"不然我们就又要狭路相逢了。我们强盗很快就会恢复本性的。"

"彼此彼此：别让你们的孩子们晚上游荡到太远的地方，"德米特里回答道，"不然他们就会成为晚餐。"

布兰登笑了："走吧，狗崽子，回家找你的小崽子们去。"

德米特里点了点头，四爪落地，开始小跑进灌木丛中。但在他完全消失前，柯蒂斯看到他停了下来，低头看了看身上破破烂烂的制服。只见他迅速地用嘴一扯，后腿一蹬，制服就被扔了下来，脏脏的一团落在地上。他欢快地短号一声，消失在了树林里。

柯蒂斯感到有人用手紧握住了他的肩膀，一看是布兰登。"我想你现在也要回家了吧，嗯，外来人？"

他想了一会儿，没急着回答。前几天发生的事情在他的脑海中放映着，回忆起这一切让他觉得有点晕眩。"不，"他说道，摇了摇头。"不，我想和你们一起走。"

布兰登直视着他，说道："你知道你将陷入什么样的麻烦吗？这可比你想象的要困难得多，孩子。"

"我来这里是为了找到麦克。我只差一点点……"说到这里他举起大拇指和食指，靠近到几乎触碰在一起，"就找到他了。普鲁已经回家了——据我所知，她放弃了。我还有一线希望。我现在不能回家。决不。"

"很好，"布兰登说道，"那就跟着我们走吧。不过千万别说我没警告过你，你可能会在这里丢掉性命，小伙子。"

柯蒂斯严肃地点了点头。"我知道。"他说道。他又凝视着栖息在他肩膀上的老鼠塞普蒂默斯，问道："老鼠，你打算怎么办？"

"我和你一起，孩子，"塞普蒂默斯回答道，"在那个土狼营地里我一无所有，没有土狼就意味着捡不到食物吃了。"他露出牙笑了笑，"食物在哪儿，我就去哪儿。"

前方，安格斯已经在仔细查看地面植被的情况；这里覆盖在森林地表上的低矮蕨草和三叶草都被践踏齐平，形成了很宽的一块一块。

"一支部队，"他说道，"从这里经过了。整个该死的部队一定是在这里集合出发的。看，"他指着森林里一条被踩出来的路，路很宽，通向南方，"一定有成百上千人。"

一把被抛弃的刺刀，因为使用不当已经生锈了，从一片蕨草上突伸出来。布兰登捡起刀，研究了一下它的边缘。"是的，伙计们，就是这样。我们回大本营去。不管那个寡妇打算做什么，她都必须拼过我们这一关。我们走。"

他将刺刀扔进了树林里，这伙获得了自由的囚犯踏上了回家的征程。

🌿

普鲁平静地坐在草地上，看着穿长袍的人们聚集在一起。没有人发出召唤，没有人给出信号，但是神秘人士们都沉浸在自己的沉思中，开始慢慢地自行走到各自的位置上。他们最终绕着大树的根部围成了一个巨大的圈子，每相邻两人之间都隔着四五米的距离。突然，身着长袍的神秘人士们都一言不发地盘膝坐下。普鲁看到依菲琴尼亚坐在穿着相同长袍的一只兔子和一只鹿之间，挺直腰板，伸直脖子，双目紧闭，聚精会神。整个圈子都一起呼气吸气，普鲁可以听到他们整齐的呼吸声，在疾风的低吼下掠过。

冥想开始了。

🌿

前进的步伐很快，强盗们在树林间安静而秘密地行进着。过了一会儿，他们来到了长路。观察确认这里没有哨兵后，他们开始向南方奔跑，示意柯蒂斯跟上。他们来到了峡谷桥，跑过桥去，除了柯蒂斯，没有人多看一眼那深不见底、漆黑一片的峡谷。他们跑到桥的另一头，迅速地离开宽敞的大路，一头钻进茂密的森林里。

塞普蒂默斯骑在柯蒂斯的肩上，躲闪着不时出现的低垂的树枝，以免被撞倒。"你觉得目前是什么计划？"他对着柯蒂斯耳语。

柯蒂斯上气不接下气，几乎没法说话，强盗们行进得如此迅速敏捷，他费很大劲才勉强跟上。他们循着的路径，在柯蒂斯眼里根本觉察不到；他们行走在森林的地面上就像是一道隐形墨水。"我不知道，"他对着塞普蒂默斯嘶声答道，"我估计，我们是在聚集一支军队。"

塞普蒂默斯龇着牙吹了个口哨。"那个我不懂，孩子，"他说道，"听起来很危险。我正巧知道那个女人的军队规模非常之大。他们一直在大量地征召新兵。我是怎么知道这个的呢？我吃他们的垃圾。他们的垃圾非常之多。"

"好吧。"柯蒂斯说道，专注地盯着远处安格斯的身影在灌木丛中穿梭前进。

"我想说的是：希望渺茫。我不知道一共有多少强盗，但我怀疑不够。不会太多。"

"谢谢，塞普蒂默斯，"柯蒂斯说道，"谢谢你投出的信任票。听着，如果你还打算骑在我的肩上，至少不要把你那些想法说出来。"

塞普蒂默斯生气地吐了口气。"好吧，"他说道，"但别说我没警告过你。"

强盗们到达一片小空地的时候，停了下来。布兰登站在中央，在树梢间搜寻。"奇怪，"他说这话的时候柯蒂斯正好赶过来了，"没有哨兵。放哨的在哪里？"

柯蒂斯循着布兰登的视线看去，只看到层层叠叠的绿色橡树叶和下面支撑着的树枝。空地里一片寂静，只有强盗靴子边的蕨草叶轻轻地沙沙作响。

　　"我们走。"布兰登命令道，显然十分忧虑。因为跛行，他步伐不稳，但仍然能和其他的强盗一样行走敏捷。走了一小会儿，布兰登带领大家来到了一个小山坡上，山坡遮掩住了一个浅浅的峡谷口。很快，峡谷就变成了一条小小的、流淌着小溪的溪谷。透过前方的矮树丛，柯蒂斯看到地面渐渐平整，形成一条巨大的天然死路。蕨草丛不见后，一个营地的全貌出现在眼前：散布着帆布帐篷、粗糙的披屋、闷燃的营火，还有一小群散落的人影。当逃生小队抵达空地处时，营地里沸腾起来：一群正在玩弹珠游戏的孩子们奔跑过来；扛着一堆柴火的男人扔下木柴，大声欢呼；女人们开始从小屋子里走出来，见到布兰登和强盗们显然喜出望外。大伙儿互相拥抱，用力握着手。重逢的爱人激动地拥吻，一解相思。只有布兰登站在人群外，注视着营地。

　　"还有人哪里去了？"他最后问道，"我们的人怎么这么少？"

　　一个穿着破旧的白色纽扣衬衫和吊带裤的年轻男子走上前来。他的脸上充满悲伤。"对不起，大王。你不在的时候我们尽力了。"

　　"发生什么事了？"布兰登追问道。

　　年轻人继续说道："昨天晚上，哨兵们在边界发现了土狼士兵。我们派出了一支小队，可只有戴文回来了。"

　　只见戴文走上前来，他手臂夹着夹板，走路有点困难，瘦削的身子架在一根用树枝做成的临时拐杖上。强盗们回来时那种兴高采烈的气氛消散了，阴影笼罩着整个营地。戴文点了点头。"我的大王。"他说道。

布兰登凝视着他，面无表情。

"我的大王，"戴文继续说道，"远处哨兵发现几只土狼在边界那边晃悠，于是我们就出去想给他们一点颜色。在蕨草空地那边拐了个弯后，就从小溪的老河床下，跑出来一整支部队。"戴文说到这里抽了抽鼻子，显然回忆起这一事件十分揪心。"我们尽全力战斗，但仍然不是他们的对手。他们有好几百只，头儿，有好几百只，从四面八方拥来，我这辈子没见过这么多。我们没法脱身——他们把我们包围住了。布林，劳登，莫亚，都死了。还有哈尔。我们一共丧生三十五人。他们大摇大摆地走到我身边，给了我条活路。给了我这个……"说到这里他指了指脸上锯齿般的爪痕，那是三道平行的红色条痕，"他们说我应该让我的大王识相离远点。"这个年轻人的声音里充满悲痛，"对不起，大王。我知道我让你失望了。"

布兰登站在那里，咬着牙，神情专注，他问道："我们死了很多人吗？"

一个胡子灰白的年纪大些的男子，站在一边，双手叉腰，开口说道："唉，大王，在失去那些哨兵之前，我们因为山坡那场战役就已经死了很多人，之后我们就没有力量去任何地方了。我们根本没有足够的兵力保卫营地。"

布兰登恢复镇定，走到受伤的戴文面前，用手抓住他的脖子。他轻轻地将额头靠着戴文的脸，眼里充满泪水。"他们不会白白死去，"他缓慢而平静地说道，"我们会为他们报仇雪恨。为他们所有人。"

一个女人从空地后面的一小群人中走了出来。她留着平头，头发乌黑，耳垂上戴着大大的金属环。她系着宽宽的丝绸腰带，一把军刀的刀柄从中探出。她戴着戒指的手握着刀柄，说道："你打算怎么做，布兰登？用什么军队？我们现存的强盗，都不够去抢劫一个乡下地主的大马车，更别提去对付贵妇的整支土狼部队。"几个转悠着的强盗点头表示赞同。"不，"她继续说道，"我们应该留在原地不动，等这一切结束。在我们辉煌的历史中，我们也遇到过这样的艰难时期；我们可以这样渡过难关。"

布兰登从戴文身边走开，面向所有强盗。"没什么好等的了。就是这样。"他用拳头击向摊开的手掌，表示强调。他的声音钢铁般坚定、直接。"贵妇已经下定决心将这里夷为平地，这整片悲惨的丛林。她正准备用一个来自外面世界的人类孩子的鲜血去喂常春藤。伙计们，是常春藤。一旦她完成此事，她就将命令藤蔓吞噬这片丛林，南方和北方，还有荒野丛林，所有的一切。当她大功告成时，这里将只剩下一片常春藤。"

聚集的强盗们恐惧地低声交谈起来。"什么？"一个喊道，"你是怎么知道的？"

布兰登一瘸一拐地走到柯蒂斯身边。他将手放在柯蒂斯的肩上，不是塞普蒂默斯待着的那侧。"这个人，"他冷冷地说道，"这个来自外面世界的人。"

从他们回到营地开始，这帮强盗第一次注意到了柯蒂斯。他们当中开始响起阵阵不大的抗议声。布兰登示意他们安静，说道："他是为寡妇作战过，确实如此——他曾是那个巫婆的亲信！但当他被告知她的阴谋，他就和她决裂了，还因此被囚禁了起来。"

安格斯从人群中开口道："我们是在那个泔水桶一样的牢房里遇到他的。他帮我们逃了出来。他是朋友。"

"他的朋友就是那个孩子的姐姐，"布兰登说道，"就是贵妇打算献祭的那个孩子。要不是他，我们就不会知道这个消息。"

人群中有人喊道："但是如果她控制了常春藤……她就会杀死我们所有人！"

另一个喊道："还会推倒每一棵树，淹没每一棵植物！"

"那正是她想要做的，"布兰登说，"这个贵妇总督，她是个疯婆子。她打算将整片丛林变得荒芜，想让我们所有人臣服于她。"他的声音变得坚定，一瘸一拐地离开柯蒂斯，走上前方，靠近强盗群。"所以我们有两条路选择。一条……"他举起了一根手指，"我们留在这里。等到秋分的黎明，明天早上，我们就被常春藤整个活吞，每一个人都是死路一条，不管是男人、女人，还是小孩。"他向下凝视着专注的人群，迅速地、意味深长地看了每个强盗一眼。

"或者第二条路，"他继续说道，伸出第二根手指，中间的指关节上盘旋着一条蛇的文身，"我们战斗，我们竭尽全力去和他们拼了。"

"然后我们死去。"那个戴着耳环的女人说道，她的神情坚毅而平静。

布兰登点了点头："是的，安妮，我们会死去，但我们是在战斗中死去，那比等着常春藤来解决我们要好得多。"

营地里一片寂静。一根柴火在篝火堆里爆裂翻滚。太阳消失在一片云雾中。雨滴落在周围高高的树枝上，噼啪作响。

布兰登用疲倦而迫切的眼神扫视着同伴们的脸，想要得到他们的回应。最后，一个声音响起。

"我们战斗。"安妮庄严地说道。周围的强盗们看着她，又看了看布兰登。过了一会儿，每个人都点了点头，一字一顿地说出那几个字。

"我们战斗。"

第二十二章

成为一个强盗

　　过早的暮色开始笼罩在这片苍茫的草原上，太阳躲进了一片飘来的云朵中，远处的雨滴声预警着即将到来的大雨。神秘人士们坐成巨大的圆圈，一动不动。普鲁估计他们已经一言不发地静坐了几个小时，而且看起来也没有很快离去的迹象。雨开始降落，倾盆而下，击打在草丛上。普鲁坐了一会儿，想学习神秘人士们的韧性，但最终还是放弃了，跑到附近一棵橡树下避雨。她拧了拧头发上的雨水，倚着粗糙的树皮坐了下来，继续等待。

　　等待。

　　暴雨是暂时性的——半个小时雨就停了，随着雨云消散，阳光重现，照耀在整片草原上，挂着露珠的草丛闪闪发亮，看起来就像是镶满了钻石。傍晚渐渐退去，夜晚即将来临。普鲁从橡树下走了出来，

301

回到她坐的地方，继续专注地看着围成一圈一动不动的神秘人士们。

她先前看到的那些身着长袍的孩子们显然是侍僧之类。他们也短暂地参与了静坐，持续了令人印象深刻的一小时左右，直到他们当中年纪最小的开始分心难耐，毕恭毕敬地站起身来，跑开去别的地方玩了。过了一会儿，所有的侍僧都不冥想了，回到原先的活动当中：捉迷藏；玩围着玫瑰丛绕圈子的游戏；研究高高的草丛中的虫子；做白日梦。一个侍僧，一个远离同伴的年轻女孩，一直注视着普鲁。克服了羞怯后，她走近普鲁，小心翼翼地坐在离她一米多远的地方。

普鲁等着这个女孩开口说些什么，但她没有，于是普鲁笑着对她说："你好。"

"你好！"女孩说道，显然很高兴普鲁注意到了她，"我叫艾莉丝。你叫什么名字？"普鲁自我介绍了一下。

"你是从边界那边过来的，嗯？"艾莉丝问道。

"是的。"普鲁说道。

"你在这里做什么呢？"

"我希望神秘人士们能帮我找到我弟弟。"普鲁说道，然后开玩笑似的追问道，"你在这里做什么？"

艾莉丝脸红了："我在学习。不过我不知道我行不行，静坐着不动很难。但我这才学了第二年，他们说到第六年时我就懂得其中的奥妙了。爸爸妈妈说我有这个天赋。"她耸了耸肩，"不过我不知道。"

"天赋？"普鲁问道。

"是啊，"女孩说道，"成为一名神秘人士的天赋。我没有这么想过，我只是喜欢坐在花园里，和植物说话。"

"它们会和你说话吗？"普鲁问道。

艾莉丝皱了皱鼻子，笑道："不，它们不会说话，"她说，"它们没有嘴巴！"

"好吧，"普鲁有点尴尬，问道，"那么你为什么要和它们说话呢？"

"因为它们在这里，它们在我们身边，就这么忽视它们是很粗鲁的。"女孩说，"看好。"

女孩双膝跪地，平静地将双手放在身体两侧，闭上双眼。她面前的一簇草丛开始摇摆，仿佛一阵微风突然拂过，抚弄着叶片。然而普鲁注意到，周围并没有风。正当她注视的时候，草丛的叶片开始颤动起来，然后令普鲁惊讶的是，每一片叶子都开始和旁边的叶片缠绕、包裹。不久，这一簇草丛编织形成了一缕缕的小型森林。"太不可思议了。"她小声说道。

这个侍僧的眉头紧锁，聚精会神，草叶继续在编织中——但叶片由开始的动作一致慢慢地变得越来越混乱，直到那种编织的模式无法辨认，这簇草丛编结成了一团颤抖着的绿线。

"呸！"艾莉丝喊道，睁开了双眼，"我总是乱了分寸！"

女孩收回她的注意力后，叶子纷纷解开联结，回到了原先的形体：一片简简单单的草丛。

一个用麻绳临时做成的足球滚跳到了她们之间。两个侍僧——一个男孩和一只浣熊——跑来取球，说了声抱歉。艾莉丝顾不上自己的年龄还有注意力的持续时间了，立即就把普鲁抛在一边，跳着去追球了，在她的伙伴们之前踢到了球。不过她只跑了几米远，就停住了，回头看了看普鲁。她慢慢跑回到普鲁坐着的地方，将一只手搭在她的手臂上。

"别担心，"她说道，"你会找到你弟弟的。"然后她就跑远了，和

303

其他穿着长袍的孩子一起玩去了。

　　普鲁注视着这个跑开的女孩，被她先前显示的能力惊呆了。你能做到那些，她想，就是通过冥想？神秘人士说过，她，普鲁，诞生于丛林魔法，或至少部分是这样。为什么她不能让草按照她的想法动呢？她迅速低头看着这片草丛，期盼它能动起来。什么都没有发生。她咬着牙，尽全力大声在心里默念：动起来！我命令你！还是什么都没有发生。普鲁失望地吹了口气。她回头看看转悠着的孩子们、静坐的神秘人士们，还有那棵高耸的参天大树。什么样的能力！她心想。如果有人可以帮她，这些人就可以。艾莉丝临走前对她说了什么？她说普鲁会找到她的弟弟？这个年轻女孩的诚实让她吃惊，她是多么坦诚——她的语气是多么肯定。普鲁发现自己笑了，在这绝望的困境中看到了一线希望之光，哪怕只是片刻。她看着侍僧们玩耍，然后看到几名年长些的身着长袍的身影从丛林中走出来，对着他们吹了声口哨。听到口哨声，侍僧们立刻停止了玩耍，集中到一起，排成一队。第二声口哨声响起，他们开始走向吹口哨的人，步伐有些稀稀拉拉。很快，他们就消失在了那片树丛中。

　　普鲁叹了口气，将视线移回到议会树和围着大树静坐的神秘人士

身上。暮光渐渐退去。普鲁抱膝在胸前，将下巴埋进肘关节里，继续等待着。

她脚底的草微微地沙沙作响。

"你真的打算这么做，是吗，"塞普蒂默斯不敢相信地问道，"我是说，你真的打算这么做？你要去加入战斗。和那些人一起。"

柯蒂斯坐在营火前的一块大石头上，点了点头。他正忙着在坚硬的磨石上磨着一把刀锋上有裂口的军刀。在石头上这样来回磨着，刀锋上损坏的豁口越来越薄。这个任务是谢默斯交给他的，很奇怪，他觉得做起来特别痛快。暮色笼罩在营地上，天空略带蓝色。

"你疯了，"塞普蒂默斯摇了摇头，发表意见，"你是个疯子。你家里没有亲人吗？你外面世界的家里？比如，爸妈之类？"

柯蒂斯又点了点头："有啊，有的。"

塞普蒂默斯摊开爪子问道："那为什么？伙计，为什么？你为什么不回家和他们待在一起？忘记这里的一切，回到你的生活中去！"

柯蒂斯停了下来，看向老鼠，后者正坐在噼啪作响的营火前一块倒置的木柴上。"是你的话就会这么做了，我想。"柯蒂斯说道。他把军刀举到手臂高处，瞄了瞄刀锋。他觉得很满意，于是把刀扔到旁边一堆武器上，对塞普蒂默斯叫道："请再给我一把。"

老鼠从木头上跳了下来，爬到另一堆武器堆上：有剑、刺刀、箭头。他抓住一把长匕首的柄，拖到柯蒂斯这里。柯蒂斯拿起匕首，又开始新一轮的工作：仔细地在磨刀石上磨匕首的刀锋。

塞普蒂默斯爬回到木头上，思考着柯蒂斯的问题。"我不知道，真的，"他说道，"还没想过那么多。"

"你有家庭吗？"柯蒂斯问道。

"没，没有，"塞普蒂默斯说道，挺起胸膛，"我没有。我，单身，无牵无挂。"

"所以说，没有什么能牵绊你，"柯蒂斯说道，"你没理由不参加战斗，"他用大拇指擦了擦刀锋，感觉一下是否锋利。"对吗？"

塞普蒂默斯笑了。"听你的，"他说道，"突然变成的自大先生。"

柯蒂斯脸有点红："塞普蒂默斯，我只知道我来这里是为了做点什么。我至少要试着去完成我开始做的事情，在此之前我不能离开，你懂吗？当时我已经这么近了，塞普蒂默斯，这么近。我把麦克抱在怀里。我本可以……我本可以……"

塞普蒂默斯插嘴道："本可以什么？带着他跑出土狼窝？就那么简单？不管周围都是乌鸦，女总督就站在你的正前方？"

柯蒂斯叹了口气："我不知道。我想，我只是想要实现承诺，就这样。"

谢默斯走了过来，打断了他们的对话。他已经扔掉了破烂不堪的囚衣，换上了一件好看的绿丝绒轻骑兵制服，他那瘦骨架穿着有点松垮。"柯蒂斯，"他说道，"我们走。"

"什么事？"柯蒂斯问道。

"是布兰登，他想见你。"

"为了什么？"

谢默斯转了转眼珠。"押花，"他嘲讽地说道，"有什么区别吗？反正是重要的事。走吧。"

"好吧，"柯蒂斯说道，站了起来，"塞普蒂默斯，如果你不能一起去的话，咱们就在这里分开吧。"

塞普蒂默斯显得很为难，看了看足有他身子一半大的磨刀石。"好吧，但是我……"

"谢谢，伙计，"柯蒂斯说道，"我想我们……过会儿再见。"

柯蒂斯跟着强盗走到空地最远处的一座小屋里。屋顶由冷杉和木瓦做成，蜡烛照亮了屋里，在屋顶垂下的冷杉树枝上投射出一道明亮的光圈。布兰登坐在粗糙的桌旁一个倒置的小圆桶上。看到柯蒂斯进来，他抬起了头。

"你好吗，柯蒂斯？"强盗大王问道。

"很好，谢谢，"柯蒂斯说道，"有什么事吗？"

布兰登示意谢默斯站在小屋的大门旁。他直视着柯蒂斯，那双坚毅的蓝眼睛映着闪烁的烛光。"小伙子们已经告诉了我所有事实真相，在贵妇总督的牢房里发生的事情。看起来你的确有勇有谋。"

柯蒂斯不好意思地笑了笑。"我不知道，"他说道，"我想总有人得这么做。正好我的笼子很合适——可以晃到梯子上，就这样。"

布兰登从座位上站了起来，紧绕着那个圆桶椅子转了一圈。他打开小屋角落里的一只小箱子，从里边拿出一把带装饰的匕首。他若有所思地在手里翻转着匕首。刀把上环绕着一条镀金的蛇，从刀柄延伸到柄头的圆球。

"小伙子们来找我提议过，"他说道，"我必须说，我也同意他们的意见。我们提名你入伙。"

柯蒂斯睁大了双眼。"真的吗？"他转头瞥了一眼站在门边的谢默斯，这个强盗骄傲地朝他快速点了点头。

"是的，这可不是闹着玩的事情。如果不是出生在营地内的人，几乎不可能入伙。据我所知，你是第一个推选出的外面世界来的人。"

"这意味着什么？"

布兰登走向柯蒂斯，停在离他一米左右的地方。柯蒂斯的鼻子差不多才到这个强盗衬衫中间纽扣的高度。"这意味着成为一名荒野丛林的强盗，"布兰登说道，"完完全全，直到你死的那天。"

屋顶上的树枝在宁静的微风中轻颤。营地里强盗们的喧闹声阵阵传来，隔着墙都能听到。

"好的，"柯蒂斯过了会说道，"我很荣幸。"

他背后突然被谁拍了一下，吓了一跳。一看原来是谢默斯，"这才是我的好兄弟。"

布兰登走到小屋门前，对着强盗们大喊道："安格斯！科马克！他准备好了。"

于是四名强盗，安格斯、科马克、谢默斯和布兰登，领着柯蒂斯离开了喧闹的营地，走向一条沿着峡谷而上的曲折的羊肠小道，沿路有几把火把照耀着。很快，他们来到了一小块空地。空地的中央小心堆放着一堆石板，约有一米高，上方一个小木棚可以遮雨。强盗们催促柯蒂斯往前走；他们成扇形排开，形成半圆围绕着这圣坛般的石堆。又走近些，柯蒂斯看到圣坛基石的灰色表面上蒙了一层厚厚的深色膜。

"站到石头旁边，柯蒂斯。"布兰登说道。

柯蒂斯低头看了看圣坛。一小条一小条风干的黑色液体沿着圣坛延伸着。一团这样的深色物质淤积在顶端石头表面上的一小块草皮里。突然，柯蒂斯听到匕首被拔出时发出的不祥的倏一声。他迅速地看向布兰登，只见布兰登正走近自己，火把的光映射在他脸上。他手里举着那把带装饰的匕首。

柯蒂斯心里一阵惊慌。这是某种陷阱吗？他们还因为他那天参与了战争而无法原谅他吗？当他正准备害怕地求情时，他看到布兰登做了他完全没有预料到的事：布兰登把刀锋对准自己的掌心，咬着牙，划开一道口子，他的掌心里立刻涌出一道鲜血。他走到圣石坛旁，将血滴在岩石上，然后转向柯蒂斯，将刀抛到没有划破的那只手上，刀柄朝着柯蒂斯。

"划破你的手掌，将血滴在圣坛石头上。"布兰登解释道，一滴滴鲜血正从他张开的手心里流下。

柯蒂斯从布兰登那里接过匕首，小心翼翼地将刀锋抵在手心光滑的皮肤上。"就像这样吗？"他问道。

布兰登点了点头。

柯蒂斯闭上眼，将这冰冷的金属压进皮肤里，当刀锋刺穿时，他感到一阵剧痛。一小串深红色的血滴从伤口溢出，他迅速地将手伸到石头上方，让这几滴血落在圣坛上。他看到他和布兰登的血滴从石头的浅坑里流了下来，一起涌入那块小小的草皮，与一团深色物质结合。布兰登笑着点了点头。

"现在来宣誓。"布兰登指示道。

安格斯走上前来，开始背诵入伙誓言，他说一句，柯蒂斯就跟着重复一句。

> 我，柯蒂斯·梅尔堡，庄严宣誓遵守强盗守则和帮规。
>
> 依照帮规，靠自己的双手谋生，向一切权威挑战
>
> 保护穷人的自由和利益
>
> 将富人从财富中解脱出来
>
> 对所有人的劳动成果一视同仁

为我的强盗兄弟们的共同利益奋斗

对我的强盗兄弟们忠诚至上

视所有植物、动物和人类为一律平等

与强盗帮生死同在。

　　空地里一阵寂静。这时安格斯开口打破了宁静。"好了,"他说,"上前来,柯蒂斯。"

　　布兰登拍了拍柯蒂斯的背:"祝贺你,小伙子。"他说着,将刀放回刀鞘。

　　柯蒂斯笑着说道:"谢谢。"他将手掌伸到嘴边,舔了舔咸咸的血。

　　强盗们都围住了柯蒂斯,轮流和他握手,轻拍他的肩膀,表示祝贺。"你会成为一名出色的盗贼,"谢默斯说道,"第一眼看到你时我就知道。"

　　空地边上的树丛中一阵骚动,两名强盗哨兵赶了过来。"头儿,"一个神色忧虑地说道,"侦察兵回来了。土狼部队已经越过了峡谷桥,正在古老丛林中前进。"

布兰登皱起眉头。"比我预想得更快，"他说道，眉头紧锁，"他们明早就能抵达古人之林。"他看向站在石头圣坛旁的柯蒂斯和其他强盗。"你们准备一下，"他说道，"我们今晚就出发。"

强盗们都沿着小路跑回营地，只剩下柯蒂斯，一动不动地站在石头圣坛旁，陷入沉思。他把手掌举到嘴边，吸了吸划破的小口子。把手移开后，他注视着伤口，自言自语："我刚才做了什么？"

今晚的风冷得刺骨，亚历山德拉心想，一边骑着马慢跑在深色的桥板上。沿着峡谷吹下阵阵寒风，马嚼子都在嘎嗒作响。她前方的士兵层层叠叠，望不到头。无数军靴踏地的脚步声，就像有规律的鼓点声，激荡在这片寂静的森林中。当常春藤袭来之时，她想，这座桥也会灰飞烟灭。这座古老的桥。它跨越在这峡谷之上有多少年头了？在山特维克朝代之前，在神秘人士逃离南方丛林之前，这座桥就在这里了。这是古人的伟大文明遗留下的最后一件完好之物，桥面的木板充满魔法。但就像古人的没落一样，南方丛林的篡位者也会以失败告终。

他们会如何失败呢，她心想，他们会如何乞求原谅呢。小拉尔斯，

311

我爱子的白痴兄弟。他吃了豹子胆敢继任我，敢继任我心爱的阿列克谢，还将我无情地流放。他将是第一个要为此付出代价的人。

树枝在寒风中呻吟，又一阵落叶像雪片般飘落，落在整齐的身着制服的士兵列队上。她怀里的婴儿在襁褓里踢着腿，一边咿咿呀呀地哼着。

这个就是我要让他们知道他们有多无礼的方式，她心想。

这个。

普鲁一下子惊醒了。她做了一个梦：一阵低沉的钟声响起，她发现自己正站在一座大桥上。她想跑过桥去，但脚下桥面的木板突然消失，她坠入桥下湍急的河流中。这种感觉一下子将她从沉睡中拽了出来。一束草已经在她的脸颊上压出了细纹，衣服也被草地上亮晶晶的冰冷露珠浸湿了。四周漆黑一片。月光从一大片云层后透出，几缕薄雾笼罩在草地边缘高高的树冠上。普鲁坐起身，揉揉惺忪的睡眼，低头向议会树看去。草地周围点燃了几束火把，在地面上投射出闪烁的光影。一个神秘人士站在大树旁，正用一根木头钟锤敲打一口铜钟的内壁，发出一声悠长的钟声，在整片草地上散开——就是将普鲁从睡梦中惊醒的那个钟声。听到钟声，神秘人士们开始纷纷离开他们坐着的地方。

普鲁屏息凝视，她看到依菲琴尼亚也有了反应，睁开了双眼。这位神秘人士长老开始向周围张望。当她看到普鲁后，便站了起来，向普鲁走来。普鲁也跳了起来，向她跑去。

"年轻的小姑娘，"依菲琴尼亚还没等她走近就开口说道，"亲爱的小姑娘，我们有事要忙了。"

"什么事？"普鲁问道，"你在说什么呢？那棵树说了什么？"

"一场滔天罪行正在展开，"神秘人士说道，她的声音里没了先前的淡定，"一个影响到丛林里每一个生灵的威胁。"

"发生什么事了？"普鲁问道，"大树说了任何关于我弟弟的事情吗？"

依菲琴尼亚停了会儿，直视普鲁。"哦，亲爱的，"她说道，"这消息恐怕不妙。"她紧握住普鲁的双手，"议会树是丛林的根基，它的树根缠绕延伸在我们脚下的每一寸土地中，从北到南。因此，它能感受到丛林里的每一丝扰动，从一棵古橡树的倒下，到一只飞蛾的振翅。它感觉到了常春藤的苏醒，而且已经有一些时日了。有什么东西一直在扰乱它的睡眠。现在清楚了，是常春藤对血的渴望。一支大部队正向古人之林前进，那是一个死去多时的文明被毁灭的中心地带。这支部队的头领就是那个被流放的女总督，而她带着一个人类的婴儿，一个和你一样来自外面世界的混血儿。"

普鲁注视着她："她打算做什么？"

依菲琴尼亚悲伤地摇了摇头："你想象不到的可怕行径：她打算把这个孩子献祭给常春藤。婴儿的血将唤醒熟睡中的常春藤，让它听从女总督的命令。她这么做，是想彻底摧毁一切，摧毁丛林里的每一株植物，每一只动物。"

"她——她要杀了他？"普鲁感到自己脸色发白，双腿发软。之前她也不知道会发生什么样的事，但这无疑是她能想象到的最坏的结果。"不，"她倚在神秘人士身上勉强站稳，"她……不能这么做。"

依菲琴尼亚点了点头，她瘦骨嶙峋的手指紧握住普鲁的手。"这个女人就是这么疯狂。"这位神秘人士说道。其他神秘人士也走了过来，站在依菲琴尼亚的身后，他们的长袍摩挲在草地上沙沙作响。

"这是我们的任务。"依菲琴尼亚慢慢说道，依次看了看其他的神秘人士，"我们要阻止这一恶行发生。"

神秘人士们都严肃地点了点头。

依菲琴尼亚继续说道："不过，我们面临的这场考验可能很难达成。虽然法令里曾经提及这样的情况，但在北方丛林的历史中，我们很少需要去召集军队。但不管怎样，我们现在必须这么做。而且要快。"她直接对其他神秘人士说道，"当太阳升到今天的最高点处，也就是秋分时，那个孩子就会死去。我们没多少时间了。"她转头又对一名神秘人士——一头瘦长的母鹿说道，"绣球花，去通知治安官。我们必须将钟敲响。"

母鹿点了点头，离开其他神秘人士，撒腿跑远。

"你们有一支军队？"普鲁问道。

"不，不是这样，"依菲琴尼亚回答道，"依照北方丛林宪章，情况所需时，北方丛林的所有百姓都有责任从军。我的小姑娘，虽然我们是爱好和平的人民，但在历史长河中，我们也曾经被号召一起保卫家园。"她皱起眉头，"不过我也不清楚如今义勇军的状况如何。离我们上一次召集军队已经有九代人的时间了。真的很令人担忧。"她叹了口气，回头看了看暗黑的草地中央那棵巨大的树。"但如果这是大树的意愿，我们就必须遵守。"

"哦，谢谢你们，太谢谢了！"普鲁说道。

"如果我们能成功阻止女总督，你弟弟的获救将是我们行动的一个幸运结果，亲爱的普鲁。"这位神秘人士说道，"我们加入是为了丛林，为了我们自己的家园。"她看着小路通往边缘树林的路口，说道，"看，

"不可思议，是吗？

你不是第一个见到这棵议会树的外来人，虽然几乎没什么人敢这样探险。"

治安官们来了。我们过去吧。没多少时间了。"

营火里一直在添木柴，直到火苗快舔到垂落的树枝，照亮强盗们忙碌的身影——有的在收拾铺盖，有的在存放粮食，有的在给箭重新装箭翎。一队男女站在那里，正在检查看起来很古老的步枪；另一队正小心地将黑色火药倒进皮革袋里。柯蒂斯迅速地完成了指定的磨快武器的任务，正当他准备帮着把几把步枪装进小货车里时，布兰登叫他过去一下。

"有什么事吗？"柯蒂斯走过去问道。

"你这样的新入伙的强盗，我们需要给你配上合适的装备。"布兰登掸了掸柯蒂斯的外套，"这会慢慢变旧——虽然你已经有了一个很好的开始。你的靴子怎么样？"

"还行，我觉得。"柯蒂斯说道，检查似的移了几步。

"好，因为我们没有更多靴子供应了。"布兰登说。他停了会儿继续说道，"想起来——你曾经是我们打过的一场战役中的军师，那时候你是站在土狼一边，是吗？"

柯蒂斯一听他提起这事，立马脸红了。"不完全是，"他说道，"事实上，我原本是根本不用参战的。我可以说是掉进去的。真的。我是说，我当时正在一棵树上……"

布兰登打断了他的话："明白了——现在没时间听战争故事，小伙子，我们有更重要的事要办。现在的问题是：你选什么武器？手枪还是短剑？"

柯蒂斯就这两个选择想了一会儿。面对这个问题，曾让他感觉为难的那个处境又一次摆在面前：他将必须去战斗。他曾帮女总督打的那场战役浮现在脑海中，他想自己那时候真是太幸运了，同时也觉得那种运气不会再光顾自己。炮火，树干掉进榴弹炮小队——他现在脑海中回想起这些都觉得像是做梦一样。

布兰登做了个苦笑的表情。"懂啦，"他说道，揣度着柯蒂斯的沉默。"两样都要。"他转过身，走进附近一顶帐篷中，回来的时候拿着一根粗糙的皮带。附在皮带上的手枪皮套和刀鞘中，分别探出一把象牙柄的手枪和一把长长弯弯的军刀。他把皮带扔给了柯蒂斯，柯蒂斯小心翼翼地双手接住。

"你是个硬汉子，柯蒂斯，"布兰登说道，"一个硬汉子。去找达米安要弹药吧。还有，把头高高地扬起！记住：你现在是一个强盗了。"

柯蒂斯不确定地快速行了个礼。

"还有，不用行礼，"布兰登责怪道，"这不是在军队。"

"好的。"柯蒂斯说着，尴尬地将手臂放下，"谢谢你，布兰登。"

他开始向弹药帐篷走去，小心地避让着急急忙忙的强盗们：一会儿跳到一边避开一个胸部发达的抱着一堆短剑的男子，一会快速转身以免绊倒两个抬着板条箱的强盗。经过一堆营火时，他感觉到了塞普蒂默斯熟悉的扯拉，老鼠抓住他的裤管，爬上了他的肩膀。

"你真的很喜欢待在这上面，是吗？"柯蒂斯问道，感到了左肩肩章上老鼠的体重。

"是啊，这里很好，"塞普蒂默斯回答道，"我喜欢看风景。而且我宁可待在高处，下面地面上的每个人都只顾自己，今晚我的尾巴已经被踩了两次了。"

"他们还不习惯营地里有只老鼠。"柯蒂斯说道。

"我不这么想，"塞普蒂默斯说道，"嘿，你是从哪里跑来的？看起来不妙。"

"我现在是一个强盗了，塞普蒂默斯。正式的。已经宣过誓了。"

"哇，孩子，哇，"老鼠说道，"我是说，真感人。感觉怎么样？"

柯蒂斯耸了耸肩："我不知道，好像感觉也没什么不同。"

"他们调动所有能调动的兵力，我估计也就不到一百人。九十七个强盗。算上你？九十七个半。"他为自己的笑话咯咯笑起来。当他看到他的寄主没有任何反应时，又继续说道，"管他呢。明晚来，就不会有任何强盗了。一切归零。"

"塞普蒂默斯，"柯蒂斯严厉地说道，"我说过什么的？"

"对了，不许说强盗的坏话。知道了。"

他们来到了弹药帐篷，只见一个巨大的帆布建筑物倚靠在峡谷壁上。一个头发斑白的强盗，达米安，一侧脸颊上文满了眼泪刺青，站在前面的门口，正向一队等待的男女发放子弹和火药。队伍移动得很快，每个强盗一接过分到的军火就离开了。就在柯蒂斯快排到最前面时，他前面的强盗和达米安发生了一点争吵。

"抱歉，爱丝琳，这是给你的。"达米安冷淡地说道。

"别这样！我是说，我都十四岁了！"一个小女孩爱丝琳说道。她将沙黄色的头发梳成了一个马尾辫，穿着颜色鲜艳的带有褶边的裙子，长长的靴子，一件条纹马甲罩在沾着灰尘的白色衬衫上。

"正是如此，"达米安回答道，"你到十六岁时就能分到手枪了。下一个！"他示意柯蒂斯走上前来。

当柯蒂斯说声不好意思、冲到前面时，爱丝琳愤怒地注视着他。"但是，"她气冲冲地说，"他也不比我大！而他拿到了一把手枪，**还有一把短剑**。"

317

柯蒂斯吃了一惊，只能表示歉意。"对不起，"他说道，"这真的不关我什么事。"

达米安怀疑地看了他一眼："你是从哪里搞到这些的？"

"布兰登，"柯蒂斯辩解道，"是布兰登给我的。我没有跟他要，他就这样给我了。"

爱丝琳厌恶地朝她垂落的一缕刘海吹了一口气。"不出所料。布兰登，哦，一个男孩就能在十六岁前分到手枪。而我呢？想都别想。视所有植物、动物和人类为一律平等。这真是废话。"

达米安抱歉地耸耸肩，进了帐篷，拿着两袋火药和子弹出来了。看到这里，爱丝琳妥协了，大声地"哼"一声，昂首挺胸地走向附近的一堆营火。柯蒂斯好奇地看着她离开。弹药分派员唤回了他的注意力。

"嘿！"他喊道，"孩子！"他在柯蒂斯的脸前打了个响指。

"哦，对不起。"柯蒂斯说道，眨了眨眼。

"你知道怎么用这家伙吗？"达米安不耐烦地问道。

"哦，"柯蒂斯说道，"不太清楚。"

达米安转了转眼珠。"很简单，"他说道，"注意看我。"他迅速给柯蒂斯演示了如何给枪上子弹和装火石。演示完后，他把卸下子弹的手枪递给柯蒂斯。"明白了吗？"

柯蒂斯其实并没有很明白。"我想是的。"他答道。

"很好，下一个！"他挥手示意柯蒂斯让开。柯蒂斯困惑地离开了弹药帐篷，研究起这奇怪的、老式的燧火枪。

"你玩这东西小心点。"塞普蒂默斯避到一边说道。

柯蒂斯抬起头，看到那个女孩爱丝琳正坐在附近一棵树桩上生闷

318

气，手里似乎在扯弄着一团线。走近点后，他看到那是一根粗糙的投石器绳索。女孩看到他走近，立马沉下了脸。

"你想干什么？"她问道，又加了句，"外来人。"

柯蒂斯停下脚步，仿佛听到响尾蛇的声音一般。

爱丝琳又低头看手中的绳索。她捡起一块鹅卵石，放进绳索的支架上，随意往地上发射了一记。"我只是想尽一份力。"她伤心地说道。

柯蒂斯迅速回头看了看，说道："嘿，你想换用这个吗？我跟你换。"他拿出手枪，枪柄朝前。

爱丝琳不敢相信地看着他。"真的？"她问道。

柯蒂斯点了点头。"我算不上是一个好枪手，我自己，"他说道，"我更像是一个，嗯，军师角色。"

女孩面露喜色。"军师，嗯？"她钦佩地说道，"酷。"她接过手枪，在掌心里掂量了几下，似乎在称重。她把枪管的尾部举到脸前，紧闭一只眼，瞄准了一番。"真不错，"她称赞道，"谢谢。"她抬头看柯蒂斯，"你想要投石器吗？"

"当然。"柯蒂斯说道。他接过投石器，也试着检查了一番武器：他将绳索拉到手臂的长度，自觉地顺着绳子瞄了一眼。"非常棒。"他总结道。

爱丝琳笑了。"谢谢你，"她说道，"军师。"

柯蒂斯的脸红了。他伸出手做自我介绍，来掩饰自己的尴尬。"我

叫柯蒂斯，"他说道，"你是……爱丝琳？"

女孩握了握他的手。"是的，很高兴见到你，柯蒂斯。"她说道，一簇雀斑沿着鼻子洒在她的两颊，"你的朋友叫什么？"

塞普蒂默斯深深鞠了一躬："女士，在下是老鼠塞普蒂默斯。很高兴结识你。"

"他只是暂时待在我这里，"柯蒂斯解释道，"他说我可以载他一程。我们当初相遇在土狼监狱。"他迅速观察了下，确保最后那个短语给爱丝琳留下深刻印象——一个女孩听到他曾经参与一场大逃亡一定会赞叹不已。如他所愿，她露出了半震惊的神情。然后她仔细地打量着他，柯蒂斯尴尬地想找点别的话题。他深深叹了口气，双手叉腰，注意到忙碌的营地。

"真疯狂，"他最后说道，指了指营地，"所有这一切。"

爱丝琳点了点头，继续摆弄手枪的击锤。

"真希望现在就有土狼出现在眼前。"柯蒂斯说道，举起投石器，随意地用一只手晃动。瞥见爱丝琳确实在注视他，他伸手捡起一颗小石头，放在绳索的支架上。"这么久了，就这么坐在这里。"他开始摇晃投石器，"我早就准备好回到……"柯蒂斯一不注意手腕一抖，投石器里的石头飞了出去。"**战斗中！**"他尖叫一声，看着小石头飞过营地，飞入一堆整齐的陶碗中。陶碗哗啦啦碎了一地，营地里的所有人都停下了手中的活儿，注视着柯蒂斯。

"哦，天哪，"他说道，脸色通红。"真抱歉。我不是有意要……"

爱丝琳捂着肚子大笑起来，在树桩上摇晃着。

"也许你应该坚守军师的岗位。"塞普蒂默斯说道。

柯蒂斯严肃地对老鼠说："我会使用熟练的，等着瞧吧。"正当他气冲冲地要走开时，爱丝琳挥手示意他过去。

"很好，"女孩一边笑一边说，"不过这里现在有点太严肃了。干得不错。"

柯蒂斯笑着耸了耸肩。"尽我所能。"他说道。

一声号角打破了忙碌的营地里的喧嚣，长长的号角声回荡在整片峡谷中。柯蒂斯抬头看到强盗们都迅速立正站好。

"我想，该来的终于来了。"爱丝琳说道，表情变得很严肃。她站起身，将手枪放入腰带。布兰登出现在峡谷口，剑配在身，肩背一把老式大口径短枪。他的左膝裹着一层纱布，但很明显，他已经恢复了先前的体力。

"女士们先生们，"他对在场的人群喊道，"强盗们，大伙儿。到早晨了。集合。我们向古人之林前进。"

强盗们一言不发地在峡谷中排成整齐的两行队伍，开始离开营地。大家将军刀放回了刀鞘，刀锋新磨得锋利无比；将步枪挂在了肩上。恋人和夫妻之间在泪汪汪地告别。几个年幼的孩子因为离开父母，开始大哭，留下来照顾营地的几名帮手上去安慰。爱丝琳和柯蒂斯开始走向行军部队。

"祝你好运，"爱丝琳说道，消失在了人群中，"军师。"

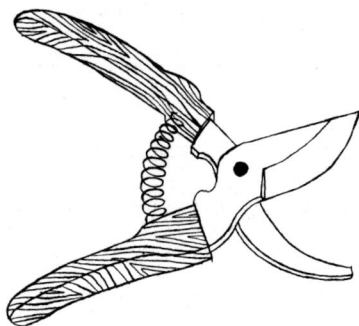

第 二 十 三 章

召集军队！

"一支军队？"野兔问道，揉了揉惺忪的睡眼。他显然刚从熟睡中醒来：滤锅头盔歪斜地戴在头上，身穿的警察制服也衣衫不整。"我们——我们从来没做过那样的事。"

"塞缪尔的意思是，神秘人士女士，"狐狸解释道，看起来同样很为难，"就是，嗯，太多年了，真的，我们没有做过那样的事情。我是说，我们是和平的民族，对吗？"

依菲琴尼亚努力压抑她的沮丧之情："这个我明白，斯特林，但你们必须临时安排。这至关重要。"

斯特林，这只狐狸，站在那里打量着神秘人士。普鲁站在依菲琴尼亚身旁，越来越不耐烦。她的脚趾在鞋里动来动去。狐狸最后继续说道："我估计这需要敲响铃铛。"

依菲琴尼亚转了转眼珠："是的，是需要，狐狸先生。如果你不介意参与这件事，我们要去阻止一个半疯的女人和她大群的土狼，赶在他们毁掉整个丛林之前。"

"哦，就事论事，不是吗，"狐狸说道，"铃铛在老的火警瞭望塔里。不过呢，嗯，火警瞭望塔被锁上了。"

"那么，打开它。"神秘人士说道。

狐狸不自在地笑了笑："没有钥匙。"他摊开两只爪子，仿佛展示爪子里什么都没有可以表示某种哀悼之情。

说话者们都沉默了片刻；神秘人士长老长长地用力吸了一口气。"狐狸先生，"她最后说道，"我是一个有着无限耐心的女人。我一生都献给了冥想实践。我曾经坐着看一块石头，就一块，看着它在三周的时间长上了青苔。而你正在考验我似乎无限度的耐心。"这种承认似乎缓和了她的脾气，她改变了语气。"如果有锁，狐狸先生，"她冷静地说道，"而没有钥匙，那么很明显，解决的方法就是弄坏那把锁。铃铛必须敲响。"

斯特林有些被吓住了，将爪子挥到额头前行了个礼。"是的，女士！"

"我们会跟进的，"神秘人士说道，挥手示意普鲁站到她身边，"保证这些事能圆满完成。"黎明的第一道金光出现在天际，云层的边缘染上了一层明亮的粉色。治安官们昂首阔步地走向小路，互相窃窃私语，依菲琴尼亚和她的随行人员——普鲁和其他神秘人士——跟在他们后面。

快步走了一段时间后，他们来到了火警瞭望塔。在高高的山顶有一座摇摇晃晃的木制的东西：一座半圆形的小屋建在一堆横七竖八的十字横梁之上，一条狭窄的走道围绕在四周。一部四脚活梯钉在一边，通向小屋的一扇小门。狐狸斯特林就爬上了这扇门，他的修枝大剪刀准备就绪。

"看吧，"他向下方的围观者们解释道，一边费力地爬上通往小门的梯子，"在这种情况下安保是至关重要的。锁也是。不上锁的话，你们可以料想，这火警警铃将会成为北方丛林每一个捣蛋鬼珍贵的玩物。"

下方的依菲琴尼亚催促狐狸前进："加油，斯特林，我们没有一天的时间来等你。"

"说起来容易做起来难，神秘人士女士，"斯特林一边说一边挥舞着他那把修枝大剪刀，小心地将刀尖戳入锁孔，"这把锁集中了南方丛林最好的工匠手艺，我本人亲自监督了它的安装。真的很怀疑我能不能……哦。"一声清晰的金属"咔嗒"声响起。锁掉在了地上。斯特林脸红了。

"怎么了，狐狸？"神秘人士问道。

"它，嗯，好像没上锁。"狐狸答道。

依菲琴尼亚摇了摇头："那么，进去摇响铃铛！"

狐狸照做了；火警瞭望塔里响起了一连串震耳欲聋的叮当声，回荡在四周的草地上和丛林中。

清晨还很宁静的农田里立刻活跃起来。

树丛间，一排排农作物间，探出了一个个身影。一扇扇村舍的大门被推开，里面的人们走了出来，来到洒着斑驳晨光的走廊，好奇地抬头看着聚集在火警瞭望塔下的一小群人。涂着鲜亮色彩的大篷货车从丛林中出现，开始驶向小山。忙着铲土的农场工人放下了这天的第一份活，从整齐的牧场走了出来，注视着古老的木质塔楼。不久，一

大群人就聚集在了山顶。

依菲琴尼亚转向普鲁。"你不介意帮我一把吧？"她问道，指着通向火警瞭望塔顶部的活梯。普鲁笑着说道："当然不会。"说完，她爬上活梯，同时将手伸在身后，以便依菲琴尼亚可以抓住她的手爬上走道。依菲琴尼亚到达塔顶后，向外眺望着聚集的人群。普鲁站在她的身旁。北方丛林宁静的乡村在她们下方延绵，赤杨林和一块块种植物区如同迷宫一般。几座古朴的小屋依偎在远方山腰的小村庄里，正吐着煤烟；一条宽敞而曲折的路——普鲁猜测那是长路在北方丛林的支路——穿过地表，就像是一道疯狂的河流，最后消失在树木繁茂的群山中。

"请走上前来。"这位神秘人士长老向人群发出指示，"让后面的人们再靠近一点。我的嗓门只能这么大。斯特林，确保体型小些的动物们，像鼷鼠和松鼠能坐在前排。亲爱的大伙儿，如果你们比四足动物高，请保持待在人群的最后面。嗯哼。很好。"

她停了一会儿，因为又急急忙忙地赶来了一些新来者，人群一下子壮大不少。两名治安官，斯特林和塞缪尔，忙着在聚集的人群边缘走来走去，尽力让民众保持安静和专注。大伙儿喋喋不休地窃窃私语着，就像是来了一窝蜜蜂。依菲琴尼亚对小山的容纳量很满意，她开口讲话了。

"我们都到齐了吗？"她问道。

大伙儿一片摇头晃脑，有的点头，有的摇头。人群外围的一个声音响起："住在米勒溪的人们正在路上。"

另一个说道："克鲁格和德克农场正在给干草打捆。来不了。"

依菲琴尼亚点了点头："我们要保证消息传到。目前就这样吧。"

普鲁估算了下，共聚集了三百五十位民众——一群令人眼花缭乱的各种生物：白鼬、土狼、狐狸、人类、鹿……穿着工装裤的黑熊一家子体型巨大，在民众中显得鹤立鸡群；一群雄鹿的鹿角从左边冒了出来；几只臭鼬在塞缪尔的敦促下，正努力往前移。

"我把大家聚集在此的原因，"依菲琴尼亚说道，她的声音坚定洪亮，"我们敲响铃铛的原因，是我们即将面临一场巨大的考验。荒野丛林中有一支部队正在行军，这支部队打算摧毁整个丛林。我们已经在议会树下冥想了一夜，征得大树的同意，达成了一致决定，要拿起武器与敌人抗争。我们将召集北方丛林义勇军。"

原本窃窃私语的人群此刻炸开了锅，人们激烈地争论。"荒野丛林发生的事情我们有什么好在意的？"一头熊喊道，"跟我们没关系。"

依菲琴尼亚皱起了眉头，回答道："威胁到荒野丛林就会威胁到我们所有人。常春藤已经被唤醒。被流放的南方丛林贵妇总督许诺用一个人类小孩的血喂食常春藤，从而取得对它的控制。我们要感谢这个外面世界来的女孩，普鲁·麦基尔，谢谢她第一时间让我们得知了这个消息。"她挥手示意普鲁走上前来。普鲁害羞地照做了，对着人群微微行了个屈膝礼。

"一个外面世界来的人在这里做什么？"人群中不知道是谁喊了一句。

另一个声音首先纠正了："她不是一个纯粹的外来人，她是混血儿！"

群众似乎集体仔细打量起站在塔楼走道的普鲁来，不少人心满意足地点了点头。"确实是！"普鲁听到有人在跟身旁的人讲。依菲琴尼亚伸出手，向普鲁发出邀请。普鲁睁大了双眼。

"你想让我讲两句？"她小声问道。

依菲琴尼亚点了点头。"是的，"她说，"你讲给他们听最好不过。"

普鲁咽了口气，又走上前一步，双手放到走道的栏杆上。她往外注视着大家。"我的弟弟，"她开口道，"我的弟弟，就在五天前……"

"大声说吧！"后面有人喊道。

普鲁清清嗓子，提高了嗓门。"五天前，我看到我弟弟被一群乌鸦劫走了。从圣约翰的一座公园——从外面的世界劫走了。所以我来到这里找他。我已经向南方丛林的人们求助——他们无动于衷。"她增强了信心，"我也向猫头鹰雷克斯、禽鸟公国的国王求助——但他被逮捕了！他告诉我来这里，来拜见神秘人士。他说他们是我最后的希望。"

依菲琴尼亚走到普鲁身旁。"这群乌鸦受贵妇总督的指使，"这位神秘人士长老说道，"它们已经背叛了禽鸟公国，按她的旨意行事。一旦常春藤也同样听命于她，毁灭性的摧毁将势不可挡。每棵树都将被推倒，每块空草地都会被吞没，你们的庄稼、房屋和农场都会被毁灭。常春藤不知道自我控制。它会一直摧毁、摧毁，直到它的指挥官让它停下。很显然，正如我们所知，它的指挥官简直就是个疯婆子，一心想要彻底摧毁丛林。"

群众开始恐惧地交头接耳。神秘人士继续说道：

"很显然，根据我们在议会树下的冥想，这就是我们的使命：召集军队保护丛林。别无他选。"依菲琴尼亚顿了顿，深吸了一口气，"狐狸先生，"她喊道，"你介意说两句吗？"

斯特林站在活梯下面，点了点头，爬上了走道。他手握着一个发黄的破烂卷轴。他展开卷轴，开始向人群解释："召集法令规定：每一个身体健全的男人和女人，不管是动物还是人类，在法令发布时，必须拿起武器，加入义勇军。对此造成的误工损失将由社区商店补偿。"

"但是我们没有武器！"一个声音喊道。

斯特林转了转攥着的卷轴，拍了拍腰间的修枝大剪刀。"那么你们必须使用手边的任何东西。农具、烹饪用具——你能找到的任何东西。"

群众一起发出了担忧的嘟囔声。

依菲琴尼亚走上前来。"现在就去吧，"她命令道，"找到你们的家人。拿起你们的武器。一小时后还在这里会合。你们只有一个小时去做这些。我们时间很紧张。女总督打算今天中午就完成献祭仪式。记住：这对我们来说性命攸关。"

这群农民解散了，各自忧心忡忡地奔回村舍、农场和家人。

普鲁转向依菲琴尼亚。"你会来吗？进入荒野丛林？"她问道。

神秘人士长老点了点头，理了理布满皱纹的额头上几缕银灰色的头发。"是的，"她说道，"我将维护这次征程中的秩序。其他人将留下来继续冥想。然而，当我接过这件长袍时，我就发誓不会做出任何伤害他人之事，发誓要过和平无争的生活。不管要发生怎样的打斗，我都不能参与其中。不过我可以在其他方面提供帮助。"

普鲁看着人群逐渐散去，每一个身影都消失在树林间以及密布在乡间的小屋里。"你觉得我们会有多少人？"她问道。

狐狸斯特林小声嘟囔了几句。"能有四百人就很幸运了。"他说道。

依菲琴尼亚表情坚定，看着狐狸说道："一定要有。"

"就这样？"普鲁问道。这个数字看起来太少了。

"你看到民众们了，"斯特林辩护道，"即使我们召集所有人——米勒溪远侧所有农场和农庄里的百姓在内——-也不会多出来多少人。这是一个安宁的国度，我们不习惯动荡。"

依菲琴尼亚叹了口气："可是，议会树已经发令，我们在这件事上几乎没有选择。"

"那么……那么……"普鲁的脑子飞速运转，拼命想着其他选择，"丛林里的其他生物怎么样？荒野丛林的所有动物——他们不想和我们联盟抵抗吗？我是说，他们的家园和你们的一样，都面临着危险。"

依菲琴尼亚摇了摇头。"不可能，"她说道，"荒野丛林里的生物，据我们所知，都是关系松散的散居群体。真是一个荒野的国度。将那些不同的散居群体集中到一起是不可能的。"

普鲁灵光一现。"强盗，"她说道，"那些强盗怎么样？"

斯特林睁大了眼睛。"那些残忍的流氓？你在开玩笑吗？精神正常的人都不会想跟那些无政府主义的流氓联盟。我们都会被割喉，钱包被抢走。"

"我觉得不是这样的，"普鲁反驳道，"我一点也不认为是这样。我去过那里……去过强盗营地。"

"你去过他们的营地？"依菲琴尼亚惊讶地问道，"你到底是怎么做到的？"

普鲁叹了口气："说来话长。我正趴在一只金雕的背上时，一只土狼弓箭手射中了我们。他们发现了我，把我带到了他们的藏身之处。在一个真的很深很深的峡谷上面，外面完全看不到。不过我没有在那里待很久，他们很快发现有一些土狼在附近出现——这些土狼跟踪了我的气味。所以他们的大王，我想他们是这么称呼他的，骑着马将我带出了营地，以免土狼被引入营地。然后就在那时我被女总督捉住了。"

狐狸一时哑口无言。"他们没有揍你一顿吗？我是说，他们不就是这样的吗？对吗？"

"没有，他们非常绅士。"普鲁说道。

"我一直都这么猜测，"依菲琴尼亚说道，"觉得强盗们是一伙有同情心的人，不管他们是多么无政府主义。有件事是肯定的：他们是荒野丛林里最强壮也最有秩序的组织。如果他们愿意相助，将会是强大的盟友。"

"不可能，"狐狸愤怒地说道，"我绝不可能和荒野丛林的一伙强盗并肩前进。他们将我们的货物从南方丛林偷进偷出，我们能活着真是奇迹。"

"但是狐狸先生，你忘记了，除了每次遭拦截的货物，其他的都被放行了。他们总是让足够多的货物通行，以保证我们生活充足。"依菲琴尼亚说道。她转向普鲁："你觉得你能再次找到那个营地吗？他们的藏身之处。"

普鲁想了一会儿。"我想我到不了他们的营地里，"她说道，"但我想我能到那附近。营地就在那座大桥的南面——跨越峡谷的那座桥。"

"峡谷桥，"依菲琴尼亚纠正道，"是的。"

"还有西面，"普鲁继续说道，她努力回想着离开营地的路线，"是的，就是这样：在长路的西面。而且我知道他们在营地附近都安置了哨兵。如果我大声喧哗，他们肯定会捉住我，对吗？我知道之后他们会认出我来——我就能解释发生的一切了！"

依菲琴尼亚点了点头："我只能想象他们和我们一样关心此事。这是我们都面临的威胁。"

"让我走吧，"普鲁说道，感到胸口涌起一股决心，"你们在这里等

331

着重新部署义勇军，我骑车进入荒野丛林。我带了我的自行车——我可以从长路走——也许我能骑到强盗那里，赶在北方军队行军前，说服他们加入我们。"

依菲琴尼亚若有所思。"亲爱的，这是一个危险的策略。"这位神秘人士长老说道，"你肯定要冒着和强盗们发生冲突的风险。也许他们会认为这是个骗局，把他们从营地里引出来。谁都不知道他们的反应会是怎样。"

"我们有别的选择吗？"普鲁问道，"我是说，如果我们和他们联手——他们肯定有好几百人！——我们至少有希望击败女总督。"她急切地来回看着依菲琴尼亚和斯特林。狐狸双手交叉在胸前，吹了口气。过了一会儿，依菲琴尼亚点了点头。

"好，"她说道，"去吧。骑车去找强盗。告诉他们我们的困境，也是他们的困境。同时，我们这边会聚集武器后出发。我们在峡谷桥那里和你会合——在太阳升到正午标记前。"她抬头估计了下太阳的高度，地平线上的云层削弱了它的光辉。"现在就去吧。骑快点。我们的时间不多了。"

普鲁迅速冲下活梯，跳上自行车，用力一蹬骑了出去。

柯蒂斯觉得全身上下从头到脚都累极了。前一晚他只睡了一小会儿——就是在营火旁打了几个小盹儿——因此他对早晨的长途行军几乎毫无准备；无疑这场行军结束时，他的生命也将走到尽头。情势的严重性慢慢体现出来，像一阵寒意逐渐侵袭他的全身。此刻他很想念家中自己舒适的床、他堆满书的书架、他的闹钟烦人的闹铃，还有门外走廊里他两个姐妹那无休止的脚步声。他一边走，一边摸着指间投石器的绳索，麻绳的纤毛很粗糙，投石器的小型支架上的皮革很光滑。一名同伙强盗在他脸上涂抹的颜料有六根指头那么宽，现在皮肤上还觉得很清新很凉爽。

　　一离开营地的峡谷区域，两支长长的行军队伍就成扇形散开了。柯蒂斯能看到强盗兄弟们的身影，正熟练地在灌木丛中前进。虽然他们和以往一样身手敏捷，但似乎流失了某种活力。注定的失败前景像一片浓雾笼罩在他们的心头，无法驱散。柯蒂斯试着排遣自己的无助感，就不停在地面上寻找可以用于投石器的有用弹药。他找到一块就塞进口袋里，每走一步，都能感觉到满口袋的小石头的重量。

　　"跟上，柯蒂斯！"前面的一个强盗注意到他步伐变慢，俯身在捡一块看起来不错的石头，便对他嘶声说道。说话的人是科马克。柯蒂斯听从了他的劝告，把石头往口袋里一塞，小跑着跟上去。他们离营地越来越远了，木柴的烟雾在空中完全消失了踪影。塞普蒂默斯已经不再像先前那样坐在柯蒂斯的右肩上，而是不时可以看到他在头顶上方的树枝间跳跃前进。过了一会儿，军队就拥到了长路上。布兰登戴着藤蔓编成的王冠，站在人群的最前方，挥手示意他们向前。

"我们沿着这条路走，"军队都聚集到他四周后，他解释道，他用一根长而多节的手杖，在路面潮湿的泥土上画了一幅大致的地图，"直到哈迪斯蒂猎径——然后我们去边远的森林。这次战斗靠数量无法取胜——敌人的武器比我们多得多——但我们可以用偷袭弥补。那样庞大的一支部队，我估计他们得在长路上行进很长时间；他们可能会离开长路，向西抄近道，就在摇椅溪北部和中部的岔口之间。"他用手杖画了一条长长的曲线，在末端写了个"X"。"我们从西北方袭击他们，就在基座的上方。这是我们最好的办法了。"他抬头看了看围着的强盗们，"明白了吗？"

大伙儿齐声答"明白"。

布兰登咬紧牙关，意志十分坚定。"我们走。"他说道。

强盗军队开始沿着长路行军。柯蒂斯在队伍尾部游荡着，还是瞥着地面，在脚下寻找石头。有件东西吸引了他的目光：路边灌木丛中有金属在闪光。他离开队伍，跪在地上，将一小簇蓟草茎拨到一边，惊讶地发现是他家里的钥匙。"我的钥匙！"他大声说道。他从灌木丛中捡起钥匙，迅速摇了摇，熟悉的叮当响让他无比高兴。塞普蒂默斯也落在了强盗军队的后面，爬到他身边。

"那是什么？"他问道。

"我家的钥匙，"柯蒂斯回答道，"一定是我被土狼抬着的时候，从口袋里掉出来的。"

"真是不可思议。"塞普蒂默斯挖苦地说道，"咱们不能掉队太远了，还有自杀的事要忙呢。"

柯蒂斯傻笑了声。"对，"他说道，将钥匙放进了口袋，"只是想想觉得很疯狂，沿着那条路直走，穿过树林，就是铁路大桥。过了大桥，就是我家。这正是我进来的地方。"他摇了摇头，仿佛从恍惚中回过神来，"真疯狂。"

强盗军队现在已经在长路上走得很远，队伍的中部在拐弯处消失了。塞普蒂默斯开始沿着碎石路面跳跃前进，回头看着柯蒂斯说道："快点。"

"好，"柯蒂斯说道，"来了。"他最后看了一眼浓密的树林，还有发现了钥匙的蓟草丛，开始跟在强盗军队后面小跑，努力追赶大部队。

🌿

普鲁这辈子都没这么专注地骑过车，这么协调地踩过踏板，股四头肌有弹性地收缩着，支撑着小腿和脚踝迅速而有节奏的运动。她坐在车座上轻快地骑着，身体重心偏离了中心，移到了车座的后方，这样可以更好地缓冲崎岖不平的道路上不时的颠簸。不过，同样是这条崎岖的路，对系在后面的红色儿童车造成了严重破坏；普鲁向前骑时，小车在后面跳着、抖着，发出刺耳的砰砰巨响。普鲁任凭这噪声肆无忌惮地回响着。如果想让什么吸引强盗的注意力的话，这金属小车的咔嗒声自然是最好不过了。

越来越多的树在路的前方浮现，在平整的泥土地上投下了凉爽的树荫。普鲁已经离开北方丛林的田园和树林很久了；之前曾有一道木门作为边界的标志，出现在宁静的农田和未经"驯化"的荒野丛林之间，两名治安官，一个人和一只獾，为她打开了大门——她都没得及停下来表示感谢。而此刻她已经来到了荒野丛林的深处，路边的灌木和荆棘像无数叶状的手臂向她伸来。风鞭打在她的脸上，穿过她的连帽衫，嘶声作响。每刮来一阵风，她的全身就随着颤抖。

"再快些！"她催促着自己的双腿，"再快些！"她向自行车、车轮和链条请求。

她的目光一直密切注视着长路的最远处，同时骑着车敏捷地在曲折蜿蜒的路上拐来拐去。她知道时间正一分一秒地在流逝。

突然，一只松鼠冲了出来，冲到了她的前方，普鲁尖叫一声，猛地刹车。松鼠直接在她前面停下了，注视着这台飞向自己的古怪而奇妙的装置。只听刹车装置吱嘎一声，后轮开始打滑，"电台传单"儿童车被抛向上方，作扭曲的摆尾飞行。就在自行车向一旁滑行，普鲁从车座上被扔了出去时，松鼠瞬间意识到自己要被碾了，尖叫一声，跳到了路面外。她撞到了地上，疼得叫了声"哎呀"，同时双手撑地，承受住了摔倒的冲击力。自行车在她身后咣当倒地。松鼠嗖地窜进了树林里，没有回头看一眼。

"看着点！"普鲁在他身后叫道。她爬起来，拂去手上的尘土，跑向自行车，检查了一遍车子，很欣慰地发现自行车除了框架刮花了几处，没有其他损坏。她扶起车，回到车座上，用力蹬车离开，努力恢复先前的速度。

我不能再让这样的事故发生，她心想，如果这辆车坏了，我就完蛋了。

她的心在胸口怦怦直跳。她能感到自己的肺就像风箱一样，随着每次深呼吸起伏着。最后，她瞄见远方地平线处有两座高楼的形状，那里的路很直，景观似乎往下陷，消失在一片巨大的峡谷中：她看到了峡谷桥近侧的装饰性柱子。

✍

"快点，柯蒂斯！"塞普蒂默斯喊道，"他们就要拐进丛林里了！"

"来了！"柯蒂斯叫道，尽管脚步感觉更慢了——仿佛他是不得已才这么磨蹭。他口袋里的钥匙——这真是一个奇迹！——随着他的步伐轻轻地发出声响，每一声"叮当"声都让他想起家，想起他的床。脑海中，他听见爸爸在看蹩脚的情景喜剧片时，爆发出的阵阵带着喘息的笑声。他闻见妈妈做饭时散发出的香味——以前他从没觉得这有什么特别的，但此时、此地，简直就像是神仙品尝的珍奇佳肴。就连夏日午后妈妈准备的快餐汉堡，现在回想起来都是美味大餐。他听见天花板上传来姐妹们在楼上房间里跳舞的舞步声，她们一迷上哪个歌星，就会调大音响，全身心地投入。所有的一切都在等待着他。*我可以就这样离开*，他心想，*就现在。我可以就这样离开*。

他又转头，注视着道路的转弯处，之前认出自己第一次踏上长路的地方已经看不太清了；还记得那时候他被捆绑在土狼的背上，在回土狼窝的路上，一排排树从身旁飞驰而过。这只是几天前的事吗？感觉已经过了好久好久。而现在，他被卷入了这场鲁莽的计划，努力去把那个小男孩从一个疯婆子的手里抢过来，还可能会在这过程中送命。真的有这么重要吗？他是怎么走到这一步的？救回这个小孩——一个甚至跟他毫无关系的人——什么时候变得如此重要，值得他去送死？普鲁甚至都不在这里。她已经走了，回到了她的安乐窝。她现在一定在享用爸妈做的美食，补学校作业，见朋友，看电视。据他所知，她的生活已经恢复正常。也许，最终，麦基尔一家就会学会忘记，失去一个孩子的痛苦会完全消散。那么他牺牲自己又是为了什么？

"喂！"塞普蒂默斯在前面嘶声叫道，"柯蒂斯，你在干什么？"

柯蒂斯意识到自己已经停在了长路中央，双手插袋，手指摩挲着冰凉的家门钥匙。"塞普蒂默斯，"他开口道，"我不知道该怎么说，不过……"他停住了。塞普蒂默斯挑起眉头，等着他说完。

"我想我……"

一个声音从他身后传来，打断了他的话。这是一种清晰的金属撞击声，打破了丛林的寂静。声音越来越大，一种叮叮当当的噪声似乎在喧闹地向他逼近。柯蒂斯僵住了，仔细聆听。

这是自行车的声音。

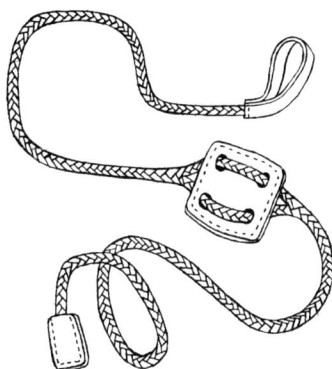

第 二 十 四 章

拍档再联手

"普鲁！"

这乍听起来像是一只猫头鹰的叫声。普鲁正集中注意力在她的前轮，专注地骑在一条特别颠簸的路段上，所以没有多留心这个声音，只觉得不过是森林里连绵不断的众多杂音交响乐中的一个音符罢了。但这个声音又响起来了，而且越来越大，越来越近：

"普鲁！"

千真万确，有人在叫她的名字。她抬起头，看到前面路中央有一个矮小的身影，穿着一件脏兮兮的将军制服。这个身影有着柯蒂斯的头发和眼镜，但理智让她拒绝相信是他。然而，当她更靠近些时，发现的的确确就是柯蒂斯。柯蒂斯没有在圣约翰的家里。柯蒂斯没有安全地和父母在一起。柯蒂斯没有离开荒野丛林。柯蒂斯正站在她的正

前方，而她就快撞上他了。

"柯蒂斯！"她大叫一声，手指胡乱抓住自行车刹车，后车胎打滑拐弯，路面上激起一片尘土。后面的儿童车猛地飞了起来，又随着"砰"一声巨响重重撞落到地上。柯蒂斯跳出了道路，一头冲进路边的灌木丛。车子滑行停止后，普鲁将撑脚架猛地踢下，从车座上蹦了下来，跑向柯蒂斯着地的方向。

"柯蒂斯！"她喊道，"真不敢相信。真不敢相信！"柯蒂斯正从一小片树莓丛里爬起来，树莓刺顽固地粘在他的制服上。普鲁伸出手，他接过握住。两人一起站在路边，惊讶地看着对方。

他们几乎同时开口。"我以为你……""你怎么……"两人都插不上嘴，一起放声大笑，开心地拥抱在一起好久好久。

松开拥抱后，普鲁首先开口说："我以为你回家了！那个女人，亚历山德拉，是这么说的。"

柯蒂斯摇了摇头："没有，你在那里的时候我就在土狼营房里。我被关起来了！"

普鲁满脸怒气地骂了一句："那个邪恶的、邪恶的女人。我真不敢相信！她说的所有谎话……"

"可是你……"柯蒂斯插嘴道，"他们说你已经回家了。"

"是的，"普鲁解释道，"但我改变主意，又回来了。哦，柯蒂斯，

340

自从我们上次分开后，发生了太多太多的事——我甚至无法解释。"

柯蒂斯激动地用手一拍胸口："我也是！说出来你也许不信！"

"但我没那么多时间了，"普鲁说道，想起了她的任务，"我赶在北方丛林军队之前出发了——我得去寻求帮助。"

"北方丛林军队？"柯蒂斯问道，"那是什么？"

"不能算一支真正的军队，"普鲁纠正道，"说得更准确点，是几百名农民带着他们的干草叉。我骑在前面，试着去向荒野丛林的强盗们求助——我想如果能有他们相助，我们还有一线获胜的希望。"

柯蒂斯笑了。

"怎么了？"普鲁疑惑地问道，"你笑什么？"

"你已经找到他们了。"他说道。

"什么？"

"强盗。你找到他们了。你碰巧正在看着一个荒野丛林的强盗，签约过了、宣誓过了的强盗。"柯蒂斯骄傲地说道，双手背后。

"你？"普鲁问道，"你现在是一个强盗？"她忍不住以手扶额。

"是的，"柯蒂斯继续说道，"整个强盗团队就在……"他一边说一边转过身，但立刻就停住了，发现身后的路上空荡荡的。"他们刚刚还在那里。"他回头看看普鲁，抱歉地笑了笑。"等一下，"他说道，举起一根手指，"我很快就回来。"柯蒂斯转身开始沿着长路奔跑，金色的肩章边穗随着一晃一晃。当他来到一个转弯处时，他站在森林的边缘，向里面喊了些什么。过了一会儿，一个身影出现了。他们简单说了几句，身影就又进入树林消失不见了。柯蒂斯转向普鲁，画着圈地挥手，翻了翻眼睛。突然，深绿色的灌木丛被拨开，几十个武装好的男女，穿着破旧的制服，从阴影处走到了路面的空地上。一个男人走到了人群前，普鲁认出那是布兰登，柯蒂斯走在布兰登的身旁，他们一起走向普鲁。普鲁站在自行车旁，一时说不出话来。

"普鲁，这是布兰登，强盗大王。"当强盗团体走近时，柯蒂斯说道，"我相信你们俩已经见过面了。"

"我们见过！"普鲁喊道，尴尬地微微鞠了一躬，"哦，布兰登，看到你很好，我真高兴。"

布兰登笑了笑。"你的肋骨怎么样了，外来人？"他问道。

"很好，谢谢，"她脸红了，"好多了。"

普鲁扫视了下聚集的强盗们；他们的人数没她期待得那么多。显然，她的感受写在了脸上，布兰登的脸突然阴沉下来，开口解释道："我们的人数大为减少，不是你上次掉下来时遇到的那支强大的队伍了。但是不管怎样，我们现在正进军去和贵妇总督决一死战。我们想要送她上西天——即便为此付出性命也在所不辞。"这位大王身后的人群都喃喃低语，表示坚决赞同。

"但是听着，布兰登，"柯蒂斯说道，声音激动地颤抖着，"普鲁也有支军队！"

"什么？"布兰登注视着普鲁。

普鲁深深地吸了口气："自从上次我们分别后，我去了北方丛林，见了那里的神秘人士。他们同意帮我一起反抗女总督。他们召集了一支义勇军。北方丛林的所有居民都被召集起来去保卫丛林。他们现在正在路上——应该就在我后面不远。我先骑车来找你们强盗了，希望你们能加入我们。"

强盗群里一起爆发出一阵叫嚷声。"联盟！"一个喊道，"我们人多了！"

另一个斥责第一个道："那些乡巴佬？你在开玩笑吗？"

"强盗从没和平民并肩作战过——无法想象！"

布兰登转过身，挥了挥手，试着让这群难管教的家伙安静下来。"所有人，闭嘴！"他命令道。强盗们安静下来后，他转过身面向普鲁。"你说的那支军队是什么情况？"他问道。

"四百人，"普鲁说道，"差不多。有人类也有动物。大多数的武器是农作工具。"

"哦，老天。"人群中一个强盗说道。他身旁的强盗立刻发出嘘声让他安静。

布兰登仔细想了想。"不是很理想，但战斗的关键在于技巧，而不是武器，"他说着，摸了摸粗糙的红色胡须，"有句古老的强盗谚语说得好，'钟不敲打，与杯无异。'"他转向强盗群，让他们听好。"我们将和农民们并肩作战。"他说道，人群爆发出抗议声。

"我们从他们那里偷东西，我们不跟他们一起战斗！"

"我爷爷要是知道他的孙女要和一个北方丛林的农民并肩作战，会从坟墓里跳出来的！"

"安静！"布兰登喊道，"我不接受任何抗议！我没有要求就此投票；这就是最终决定！"强盗们停止叫嚣后，他继续说道，"强盗纲领和准则清楚地提出，'视所有植物、动物和人类为一律平等'。这些话在我们强盗历史上的此时此刻听起来最真实不过了。"他的声音如钢铁般坚定，一边举起一根带有刺青的手指，指向丛林。"我们面临的这个威胁，也是这片丛林里所有生物共同面对的。在这场战争中与北方丛林联盟，不仅维护了我们的准则、我们的誓言，而且使其更为强大。通过去实践使其更强大。"他鼻孔张大，看着人群。"清楚了吗？"

无人回答。

"我说，清楚了吗？"他重复道，声音回荡在道路狭窄的空地上。

"是的，"一个强盗回答道。又有几个答道："是的，大王。"最后，整个人群齐声赞同，布兰登点了点头。他转向普鲁。

"好了，小姑娘，"他说道，"带我去你们的军队。"

普鲁已经骑到了桥面的最北端，将自行车倚靠在桥栏杆上，跳下车，走在两根圆柱子之间。她不时瞟一眼长路的最远处，希望能很快看到几个身影出现在模糊的远方——也许是一只兔子的耳朵，或是一辆大篷车的拱形车顶，都能宣告军队的到来，但是直到现在，路上还是空空的。

整个强盗队伍占满了大桥。他们来的时候兴致高昂，精力充沛，但时间分分秒秒在过去，到这时，他们的精力快耗光了。他们漫无目的地在桥上走来走去，普鲁对他们的注视特别敏感，似乎他们看着她在请求指令。柯蒂斯也和普鲁一样在踱步；他们会走到桥中央相遇，互相交换个眼神。夜色渐渐笼罩上他们身下的峡谷。

布兰登倚靠在栏杆上，唇间叼着根野草。他站着，若有所思地嚼着野草。

最后，他开口了。"普鲁，"他说道，"我们不能再等了。"

普鲁停止了脚步。她回头看了看长路。和之前一样，路上还是空荡荡的。"我不知道，"她苦恼地说道，"我觉得他们不会落在我后面那么远。"

"你确定他们召集了这支军队？"布兰登问道。

"我发誓，"普鲁说道，"指令发出时我就在现场。神秘人士长

344

老——她让我来找你们。她说我们在这座桥上会面。哦，真见鬼！"她跺了跺脚，听到鞋底踏在桥面木板上的回声。

布兰登看向漫步着的强盗们。有一些拿出了武器——手枪，步枪，弯刀——似乎正在检查武器来打发时间。"我们得走了，"他说道，"如果我们还要去阻止那个女人的话。快没时间了。"

"大王，"一个强盗喊道，眯着眼看向远方，"北方丛林的家伙，他们来了。"

布兰登和普鲁都将头探向这个强盗注视的方向，的确，在远处拐弯的地方，最前面的几个身影正在出现。他们走的队形很松垮，很快，起初看起来像是三三两两的行军者便越来越多，直到整条长路上站满了各种生物。他们当中有兔子和人类，有狐狸和熊——每一个都穿着脏兮兮的破旧的农民衣衫：有工作服、工装裤、领口钉有纽扣的条纹衬衫，还有格子法兰绒衬衣。他们的手里、爪子里都拿着各种农作工具，走来的时候带着一种普鲁没有想到的坚毅。牛车和马车将人群断开成一片一片，车上鲜艳的涂画在森林无边无垠的绿色背景下显得很耀眼。普鲁一眼认出行军最前方的狐狸斯特林。看到他的时候她笑得很开心。

"你们来了。"她说道，松了口气。人群又走近了一些。

斯特林伸出爪子和她问好。"是的，花了些工夫，"他说道，"不过我们来了。"

她转向柯蒂斯："斯特林，这是我的好朋友柯蒂斯。他是，嗯，他是个强盗。"

柯蒂斯深深鞠了一躬。"您好。"他说道。

斯特林怀疑地看着他。"你是他们的头儿？"他问道，目光落在漫

345

步着的强盗们身上。

"哦，不是，不是，"柯蒂斯说道，退到一边，"头儿是布兰登。布兰登大王。"

布兰登走上前来，手放在军刀的圆头柄上。他高抬着下巴，沙巴叶藤王冠紧紧缠绕在他卷曲的红色头发上。"你好，狐狸。"布兰登说道。

看到强盗走来，斯特林挺起胸膛，瞪大了眼睛。"你好，布兰登，"他说道，语气冷淡而坚定，"没想到我会再次见到你这张讨厌的嘴脸。"

普鲁立刻警觉地看向柯蒂斯。柯蒂斯耸了耸肩。

布兰登笑道："很好笑的场景，确实是。但现在事已至此，只能这样了，对吗，小狐狸？"

"我脑子里想的就是逮捕你，就在这里，就现在，"斯特林说道，"因为你做的所有坏事。"

普鲁走上前去："逮捕他？你疯了吗？我们是盟友，忘了吗？"狐狸怒视着普鲁："你之前没说这个神经病也会加入。"他用爪子指着强盗大王，龇牙咧嘴。"这个家伙比丛林里任何强盗偷的货物都多。他是四个国家都要追捕的罪犯。我自己就把我一个季度的口粮作为捉拿他的悬赏，不管是死的还是活的。"他又看回布兰登："上次我们遇到时，你侥幸逃走了，捡了条命——这次我要更小心。"

"哦，得了吧，狐狸，"布兰登一本正经地说道，"我们别再在行政业务的细节上纠缠了。更重要的事情在等着我们。"

斯特林气得冒烟了。他愤怒地眯起眼睛，脸上厚厚的红色毛皮看起来颜色更深了。他把手伸向身旁的修枝大剪刀，开始从套子里拔出来。

"好吧，狐狸，"布兰登说道，"如果你非得这么做的话。"他军刀的银边开始从刀鞘中闪现。"动手吧，治安官。"

狐狸身后的农夫群中响起一个声音："住手！"普鲁转身看到了依菲琴尼亚，这位神秘人士长老正从人群中挤出来。她走到桥上，将干枯的手放在狐狸的臂上。"狐狸治安官，我命令你停止胡闹。"

布兰登没有动，手仍然搭在刀上。"听这位老妇人的话，狐狸。"他说道。狐狸颈部的毛都竖了起来，毛皮下一条显眼的脊柱从后颈背突起。

"你也是，孩子。"依菲琴尼亚说道，怒视着强盗大王。她走上前，将手放在布兰登手上，把拔出的刀柄推进了刀鞘。制止了这两个好斗者后，依菲琴尼亚退了一步，谨慎地注视着大家。"抱歉我们没有早点赶到，亲爱的，"她对普鲁说道，"这些老骨头们不如从前走得那么快了。"

"不要紧，"普鲁说道，如释重负地深深舒了口气，"见到你们真的很高兴。"

依菲琴尼亚笑了笑，抬起手斜视天空。这位神秘人士长老在估测太阳的位置，两支军队都摆好了架势。算好后，她回过头看布兰登。

"大王，"她说道，"我们出一份力。我们虽然是一支不起眼的军队，但是武器上的不足，我们可以用人数弥补。我们这里有五百名壮士，有农民有农场主，都能熟练运用大镰刀和干草叉。如果你我联手，我想我们会是一支强大的军队。"

在这位神秘人士面前，布兰登的脸色柔和了一些。他将手从刀柄上移开，深深地对老妇人鞠了一躬。"如果你们愿意和我们为伍，"他说道，"我们觉得很荣幸。"

"用不着鞠躬，大王，"依菲琴尼亚的脸微微涨红，"我懂你们的准则。"她转向聚集的农民们："北方丛林的人们，大家听好了。今天，在这座桥上，一支同盟军就此成立——尽管是暂时的。今天，为了我们的共同利益，我们和荒野丛林的强盗们并肩作战。我们是盟军。"她又转向狐狸斯特林："现在，为了我们的事业，如果你愿意与强盗大王握手言和，我将十分感激。"

　　狐狸小声嘟囔了几句，转向布兰登。"那好吧，"他说道，"如果这是'为了我们的事业'。"他伸出了爪子，布兰登欣然握住。他们握着手摇了几下后，狐狸抽出了爪子，严肃地点了点头："行了。"

　　"好的，强盗们，"布兰登大声说道，"我们与北方丛林军同行。"

　　普鲁看到依菲琴尼亚长长地舒了口气。她走过来握住普鲁的手，说："我们的小计划成功了。希望我们一直好运。"

普鲁笑道："希望如此。"

柯蒂斯慢慢走近普鲁身旁，伸出手来。"你好，"他认真地说道，"我叫柯蒂斯。我是普鲁的朋友。我也是一个强盗。"

依菲琴尼亚转向柯蒂斯，开始礼貌地微笑，突然脸上露出惊讶的神情："哦，真是巧。"

普鲁和柯蒂斯互相看了看。"巧什么？"柯蒂斯问道。

"又是一个混血儿，"依菲琴尼亚解释道，握住了他的手。"我这辈子只见过几个混血儿，今天一天却见到了两个，真是不可思议。"

普鲁一时说不出话来。柯蒂斯看了看普鲁，又看了看神秘人士。"混血儿？这是什么意思？"他问道。

依菲琴尼亚上前拍了拍他的脸庞。"没时间闲聊了，"她说道，转身走进了农民的队伍里，"我们有事要做了。"

☙

军队穿过小溪的峡谷时，长长的木吊桥吱吱嘎嘎地响着，亚历山德拉的马儿嘶鸣着，不愿踏上木桥。

"嘘。"贵妇总督安抚着马儿，拍了拍它粗壮的脖子。她快速地用脚跟一踢马儿的侧部，催它快跑。她臂弯里的婴儿咿咿呀呀地低语。军队过桥过得很慢；木桥在众多人马的重量下摇摇晃晃。一到了桥那一边后，亚历山德拉就骑马慢跑到坡上，注视着军队过桥。炮队不得不自己努力过桥，因为武器弹药太重了。每支炮队有四名士兵，慢慢地推着金属制的庞然大物穿过吱吱嘎嘎不停抱怨的吊桥。

亚历山德拉不耐烦了。

她抬头瞥了一眼灰蒙蒙的天空。太阳正慢慢爬上最高点，还有几个小时就到正午了。她看了看峡谷，小溪从山坡中流过。

"上尉！"她喊道。一只土狼跑到她身边。他戴着一顶有帽檐的军官帽，穿着深红色的制服。他靠近后行了个军礼。

"派一队哨兵去溪谷的北面。"她命令道，"我们要在树林的北面画一道边界。我不想有任何意外发生。我需要集中精力念咒语。"

"遵命，总督夫人。"上尉答道，慢跑着组织队伍去了。

亚历山德拉望着最后一组炮兵队小心翼翼地过了桥。当军队都聚集到路上时，亚历山德拉发话了。

"从这里我们离开长路，"她命令道，"进军丛林。跟我走。"

🌿

"来自丛林魔法？"柯蒂斯仍旧一头雾水，"我真不知道那是什么意思！"

强盗和北方丛林农民组成的军队排成一队，在陡峭山腰上的哈迪斯蒂猎径上前行，一路狭窄而曲折。柯蒂斯紧跟在普鲁和她的自行车后面，问这问那。

"我已经把我知道的都告诉你了，柯蒂斯，"普鲁说道，"这东西就叫作丛林魔法。意思是，你可以说是这里的人。或是差不多的意思。"

"那么你怎么会来自丛林魔法的？"他问道。

"我告诉过你了：亚历山德拉施法让我爸妈有了孩子，"她有点生气，"所以我猜，那便是我来自丛林魔法的原因。"

柯蒂斯不敢相信地摇了摇头："我是说，我只是觉得，这怎么可能呢，我五岁的时候我们全家才搬来这里。"

"你好好想想，"普鲁提议道，"你有没有什么古怪的亲戚？也许他们当中的谁就是来自丛林。"

"我想我的姑妈露丝一直都有点奇怪，"柯蒂斯猜测道，"她就住

350

在荒野禁地——就是这片丛林——的边界那里，而且她一直独来独往。我爸妈说她有点古怪。"

柯蒂斯专心思索着，已经忘记跟上行军大部队了。一个农民——一头拿着一把树剪的黑熊，生气地朝柯蒂斯哼了几声，因为柯蒂斯落在后面，差点绊倒在它那巨大的熊掌上。"对不起!"

"好好看着点路!"黑熊咆哮道。

柯蒂斯慢跑着追上普鲁，普鲁继续往陡坡上推着她的自行车。

"嗯，那就是啦，"普鲁说道，"你的老姑妈露丝。"

"我不知道，"柯蒂斯摇了摇头，"想起这个，我的大多数亲戚都可以这么形容：有点古怪。"

突然，一阵窃窃私语沿着行军队伍从前往后散开。"嘘!"一条手臂挥舞着，士兵们一个接一个地传递信息，指示大家蹲下。柯蒂斯也朝身后的黑熊挥了挥手，传达了命令，他跟普鲁静静地蹲在地上。

"怎么回事?"他小声问普鲁。

"我不知道。"她回答道。普鲁慢慢地、悄悄地把自行车靠在了山坡上。她拍了拍前面的士兵——一个穿着件灰蓝色制服、背着一卷粗绳的女强盗："发生了什么事?"

强盗蹲在猎径的一小片空地上悬挂着的剑蕨丛中，耸了耸肩。过了一会儿，又一阵窃窃私语从前往后传来，带来了更多信息。强盗收到情报，转向普鲁。

"土狼，"她小声说道，"在远处的山脊上。"

普鲁向峡谷的另一侧望去。葱葱郁郁的树林遍布山野，两个斜坡汇集在小溪空荡荡的河床上，形成了一个深 V 形。

"在哪里?"她低声问道，"我一个也没看见。"

柯蒂斯也在观察远处的山坡。最后，一株欧洲蕨上的一根断树枝发出了噼啪的响声，宣告了敌人的靠近。很快，树丛里看起来似乎出现了一支有三十个左右土狼士兵的军队，他们的头顶几乎都被周围铁线蕨的灌木丛遮住了。他们前进得很艰难，正吃力地沿着山坡走着。

普鲁抬头看了看由蹲着的强盗和农民组成的长队，希望有人发号施令。她看到布兰登的头从队伍里冒了出来，他正用手势向队伍前排的强盗们发出指示。普鲁看不懂他的手势信号，但收到指令的强盗们很快就点点头表示明白。他一路弯着腰走向普鲁和柯蒂斯，停在了普鲁前面的强盗旁。他用食指画了个曲线，指了指峡谷对面。强盗快速点点头，从肩上拉下绳子。

"计划是什么？"柯蒂斯从普鲁身后嘶声问道，"我们能做点什么吗？"

布兰登摇了摇头。"坐着别动，"他小声说道，"这个任务只交给弓箭手和抓钩手去做。"

"我有一个投石器。"柯蒂斯提议道。

布兰登毫无表情地看着他。"以前用过？"他问道。

"没有。"柯蒂斯说道。

"正如我刚才所说：只有弓箭手和抓钩手去做。"布兰登重复道，"守住你的位置。"

又过了几分钟。峡谷那一侧的土狼还不知道对岸的蕨草丛中潜伏的危险，继续小心翼翼地沿着山脊行军。强盗们藏在猎径里，等着布兰登发信号。

突然，风向转变了，风沿着山坡直吹而下，掠过藏着的军队。一只土狼——他胸前叮当作响的金属牌象征着高级军衔——高高抬起鼻子，在空气中嗅了嗅。他闻到气味，瞪大了双眼。

"有敌人！"他喊道，从跨部抽出军刀，"在远处的山脊上！"

他一喊出警报，布兰登就从前线发出了信号。分布在军队里不同位置的大约二十个强盗，站了起来，准备作战。一半强盗手里都摆弄起一卷顶端带有抓钩的绳子，另一半强盗拉起紫杉木弓箭的弦，仔细地瞄准对面的山脊。

"弓箭手，**发射**！"布兰登喊道，于是峡谷上空布满了飞箭。

一些箭射中了目标，死去的土狼沿着山坡滚落下去，压倒了许多蕨草。片刻间，土狼军队被削弱了一半，剩下的开始慌乱地狂吠。"坚持住！"土狼上尉喊道，仍然举着军刀站在那里，"燧发枪手！随便开火！"接到指令的士兵们开始手忙脚乱地拿起长长的燧发步枪，往枪管里塞弹药。强盗们又射出了一波箭，几只没找到掩护的可怜土狼，还没来得及开枪，就倒在了箭雨中。上尉仍然站在那里，轻蔑地怒视着对面的山脊。

"撤退！"他喊道，"回去请求增援！"

布兰登这时示意抓钩手抛绳。瞬间，随着抓钩钩住了大树枝，绷紧的绳索在山脊上纵横交错。普鲁前面的强盗也抛出了抓钩绳，她迅速试了试绳子的承受力，跳到空中，像玩杂要一样，轻松地滑过了峡谷。普鲁看到自己抵达了另一侧，便拔出军刀，以迅雷不及掩耳之势杀死了三只土狼。沿着山脊，又有几个抓钩手滑过了峡谷，加入了激烈的战斗。

土狼上尉看到他的军队这么快就被击败，火冒三丈，冲着远处山脊上的强盗和农民怒吼。他把刀插回刀鞘，开始逃跑。柯蒂斯第一个看到了上尉的撤退，他迅速从腰带上取下投石器的绳索，将一块石头放进支架。

"他是我的。"他说道。

普鲁斜着眼看了他一眼。

柯蒂斯眯起一只眼，小心翼翼地摇动投石器，感觉着石头在投石器上拉出弧形时在他肩膀压下的重量。他估计了下他和那只穿着制服的土狼之间的距离；土狼正消失在灌木丛中，只见他的双角帽在最低处的树枝下跳动着。就在他的深蓝色制服快要完全消失不见时，柯蒂斯大叫一声，松开了投石器。时间似乎缓慢静止了。

柯蒂斯看到石头飞到空中，飞过小溪。

接着他看到随着有力的扑通一声，石头掉进了下方的河床里。

他回头向上看了看，垂头丧气，证实上尉逃进了灌木丛中。突然，他听到一支箭呼啸而过，飞过峡谷，随着致命的砰一声射进了上尉的后背。土狼倒下了，轰隆一声消失在了茂密的绿色灌木丛中。

柯蒂斯抬头看去，只见人群中，布兰登站在那里，握着一把拉开的弓，弓弦仍然因为射出的箭而颤抖着。他回头看看柯蒂斯，笑了笑。柯蒂斯的脸唰地红了。

布兰登转身看了看远处的山脊，搜寻着漏网之鱼。一切都很宁静。他欣慰地向军队挥挥手，示意大家继续沿着猎径前行。

"射得好。"普鲁转头小声说道。

"很想看你也试一试。"柯蒂斯酷酷地说道。

第二十五章

进入古人之城

当山脊太陡无法攀登时，猎径急转向南延伸；它穿过峡谷的低谷，在对面的山坡上呈之字形开道。山脊远处是一段平地，很快又是另一个浅浅的峡谷，峡谷里流淌着第二条小溪，这次的溪流要大得多，刻出一条宽阔的带状水域，沿着山坡而下。这里的小溪上有一座小木桥，更远处，只见猎径蜿蜒曲折地往上延伸至山的另一侧。猎径的开口处通向木桥，强盗和农民的军队停在了空地处。

普鲁和柯蒂斯走进了桥边和小溪边的人群中。柯蒂斯将手伸进小溪潺潺的流水中，掬了一把清冽的溪水送进嘴里。普鲁站在他旁边，手背在身后。

布兰登走到他们身边。"我注意到你一路上都没有武器，外来人，"他挑起眉头，"我很敬重赤手空拳战斗的人，但你看起来也不像

355

是那种。"

普鲁皱了皱眉，说道："说真的，我还没怎么想过这个问题。如果你不介意的话，我想也许我可以是某种非暴力的支持者。"

"很好，"布兰登说道，"你和柯蒂斯，到队伍的前面来。我也许用得上你们向下传达军令。"

士兵们喝饱了溪水后，布兰登吹了一声短促而尖利的口哨，军士们立刻归队，向小桥前方的山坡上蜿蜒前行。柯蒂斯和普鲁慢跑到队伍前方，普鲁小心地握着车把推着自行车，直到赶到布兰登和狐狸斯特林身后。

"离那个地方——叫什么来着？——还有多远？"爬到山脊上后，柯蒂斯问道。

布兰登注视着军队登上曲折的山路，指挥大家沿着山脊顶部向东前进。"古人之林。就在东面。再走一个小时，也许更少。"

普鲁接着问道："古人之林是什么？"

"一片被遗忘的文明遗址，"落在普鲁和柯蒂斯后面的斯特林回答道，"没有人对他们有多少了解。不过人们相信，整个荒野丛林曾经是一个生机勃勃的大都市，住着好多哲人、农民和艺术家。有人说他们好几个世纪前就毁灭了，一个繁荣兴旺的文化就在几十年内完全消失了。因为遭受了无情的野蛮入侵。"

前面的布兰登嘟囔着说："我知道你想说什么，狐狸。"

狐狸没有理会他。"这个巨大的超前文明唯一残留的，就是我们现在前往的遗迹丛林——还有摧毁这个文明的蛮族部落的后人。"

"这个蛮族部落是什么人？"柯蒂斯问道。

"你正和他们同行，"狐狸说道，"就是这些'尊敬的'强盗。"

"这些完全没有得到证实，"布兰登反驳道，"况且，谁知道呢：也许那些古人罪有应得。"

"爱信不信，强盗，"狐狸说道，"随便你，爱信不信。"

突然，附近草丛中响起一声爆裂声，军队立刻安静下来。布兰登急忙挥手，向大家示意。当他看到老鼠塞普蒂默斯匆匆忙忙从常春藤丛中跑了出来时，他松了口气。老鼠跑到布兰登的脚下，浑身发抖。

"哦，"他说道，"那玩意儿真让我毛骨悚然。"

"发生什么事了，老鼠？"布兰登问道，"你看到什么了？"

塞普蒂默斯摇了摇头。"黑莓。黑莓刺丛。在最远处。就在桤木丛后面。"他因为奔跑已经喘不过气来了，"无法穿越。"他总结道。

确实如此。农民和强盗组成的长长的军队已经穿越了一片平静的高高的桤木林，树叶像万花筒般黄绿相间，现在他们来到了无法穿越的黑莓灌木丛，像一堵墙向两边延伸，看起来坚不可摧。布兰登小声地诅咒着。

"兄弟们！"他向军队喊道，"我们必须砍出一条路来。"

士兵们一头冲进黑莓丛，拿起刀、镰刀、钢锯拼命向绿色的灌木丛砍去——但是无济于事。他们砍掉灌木进入茂密的荆棘丛，就发现更多的灌木丛在等着他们，利爪般的尖刺钩住了他们的制服和衣服。布兰登最后脱身而出，回到树林里。他之前把束腰外衣的袖口卷到了臂弯处，现在小臂上布满了红色的擦痕；他的胡子上还沾着几片叶子。

"该死的！"他骂道，"我应该想到的——我已经好多年没来古人之林了。这些黑莓早在那时候就发芽生长了。"

"依菲琴尼亚，"普鲁说道，她想起了艾莉丝，那个年轻的侍僧，还有那编织成一簇簇的草叶，"我们应该去找依菲琴尼亚。"

布兰登怀疑地看着她："她能做什么呢？冥想让黑莓丛退去？"

"相信我，"普鲁说道，"就让我去找依菲琴尼亚吧。"

布兰登把手放在膝盖上，思量片刻——大滴大滴的汗水从他的眉毛流下，映在他前额奇怪的文身上，闪闪发亮。"好吧，外来人，"他说道，又加了句，"不过得快点。我们快没时间了。"

普鲁一踢自行车的撑脚架，沿着小路全力冲刺。军队一直向后延伸到通往小溪河床的曲折山路，看到普鲁从他们身旁跑过，都盯着她看。普鲁三步并作两步地跳过最后几个弯道，冲过小桥，来到正吃力地沿着小路前行的大篷车车队前。

"依菲琴尼亚！"她在第一辆车前喊道。

驾驶员车座后的小门打开了，神秘人士长老的头从驾驶员——一只穿着长袍的獾——身后探出。"出什么事了？"她问道，"我们为什么停下来了？"

普鲁停下来喘了口气。"他们需要你……"她结结巴巴地说着，"就在……在山脊的顶端。"

"发生什么事了？"依菲琴尼亚问道。

"黑莓刺丛，"普鲁解释道，"我们没法继续前进。我想也许你能，嗯，让黑莓移开。"

🌿

"这是怎么回事？"依菲琴尼亚来到山脊的顶端问道，"我们快没时间了。太阳就要升到最高点了。"

"抱歉，夫人，"布兰登说道，"我们遇到了一个障碍。这片黑莓丛无法穿越，而绕开它的话又太远了。这个女孩建议说你也许能帮帮我们。"

依菲琴尼亚清了声嗓子，在亚麻色长袍下跺了跺脚。她走上前，看了看荆棘丛。

"这片荆棘已经在这里很多很多年了——我们之前为什么没换一条路线呢？"她问道。

布兰登脸红了。"我不知道这里有灌木丛，"他说道，试着对这位年长的老妇人礼貌些，"至少没这么茂密。我要早知道，肯定会换条路走，但现在这是我们唯一可走的路了，没时间了。"

"在……比方说……树木的坚持下，你会让你们自己的营地，你们强盗的藏身之处搬走、摧毁、分离吗？"依菲琴尼亚冷冷地问道，手挥向上方的树枝。

"我都不知道该怎么回答这个问题。"布兰登答道。

依菲琴尼亚怒视了强盗大王一会儿，最后让步了。"好吧，"她说道，"我来问问黑莓是否愿意移开。"

"什么？"他兴奋地问道，"我没有听错吧？你是说你要去问荆棘丛肯不肯离开？"

"你没听错，强盗大王。"依菲琴尼亚回答道，一边提起长袍，准备盘腿坐在森林的地上，"我只能询问，不能承诺。如果它们拒绝这一请求，我也没什么办法了。"她瞥了一眼前方缠绕的藤蔓，"黑莓一向比较顽固。"

布兰登说不出话来。他看向狐狸斯特林，注视着他，希望能得到解释。斯特林耸了耸肩。依菲琴尼亚席地而坐，开始冥想，她的粗麻布长袍的边缘有点脏了，盖在她盘着的脚踝上。柯蒂斯疑惑不解地看着普鲁。

"看好了。"普鲁静静地说道，信心十足。

一阵微风拂过桤木林，将一片片落叶吹落在神秘人士长老盘着的双膝旁。太阳快速露了个脸，将一缕缕金光投射在桤木林间，普鲁眯起眼，感受着阳光抚摸她脸颊的温暖。依菲琴尼亚大声地深呼吸，她的呼吸节奏在上午这时候听起来像是奇怪的背景音。布兰登忍受了几分钟安静的冥想，看到什么动静都没有，生气地低声骂了几句，开始拔腿就走。

山脊上的人群都倒吸了一口气。

黑莓开始移动了。

它们一开始移动得很慢——缠绕一起的长满刺的藤蔓分开了，似乎一种无形的力量正穿过这片荆棘丛——加速前，灌木丛在自我分离，就像是一只巨大的八爪鱼的触角。扎在土壤中的根茎固定住了藤蔓，细小的卷须蛇一般缩到地面，灌木丛一下子开阔了，像一朵巨大的、带刺的花儿在开放。不久，灌木丛向地平线延展的动作渐渐停止，一条宽阔的大道出现在荆棘林的深处。

依菲琴尼亚的大声呼吸渐缓渐止。她睁开双眼，看着荆棘丛，点了点头表示谢意。然后她站了起来，有点吃力地蹒跚着走向普鲁，抓住她的臂弯支撑住身子。布兰登站在树林的边缘，脸色发白。

"好了，强盗大王，"神秘人士长老责备地说道，"如果我们以后能避免这样的移位情况发生，我——还有这片森林——会非常感激你。"

⚜

军队在古人之林里静静地走着，周围是倒塌的圆柱和柱廊残留下的骨白色的岩石，这座古老的城市无声地见证着他们的每一个举动。亚历山德拉骑马走在土狼军队中央，这群穿着制服的狼如此之多，布满了她周围的空地。婴儿睡着了，依偎在她的胸前，马背上轻轻的摇

360

晃已经将他哄入了梦乡。这里的常春藤呈现一片茂密的绿色，几乎抑制住了附近的其他所有生物的生长；只有大理石和岩石的废墟从它的魔爪下伸了出来，似乎在挑战常春藤在丛林中的权威。这里有一大片白色的、削成块状的石头——也许是一个市集广场的基石；还有一个圆柱形拱门和一个中央大礼堂摇摇欲坠的残迹。空地上方一座低矮的山脊上有一条长柱廊的残迹。

多么浪费啊，亚历山德拉心想，这么多知识，被岁月埋葬。

一个士兵打断了她的沉思。这是一只年轻的土狼，比幼犬大不了多少，装饰着金边的制服松松垮垮地耷拉在他的肩上。"柱基，夫人，"他告诉她，"就在前面——在那座小山上，在被摧毁的廊柱大厅里。我接到命令要告诉您这些。"

"谢谢你，列兵，"女总督说道，注视着地平线，"你做得很好。"

他们到了这里。这一刻就要来临。太阳正临近最高点。很快就要到正午时分。她能感觉到常春藤在马蹄下沸腾。常春藤那深绿色的叶子和弯弯曲曲的小小手指似乎在舔着她的脚踝。

"耐心点，亲爱的，"她小声说道，"耐心点。"

🌿

侦查员回来了，上气不接下气。"古人之林，"他最后一口气说道，"就在前面！土狼已经赶在我们前面到那里了——不过也只是刚刚到。"

布兰登听到这个消息沉默不语。强盗们、神秘人士们和农民们都站在那里等待命令。在他们身后，等最后一队士兵穿过黑莓荆棘丛后，黑莓丛又缠绕在了一起，和从前一样无法穿越；现在整个军队都聚集在一大片古老的冷杉和雪松的树荫下。在两棵最高、最粗壮的大树之间的这片空地上，残留的历史遗迹显示出这里曾经是一个被驯化的国度：一根带有凹槽的圆柱——有点像普鲁想象中的古罗马和雅典那里的景观——倒塌在地，与周围的荒野形成一种奇怪的反差。就在这根圆柱的一部分碎片的阴影下，布兰登召集来了他的军官们：科马克，狐狸斯特林，还有普鲁。

"为什么要叫我来这里？"普鲁首先问道。

"你将担任我们的信使，"布兰登解释道，"一个很重要的职务。"

"好吧。"普鲁有点不安地回答道。她对这个任命有点不安。关系到人们性命的事儿可不是闹着玩的。

布兰登静静地说道："柱基位于古老的廊柱大厅，在古人之林的中心。廊柱大厅由三个独立的楼层构成——想想在山坡上嵌入三层巨大的台阶——有点类似于集会广场。第三层，最靠近我们的这层，就是柱基所在的空地。我们将在中间那层和土狼军队碰头。在那里我们将决一死战。这样，即使我们被击退，我们仍然能守住柱基。"

他依次看了看每个军官。"我们将分成三队，"他继续解释道，"两支侧翼部队作为掩护，还有一支先锋部队。科马克，你向北杀入。斯特林向南。我率领中间部队从上面攻下，从西面穿过第三层杀入。你们将分别部署在中间那层的两侧，一个在北一个在南。按我的指令行事。一切顺利的话，我们将在第一层和第二层之间将他们的军队一分为二。不过最终我们有一个目标，唯一的目标：不让女总督靠近柱基。"他转向普鲁："我们将会被分开——联系会至关重要。这就是你要发挥用武之地的地方了，普鲁。你要在我们的军队之间传达信息。明白吗？"

普鲁点了点头，竭力压制正从内心深处涌起的恐惧。她担心自己的网球鞋能否胜任。她多希望自己穿的是全能运动鞋，就是爸妈在她生日时送给她的亮粉色的那双。她以前都不愿意穿那双鞋，觉得它们太丑了。现在想起来那双鞋真是美极了。

布兰登长长地叹了口气："我们有六百名战士。敌方有一千个。我们人不算多。但只要我们保住柱基，不让女总督完成仪式，任何牺牲都是值得的。"阳光穿透云层，布兰登挑衅地朝太阳瞪了一眼。

"现在。"他说道。

他突然一下子跳上了倒下的圆柱遗迹的最高处，向等待着的士兵们低声吹起了口哨。

"男人们，"他开口道，"女人们。动物们，所有人。"

农民和强盗组成的军队围在他旁边，默许地窃窃私语。

"曾经，在这片宁静的古老丛林里，"布兰登嗓音洪亮，"有一个蓬勃兴旺的伟大文明。一座重要的城市在这片土地上升起，让这里充满了生机和思想。如今，一切都灰飞烟灭，但它留下的遗迹严酷地提醒着幸存的我们：只要那些千方百计试图摧毁进步和文明的恶人存在，我们就没有谁可以高枕无忧。"

他顿了顿，环视了一眼人群。

"兄弟们，姐妹们，"他继续说道，"人们，动物们。今天，就让我们把对彼此可能存在的不满放到一边，合力与更大的恶魔抗争吧。这个恶魔威胁着我们所有人的生命安危。今天，我们不是荒野丛林的强盗。今天，我们不是北方丛林的普通农民。今天，我们并肩作战。今天，我们都是兄弟姐妹。今天，我们六百名壮士一起组成了荒野丛林非正规军，强有力的丛林军会让任何胆敢拦路的人吓破胆！"

人群爆发出欢呼声。

普鲁走回柯蒂斯身边，他正和其他士兵一起等待命令。

"发生什么事了？"他问道，"你为什么去了那边？"

"我担任了信使，"她说道，"我要在我们的军队之间传达消息。"

"哦，"柯蒂斯一副很懂的样子说道，"通信官。"

布兰登从倒下的圆柱上跳了下来，开始向聚集的士兵发号施令。他将所有士兵分成了三队；柯蒂斯被分到了斯特林那一队。在士兵们接受行军指令时，柯蒂斯走向了普鲁。

"可能是告别的时候了。"他悲伤地说着，伸出了手。

普鲁握了握他的手："对。"

身边的人开始按照他们军官的指令排列队形了：之前的一大群人形成了三队斗志昂扬的士兵，各种各样混杂的武器都准备完毕。两支排在外面的队伍开始离开中间那支，各自向丛林的两侧前进。柯蒂斯看到他所在的部队开始行军，便迅速转向普鲁。

"如果我再也看不到你了，"他说道，"也许你可以告诉我的爸妈，我这样做是有正当理由的；而且，在最后那一刻，我真的真的很开心，好吗？我是说，我真的找到了有归属感的地方。你能告诉他们这些吗？"

普鲁感到眼泪快要流出来了。"哦，柯蒂斯，"她说道，"你可以自己告诉他们这些。"

"认识你真的很好，普鲁·麦基尔。说真的。"他的眼眶开始湿润，便忙用制服的袖子擦了擦鼻子。

普鲁凑过去亲了一下他的面颊。他的情感流露不知怎么地让她更容易忘记了自己的恐惧。"我也一样，柯蒂斯。"她说道。

他抽噎着，收住眼泪。"再见，普鲁。"说完他小跑着离开了，赶上了他的部队。

普鲁站着望着士兵列队消失在茂密的森林里。他们走后，她转过身，看到依菲琴尼亚从一辆大篷车里出来了，挥手示意她过去。

"和我待在一起吧，亲爱的，"她说道，"直到需要你上场的时候。"

普鲁爬上大篷车，坐在司机长凳上，挨着神秘人士长老。她努力想挤出一丝笑容，但突然情绪崩溃，开始抽泣。热泪沿着她的面颊流下来，她能尝到嘴唇上泪水的苦涩滋味。依菲琴尼亚惊讶地看着，抚摸着她的背。

"好了，好了，"她安慰道，"为什么要哭呢？"

"我不知道，"普鲁一边抽泣一边含糊地说道，"这一切太让人难以承受了。这都是为了找回我的弟弟。我是说，我只是待在这里。我觉得我接触到的每个人，他们的生活都被我毁掉了。"

"你不必把一切都扛在自己肩上。更严重的事情在发生，亲爱的，"依菲琴尼亚说道，"它远比你的事情严重。自从第一粒种子在这片森林发芽，一系列的事件就在等着发生，你弟弟的失踪只是这一系列事件的催化剂。你身处这些事件中，对事情发展的掌控就如同对一片叶子落下那样的无助。我们只能遵从，我们只能遵从。"

普鲁吸了吸鼻子，用连帽衫的袖子仔细抹去脸颊上的泪水。"但是如果我没有来到这里……或者……或者……"普鲁结结巴巴地说，"如果我的爸妈没有和亚历山德拉做那个交易，就不会有我——我们就不会在这里！所有这些可爱的人和动物就不会有生命危险。"

"希望这个世界消失和希望一朵花开放的利益是一样的。"依菲琴尼亚轻轻地拍了拍普鲁的手回答道，"最好是活在当下。这样，也许我们就能学着去理解我们和周围世界脆弱的共存关系的本质。"

普鲁挺直腰板坐着，试着控制住自己的情绪。神秘人士的话语，虽然是在安慰她，但听起来太神秘了。"这场战争里你将待在哪里呢?"她问道。

"我待在幕后。"依菲琴尼亚回答道，"这是我的使命。我将坐着冥想直到战争结束。森林会告诉我，胜利者是谁。如果女总督赢了，常春藤被释放，那么我就将成为森林的一部分。对我而言，这不是一个可怕的命运。这是注定的。"

普鲁眯着眼看着神秘人士，困惑地看着她脸上平静的顺从表情。如果她还要再和这个老妇人多待一会儿，她就必须适应这位神秘人士不时令人惊讶的坦率。

在宽阔的林间空地上，布兰登在等着两支侧翼部队离开。他花了点时间估算他的军队；觉得时间差不多了，他慢跑到普鲁坐着的地方。

"到时候了，"他说道，"我需要你在我身边。"

普鲁点了点头，跳下大篷车，抑制住将要流下的泪水。她最后看了一眼依菲琴尼亚，笑了笑，然后转身走向等待着的士兵们。

🌿

女总督正穿过覆盖在这片古老遗迹上的深及脚踝的常春藤，慢慢走向她的马儿，突然有什么事让她停住了。一个念头袭来，像寒天里的一阵暖风，刚吹来就消散了。那是一种怀疑。一种不安的心情。

但是为什么，她心想，在我要获胜的这一刻，在我要享受胜利果实的这一刻?

一切来得这么容易。

没有任何抵抗。

然而，她还是感觉到了什么。在她的内心深处。也许树木之间在低语着什么，植物之间在静静地私语着什么。似乎森林正在密谋奋起反抗。

她想到这个又笑了，打消了念头。甚至连北方丛林的神秘人士，凭借他们所有的力量，都无法把森林，这片无规则的绿色宇宙，拉到自己身边。

婴儿醒了。她低头看看他，哄了哄。他笑着回应，两只小拳头揉着惺忪的睡眼。他朝着明亮的阳光眨了眨眼，太阳就要爬到天空的最高点了。

就在那时他们闯入了森林。

❧

布兰登第一个发出命令。

"中央列队！"他开口道。

普鲁站在他的身边，他们看向路堤那边迎面而来的大群土狼士兵，还有那高高的、无情的贵妇总督，她骑在马上，立在众多土狼的中央。

她的臂弯里是襁褓裹着的婴儿。

我的弟弟！我的弟弟！普鲁的脑子里都是这个声音。她努力控制自己不喊出他的名字。

"进攻。"布兰登冷静地说完。

强盗和北方丛林农民的联合部队，荒野丛林非正规军，冲破古城遗迹中心上方的重重树木，他们全力的、充满激情的嘶喊声瞬间打破了遍布常春藤的空地上诡异的寂静。

❧

普鲁看到亚历山德拉的马受到惊吓扬起前腿，差点将马背上的主人摔落，顿时尖叫起来。

"麦克！"她本能地大喊。她的心里涌起满腔保护弟弟的激情。

红发的强盗之王率领着先锋部队，荒野丛林非正规军的中央队列，从山坡上冲下，像开闸的洪水，冲入毫无准备的土狼军队中；巨大的声音响起：有身体冲撞的声音，有钢铁碰撞的声音。他们的战争呼喊、嘶喊和号叫，响彻半空，在废弃古城的大理石废墟中回荡。土狼燧发枪手被打得措手不及，他们来不及给步枪上膛，不得不用刺刀自卫。甚至连土狼刀手在这混战中也急急忙忙拔刀出鞘，非正规军在策略上取得了优势，直到土狼挣扎半天准备好武器。

　　亚历山德拉骑着马在人群中打转，然后一踢马的侧腹，飞快地穿过两名正在打斗的士兵，来到安全距离外的一块大石板上。在那里，她将手中的婴儿直直地放入马鞍的袋子中。婴儿粉色的脸庞从皮革袋子顶端探了出来。亚历山德拉一手抓住缰绳，另一只手拔出她那银色的长刀。

　　"土狼们！"她吼道，"进攻！"

　　一拨土狼援军从山顶冲入空地，轰的一声杀入打斗中的军队。他们有备而来，在激战中挥舞着军刀。他们身后出现了一长列燧发枪手，开始往枪管里装弹药。非正规军们，尽管开始占据了优势，现在渐渐失利。

　　"普鲁！"普鲁驻守的山脊下方传来喊声。是布兰登。他已经跑到了半山腰，正挥舞着军刀和一个体型庞大的土狼士兵交战。

　　"什么事？"她喊道。

　　"去斯特林的分队！"在军刀交锋中，布兰登转过头大喊，"让他们过来！"

　　"明白！"普鲁叫道，一跃而起。

と

　　士兵们正蹲在铺满茂密的绿色常春藤的地面上，已经听到了山脊

368

上传来的打斗声。柯蒂斯咬牙听着那边的嘶喊声、兵器的碰撞声，还有隆隆的炮火声。他的心跳开始加速。斯特林侧卧在斜坡上，听着战争刚打响的各种杂声，目光闪烁，充满期待。

"真见鬼，"他咕哝着，"我们为什么不直接进攻呢？"

灌木丛里的脚步声盖住了远方的打斗声。

"普鲁！"柯蒂斯喊道，看到他的朋友正弯着腰全速冲过来，衣服上满是落叶和蜘蛛网。

斯特林跳起来去迎接她。"有什么指示？"他着急地问道，普鲁快速溜进灌木丛里，跑到士兵们旁边。

"走，"她说道，上气不接下气，"布兰登让你们过去。"

狐狸的眼睛发亮了。"终于等到了，"他转身对着身后蹲着的两百名男人、女人和动物说道，"我们走。"

普鲁和柯蒂斯静静地互相看了一眼，然后山坡上的士兵们齐声大喊，一跃而起，冲向山脊。

祝你们好运，普鲁低声说道，看着柯蒂斯随着一大拨士兵拥向山脊，投入战斗。

第 二 十 六 章

荒野丛林非正规军；鼎鼎大名

在狐狸的指示下，柯蒂斯和弓箭手以及步枪兵一起，爬到山脊的顶端，驻守在冲锋队的后面、空地上方的高地上。他看着其他的非正规军杀入下方的混战中。一头黑熊挥舞着打谷器，勇猛地痛打土狼士兵，所到之处，一只又一只土狼被揍得不省人事。一个强盗，手握两把短刀，正和一个土狼刀手激烈打斗；眼看土狼就要占上风时，柯蒂斯看到一只兔子，穿着牛仔布短裤，在土狼脚之间绕来绕去，缠上了绳网。土狼还没意识到是怎么回事，麻绳就绑住了他的脚踝，他一下子栽倒在地上，正中刀尖。女总督骑在马上，俯看着战场，而她策马所至之处，无不死伤惨重：强盗和农民们一个个倒在她的长刀之下。每个企图将她打下马的人都以失败告终；在这片战场上她的刀法显然无与伦比。柯蒂斯全神贯注地看着，只见她杀出人群，直盯着远处通向廊柱大厅第三层的阶梯：柱基就在第三层的那片空地上。一声尖叫的指令让他回过神来——兔子塞缪尔站在山脊上士兵的最后排，下令道："远程军士，拿起武器！"柯蒂斯将一大块石头塞进投石器的支架。

一声响亮的口哨声从下方的战场传上来；似乎是亚历山德拉发出的，她的手指正放在唇间。瞬间，一阵震耳欲聋的尖叫声从空中袭来，只见空地东边的天空中飞来了黑压压一群鸟。

"是乌鸦。"柯蒂斯小声地自言自语。

塞缪尔似乎也被这一场景震撼了——这些飞鸟多得就像是在树木上空泼下的墨汁，他们正朝下方的战场冲去——但最后他还是将注意力转回到了自己的岗位上。"开火！"他喊道。

山脊上顿时充斥着炮火的轰隆声和飞箭的嗖嗖声。柯蒂斯松开投石器，放飞石头，只见石头画了个弧线，懒洋洋地飞向他的目标对象。他失望地看着石头落在目标前方，消失在铺满空地的常春藤里。

站在他身旁的一个强盗，正往步枪里重新装弹药，看到了他的射击。"用力点摇，"他建议道，"多加把力。"

"行，好的。"柯蒂斯说着又从口袋里拿出一块石头。

几只乌鸦死在了密集火力之下，但更多的乌鸦替代了坠落的同伙的位置——一大团黑云般的鸟从廊柱大厅的第一层盘旋飞起，成漏斗状聚集在宽阔的山谷之上。空地周围充斥着兵器撞击的乒乒乓乓声和战士们的吼叫声。

普鲁看了一会儿，只见狐狸的部队越过山脊，冲入下方的山谷。她转过身，跑回自己的驻地——就在露天廊柱大厅的中间和上层台阶之间的小片林地里。废墟所在的山谷被重重叠叠的常春藤和树木遮蔽，当她跑回山脊上时，不得不估测自己原先的驻地在哪里。她猜想驻地位于树林中的一块空地上，便俯身潜入山脊顶上的灌木丛中，可脚一踩空，滚下了山坡，地面厚厚的常春藤减轻了她滚落的疼痛。她勇敢地站起身，拍去身上的灰土，看到柱基立在一块空地的中央，带有凹槽的底部被常春藤新长的枝蔓覆盖了。她走向柱基，想去摸摸，感觉一下冰冷而古朴的基石，但她又想起了布兰登的指令，这时上千只乌鸦刺耳的尖叫声从树墙外传来。

普鲁跑到自己原先的驻地，在一簇美莓灌木丛的后面，俯身看下方激烈的战场。当她看到越来越多成群的乌鸦盘旋在空地上方时，不由得惊呆了。

布兰登左右各有一个强盗掩护着，站在斜坡宽大石阶的最底层上，石阶通向柱廊大厅的顶层。三个强盗正和越来越多的土狼士兵进行着激烈的战斗。布兰登和他右侧的强盗正挥舞着军刀，拼命击退土狼，而他左边的强盗正忙着往步枪里塞弹药。当普鲁看着的时候，布兰登一边迅捷地一脚端在一个土狼攻击者的胸口，一边用刀背甩开另一只土狼。他稍事喘息，回头瞥见普鲁正从她藏身的地方探出头来。

"干得好！"他喊道，往后一跃，一级一级地爬上台阶，"现在快点去科马克的分队。我要他们从山脊上下来，在底层的台阶上重新部署，从东面将山坡上的敌人一网打尽。从侧后方去找他们。明白了吗？"

"明白。"她说道，准备跑开。

布兰登从额头上抹去一道血流。他的胡子上沾满汗水。"如果我们能再拖延住他们一会儿，"他看着战场说道，"我也许就能接近那贵妇。但我需要兵力支援去分散敌人的注意力。"普鲁俯身钻进了灌木丛。在第二层和第三层之间的空地上，常春藤无比茂密，普鲁想全速冲刺，但遭到了常春藤的阻碍——不过，她还是在几分钟之内就跑到了远处的山脊上。等她意识到时，她已经在沿着山脊的背风面一路狂奔，任由低垂的树枝鞭打着她的脸和双手。在下坡的远处，荒野丛林非正规军的第三分队正整装待发。

"发生什么事了？我们要准备进攻了吗？"科马克看到普鲁跑到强盗和农民中间停了下来，急迫地问道。他的军队是最后一个收到指令的，普鲁可以看出他迫切地想要加入战斗。小山丘那边的山谷中传来的打斗声听起来响亮而激烈。

"他要你们冲下山脊，"她说道，上气不接下气，"在底层的空地上重新部署，然后从后面冲上去。"

科马克茫然地看着她："怎么知道我们到了那里不会被包围？他知道底层还有多少士兵吗？"

普鲁抱歉地举起手。她能看出这个强盗脸上的恐惧。"他是这么交代的。他看起来是有计划的。"

"很好。"科马克严肃地说道，转向听命于他的士兵们，"冲下山脊，伙计们。我们要从后方杀入。"

非正规军第三分队俯身沿着山脊慢跑下去，战场的打斗声在他们身后逐渐消退。待他们跑到足够远的地方时，科马克让他们停住，自己爬到山脊的顶端从边缘往下探看。普鲁和分队其他士兵一起等着，听着他们安静、平稳的呼吸声以及他们的武器发出的声音——有铁制的，木制的，还有石头——当他们坐立不安地在掌心里拨弄武器的时候。

科马克从山脊上转身回来。他的脸色苍白而严肃。

"那下面有一整支部队，"他面无表情地说道，"等着在通往第二层的阶梯上会合。"他朝普鲁看去，"这是一项不可能完成的任务。"

"你想让我做点什么？"普鲁问道，一边想从这个强盗憔悴的脸上搜寻答案。

"什么都不用，"科马克最后摇了摇头，"告诉大王我们按他的指示做了。告诉他底层的空地上有四百多个敌人。有一排重型火炮——我得说足有十二架——就在斜坡上。他们得与此作战。而我们，我们会尽力。"

科马克转向士兵们，发出了命令。"去山顶，伙计们。"他说道，随着一声大吼，非正规军第三分队聚集在山脊的顶端，吼叫着从背面跑下山去。普鲁继续在低矮的山脊上隐蔽了一会儿，听着士兵们的喊叫声和土狼大声的吠叫声，然后她深吸了一口气，穿过蕨草丛，沿着山脊向上跑。

跑到中央空地上方的石阶上时，普鲁惊讶地看到布兰登已经离开了他先前的位置，不在台阶上了。普鲁顿时慌了，担心他已经被击倒，于是俯身爬到台阶顶端，看向宽广空地上打斗的军队。她看到亚历山德拉在人群的中央，她的长刀在陷入混战的士兵们头上挥舞。麦克从马鞍袋里往外看着，吓得大哭，面色通红，神情扭曲。亚历山德拉慢慢穿过人群时，一圈土狼步兵紧紧包围在她身边保护着她。不时地，一群乌鸦会冲入混乱的人群，再回到空中，把农民的干草叉或者强盗的军刀抓走。突然，普鲁看见人群中布兰登的藤编王冠；他已经一路杀去，正逼近亚历山德拉和她的卫兵们。

"布兰登！"普鲁喊道。

她的嗓音根本无法压过战场上震耳欲聋的喧嚣声。

"布兰登！"她又大喊。

她看到在人群中艰难前进的他犹豫地停住了。他四处寻找着喊声的来源。她站起身朝他挥手。

"大炮！"她喊道，指向通往廊柱大厅第一层空地的斜坡，"**他们正运来大炮！**"

他困惑地皱起眉头。

普鲁又拼命用力指了指远处的斜坡。布兰登朝她的指向看去，看到了山脊上十二架大炮巨大的黑色炮口。他的脸色顿时变了。

🌿

柯蒂斯是第一个看到这些大炮的，四只土狼为一组的炮兵队正费力地将巨大的火炮推上斜坡。大炮一定不止十架，都排列在空地的边缘。他看到炮兵一架好大炮后，就将炮口瞄准他们这边的弓箭手队和他正处于其中的燧发枪手队，便一下子惊慌起来。

"塞缪尔！"他喊道，目光一刻不离那排大炮。

"什么事？"塞缪尔喊道，他正把步枪举在眼前，瞄准空地中间的战场。

"有大炮！"柯蒂斯说道，指了指炮兵队。

塞缪尔把步枪放到一边，屏息凝视。看清威胁后，他不由得倒抽一口气："坚守住你们的防线，伙计们。"

"你在开玩笑吗？"柯蒂斯问道。

"守住防线。"塞缪尔重复了一遍，将步枪举回到肩上，这次瞄准了正在装炮弹的炮兵队，"我们试试看能不能在他们发炮前干掉几个。"

弓箭手和燧发枪手都转过身瞄准土狼的炮兵队开火，山脊上顿时烽火连天，硝烟弥漫。柯蒂斯看到几名土狼炮兵倒下了，但随即又被身后的援军替代。当非正规军重新装弹，给步枪装满子弹或从箭袋拔出箭的时候，土狼的炮兵队已经完成任务，朝着他们开炮了。

柯蒂斯周围的一片顿时炸开了。

爆炸声瞬时压过了战场上的喧嚣，柯蒂斯只听到一种单调而尖锐的呜呜声。他脚下的地面仿佛陷落了，倒下时一阵泥土迎面狂洒，他陷入了一种似乎是无尽无底的放空状态。

❧

普鲁看到炮弹射向山脊上的弓箭手和枪手，知道柯蒂斯就驻扎在那里，她尖叫起来。山脊在炮弹的强大威力下，基本被炸得支离破碎，曾经枝叶茂盛的山坡只剩下一大块布满弹坑的斜土坡。炮火激起的尘土瓢泼大雨一般倾倒在空地上激战中的士兵们身上。山脊上空荡荡的，不见了先前士兵们的踪影。

在纷乱的打斗战场上，普鲁看到了人群中的布兰登，他正狂乱挥舞着军刀。看到了刚才那令人眩晕的一幕，还有大炮造成的毁灭，他发出了一声长长的、蔑视的怒吼，又投入到战斗中去。

正当土狼炮兵队备好炮弹准备新一轮猛攻时，又一拨土狼步兵从底层爬上斜坡。普鲁绝望地看着，明白这新一轮攻击的含义：科马克的分队没能阻挡住敌人的援军。空地就像溢满水的盆，已无法容纳现有的人，战场不得不延伸到附近的山坡上，占据绝对优势的土狼军队开始有规划地清除荒野丛林非正规军。

❧

柯蒂斯从无意识中醒了过来，耳边是震耳欲聋的成千上百万脚步声。他的听力还没恢复；周围的世界嗡嗡一片，仿佛都蒙在厚厚的雾层中。他被半埋在泥土中，看了看四周，才意识到自己醒来的地方离开始昏迷的地方有六七米远。他很快估计到，那些脚步声是土狼军队和非正规军步兵团发出的，战争已经蔓延到炮弹炸出弹坑的山脊那边。弄清自己的方位后，柯蒂斯用手臂挡住头，以免被踩到。他这样护着头，穿过人群，爬向前方的一小片李树林。

他还没进入安全的树林内，就听到身后一声咔嗒，显然是一把手枪上膛的声音。他慢慢转过身，还是四肢着地，看到一名土狼中士站在他身后，身上的制服沾满泥土和鲜血，正准备扣下手枪的扳机。

"你好啊，叛徒，"土狼说道，认出了这是当初在营地待过的柯蒂斯，"真是个惊喜。"他咧嘴笑着，露出一排长长的黄牙。他得意地拿着手枪，拖延着时间。"我会很享受这一刻。我会非常享受这一刻。"他顿了顿，用枪口擦了擦鼻子，"也许我会因此升官——我会被授予英雄勋章。谢尔盖，叛徒猎杀者。他们会这么称呼我。"

"请求你，"柯蒂斯靠在一棵树干上，"我们好好谈一谈。你不需要这么做。"

"哦，但我要这么做，"中士反驳道，"我真的、真的要。"他举起手枪，仔细地瞄准柯蒂斯。

柯蒂斯紧闭上眼，等着枪响。

啪。

突然声音响起，柯蒂斯睁开双眼。又是啪一声。土狼的手枪还举着，他被谁用李子袭击了。

"见鬼了，怎么回事？"土狼喊道，在李子树的树枝间搜寻着。只见一只老鼠的鼻子从一片黄叶中探了出来。

"嘿，笨蛋！"老鼠喊道。柯蒂斯一看，原来是塞普蒂默斯。"在这里！"

土狼恼羞成怒，举起手枪瞄准塞普蒂默斯，柯蒂斯找到机会逃脱了。他一跃而起，用尽全力撞向土狼中士。他的头撞到了土狼的肚子，他能感觉到土狼的肚子就像泄了气的气球，一阵气体从土狼的嘴里压出，他大叫了一声"噢!"，土狼被撞得神情扭曲，两人滚倒在地。柯蒂斯去拿土狼的枪，土狼意识清醒了，拼命护住枪不被抢走。最后，在一片混战中，柯蒂斯双手按在土狼紧握手枪的爪子上，努力将它扯开。土狼开始用后腿踢柯蒂斯的腹部，他的爪子划破了柯蒂斯的制服，在他的皮肤上抓出一道道伤痕，令他疼痛难忍。土狼现在压在柯蒂斯身上，疯狂吠叫，想要抢回手枪。柯蒂斯将手枪拽向自己，冰冷的枪管抵着他的面颊。

砰!

柯蒂斯一哆嗦。是手里的手枪走火了吗? 自己中枪了吗?

土狼原本用力抓住手枪的爪子松开了，垂落下来。柯蒂斯看到他翻了个白眼，舌头从嘴里挂了出来，像条肥胖的鼻涕虫。土狼死了，一动不动，压在柯蒂斯身上。

柯蒂斯将中士的尸体推到一旁，跳了起来，向四周看去。他惊讶地看到爱丝琳站在不远处，手里的手枪正冒着一小缕青烟。她的脸上满是惊恐。

"我……"她结结巴巴地说道，"我……我以前没……我以前没用过枪。"

李子树上传来一声口哨。"刚刚就用得不错。"塞普蒂默斯赞许道。

柯蒂斯明白女孩受到了惊吓，他走到她身边，握住她的手。"谢谢你，"他说道，"要不然真不知道会怎样。"

爱丝琳挤出一丝笑容。"是啊，你看吧，"她说道，"幸好你给了我这个。"

身后打斗的喧嚣声打断了他们的对话，他们最后迅速地看了一眼彼此，然后柯蒂斯就跑回了战场。爱丝琳还是一动不动地站在树林里，低头看着手中的枪。

🌿

情势显然更加糟糕了。普鲁站在古老阶梯的最高层，凝望着空地，只见土狼的援军正从远处拥来。她先前看到科马克的小分队出现在斜坡的边缘，但又被土狼士兵打回去了。不久他们被逼到了中间那层，和布兰登的分队重新会合，但两支分队已经兵力大损。荒野丛林非正规军看起来很分散，很令人绝望，布兰登和科马克的士兵们被围在中间那层，而斯特林率领的分队被驱逐到了南面山脊的边缘。

女总督抓住时机，策马穿过人群，冲向通往上层空地的台阶。布兰登看到了她的行动，朝身边的几个强盗喊了几句。随后，他们一起杀出重围，向亚历山德拉计划的路线逼近。

普鲁不知道这是怎么发生的——空地上的混战都太快太乱，无法看清——但就在布兰登看到亚历山德拉和他到她马前的十几秒间，一颗子弹从远方射来。普鲁不知道这是不是藏在树上或什么地方的哪个土狼神枪手干的，或许是非正规军的哪个家伙射偏了，但目标很明确：布兰登的头猛地一偏，他痛苦地大叫一声，从冲刺的马上摔了下来，一摊鲜血突然涌现在他白色的衬衣上。

看到强盗大王被击中，周围的士兵们，不管是人类还是土狼，都停止了打斗，看着他跟跟跄跄，跌倒在地。强盗们愤怒绝望地大吼，但他们还没来得及去看大王的伤情，就有又一拨土狼士兵袭来，他们只得重燃昂扬斗志，再次勇猛地投入战斗。布兰登被扔在一旁，躺在空地上被践踏的常春藤中，手指紧按肩膀。

"不!"普鲁喊道,不假思索地俯身冲下大理石台阶,闯入战场。

在混乱的激战中,她能溜入战场而基本不被发现。一只土狼步兵打退了对手后,注意到了她,看到她跑向布兰登,就扑过去想拦截她。但他很快又被另一名非正规军——一只穿着连衣工作服的白鼬——拦住了,白鼬挥舞着一把铁铲,和土狼陷入了激战。另一只土狼一转身,看到普鲁正在两个交战的士兵后面匍匐前进,就将长长的步枪瞄准了她,然而一支箭戳入了他的胸口,他吠叫一声,倒地身亡。

布兰登正无助地在空地里铺满常春藤的石头上慢慢爬行,这时普鲁终于赶到了他的身旁。他没怎么爬远;常春藤的绿叶上沾满了他的鲜血,他的身后留下了一条鲜红色的血径。

"布兰登!"她喊道,抓住他的手臂。

他转过脸来。他双眼无神,胡子上沾满泥土、汗水和鲜血。他白色的衬衣这时浸透了鲜血,而他的脸上正逐渐失去血色。

"外来人,"他嘶哑地说道,努力张开嘴唇挤出一丝扭曲的笑容,"可爱的小姑娘。"他瞥了瞥肩上的伤口,愤怒地朝地上吐了口唾沫。"十五代强盗,"他说道,"十五代大王。而我被一颗见鬼的子弹击败了。"他回头看普鲁,"我不想死,"他说道,脸色柔和而安宁,"我想保住这里。帮我保住这里。"

普鲁的脸上眼泪直流,她扯下外套,用衣服的棉布紧按住他肩膀上的伤口。随着衣服浸透鲜血,绿色的外套变成了棕色。

"你会好起来的,大王,"普鲁说道,"我们现在只要止住血就行。"

普鲁拼命往身后的战场张望,希望能从人群中找到一个强盗来帮忙;她的急救知识实在太少。"来人啊!"她喊道,"大王中弹了!"

突然,一道长长的阴影罩在普鲁和趴着的强盗大王身上。普鲁眯

女总督一只手将麦克平按在柱基上，开始了她的仪式。

着眼抬头一看，只见亚历山德拉高高地骑在她的黑马上，马正高扬前蹄，激起一阵飞扬的尘土。她拔出长刀，举过头顶，刀锋上满是鲜血。马鞍袋里的婴儿大声痛哭着。

"你的时代结束了，强盗大王，"她说道，"荒野丛林的新纪元开始了。"

说完，她一踢马的侧腹，一跃跨过普鲁和布兰登，朝无人防守的、通往廊柱大厅遗迹最高层的大理石台阶冲去。

第 二 十 七 章

常春藤与柱基

斯特林部队的残军在廊柱大厅的山坡下被轻易地包围了，但很多士兵仍然继续迅速地向土狼追兵射击。那些逃脱了追捕的士兵躲避在建在一堆巨石上的花岗岩岬角下。这里有一座倒塌的塔楼的遗迹，只剩下根基矗立着。正当柯蒂斯躲着土狼枪手的新一轮射击，冲向这块隐蔽处时，他看到斯特林招手示意他上前来。

"过来！"他喊道，"快点！"

他冲上破败的阶梯，猛地卧倒在岬角的石板上。一道短石墙，古代建筑的一点残迹，在边缘处形成了一圈低矮的栅栏，非正规军的小队残军就掩护在它的后面。在岬角后，地面倾斜而下，与深谷相连。

柯蒂斯爬到墙边，朝外偷看。山坡上都是土狼士兵，看起来还有无数的增兵正从山脊上冲下。岬角里有五十名强盗和农民，正背靠墙

384

坐着。他们依次探出墙边，朝土狼军队射击。密闭的空气里充满了汗水和炮弹的味道。一个强盗的腿严重受伤了，一名士兵正在角落里安抚他。柯蒂斯看到矮墙里这一张张脸遍布尘土，愁容满面，士气极其低落。

逼近的土狼按照指挥官的命令，藏身于遗迹里任何可以掩护的地方。随着土狼增兵结束了廊柱大厅里的战斗，加入山坡上的部队，他们的数目越来越多。树枝上立满了一片黑压压的乌鸦，从上空注视着战场。

一名土狼指挥官从掩护处探出头来，大声喊道："你们被包围了！投降吧！你们无处可逃了！"

斯特林背靠着阶梯旁的墙边，看着挤成一团的农民和强盗们。"好了，伙计们，"他说道，"最后就是这样了。"他的手按在修枝大剪刀的柄上，"如果你们谁想投降，我不会责怪。任何想去那么做的，不管是男人、女人还是动物，我建议你们现在就去吧。"

没有一个人动身。山脊外传来远处的炮火声。

斯特林点了点头。"那么好吧，"他说道，"我们共赴战场，一起。"

荒野丛林非正规军的残军一致点头。

狐狸深吸了一口气。"听我的命令，"他说道，"一，二……"

★

"我的大王！"普鲁身后传来一声尖叫；她转过身，看到一名强盗从空地的战场上冲到了他们身边。普鲁把布兰登的头放在自己的膝盖上，使尽全力用浸透鲜血的外套按住强盗大王深深的伤口。"发生什么事了？"强盗急切地问道。

"一次枪击——我不知道从哪里射过来的，"普鲁结结巴巴地说道，

"一颗子弹，射进了他的肩膀。"她将外套撕开，露出布兰登破烂的衬衫。衬衫浸透了鲜血，紧贴在他的胸口皮肤上。

强盗的表情很痛苦。"坚持住。"他说着，从屁股后面的皮包里掏出一个小药瓶。他往一把撕碎的常春藤叶子上滴了几滴淡褐色的药水，接着把这团膏药按在布兰登的肩上，用普鲁的羊绒衬衫作为第二层绷带。当药水接触到伤口时，布兰登疼得皱起了眉头，那名强盗紧紧握住了他的手。

"觉得疼就吸气，布兰登。"强盗冷静地说道。他们身后依然是烽烟弥漫。他抬头看着普鲁。"飞蓬属肉桂，"他解释道，"药效很强，应该可以帮助止血。"布兰登不停地眨眼，努力在剧痛下保持清醒。

"我得走了，"普鲁说道，"你能和他待在一起吗？"她知道亚历山德拉就要前往柱基。除了自己，没有人能阻止得了她。

强盗点了点头，普鲁一跃而起，朝通向廊柱大厅第三层的石阶跑去。

她跳上台阶，两级一迈，最后跑上斜坡的顶端，脚下就是满地缠绕的常春藤。在空地中央，亚历山德拉下了马，从马鞍皮袋里拎出了哭号着的婴儿。柱基的底部缠满了常春藤，立在广场的中央。普鲁站在台阶的顶端，张嘴大喊。

"亚历山德拉！"

然而，这声音不是她喊的，而是来自空地的另一边。普鲁猛地闭上嘴，看到长满常春藤的大广场的另一边，神秘人士长老依菲琴尼亚，正穿过广场走向女总督。

"放下这个婴儿。"她命令道。

女总督强忍住大笑。

"依菲琴尼亚，"她狡黠地说道，"亲爱的依菲琴尼亚。我早该猜到，你在这场针对我的军队的小打斗里插了手——你把那些可怜的农民送上了西天。不过，你来得正是时候，仪式马上就要完成了。"

"你只会沦为杀人凶手。"依菲琴尼亚平静地说道。

"我正将一种自然力量从强加的昏睡中唤醒，"亚历山德拉回答道，"让它再次登上先前在荒野世界的统治地位。对于一个像你这样的无神论自然主义者而言，这看起来一定是真正的拨乱反正。"

"等它摧毁森林里的每一棵树后，它就会吞噬你；别以为你会幸免。还有那些土狼，你征召的这一无辜的物种，他们知道真正的后果吗？你告诉过他们，他们的窝会被侵入，他们翘首以盼的家人，他们的妻子和孩子，都会被窒息而死吗？"

"呸，"女总督不屑一顾，"那些倒霉的狗？权力的幻想就是给他们最好的恩赐。过去的十五年里我给予他们的，比他们这个物种有史以来所享有的都多。当他们灭亡时，至少他们是作为一种高等物种而死。至于我，不用你担心我的结局。早在常春藤能用藤蔓绕住我之前，我就会让它入睡。"

依菲琴尼亚皱起眉头，脸上写满担忧。"别以为它这么容易控制。一旦你让它大开杀戒，就无法停止了。"

女总督大笑："你的意思是，我必须得到你的批准才能继续？还是说，你在分散我的注意力，不让我继续手中的任务？"

神秘人士接着说了些什么，但普鲁听不清。她在自言自语，似乎在确认自己的信仰。女总督瞥了她一眼，大步走向不远处的柱基。她腾出的另一只手从腰间拔出长长的匕首。普鲁不顾一切地冲上前去。

"不要，亚历山德拉！"她大喊道，"不要这么做！"

亚历山德拉停住了，看向普鲁。她的眼里冒着怒火。"抱歉，如果你不介意我直言相告，"她说道，"我真没想到这里还有位观众。这是我的伟大时刻，我可不希望这一刻被一个小女孩和一个老女人可怜兮兮的哭闹给毁了。"

"你手里的是我的弟弟，"普鲁说道，"是我爸妈唯一的儿子。你不知道你这样做他们会有多伤心。"

"那么他们当初就不该做那笔交易，"亚历山德拉回答道，"他们很愚蠢，那些外面世界的人，但他们显然知道自己想要的。他们想要你。"说到这里，贵妇总督用匕首指指普鲁。"于是他们就有了你。恭喜他们。你出生了。我遵守了我的协议。想想吧，如果真有人要为你弟弟的死和你父母的心碎负责，那么这个人就是你。你的存在，你父母对你存在的渴求，才是引发这整场灾祸的真正根源。我只是这场戏里的一名演员。"她又朝柱基走了几步，现在就差几米之遥。

"你会把阿列克谢喂给常春藤来换取巨大威力吗？"依菲琴尼亚的声音很坚定。

女总督怔住了。

"你会吗？"神秘人士长老追问道，"他也曾经是一个婴儿，我相信你一定记得。也曾是那么可爱的一个小孩。"

亚历山德拉的脸色由白变红，她怒气冲冲地转向依菲琴尼亚："我告诉过你，老女人，不要让我分心。你们两个真令人恼火。"

"可怜的阿列克谢，"依菲琴尼亚说道，"甚至连你的魔法都无法让他起死回生。"

"但我做到了！"亚历山德拉吼道，她的脾气终于爆发，"我给了他生命。两次。我曾经给那具身体注入生命，为什么不能来第二次？

又有什么不同？第二次是他自己选择了死亡。他不能明白我付出的辛劳……"她用匕首柄捶着胸口，"我为了给他新生付出的辛劳。每一次。我那白痴的侄子和他的手下让他第二次死去；他们杀害了他，还利用他的死剥夺了我的王位。所以他们要付出代价。他们要赔上他们的生命。还有他们家人的性命。"女总督又恢复了镇静，手持匕首。麦克还在她的臂弯里哭泣，脸憋得通红。"真的就这么简单。"

普鲁摆脱了自己的恐惧，一下子冲到亚历山德拉和柱基之间，后背紧靠着低矮建筑物冰冷的石头。"住手！"她喊道。

怒火扭曲了亚历山德拉那瓷美人般的面容。她挥舞着匕首，在身体周围画了一道弧形，用刀背抽了普鲁的脸颊。普鲁一下子翻倒在地，跌进常春藤毛茸茸的长藤蔓里。她感到脸上立刻火辣辣地疼；一滴血溢出了嘴唇。

"不要……"亚历山德拉狠狠地说道，"不要阻止我完成我的任务。"

太阳到达了最高点。正午时分到了。普鲁能感觉到常春藤在移动，慢慢地，在她的身下移动。

🌿

"……三！"狐狸喊道。

岬角上，荒野丛林非正规军的残军们一齐吼叫着，从藏匿的低矮石墙后跳了出来。

他们开始发起最后的攻击，空气中一阵枪林弹雨。

柯蒂斯从刀鞘中拔出军刀，大叫一声从台阶上跳下。

眼前的土狼士兵们纷纷从掩护处站起来，瞄准进攻的非正规军士兵。

附近树上的乌鸦都从栖息处飞了起来，冲入战场。

柯蒂斯身旁的强盗胸口中了一颗子弹，倒了下去，激起一阵尘土。

又有一名农民跌跌撞撞倒在了地上，毛茸茸的咽喉处中了一箭。

柯蒂斯鼓足勇气奋勇前进，做好了随时会被击中倒地的准备。

时间缓慢得似乎要静止了。

咿——呀！咿——呀！

柯蒂斯抬起头，看到一大群鹰正飞过非正规军的头顶，从岬角后的天空冲下。青灰色的天空成了飞鸟的海洋。

"是飞鸟！"斯特林喊道。

飞鸟军团冲入下降的乌鸦群，乌鸦痛苦和恐惧的惨叫声充斥在空中，地面上的打斗者们都停住了，入神地看着头顶上不可思议的战场。南方飞来了越来越多的鸟；一大波猎鹰、鱼鹰、猫头鹰和雀鹰布满了空中。他们各自的叫声，还有齐声的战争呐喊，真是震耳欲聋。

斯特林第一个从震惊中清醒过来。"继续前进！"他喊道，于是非正规军重新往前冲。

飞鸟军团迅速打败了乌鸦群——那些没被这些猛禽的利爪撕裂的乌鸦，使尽全力扇动翅膀逃进了附近的丛林里——接着集中兵力进攻地上的土狼。被这支新来的军队吓呆了的土狼，不得不面临与哪支进攻部队交战的选择。那些举起步枪瞄准空中无数翅膀的土狼，都被地面上冲入他们列队的农民和强盗干掉了。

一只土狼盯住了柯蒂斯，冲入战斗，短剑一挥；柯蒂斯举起军刀防卫，对手的武器重重地压在他的军刀上。他还没完全回过神，一对黄色多节的利爪就出现在了土狼的肩上，土狼被一只巨大无比的金雕提到了空中。柯蒂斯往后跌进了一堆落叶中，看着这只鸟和他的猎物在空中越来越远，他大声地欢叫一声"哇哦!"。

空中很快布满了盘旋飞翔的猛禽，不停冲到地上抓起倒霉的土狼士兵，又飞回空中，将土狼扔下摔死。过了一会儿，躲开从空中摔落的土狼成了荒野丛林非正规军更加关注的问题，而不是和他们作战。更多的鸟儿聚集在山脊上，非正规军和飞鸟军团一起，清除了山坡上的土狼，向山脊和远处的廊柱大厅前进。

🌿

女总督听到了鹰群的叫声。她猛地抬起头，注视着天空。上千只飞鸟齐声喊叫，声音神秘而骇人。普鲁努力挺起身子，巡视着地平线，寻找噪声的来源。

"这些鸟，"亚历山德拉气愤地低语，"这些该死的鸟。"

女总督将注意力回到眼前的任务上。麦克在她的手里挣扎着，她粗暴地将他放在了柱基的基石上，他的哭号声和远方飞鸟的尖叫声混合在了一起。女总督一只手将麦克平按在柱基上，开始了她的仪式。她的嘴唇嚅动着，低声念着某种古老的咒语。她用匕首的刀尖划开婴儿伸出的掌心，引出一大滴鲜血。麦克尖叫了起来。

普鲁不顾一切地大喊，努力站起来，却发现自己已经无法动弹：常春藤缠绕住了她的双腿和手腕，她被压在了空地上。

普鲁拼命想要摆脱如波浪般涌动的藤蔓，脑子里闪过各种念头。她头顶上的树枝在冷风中摇曳着，对下方即将发生的恐怖事件无动于衷。如果它们能阻止她，她心想，只要你们能向下伸出树枝……

女总督用左手一把将麦克从柱基上举了起来，手指紧攥着他的连衫裤，高高地将他举在空中。她右手中的匕首在阳光下迅速一闪。麦克掌心的鲜血沿着手指一滴滴流下，从指尖滴落到下面的常春藤上。

"住手。现在。"一个声音传来。

只见布兰登站在台阶的顶端，拉开了他的紫杉木弓，一支箭扣在弦上，抵在脸上。他眯着眼凝视着箭杆进行瞄准。他的脸已经没了血色，衬衫前面浸透了深红色的血迹。

亚历山德拉转向强盗，露出一丝笑容。"太晚了，哦，强盗大王。"她说道。她举起匕首，准备击出。

要是你这样做了，普鲁心想。

求你不要。为了我的弟弟。

突然，一个黑影扫过宽阔的广场，在颤抖着的绿色藤蔓上投下一道移动的阴影。普鲁抬头一看，只见一对细长的冷杉树枝用力挥向女总督伸出的手。而后者的注意力暂时都在布兰登和他拉开的弓上，没有看到落在她手中婴儿身上的树枝。一瞬间，树枝从她手中夺走了麦克，举到了空中。亚历山德拉尖叫一声，扭动着身子去抓婴儿的脚。

布兰登射出了箭。

箭射入了亚历山德拉的肩胛骨之间。

常春藤贪婪地舔着她的脚踝。

一滴血从箭射中的伤口滴下，溅落在常春藤的叶蔓上。匕首从她的指尖滑落。贵妇总督随后倒在了常春藤饥渴的舌尖上，整片深绿色的藤叶波浪般汹涌袭来，短短几秒便吞噬了她修长的身体。

麦克被多刺的冷杉树枝高高地托着，断断续续地哭着。常春藤在普鲁周围颤抖着，带刺的藤蔓仍然紧紧缠绕着她。普鲁尖叫着，害怕下一个被常春藤吞没的就是自己。

依菲琴尼亚冲着空地另一边的布兰登大喊。

"强盗大王，你已经喂食了常春藤！它们吞噬了女总督！"她喊道，"这植物现在受控于你，你必须命令它入睡！"

布兰登疲倦的面容上闪现出一丝顿悟的表情。普鲁可以看出他脑中突然意识到的那个念头一闪而过：他现在掌控了丛林里最强大的力量。但他还没来得及去细想，就张开还流着血的嘴唇，说出了简单的命令：

"睡吧。"

常春藤立即停止了摆动，瘫软在广场的地面上，众多叶片微微抽动着，就像濒临沉睡的入睡者。片刻之后，林间空地上完全恢复了平静。紧紧缠绕住普鲁手腕和双腿的藤蔓松开了，她用力扯开它们，迅速脱身。强盗大王似乎也听从了自己的命令，倒在地上蜷成一团，他的弓哗啦一声摔在顶层阶梯的石面上。

依菲琴尼亚将一只手伸过头顶，向冷杉树高高的树枝示意，普鲁看到冷杉树听从了神秘人士的请求，小心翼翼地将麦克从一根树枝传到另一根树枝，就像无数只手慢慢地拨弄着一个小易碎品，将他送向地面。麦克被运送到最低的树枝上后，树枝又大摆幅一挥，弯曲着越过空地，将婴儿轻轻地放在了他姐姐的膝上。

普鲁张开双臂抱住弟弟，将他紧紧贴在胸前。"麦克!"她喊道，"你终于回来了!"

婴儿听出了姐姐的声音，停止了哭泣，抬头看着她。"噗!"他最后说道。

普鲁泪流满面，一遍又一遍地亲吻着他额头上柔软的皮肤。麦克在她的怀里开心地咿咿呀呀地叫着。

🍃

这一安宁的场景没有持续多久，就听见空地的远处传来大声的呻吟。"布兰登!"普鲁喊道，想起了她的朋友。她朝布兰登奔去，他正趴在最顶端的两级石阶上。强盗制作的药膏从他肩上掉落了，显然是他先前拉弓射箭时撕裂了伤口。布兰登紧闭着双眼，尽管普鲁看到他的眼球在薄薄的眼皮底下转动着；他似乎在昏迷的黑暗中迫切地搜寻着什么。

"来人哪!"她喊道，"大王需要帮忙!"

一大群灰褐色的鸟盘旋在廊柱大厅中间那层的上空，地面上布满了扔下的武器和倒下的士兵。剩下的非正规军和看起来无边无际的鸟群继续对付着残余的土狼。女总督这支被打败的军队已经在撤退，土狼纷纷四脚着地奔跑逃命，一边跑一边扯掉身上的粗布制服。空地南面的山脊上仍然炮火连天，浓烟四起，一大片烟幕笼罩在废弃的古城上。普鲁听到有人走了过来，一看是神秘人士长老。

"让我瞧瞧。"她镇静地说道，跪在布兰登身旁，检查膏药下的伤口。"嗯，"她说道，"失血，有些肌肉组织——可能感染了。"她抓住

394

强盗大王的肩膀把他抬起来，看了看他的背部。"有个子弹射穿的伤口——不过子弹已经不在了。很好。这里。"她伸手从身上长袍的袖口撕下一块长布条，用来包扎伤口。神秘人士的动作让布兰登疼得醒了过来，他猛地睁开双眼，眼里布满了血丝。他抓住自己的肩膀，依菲琴尼亚把他放了下来。"放松，大王，"她说道，"你受了点伤。不严重，但你真的不应该使用弓箭的。"

台阶上传来一阵脚步声。柯蒂斯被几名荒野丛林同盟军簇拥着，跳上了台阶。"普鲁！"他喊道，"普鲁！你不会相信发生了什么。一切都太……"他很快停住了，注视着普鲁怀里的婴儿。他咧开嘴笑了。"麦克，"他说道，"你找到他了。"

"是的，"普鲁开心地说道，"我找到他了。"

他走过去想拥抱她，但看到了地上躺着的强盗大王。"布兰登！"他说道，"他怎么样了？他还好吗？发生什么事了？"

依菲琴尼亚正用黄褐色的布条包扎大王的肩膀，闻言点了点头："他会好的。也许还要卧床休养一阵子——他暂时不能再去抢劫驿站马车了，但过段时间他会痊愈的。现在紧要的是，我们得赶紧把他送到大篷车队伍里，那里有人可以照料他。"

柯蒂斯身旁的几名非正规军听到这话，立刻冲上前来，将布兰登架在肩膀上，扶着他朝廊柱大厅上方的林间空地走去。

神秘人士长老在长袍边上擦了擦手，而柯蒂斯和普鲁一起坐在最顶层的台阶上，普鲁低头注视着怀里的婴儿。她眉头紧锁，似乎在仔细琢磨着某个重要的难题。

"噗！"婴儿喊道。

"我真不敢相信，"柯蒂斯轻轻地说道，"我们成功了。"他朝婴儿伸出双臂，普鲁笑了，把孩子递给他。柯蒂斯将麦克放在自己的膝盖上颠着逗他，婴儿开心地尖叫着。

普鲁瞥向依菲琴尼亚。"真是不可思议，"她说道，"真令人难以置信。要不是你说服树枝突然猛扑过去，抓住麦克——谁知道会发生什么呢？"

依菲琴尼亚若有所思地点了点头。"确实。"她在椅子上挪了挪，继续说道，"但我没有让它们这么做。"

普鲁转过头，茫然地看着她。

"事实上，我当时没有想到。那时候我和贵妇总督一样，都被强盗大王的突然出现分了心。那些树似乎是自发这么做的，真的很奇怪，"神秘人士继续说道，"或者……"她顿了顿，"它们是听从了别人的请求。"她仔细地端详着普鲁，"但那是极其极其令人难以置信的。"

普鲁不好意思地低头看着自己的鞋。

"那么贵妇总督怎么样了？"柯蒂斯插嘴道，指向身后的常春藤空地。那里看不到亚历山德拉的身影，她就像完全消失了一样。

"她现在是常春藤的一部分了，亲爱的，"神秘人士回答道，"这个婴儿险些遭遇的下场。"

"这是不是意味着她，嗯，"普鲁提问道，"死了？"

依菲琴尼亚摇了摇头。"哦，不是，"她说道，"不是死了，还活得很好，但显然无所作为了。她……"神秘人士长老斟酌着合适的表达，"她只是改变了形式。她的每一个分子都被这株植物吸取，而这植物现在回到了沉睡状态，无所作为了。"依菲琴尼亚若有所思地看向远方，"我想，既然你们提到了这一点，可能也有一种方法可以……哦，嘿，看看谁来看咱们了。"

只见飞鸟军团的一支小分队聚集在了台阶的最底层。当中块头最大的那只金雕走上前来，踏上几级台阶。

"你们当中有谁是普鲁·麦基尔吗？"金雕问道。

普鲁抬起头。"我就是。"她说道。

金雕深深鞠了一躬："我叫德夫瑞姆。我是飞鸟兵团的代理将军。我听说两天前另一只和我很像的金雕载你飞行过。"

"是的，"她说道，"我们被击中了。他没能活下来。"

金雕的表情很隐忍："这正是我们担心的结果。"

普鲁的心一沉，她开始结结巴巴地拼命想道歉；她给这些可怜的动物们带来了多少灾难！但还没等她开口，依菲琴尼亚似乎就猜到了她的烦恼，走上前去。

"敬爱的将军，"依菲琴尼亚说道，"你是怎么得知我们的……困境的？"

"一只麻雀，"将军回答道，"一只名叫恩维尔的麻雀。他对这位从外面世界来的年轻女孩特别关心。他从荒野丛林的鸟类那里获取信息，追踪着这个女孩的情况。当贵妇召集军队，开始向南方行军时，消息传播得很快。我们知道我们必须调停。唉，"将军若有所思地啄了啄翅膀下的羽毛，就像男人捋胡须那样，"我们的数目相对太少，南方丛林的迫害严重损害了我们的力量。"

神秘人士长老点了点头。"那么也许，"她说道，"我们的任务还没完成。"她转向普鲁和柯蒂斯，手指伸进他们的臂弯，站了起来。"帮我走下台阶，小家伙，"她说道，"我想到一个主意去帮助这位敬爱的将军。我下决心要让一些事情重回正轨。毕竟，我们是有一支军队可供支配的。"

第二十八章

荒野丛林崛起

微风习习，卷起落在长路路面尘土中的残叶，吹着它们在空中翻滚。树木一天天变化着，又一个深秋季节即将到来。很快，冬天会伴随着阵阵凄风冷雨和偶尔的飘雪降临。南方丛林的人们正忙着将夏天收获的多余粮食装入瓶瓶罐罐里，塞进食物贮藏室中，一边瞄着他们高而陡峭的木柴堆，在那里孩子们正不情不愿地将木柴整齐地堆在干燥的围墙内，远离屋子的墙壁，以免有臭虫钻进去。

宽大的木门两侧各站着一名卫兵，倚靠在他们的步枪上。他们已经值班五个多小时了，正翘首等待晚上换班休息。日薄西山，暮色初露。他们能闻到附近屋舍里火炉上煮着的晚餐的香气，肚子开始咕咕叫唤。事实上，两人的肚子一起咕噜咕噜叫了起来。听到叫声，他们互相看了看，大笑起来。

远处传来一阵嘈杂声。咔嗒咔嗒的噪声。有什么东西正沿着"长路"朝他们驶来。

他们怔住了。夜晚的交通高峰期早就过去，每天晚上的这个时段，这条路上几乎都见不到行人。每当最后一波货车驶入南方丛林的大门，长路就如同一条废弃的高速公路。

咔嗒声越来越近。卫兵们互相交换了眼神，站直了身子，一起注视着宽阔的路面。这噪声很显然是某种金属撞击声，就像是拖着一条锁链行进或者是……

一辆自行车。

自行车从远处拐弯驶来，在乘客的重压之下摇摇晃晃。车把前坐着一个男孩，一头浓密而卷曲的黑发，穿着件脏兮兮的、破破烂烂的军服。自行车驶近后，卫兵看到蹬着车轮的是一个长着黑色短发的女孩，车后还拖着一辆红色的儿童车，里面有一个光着脑袋的婴儿，包裹在一堆毛毯中。

自行车在大门前迅速地刹车停住，坐在车把上的男孩跳了下来。他从口袋里掏出一个投石器，随意地在身旁晃动。女孩下了车，快速察看了下儿童车里的婴儿，然后转身走向两名卫兵。

"让我们过去。"她说道。

大门左侧的卫兵看到这一奇怪的场景，大笑了起来。

"哦，是吗？"他问道，"你是来做什么的？"

"我们是来解救猫头鹰雷克斯和禽鸟公国的公民们的，要将他们从南方丛林的牢狱中救出来，"她实事求是地说道，"哦，还要将拉尔斯·山特维克和他的亲信们赶下台。"她想了一会儿，补充道，"以和平的方式，如果可能的话。"

卫兵们瞪大了眼睛，一句话都说不出来。

拿着投石器的男孩催促道："怎么样？你们可以开门了吗？"

站在右侧的卫兵努力理清思绪，"我……我是说……我们……你们一定是……我是说，不！你们在说什么？"

"这是一场政变，"女孩说道，"如果你们不介意打开大门的话，我们将会十分感激。"

卫兵继续结结巴巴地说道："但是……来吧，小家伙。你和什么军队呢？"

女孩笑了。"这支军队。"她说道。

在他们身后，就在长路远方的拐弯处，地平线上突然出现了一大群飞鸟、人类还有动物，像一道高墙般朝着大门前进。

❦

这段历史日后被记载时，应该会被称为"自行车政变"。人们会将它记录为一场完全和平的政权颠覆，现有的南方丛林军队早已和不断扩张的、邪恶的秘密警察——"剑"队势力矛盾重重。当飞鸟兵团和荒野丛林非正规军齐步踏上南方丛林的街道时，百姓夹道相迎，振臂欢呼，市民和士兵们也纷纷加入了他们的队伍，朝着皮托克大厦前进。当他们最终来到大厦门前时，山特维克行政机关里的要员，要么逃进了附近的丛林，也许躲在荒野丛林里的某个水沟里避难；要么跪在了大厅的大理石地面上恳求宽恕。

在那里，前来的起义军发出了第一个命令：交出南方丛林监狱的钥匙。被罢黜的官员顺从地交出了钥匙。起义军随后乘坐蒸汽火车前往监狱，大伙儿都为能暂时歇歇脚而高兴，因为过去的十二个小时里，他们基本步行穿越了大半个国家，早已筋疲力尽。他们终于来到监狱围墙前，打开大门，一大片五颜六色的羽毛从里面拥出，旋转，飘向天空。被关押的禽鸟公国的鸟儿们得救了。

据记载，最后飞出牢狱的鸟是一只巨大的猫头鹰——鸟类公国的国王，他一出现就受到了领头的起义军的热情拥抱。他们一起离开监狱，回到皮托克大厦，开始着手规划丛林的新纪元。

🌿

"不要动。"普鲁指示道，她的彩色铅笔搁在翻开的画本上。

恩维尔斜着眼睛瞥向她。"还要多久呢？"他努力用半张开的嘴巴问道，小爪子在阳台栏杆上移了移，试着找到一个更舒服的位置。

"就快好啦。"普鲁答道，垂下笔尖，画出一张褐色的鸟喙，鸟尾巴上的一小簇羽毛已经画好了。"好了。"她说道。她把铅笔放在栏杆的石头上，伸出手臂将画本举在远处，这样彩色铅笔画出的点滴细节就融合在一起，形成了条纹分明的麻雀的身形。

恩维尔不用继续一动不动地摆姿势了，跳着凑了过来。"画得真不错，"他说道。普鲁在画的下方用大写字母写上了他的名字。在名字下面，她用最好的笔迹写上了"Melospiza melodia"的字样。

"北美歌雀。"普鲁解释道。

恩维尔叽叽喳喳地叫着表示赞赏。

"这不是对西伯雷先生或任何人的模仿，"普鲁说，"而他可没能力

401

和绘画对象对话。不过这样就可以了。"

恩维尔急着要走，他跳向空中，盘旋在皮托克大厦的双塔楼顶上方。普鲁望着他在暗灰色的天空中自由飞翔。

在这只麻雀掠过的地平线上，是一片郁郁葱葱的树林，遍地是金黄色的枫树和深绿色的冷杉。普鲁知道，在那层峦叠嶂的树林后，就是波特兰，她的家。普鲁想着，从这个地方看去，波特兰就像是个奇怪而不可思议的王国——不像她现在身处的这个世界，有壮观的树林和繁忙的人们，忙碌着生计，又和周围的世界和平共处。波特兰的条条高速公路总是布满汽车、卡车，一切都是钢筋水泥——这些东西如今对她来说似乎更加陌生了。

她摇了摇头，从思绪中回过神来：一整天的骑程还在等着她。她合上画本，收好彩色铅笔，放回她的斜挎包里。空气很清冷；秋天真的到了，到处都是秋的气息。

普鲁身后的门被打开了，她转过身，看到猫头鹰雷克斯和布兰登一边在热烈地讨论着什么，一边走出二楼的客厅，穿过高大的法式大门，朝她走来。布兰登的手臂被牢牢地固定在胸口，但他似乎行动自如，没什么影响。前一天他真的忙活了好多事，大厦的护士坚持要他洗澡，走廊里回荡着他抗议的咆哮声。他的衣服被洗过了，皮肤也擦得很干净，几乎认不出是她在丛林中遇到的那个放荡不羁的强盗了。

"情况怎么样？"当这两人走到阳台的栏杆前时，她问道。

"毫无疑问，这将是个漫长而艰辛的过程，"猫头鹰说道，"那么多物种被山特维克政府的法律所忽视；好多赔偿需要支付。土狼高官们今天等着会面，他们被卷入这场事件的性质无疑是有争议的。强盗们和北方丛林的农民们已经出现了矛盾。我的几个鸟类部下发起了罢工运动，要求对遭囚禁的鸟类家庭予以补偿。谢天谢地，午饭很早就送到了，他们被强行送到饭桌上，并获得了补偿新鲜松子的承诺。"他叹了口气，"有件事是确定的：没有哪个政府的建立是容易的。然而，撇开一些细碎的争议，人们都充满信心，相信我们会解决好一切问题，保证广大丛林居民的权利和需要。"

布兰登摸了摸肩上的绷带。"是啊，这不是件容易的事，"他说道，换了只脚撑在阳台的砖块上，"但我们越早取得一致意见越好。这里的所有铺路石都让我觉得脚疼。我等不及要回丛林里去，回到隐秘的地方，回到我的人民当中。"

"我相信一切会解决的，"普鲁说道，"你们都是非常能干的人。"

"要知道还有个职位留给你了哦，"猫头鹰说道，挑起眉头，"一个大使的职位，可以这么说。神秘人士使者？这个头衔你觉得怎么样？"

"谢谢您，猫头鹰陛下，"她说道，"但我真的得回去。我的爸爸妈妈——我相信他们一定急得快疯了，想知道发生了什么事。麦克需要回家。我也需要回家。"

猫头鹰理解地点了点头："嗯，你要知道，我们随时欢迎你回来。"

"那个小孩现在在哪里？"布兰登问道，"我是说，你的弟弟。"

就像是听到了召唤，女仆潘妮出现在了敞开的法式大门口，弯腰抓着麦克张开的双手，帮着他摇摇晃晃地踏过门槛走到阳台。

"他很快就能走路啦！"潘妮开心地宣布，"他真的掌握了窍门！"

普鲁走了过去，将麦克高高抱起。"谢谢你照看他，潘妮，"她说道，"我只是需要一点时间做好准备。"

女仆行了个礼。"我猜你是要走了，"她说道，"麦基尔小姐，认识你真的很荣幸。"

"潘妮，认识你也很荣幸。谢谢你的帮助。"

女仆转身离去，但一个身影迅速穿过门廊走出客厅，差点将她撞倒，她小声尖叫了起来。

"柯蒂斯！"普鲁喊道，"走路看着点。"

柯蒂斯穿着一身刚熨平的整洁制服，向女仆笨拙地鞠了一躬。"很抱歉。"他说完又继续自己此行的使命。"猫头鹰陛下！布兰登大王！你们俩都在！"柯蒂斯叫道，他跑向阳台栏杆，"你们真应该回去看看……你好，普鲁……那边一团糟。鸟儿停在天花板的吊灯上，声称决不下来，直到南方丛林军队同意撤除所有检查站；北方丛林的人们还在和强盗就赦免罂粟啤酒运输一事争执不休，强盗们拒绝了，斯特林正挥舞着他的修枝大剪刀，说哪个强盗要是不同意，他就剪断他裤子上的纽扣。"

"这话真是不雅，不雅。"塞普蒂默斯咂了咂舌。他正栖息在柯蒂斯的肩上，咬着一块他被授予的英勇勋章。银色的勋章表面布满了小小的牙印。

猫头鹰和强盗大王懊恼地互相看了看，两人转身离去。"再见，普鲁。"猫头鹰说道，摇了摇头，"也许你回外面的世界更好。"

布兰登伸出手臂，给了

普鲁和麦克一个长长的拥抱。"外面世界来的家伙，下次咱们再见面。"他说道，退了几步。他从口袋里掏出一块被锤子敲平了的小金属片，闪闪发亮。他把它按入她的掌心。"如果你再回到荒野丛林，"他说道，"被强盗拦截，给他们看这个。"普鲁将手心里的金属片翻了过来。它的背面刻着这样的字样：**免于遭受拦路抢劫，由强盗大王颁发**。

布兰登眨了眨眼，转身离去。

柯蒂斯开始跟着他们俩回大厦，但猫头鹰拦住了他。"待在这里，"他说道，"我们会到那边处理问题。你的朋友要走了，在她走前，你也许想要和她再多待一会儿。"他指着塞普蒂默斯："走吧，老鼠，"他说道，"说不准什么时候我们需要一个啮齿类动物的意见呢。让他们俩单独待一会儿。"

塞普蒂默斯是很容易被吹捧的，他一听便从柯蒂斯的肩上跳到了地上。"再见，普鲁。"他说道。普鲁微微鞠了一躬，看着老鼠蹦蹦跳跳进了大厦。猫头鹰和强盗大王也随后消失在了法式大门后。

柯蒂斯看着普鲁，神情很失落。"真的吗？"他问道，"那么快就要走了？"

"是啊，"普鲁说道，"我得送麦克回去。说实话，我一直都很想念我的床，我的朋友。我甚至现在还在想念爸爸妈妈，如果你相信的话。回家多好啊。"

一阵风吹来，穿过大厦修剪过的庄园，在他们下方整洁的花园里，片片落叶随风飘舞。

"你确定你不想和我一起走？"普鲁问道。

柯蒂斯点了点头。"是的，"他回答道，"这里有好多事要做。一个新政府等着重建。因为我曾经和土狼军队待过一段时间，他们觉得等土狼大使前来时，我可能帮得上忙。"他顿了顿，望向天际处的树林。"而且，我宣过誓，普鲁。我现在是一个强盗了，一个真正的荒野丛林强盗。我不能就这么回去。曾经在长路上的那一刻，在你出现之前，我是有机会离开的。但现在这里需要我，普鲁。我属于这里。"

两个朋友一下子都沉默了。普鲁怀里的婴儿咿咿呀呀地叫着，打破了这片宁静。普鲁望着她的朋友柯蒂斯，想知道自己在他眼里是不是也一样改变了许多。

"好了，"普鲁最后说道，"我理解。"她抬头瞥了眼天空，随着朝阳继续上升，薄薄的灰色云层开始散发出金光。"陪我走到自行车那儿？"她问道。

"没问题。"柯蒂斯说道。

他们穿过大厦长长的、高高的大厅，走下宽大的旋转楼梯，穿过前门，走到地面上。他们一路走来，都没有说话，各自陷入了沉思。普鲁的自行车停靠在大厦走廊的石栏杆上，柯蒂斯帮她将毯子铺在儿童车里，好让麦克坐下。麦克收到的一个礼物——一只雕刻的小木马，正躺在红色儿童车里，麦克再次看到这个玩具开心极了。

"走吧，"柯蒂斯说道，"我陪你走到长路的路头。"

"那么你接下来打算做什么呢？"普鲁问道，他们沿着大厦弯弯曲曲的车道慢慢地走着。

"我不知道，"他说道，"等这边的事一忙完，我估计我们强盗剩下的成员，还没回去的，会直接回营地。我们要做的事很多；这次战争中我们损失了很多强盗。肯定得习惯睡在野外的星空下了，这是必然的。"

"我相信你一定会做得很好。"普鲁说道。

在车道的中央，就在大厦门前的岔路口外，停着一辆颜色鲜艳的大篷车。一只白兔正躺在大篷车前轮的车轴下，拿着把月牙扳手敲打着零部件。兔子上方，一位穿着粗布长袍的女士正俯着身子，小声对他说着指令。

"依菲琴尼亚！"他们又靠近一些时，普鲁喊道。

这位女士转过身，招了招手。她的脸看起来茫然而沮丧。

"你要走了？"柯蒂斯问道，"你不需要参加那些会议吗？"

依菲琴尼亚不以为然地挥了挥手。"哈，"她说道，"谁需要像我这样的老太婆呢？我对冗长的争执不感兴趣。那里有比我年轻许多的人会维护我们的利益。不过，在这倒霉的车轴修好前，我哪里都去不了。"她看着普鲁问道，"你这是要回去了，是吗，混血儿？"

"是呀，"普鲁说道，"回家。你呢？你回北方丛林吗？"

"是的，"神秘人士长老回答道，"我最后是要回到那里的。议会树需要照看。我想关于我们的小小冒险历程，他有好多话要说呢。"她把双手背在身后，抬起下巴，似乎吸了口气。"不过，我想我不用急着赶回家，"她说道，"虽然那时候环境不是最好，但当我再次看到古人之林时，心里还是很高兴的。我很多年没去那了。丛林里美丽的景观实在太多了——摇椅溪源头的大瀑布，还有教堂峰顶端的迷人风景。热心的国王邀请我作为贵宾去禽鸟公国待段时间。我想我非常乐意前往。然后——谁知道呢——也许我能找到去遗骨树的路，去瞻仰先人的陵墓，那些古代的神秘人士在我之前走过这段旅程。再然后呢？在我自己的小家里，舒舒服服地泡个热水澡，喝杯热茶，这样的一段冒险之旅对我来说就足够了。"

"祝你好运，"普鲁说道，"听起来这旅程真不错。"

"再见，普鲁。"依菲琴尼亚说道，伸出双臂。

普鲁放下自行车的撑脚架，走过去和神秘人士长老拥抱在一起。她那金属丝般硬直的花白头发抚摩着普鲁的脸颊，散发着浓烈的薰衣草香味。"我不知道我们还会不会再见了。"普鲁说道，眼泪在眼眶里打转。

神秘人士拍了拍普鲁的背。"会的，"她说道，"会的。"

离开了大篷车，普鲁和柯蒂斯继续前行。当他们走到大厦车道的分岔口，走到宽阔的长路上时，柯蒂斯转身伸出了手。

"那么，好了，"他说道，"我们不要搞得太煽情了。再见，普鲁。"

普鲁伸出下唇故作严肃："再见，柯蒂斯。土狼士兵，强盗，革命者。"

他们用力握了握手。

柯蒂斯的下巴开始颤抖。普鲁注意到了，说道："哦，别这样。"她伸出双臂。

站在车道中央，在长路上川流不息的车流中，两个好朋友久久地拥抱在一起。过了会儿，柯蒂斯往后退了一步，用制服的袖口擦了擦鼻子。"看看你做的好事，"他说道，"我刚洗干净的制服，现在袖口都是鼻涕。"他抬头看着普鲁，眼睛湿润了。"再见，普鲁。"

普鲁没有再多说一句，转身推着自行车走入了车流中。她迅速亲了亲麦克的面颊，检查了自行车和儿童车的连接装置；一切都很好。普鲁一条腿跨上自行车，坐上车座，踏上脚踏板，很快便上路了。

"嘿，普鲁！"柯蒂斯突然喊道。普鲁一抓刹车，停下自行车，转过身来。

"如果我需要你帮忙，"他透过嗡嗡的车流声喊道，"我就来找你，好吗？"

"好！"普鲁回答道，继续往前骑去。

"因为我们是拍档！"柯蒂斯喊道。

"你说什么？"普鲁喊道，喧嚣的马路上不太听得清。

"我们是拍档！"柯蒂斯使尽全力喊道。

普鲁听到了，大笑起来。**"好！"**她喊道。在长路上拐了个弯后，柯蒂斯就在她身后不见了。

她又骑了一会儿，在车流中穿梭，最后来到大门前。看到她来了，卫兵将大门打开，在她慢慢骑过拱墙时，向她行了一个骄傲的军礼。长路向前方延伸，直到模糊的远方。普鲁站在脚踏板上，加速蹬车，冷风鞭打着她的面颊。麦克在小车里开心地咯咯笑着，将雕刻的小木马举在头顶挥舞着，仿佛是他自己疯狂地骑在路上。

"我们回家啦，麦克。"普鲁说道。

🌿

普鲁和麦克回到圣约翰市的家中时，受到了狂欢般的接待。妈妈紧紧搂住她的肩膀，抱得她骨头都快被压碎了，爸爸一把将麦克从小车里抱起，大笑着，熟练地将他往空中抛接。他们互相拥抱着，亲吻着，好久好久，很快都忘了谁抱过了谁，哪个孩子被吻得更多。甚至连爸爸妈妈彼此也互相拥抱了好几次，似乎先前丢了的是他们一样，而普鲁则在一旁茫然地看着。下午很快过去了，夜幕开始降临，而家庭庆祝还没有结束：普鲁的爸爸当起了音乐主持，翻出了所有他最爱的慢拍摇滚乐唱片，妈妈则在屋子里跳起了舞，经常拿不定主意选哪个孩子做她的舞伴。最后，她同时选择了两个孩子，于是三个人紧紧钩着手臂，在屋子里转圈，开心得脸色通红。

普鲁的世界又回到了正常轨道。她离开学校的这一个礼拜被解释为突然生了场大病，她的朋友们在走廊迎接她时，都带着同情的表情。

"是水痘。"普鲁被逼问时解释道。一个朋友指出普鲁已经得过水痘了，她记得这个因为当初是她传染给普鲁的。"我想我又得了一次。"普鲁耸了耸肩。

几个星期过去了。万圣节来了又过去了，值得一提的只有那天下着大雨，每个人不得不相应调整衣服。十一月的伊始是难得的小阳春，气候宜人，雨水渐渐退去，麦基尔一家挑了个特别风和日丽的星期六，去索维岛的一家农场采摘南瓜，作为他们感恩节的甜品。普鲁在农场露天市场附近的苹果园里乱转，这时她的爸爸妈妈走了进来，一边争执着谁更会挑南瓜。麦克现在已经能自己走路了，他绕着果园里的几张野餐桌摇摇晃晃地走着。

几个身影正走向他们停在停车场里的车，吸引了普鲁的注意。这是一对中年夫妇带着他们的两个女儿。普鲁立刻认出了他们，是梅尔堡一家，失去了柯蒂斯的那一家。

她还没意识到，就已经向他们走去。"梅尔堡先生，"她听到自己说着，"梅尔堡太太。"

夫妻俩抬起头。那两个女孩，一个比普鲁大，一个比普鲁小，看到普鲁走来都注视着她。

"有事吗?"女士问道。

当普鲁走近时，她看到这位女士的脸上带着沉重的悲伤。事实上，这种悲伤像一片乌云般笼罩在这一家所有人身上。普鲁将手搭在梅尔堡太太的手臂上。

"我是柯蒂斯的朋友。"普鲁说道。

女士的脸色一亮："学校里的吗？你叫什么名字？"

"普鲁·麦基尔。我认识他——我是说我跟他很熟。我……"普鲁顿了顿，"我对你们的遭遇感到很抱歉。"

女士的脸色又变回苍白。"谢谢你，亲爱的，"她说道，"谢谢你的好意。"

普鲁咬着下唇想了一会儿。最后，她说道："我只想告诉你们……嗯，我相信他现在待在了一个更好的地方。我想，不管他现在哪里，他都很开心。真的很开心。"

梅尔堡一家，夫妻二人和两个女儿，盯着普鲁看了一会儿，最后梅尔堡先生回答道："谢谢你，"他说，"我们也相信是这样。见到你很高兴，普鲁·麦基尔。"他打开了驾驶室的车门，进了车子。其余家人也都跟着他。只有一个女孩，最小的那个，在打开的车门前停了一会儿，斜着眼睛看了看普鲁。"代我向他问好。"她在爬进车子的后座前请求道。

普鲁顿时一惊，回答道："我会的。"然后望着车驶出了停车场，驶上了马路。

麦基尔一家到家了，他们的后备厢里塞满了各个品种的大小南瓜，他们来回搬了好几趟才将这些南瓜搬到了厨房里。天色渐晚，麦克在农场里已经吃了一碗香蕉和鳄梨，有点犯困，开始嘀嘀咕咕起来。普鲁的妈妈有点慌张了。

"嘿，"她说道，"你能把那个闹脾气的小家伙抱上床吗？我们得开始做南瓜派了，如果要赶在这个礼拜做好的话。"

"没问题。"普鲁说道，刚刚从遇见梅尔堡一家的经历中回过神来。她伸手抓住麦克，慢慢推着他走进厨房，让爸妈亲了亲作为晚安吻。等他被紧紧拥抱得差不多后，普鲁带他上了楼，不管他犯困时的小脾气，给他穿上了睡衣裤。她把他放进了婴儿床，把他的毛绒猫头鹰玩具塞进他怀里。她轻轻在他光秃秃的脑勺上一吻，走向房门，走出去的时候关上了灯。"晚安，小麦克。"她说道。

正当她沿着走廊走到一半时，她听到了弟弟的哀号："噗！噗！"

普鲁停下脚步，叹了口气，转了转眼珠。她转身走到他房间的走廊前，探进头问道："怎么啦？"

麦克咯咯地回答着。

"睡不着？不累？想怎么样呢？"

又是一阵咯咯声。

"你想听故事，是吗？"她问道。

麦克的脸上绽放出笑容。"噗！"他应和了一声。

普鲁投降了。"好吧。"她说道，走到婴儿床边，把他从床垫上抱起，"只讲一个故事哦。"

姐弟俩坐在了房间角落的摇椅上。麦克惬意地躺在她的怀里，普鲁望着窗外，似乎在想着怎么编故事。最后，她开始讲起了故事。

"从前，"她轻轻地说道，"有一个小男孩和他的大姐姐，"她顿了顿，想了会儿，又继续说道，"但在那之前，有一对夫妇住在圣约翰这里，他们非常非常渴望能有一个家庭。但为了能生出孩子，他们和一个邪恶的女王做了一笔交易，这个邪恶的女王住在一片很远很远的丛林里。"

麦克听得聚精会神，脸上露出灿烂的笑容。

"这笔交易就是，时机一到，这个邪恶的女王就会前来索取第二个孩子，一个小男孩，并把他带进她的森林王国里。于是有一天她真的这么做了。但是，他的姐姐决不妥协，于是她骑上了她的自行车。

　　"跟在弟弟后面追……

　　"追入了一片茂密的、幽暗的丛林……"

纪念露丝·费里德曼